缘起缘灭

羊行中 著

文字游戏

终卷·二

文化发展出版社
Cultural Development Press

图书在版编目（CIP）数据

文字游戏．终卷 / 羊行中著．-- 北京 : 文化发展出版社，2025. 3. -- ISBN 978-7-5142-4608-7

Ⅰ．I247.5

中国国家版本馆 CIP 数据核字第 2025823JP4 号

文字游戏·终卷

著者：羊行中

责任编辑：陈　馨　段树军　　　责任校对：侯　娜　马　瑶
责任印制：杨　骏　　　　　　　封面设计：天行云翼
出版发行：文化发展出版社（北京市翠微路 2 号　邮编：100036）
发行电话：010-88275993　010-88275711
网　　址：www.wenhuafazhan.com
经　　销：全国新华书店
印　　刷：三河市金泰源印务有限公司

开　　本：710 mm × 1000 mm　1/16
字　　数：351 千字
印　　张：29
版　　次：2025 年 3 月第 1 版
印　　次：2025 年 3 月第 1 次印刷

定　　价：72.00 元（全二册）
I S B N ：978-7-5142-4608-7

◆ 如有印装质量问题，请电话联系：010-52882756　13333263330

文字游戏

终卷二

缘起缘灭

第一章 姑苏城外

上陟千人坐，低窥百尺松。

碧池藏宝剑，寒涧宿潜龙。

——唐·贾岛《虎丘千人坐》

一

我们六人抵达虎丘景区，已经是隔天中午一点多。

寒山寺到虎丘山也就三四公里。本来依着月饼的意思，早点儿过去，清晨的景区基本没人，趁着安静说不定能多发现些线索。我昏睡了好久，精气神十足，倒是没什么意见。杰克和小慧儿却在那儿大吐苦水，说什么“熬了一宿，好歹补个觉”“醒汉子不知困汉子累”“先睡饱了才有力气战斗”，诸如此类。我们好歹是个团队，还是国际团队，我就想着，等他们睡醒了再说。哪承想，月饼斜靠着沙发，眼睛一闭，麻溜儿地睡着了。小慧儿和杰克也不客气了，各自找了个舒服姿势，东倒西歪地去见周公了。月野盘腿端坐，不知是闭目养神还是在做瑜伽。黑羽下车靠在那棵老树下，双手抱着刀放风。

我实在闲得没事，又不愿和黑羽坐一块，没话说显得怪尴尬，索性抱着笔记本电脑坐进驾驶室，把这几天的经历写进小说。

写得入神，一阵饭香飘来，我回头一瞅，月野正在忙活午饭，乱糟糟的车厢早已收拾得焕然一新。看着她忙碌的侧影，我不由得大感唏嘘。这些年，这辆房车几乎就是我和月饼的家，老爷们儿不是太讲究，东西都是随手乱放，让月野这么一收拾，立马从陋室升级成豪宅。

谁说女人只会影响拔刀的速度？

“南君，写累了吧？”月野手腕一抖，一杯热气腾腾的红茶迎面飞来，“给你泡了茶。”

我打了个激灵，差点儿没接住，使劲稳着手腕才没让茶洒出来。闻着温热的茶香，我搜肠刮肚想来几句文艺范儿的对白，以彰显此情此景的温馨。哪承想，话还没组织利索，小慧儿醒了，甩着满嘴东北腔：“哎呀，这一觉睡得渴死我了！阿瓜，你和月饼属骆驼啊？也不买个空气加湿器。”

我还没回过味儿，小慧儿已经从我手里夺走茶杯，“咕咚咕咚”喝了个干净。

“有你这样儿的吗？”我恨不得摸出军刀给小慧儿来个白刀子进红刀子出，“你也不怕烫嘴啊！”

我正郁闷着，黑羽上了车，月饼和杰克也醒了，闻着饭菜香味儿，个个大赞月野手艺了得。

碗筷摆齐，红、白、啤酒上桌，我们六个兴致大发，觥筹交错好不热闹。至于虎丘斜塔、剑池啥的，用杰克的话来说，就是“美食美酒美人美男，不可辜负”。

结果都喝大了，再次醒来，已经是第二天早晨七点多了。

小慧儿和月野嫌身上有酒气，又是洗澡又是梳妆打扮。我们四个老爷们儿下车斗了三个多小时的地主，黑羽的武士刀差点输给杰克。在我们深切体会到了“女人赴约为什么总是迟到”的时候，小慧儿和月野才漂漂亮亮地“千呼万唤始出来”。

去虎丘景区的路上，我们寻了个背景像样儿的地儿，还嘻嘻哈哈合了几张影。

二

虎丘斜塔位于苏州古城西北约三公里的虎丘山，号称“世界第二斜塔”，始建于隋文帝仁寿九年（601年），初为木塔，后被毁。现存的虎丘塔于北宋建隆二年（961年）落成。按照年份计算，比比萨斜塔早了一百多年。

斜塔坐落的虎丘山，原名“海涌山”。传说，吴王夫差将父亲阖闾葬于虎丘，三日后，“有白虎蹲其上”，故改名为“虎丘山”。还有一种说法，虎丘山势似蹲虎，故以山形命名。

虽然称为“山”，虎丘其实并不高，才三十四米多，还没山区随处可见的山包高。山虽不高，名气极盛，被誉为“江左丘壑之表”，又称“吴中第一山”。山小景多，是虎丘一大特色。方寸之间，有断梁殿、试剑石、枕头石、真娘墓、千人石、剑池、天下第三泉、孙武亭、望苏台、虎丘斜塔等景点，不仅景色宜人，而且每处都有历史传说、墨宝真迹，以至于如今网络盛行着“没点儿文化逛不了虎丘”的调侃。

千年前，宋代苏东坡曾有“过姑苏，不游虎丘，不谒闾丘，乃二欠事”的感慨。不知道为啥，这句话流传至今，成了“到姑苏不游虎丘乃憾事也”的旅游广告语。

“虎丘斜塔”只是民间根据它独特的造型而流传的俗称，它的正式名称为“云岩寺塔”。远眺此塔，如同利剑斜插进虎丘山，颇有傲视众生的气势。

相传，此塔落成后的第四十九年，忽一夜电闪雷鸣，风雨交加。虎丘山传出极为奇怪的声音，既像数百人哀号，又像野兽挣扎时的嘶吼。姑苏城内的百姓听得真切，吓得彻夜不眠。

这场暴雨连下三天三夜，姑苏河都溢出河堤，淹了百姓门户，一尺多长的大鱼满街乱蹦。忙着抓鱼的百姓这才注意到，虎丘山上的佛塔斜了。

城中久通世故的老人惶恐不已，不顾泥水，屈膝跪拜。

据说，虎丘被称为“海涌山”是因为剑池暗连大海，故此常年不曾干涸。忽一日，剑池涌出三尺多高的腥咸海水，喷了月余仍不停歇。海水漫了虎丘山，满了姑苏河，再这么下去，姑苏城都要被淹没了。

正当百姓一筹莫展，准备拖儿带女避祸时，姑苏城来了一位黑黑瘦瘦的游方老僧。他立于姑苏城墙之上，望山观水，整整三天不吃不喝。于第四日清晨，他咬破中指为笔墨，撕片袈裟为纸张，画了虎丘全景图，在某处以红点标明。

“海中恶龙从海眼潜至剑池，需在此处建造佛塔，镇住恶龙，方能免却水祸。”老僧将图纸交给百姓，飘然而去。

官府和百姓将信将疑，死马当作活马医，有钱出钱，有力出力。说也奇怪，佛塔建成，虎丘山底传出声声嘶吼，山体随之摇晃几下，剑池喷涌的海水逐渐平息，终于恢复如初。

如今，佛塔斜了，水灾又至，难道是那条恶龙挣脱了束缚，又要为祸人间了？

为了消除民众恐慌，官府贴出告示，招募能修复佛塔的能人异士。可是，那么大一座佛塔，眼看就要倒塌，纵是鲁班再世、墨子复生，也无济于事。

告示贴出第七天，城里来了黄衫、圆脸两位老人。两人揭了告示，又远眺佛塔，微微一笑，信步走入官府，立下“必然修好佛塔”的生死状。

城中百姓议论纷纷，这俩老头不需要工匠帮忙，只带了一百多块木榫、两坛好酒进了佛塔，怕不是嫌命长？

谁承想，第二天清晨，姑苏百姓惊奇地发现，佛塔仅仅略微倾斜，基本恢复原貌了。

听守卫在佛塔外的官兵讲述，两位老者当夜进了佛塔，只听到零星传来“叮当”声。他们就这么眼睁睁地看着佛塔像是被无形的大手扶着，一点点归正……天亮后，佛塔内空无一人，圆脸、黄衫老者不知所终。

也不知是真是假，许多百姓茶余饭后闲谈时发现：两老者修塔当夜，很多人都做了“去虎丘山拉绳，把佛塔拉正”的怪梦。一觉醒来，个个腰酸背疼，多日不愈。

官府师爷撰文记录此事，抄录告示时，发现纸张背面留有一道“炸年糕”的详细食谱，大感兴趣，回家照做，吃后腰疼居然好了。此事一传十，十传百，家家户户都以炸年糕治腰疼。

自此，姑苏城多了个二月二吃撑腰糕的风俗，祈福腰板硬朗、耐得劳作，逐渐成为江浙一带的民间糕类小吃。

有一首专门描述撑腰糕美味的诗词：“片切年糕作短条，碧油煎出嫩黄娇。年年撑得风难摆，怪道吴娘少细腰。”

大意是撑腰糕特别好吃，吃得姑娘们的细腰都没了，好端端的杨柳细腰，现在粗得连风都吹不动。

这位诗人把婀娜多姿的江南女子硬生生地说成粗腰，要是放现在，能被人喷死。

三

我站在斜塔前的巨鼎旁边，连比带画地讲解，总算把关于虎丘斜塔的奇闻逸事说了个大概。转头一瞅，本就干燥的嗓子眼直接气得冒烟——刚才还站在身旁的五个人，只有黑羽紧握武士刀柄，面色严肃地杵在那里，杰克和月饼在吸烟处乘凉抽烟，月野和小慧儿举着手机玩着各种合影自拍——压根儿没人搭理我。

郁闷之余，我冲黑羽很不情愿地点点头表示感谢。黑羽忽地睁开半眯缝的眼：“你讲完了？”

我下意识地“啊”了一声，黑羽如释重负地呼了口气，立马转身而去，还抻着胳膊活动筋骨，用实际行动诠释了“索然无味”这个词。

“我讲得就这么无趣吗？”我内心产生了强烈的自我怀疑，“难道我是因为讲不出精彩故事而不是因为写得慢才过气了？”

“小伙子，你讲的斜塔故事……”

正郁闷着，忽然有人对我说话。阳光照射下的巨鼎阴凉地里，两位五十多岁的妇人冲我招手。

我微微一怔，联想到某些事情，拿不准是不是该过去。月饼他们也注意到了，虽然仍各忙各的，但注意力全转到我这里了。

熟悉我的人或多或少都知道，在我这些年的游历探险中，听到过许多人随口讲述的逸闻，其中暗藏着重要线索。而这些讲述者，往往也是极其关键的隐藏人物。

这几天，我把整件事梳理出大概轮廓的同时，心里最担忧的是方旭东目前的处境。

他暗中给我们提供了诸多线索。我们作为“棋子”都能参透其中的奥秘，下棋的人能看不透方旭东的手段吗？那么此刻他的处境……

我不愿往最坏的方面想，也想不明白他为什么会和我们扯上关联，更想不通在这盘棋里，老方扮演的究竟是“小卒”还是“车”？李晏又扮演着什么角色？她是协助方旭东帮我们找寻线索，还是协助“那俩人”监视老方？

但是我明白，越早找到姑苏城外隐藏了数千年的《阴符经》秘密，方旭东就越安全。

昨天，我们貌似很没责任感地喝得大醉，直到今早才醒。其实，彼此心照不宣，只是想在喝醉后防备最薄弱的时候，等待暗中窥探的敌人出现。然而，风平浪静，我不由得更担忧胖得像球儿的方旭东。

我们六个，平时互相不对付，聊天时怼天怼地，恨不得立马拿出看家本事来场生死之战，不过，有件事倒是出奇地一致——越是面对危险，心情越放松。以至于来虎丘斜塔这一路，我们的状态比游客还兴奋，嘻嘻哈哈的，好不欢乐。

这两位老妇人突然搭讪，让我们立刻警觉起来，收起闲散的状态，各自做好戒备。

略微踌躇的工夫，两位妇人见我没挪窝，主动走过来。染着黄发的妇人手放在兜里，戴墨镜的妇人脸上挂着奇怪的笑容，不住地打量着我。

我退了两步保持安全距离，死死盯着染黄发者的手。结果她拿出手机，点开微信：“小伙子，你是哪家旅游公司的导游？讲得真好。接私活吗？阿姨给你转钱。”

戴墨镜的妇人满脸褶子，笑如菊花：“你把他们这个团带完，就全天跟着阿姨吧，不会亏待你。小伙子这体格，真壮。”

“哈哈哈哈哈哈哈……”月饼、杰克、黑羽、小慧儿、月野的狂笑声在肃穆清雅的虎丘景区久久回荡。

四

“别和他说话，让他自己想一会儿。”月饼对着正要询问的小慧儿挥挥手。

小慧儿老老实实靠着桥栏杆，对着月野吐了吐舌头。

我站在剑池的石拱桥中间，双手扶着栏杆，盯着刻在石壁上传说是王羲之写的红色篆体“剑池”和米芾写的蓝色“风壑云泉”几个字，已经十多分钟了。

石壁中间，石拱桥下，是一弯狭长的墨绿池水，这便是传说中吴王阖闾的墓穴所在——剑池。

盯了许久，眼睛有些酸胀，我抬头闭目，脑海里模拟出虎丘山的全貌，越琢磨越觉得奇怪。我从背包里找出笔和本子，画了个大概的虎丘景区鸟瞰图，每个景点用五角星标注出大体方位，在空白处演算着。

“阿瓜，这些是什么意思？”小慧儿还是忍不住凑过脑袋，指着本子上的“子丑寅卯”“生死杜休”“角亢氐房”，“这些方框和圆是八卦吗？”

我的手腕微微一抖，笔尖顿在纸上，点了个米粒大小的印迹。

“小慧儿，你别打扰晓楼。”月野递给我一瓶水，“想到什么了？”

我根本没心情喝水，有些粗鲁地推开瓶子，把纸张从本子上撕下来，这张鸟瞰图越看越心惊。顾不上稍有不慎就会掉进剑池的危险，我跳上石拱桥梁，对着太阳举起图纸。阳光照在那张纸的背面，使得图里的五角星更加立体，仿佛凸显于纸面。那些天干地支、五行八卦、四象星宿的演算，像是受不得阳光的沉重，从纸面里面掉落，砸入我的眼睛，在脑子里映出一幅极其诡异的图画。

“咕嘟咕嘟”，深不见底的剑池冒出几串水泡，在水面“啵啵”爆裂，浅浅的水纹漾起丝丝寒气，悠然回旋、漂浮。我呆呆地注视着池水，突然觉得浑身冰冷，忍不住打了个冷战，身子一个踉跄，差点掉进池里。那张鸟瞰图失手飘落，打着旋儿，轻飘飘落进剑池，极快地被池水浸透。图画和文字洇成混沌不堪的墨迹，一团乌黑。

“哎！这小伙子怎么随便往水里丢垃圾？”

“看这个人，长得人模人样，什么素质！”

“现在的年轻人啊……唉……”

游客们聒噪不堪，纷纷摆出一副高素质精英面孔，高高在上地指责着。兴致勃勃之余，浑然忘记遗落在各个角落的空矿泉水瓶子。

“月野，对不起。”我没心情搭理他们，从桥上跳下，歉意地冲月野点点头，“刚才，失礼了。”

“南君，是我们打扰了你的思考。”月野双手交叉叠放在身前，微微鞠躬，“该道歉的应该是我们。”

月饼什么都没说，只是拍了拍我的肩膀，眼神里透着询问。

“回房车吧。”我使劲揉着太阳穴，“我需要冷静一会儿，再考虑几个问题。”

下午的阳光没有清晨热烈，疲惫地拖着世间万物的影子，走向逐渐昏黄的傍晚。

我陷在房车的沙发里，盯着车顶闪烁的星光氛围灯，摇晃着手里喝得还剩半瓶的红酒：“你们看过《封神演义》吗？那本书里，有个流传自上古，后于春秋战国时期失传的阵法——诛仙阵。”

“虎丘山不是墓，是……”月饼扬扬眉毛，眼神里难得透出讶异。随即，他好像从我的语气里听出些什么，再没继续询问。

我“嗯”了一声，瞥了一眼月饼，把已经到了嘴边的话生生吞回肚里——如果方旭东不是蛊王，那么，真正的蛊王——月饼姐姐的那个孩子，是谁？

“中国的阵法我不懂，”黑羽擦拭着锋利的刀锋，“我只关心怎么进去？”

“等两个人，应该快了。”我又想起昏迷时那个恐怖的梦，“他们知道怎么进去。”

五

面对他们几个疑惑的眼神，我的脑子乱糟糟的，有些疲倦，揣起烟下了车：“我想几件事，谁都别跟着。”

不知不觉，已是傍晚，停车区仅剩几辆汽车懒散地窝在昏黄的阳光里。

我随意溜达着，吸了口烟，吐出一个浑圆的烟圈，正好将夕阳笼罩在其中。红金色的余晖为烟圈镶了一道金边，随着微凉的夜风变幻着奇怪的形状，越看越像虎丘山全景图。

下午，我从斜塔行至剑池，先入为主地认为剑池是阖闾之墓，而整座虎丘山是夫差为其父建造的墓地，并没有意识到这是一种异常奇怪的格局。

五千年来，华夏形成了独特的“入土为安”的墓葬传统，安放遗体的地下建筑，或大或小，或深或浅，民间习惯性地统称为“墓穴”。实际上，“墓”和“穴”完全不同，这还要从“三墓十二穴”说起。

“三墓”分别是龙、虎、犬三墓。龙墓天下罕见，相传能让后人一统天下；虎墓虽少，却不似龙墓那般难觅，据说也能兴国家、盛宗族；犬墓则相对较为常见普通，可庇佑后人中出现富贾大豪。

而“十二穴”却基本失传，我也是在古城图书馆里偶然翻阅一本古籍，才对此有些了解。“十二穴”分别是顿、顺、起、伏、镇、灵、佑、安、挺、厉、平、诛，衍生于青龙、白虎、朱雀、玄武四象，每三穴为一象，又暗合二十八星宿。据说，“十二穴”明为穴暗为阵，用以封印禁锢妖物异兽。

三千多年前，某朝代因狐女祸国而导致天下大乱，最终引发了一场旷日持久的人妖大战。此战异常惨烈，最终改朝换代。为防此类灾难再次出现，某姜姓堪舆大师以四象为基，星宿为础，五行相生相克为辅，借“封神”为由，寻得天下奇洞灵穴十二处封印妖灵。其中，玄武覆盖的“厉、平、诛”三穴最为凶煞。据说此三穴中，均为“封神大战”时最强妖物，即便形灭灵散，仍以一念残存于世。若恰逢机缘，便会破穴而出，致使人间阴阳失衡，人妖混沌，灾难重起。

这三穴中的“诛穴”，则是姜氏在那场人妖大战中，破“诛仙阵”时心有所感，以之为基础推演而成的。而此穴所封印的，正是掀起那场滔天浩劫的万妖之首——狐灵。

当然，这些都是那本古籍的记载。我当时大感兴趣的同时，又有些不以为然。毕竟，几千年前的神话传说，不会有人把它当成真实的历史。要是照书全收，那上古史哪里是什么文明发展史，明明就是人与妖的斗争史。

可是，当我画出虎丘全貌后，对原本深信不疑的事情突然产生了怀疑。

古时，上至王侯，下至百姓，对于墓地的堪舆格局极其重视，山、水、地脉、树林……甚至星宿位置、风势走向都是核心因素。整座虎丘山近似于正方形，四面环水，东北角有一片形似“横折”笔画的小湖。斜塔在虎丘山正中略偏右上的位置，正南方不远就是剑池。

以此看虎丘平面图，形似“困”字；四面环水，阻了“顺”势，更为“困”境；山形似盖，扣于地表，此为“封”势；斜塔位于山巅，插入山体，为“镇”势。东北方的小湖看似天然，实则大有玄机。东北方为艮，五行属土，此处有湖，五行相克于“土克水”，分明是“以克为诛”的走势，完全对应了古籍记载的“诛穴”格局。

以此为墓，这不是摆明了冲着亡国去的吗？春秋时期强盛一时的吴国国君阖闾，绝不会选这儿作为墓地。

我深深吸了口烟，忽然冒出个奇怪的念头：“也许虎丘根本没有封印什么狐灵，而是吴王夫差并不知道这是‘诛穴’？他受越国文种、楚国范蠡的蛊惑，把凶穴当吉墓，葬了阖闾。导致强盛一时的吴国十几年就败光了国运，由此亡国。难怪越王勾践灭了吴国，转头就对文种、范蠡下手。自古伴君如伴虎，知道得越多，死得越快。”

然而，相比于虎丘山的诡谲，更让我不踏实的是月无华。尤其是我苏醒后，月饼的表现太异常了。

在铁岭关，我昏迷前亲眼看到月无华激起蛊气，与三郎奋力一战。醒来后，我就在熟悉的房车里了。

这根本不合常理！

虽然月饼说，三郎和阿千忽然消失，应该是“八族”中的某种秘术所致。可是，这种托词，我会相信吗？再精妙的秘术也制造不出当时的场景。三郎和阿千的体态、语调、表情、触感，甚至狐狸异化过程的真实感，绝不是什么秘术能做到的。要真是那样，拍电影也不用什么后期特效了，请几个八族的后裔，保证能冲击特效奖。

在铁岭关，月饼再次见到曾作为蛊器、生下蛊王而死的姐姐，当时沉痛、激动、失控、愤怒的状态是真实的。然而这两天，即便是月饼这般屡经风浪的人，经历了这样的事情，也有些太过冷静了。

他就像什么事情都没有发生一样，又像是弄明白了某些事情而知道该去做什么了。

我们彼此间这么多年建立的默契，一直是“如果不说，那就不问”。

我只是单纯地信任月无华，并非是相信他所说的“我昏迷后发生的事情”。因为无论如何，我都不会怀疑在无数次绝境中把生的希望留给我，自己却向死前行的兄弟。所以，我没有问过他，只是在他描述的基础上，进行了合理的逻辑分析，然后把所有疑惑藏在了心底——虽然很不舒服。

塑料烧煳的味道呛进喉咙里，我忍不住剧咳起来，这才发现，手里的烟已经烧到了过滤嘴。

一根烟，源头是明亮滚烫的烟火，尽头却是黑糊熄灭的焦臭。这是否就是人生的意义呢？我们规划做某件事，十有八九，总是满怀希望地开始，品尝着努力和热情带来的愉悦。却经常丧气失望地结束，体会着失败和遗憾铭刻的伤痛。

苏州城外，虎丘山下，斜靠老树……香烟燃尽，我开始怀疑这次探险旅行的意义。

月饼，我最好的朋友，在尼雅神秘消失，又以极为离奇的方式出现在古城南郊，引出陶氏幻族、《阴符经》的线索、我们“有限的生命存在于无限的时间”、黑化屠戮异族……

这一切，是真实的吗？

古城南郊、庐山桃花源、江城黄鹤楼，及至姑苏虎丘山……看似越来越接近的真相，却让我越来越怀疑某些不愿相信的事情。

不知抽了第几根烟，忽明忽暗的红光映着我忽明忽暗的脸。一条模模糊糊的线索，就像烟头冉冉升起的白烟，在眼前愈发清晰，我伸手一抓，断了，散了。

天又黑了，春虫啾啾，草叶簌簌，月色皎洁，星满夜幕。我长长地呼了口气，正准备起身，窸窸窣窣的脚步声由远及近。

我不用回头也知道是谁来了。

“南爷，看到您的微信，我俩立马往这儿赶。”

“在江城，我们知道错了，对不住您和月爷。”

六

“南少侠，你是怎么想到斜塔和墨家机关术有关联的？”月饼摸摸鼻子，盯着陈木利站在虎丘塔下丈量、计算的忙碌身影，“如果不对，木利和奉先不白跑一趟吗？”

“南爷这份儿聪明劲儿，十有八九就这么回事。”估计江城那件事儿让李奉先挺愧疚的，他晃着大脑袋，眯缝着小眼，笑得很讨喜，“两位爷，抽烟抽烟。”

我没有接李奉先递过来的烟，反问月饼：“桃花源有墨家机关术，黄鹤楼也有墨家机关术，为什么虎丘斜塔就不能有呢？”

月饼扬扬眉毛没有搭腔，沉默片刻，耸耸肩，转身走了：“我回车里等你们。有消息赶紧回来。”

我“唔”了一声，再没理睬。李奉先瞅瞅我，又瞧瞧月饼，小心翼翼地试探：“两位爷这是唱哪出儿戏？咋还闹矛盾了？”

“不说话能死啊？”我心里烦躁，不耐烦地挥挥手，“该忙啥忙啥去！在这儿添什么乱？”

“南爷，您这可就有些城门失火，殃及池鱼了。我和木利虽然犯了错误，那也是情非所愿不是？咱们这么多年交情，您可不能总拿这事儿说话。”李奉先的小眼睛瞪得滚圆，上下嘴唇“啪啪”碰撞，零星迸出几粒唾沫星子，“倒是您和月爷，平时好得和哥俩一样，啥时候见过这样儿？您一个微信，我们麻溜来了，可不是为了给你们调解矛盾的。再说，我能忙啥？也就只能戳这儿陪您唠唠嗑。”

李奉先这张嘴啊，一旦说起话来，没个千八百字根本停不住。我心想这下算是捅马蜂窝了，自知理亏，一时倒也不知道该说啥，只能任他在耳边聒噪。想到月饼越来越频繁的反常表现，我的脑瓜子生疼。

李奉先口沫横飞地说到“下了飞机，遇见一妞儿，长得极其正，要不是怕耽误我们的事儿，说什么也要搭个讪”时，陈木利边往我们这里走，边往包里塞着量天尺、墨线之类的木匠工具。

“南爷，这儿不方便……”陈木利眉头锁成疙瘩，又回头瞅了一眼虎丘斜塔，“回去说。”

房车内。

“你是说，虎丘斜塔是墨家机关术里的‘八门七转术’？”小慧儿夸张地拍拍胸口，双手比画着，“这么大一座塔，是个机关阵？这都一两千年了，就没人发现？”

陈木利木讷，本就不善言辞，被小慧儿无心质疑，又让我们这么多人围着，脸“唰”地红了，手脚都不知道往哪儿搁。

“小慧儿，你别插嘴，让人家把话说完。”月野微微鞠躬，向陈木利道歉，“她没心没肺，您别见怪。”

“心肺不都在肚子里吗，谁没有啊？”小慧儿让月野驳了一句，有些不高兴，噘嘴戳着月野胸口，“你说，我比你少啥？”

月野假装躲避，实则微微挺胸，搂着小慧儿肩膀，坐在沙发上：“你不光什么都不少，皮肤还特别白，穿什么都好看。”

“嗐，别提了。你知道，我偏不喜欢这么白，可就是怎么晒都晒不黑。”

“白还不好吗？你看，我就不如你白。”月野撸起袖子露出胳膊，“不过这几年挺流行我这肤色的。”

我们几个老爷们儿面面相觑，旁观这场没有硝烟的战争，谁也不敢插嘴。这就是传说中的“塑料闺蜜情”吧？

陈木利本来还能说两句，让这俩姑娘一搅和，吭哧半天，啥也说不出来，脸都快憋成猪肝色了。他站起身，从衣帽架上拿下木工包，往桌上倒出木条、螺丝、棉线、转轮这些小玩意儿，左右瞅瞅，侧头问我："南爷，有米吗？"

"饿了？"我寻思了一下，指着电饭煲，"锅里还有些隔夜米饭，我给你做个蛋炒饭？"

"大米，生的。"

我从厨房的柜子里拽出半袋大米。陈木利抓了一把，把米粒均匀地撒在桌上，闭目想了几分钟，自己"嗯"了一声，双手像蝴蝶穿花一样开始拼接组装起各种小部件。

月野和小慧儿也顾不上比较"你胖我瘦""我白你黑"了，挤进我们几个男的中间，大家看得饶有兴趣。也就半个多小时，桌上原本互不相干的物件渐渐有了轮廓，最终变成一幅异常精致的虎丘山微缩实景，唯独缺了斜塔。

木利找了块巴掌大小的方木，戴上放大眼镜，用木刀切割雕磨成一厘米长短的零件，组装成斜塔形状，郑重地斜插进米粒堆成的虎丘山巅。

"虎丘斜塔，八角七层，借地势之力，依自然而成。以塔体自身重力为机关枢纽，以倾斜角度为机关开启，以地下水流为机关动力。这就是墨家机关术里最玄妙的'八门七转术'。"陈木利一改平时老实巴交的样子，眼睛泛光，满脸兴奋，"此术是墨家钜子参照八卦、星宿，结合上古算术，苦研十八年而成。八门为'生、死、杜、休、伤、景、惊、开'，七转是'天枢、天璇、天玑、天权、玉衡、开阳、摇光'，也就是北斗七星。此术内含一百零八种暗扣，哦，也就是机关开关。只有一个是真的，触碰其余开关会对应出现不同的现象。"

陈木利的讲解，我和月饼理解起来没什么障碍，倒是黑羽和杰克听得云里雾里，还要装作“嗯，原来是这么回事儿”的样子，演技略显拙劣。

不过，我还是有些意外。陈木利作为鲁班传人，在江城和墨无痕以机关术相斗，这次把他喊来，并未指望能从他那儿收获多少墨家机关术的知识。哪承想，他简直就是墨家机关术天花板级别的男人。我转念一想，最熟悉你的人往往是你的敌人，鲁、墨二族争了几千年，相互了解也不奇怪。

“木利，你的意思是说，”许久没说话的月饼摸摸鼻子，“只要找到正确的开关，开启机关，斜塔里的暗道就会打开？”

旁人没有察觉月饼的异样，可是我心头一凛，扫了一眼月饼。他的眼中极快地闪过一丝兴奋，甚至连声音都透出强行压抑的期待。

我打了个冷战，透体的寒意爹起浑身的汗毛。因为，我想到了一个这几天从未想过的问题：站在我们面前的月饼，是不是真的月无华？

我在铁岭关昏迷，直到月野他们赶来，这段时间发生的事只有月饼知道。换个角度说，他如果是假冒的，也只有他自己知道！

想到这一层，我对月饼的疑惑以及很多想不通的地方似乎有了合理的解释，但是又推翻了我对整件事的模糊推论！

“月爷，机关开启的暗道不在虎丘斜塔。各位，请掌眼。”

陈木利缓慢的语调在我嗡嗡作响的耳边忽远忽近，月饼熟悉又陌生的侧脸，在我眼前时而清晰，时而模糊。

我有些呼吸急促，冷汗因更恐惧的疑问从额头大片冒出：如果他是假的，真的月饼在哪儿？

“南瓜，你怎么了？”杰克察觉到我的反常，在我耳边小声嘟囔，“其实，我一句没有听懂。你也一样吧？是不是感觉在月野面前被月无华抢了风头？”

我挤出一丝笑意，捶了他一拳：“想啥呢？不是我针对谁，在座的各位，我要是不懂，那就真没人懂了。对吧？月公公，还记得咱们上大学那会儿，老宅的阴脸老婆婆那件事儿吗？”

“南少侠，说大话可别闪着舌头。”月饼扬扬眉毛，无奈地叹了口气，“那晚要是没我在，恐怕南少侠的……”

我大窘：“打住！陈芝麻烂谷子的破事，还有啥好提的？”

“月饼，那晚阿瓜怎么了？”与陈木利拼装的墨家机关阵相比，小慧儿明显对八卦更有兴致，“说说嘛。”

“南君，咱们之间，还有什么好隐瞒的呢？”月野也来凑热闹了。

我松了一口气，心里说了声惭愧，居然怀疑月饼的真假，连忙岔开话题：“木利，你赶紧让我们开眼啊。”

陈木利点点头，小心翼翼地扳动袖珍斜塔。也就三五秒的工夫，很轻微地“咔咔”声响起，虎丘全景的微缩实景竟然出现了奇妙的变化。

七

木利手巧话少，拙于表达，向我们解释“八门七转术”的玄机时，其中夹杂着许多木工专业术语，甚至鲁、墨两门的特殊用语。我听得都费劲，要是全文记录，估计能写出一篇《论中国古代机关术与现代机械运作原理之间的必然联系》的论文了。所以，我尽量转换成通俗浅显的描述，以便诸位读者朋友也能理解。

整座虎丘山，到底是由人工建造而成还是天然形成的，这事儿没有考据，暂且不谈。而“八门七转术”巧妙结合了整座山的高度、地形、地下水流、湖泊所构成的独特重力原理，建造了一座匪夷所思的机关阵，不知是该感慨大自然的奇妙，还是赞叹古人的智慧。

虎丘斜塔是此术的关键，相当于巨型开关，用来开启暗藏在虎丘山里的地宫通道。塔里一共设计了一百零八处机关，其中一百零七道机关均可视为古墓的防盗设施，能引发各种防盗装置，专门用来对付盗贼。只有触动开启机关，斜塔内部的齿轮、轴承开始运转时，咬合碰撞声非常响，远听就像巨兽嘶吼。

前文关于虎丘斜塔的传说中，塔中曾在暴风雨夜传出恐怖怪叫，便是这个原因。至于到底是有人潜入斜塔误触机关，还是由于暴风雨太过凶猛，导致山体滑坡或斜塔受巨力出现倾斜引发机关，陈木利也说不清楚。

我更倾向于前者——一九五六年开始，国家文物局曾调派多位古建筑专家，对虎丘塔进行全方位的修缮。一九五七年，为巩固塔体，曾在第二层塔正西门口的砖隙中浇浆，结果怎么也灌不满。工人们揭开部分砖块，发现有一孔道，直通第二层塔心砖砌的十字交叉处的暗穴，暗穴里藏有经箱等文物。后来又在第三层和第四层塔心窖穴中发现了一批珍贵文物。

由此看来，说不定是几个盗宝贼想从塔里寻摸些好东西，无意中触动了机关枢纽。

斜塔倾斜触发了防盗设施，以至于机关封堵的地下水脉喷涌，造成了当时的滔天水灾。黄衫、圆脸老人（姑且不考虑他们俩是谁）带了一百多块木片（暗合一百零八处机关装置）进塔，一夜之间，斜塔复原，洪水消退，两人消失。由此看来，大概是为了保住虎丘山真正的秘密，他们修复斜塔后，便从斜塔内部的暗道走了。

陈木利制作的虎丘山微缩实景，以大米为山体，棉线做地下暗河，并按照比例仿制了虎丘斜塔以及塔体机关。他把袖珍斜塔扳到四十五度角倾斜，扯动连接斜塔基座的棉线，位于斜塔和剑池之间的千人石（用棉线牵动的木块）向东侧偏移了极其微小的缝隙，最多也就一两毫米。

如果不是他特地指出，我们谁都没有注意。可是，按照微缩实景复原虎丘山的比例，那条千人石偏移的裂缝最少有一两米宽。

陈木利没有做详细解释之前，我们都认为地宫暗门应该在斜塔内部或底部，谁也没想到，居然在千人石！而地宫的具体位置，顺着大米略微塌陷的痕迹来看，正是剑池底部。

简单概括，就是触发机关→齿轮轴承运转→斜塔倾斜→底座机关触动→地下暗河水势改变→激活地下枢纽→千人石受力移动→通道显露→直抵地宫。

“南爷、月爷，各位朋友，这就是‘八门七转术’。”陈木利讲得额头都冒汗了，随手擦了一把，“还有件事儿，我必须说明白。要不然，咱们就等于去送死。”

八

“塔里的一百零八处机关，你也不知道哪个才是开启地宫暗门的？”杰克靠着吧台，单手托着红酒杯摇晃，“那……桌子上这个，是怎么运转的？”

“因……因为……”陈木利把小斜塔从米堆里拔出，举到我们面前转动，“是我做的，所以知道哪个是开启机关。”

“制作原理相同，机关位置不同。”黑羽接过小斜塔，对着灯光眯眼观察，“木利设计的机关，木利知道；斜塔的机关，设计者知道。”

“黑羽，你天天练拔刀收刀，居然还懂这个？”墨家机关术可是国粹，别让他偷师带回日本发扬光大，我顺手拿过斜塔还给陈木利，“几天不见，整得挺全面啊。”

“我大学学的是机械制造。”黑羽哪能猜到我的这些小心思，很认真地解释，“中国古代机关术其实就是结合物理学、数学、力学、绘图学、化学原理，形成了一门很独特的秘术。这在世界历史中都是独一无二的存在，很了不起。木利君，如果触动了错误机关，会有什么后果？”

“这个就不好说了。”陈木利搓着手寻思了片刻，“‘八门七转术’最关键的不是‘八门’，而是代表北斗七星的‘七转’。各位都应该知道，南斗生，北斗死。以‘死’为基础设计的斜塔，就没准备让破阵的人活着出来。传说中的水灾那么大的危害，只是其中一道机关造成的。其余的机关能造成啥灾啥难，我不敢说，也不敢想。”

“南爷、月爷……”陈木利诚恳地瞅着我，又看了一眼始终沉默的月饼，“我的命，你们给的。吩咐我做啥我就做，指定没二话。但是，我不能拿您几位的命开玩笑。一百零八个哪，我最多能确定七十……七十八个，还有三十个，实在拿不准。而且，前提是要进了斜塔，看了具体情况，才能确定。”

“既然知道通往地宫的暗道就在千人石，”小慧儿的小脑袋瓜子实在单纯，很兴奋地拍着手，“咱们直接去那儿，找到暗道钻进去不就完了？阿瓜懂这么多阵法，又能看地势堪舆啥的，找这么个一两米宽的地儿，很难吗？”

“小慧儿，暗道需要机关运转，挪动千人石才可以打开。”月野拽了拽小慧儿的衣袖，轻言轻语地笑着，“那块千人石有多大，咱们今天也去看了。南君虽然常年健身，也不能指望他搬起千人石啊。”

我心想，坏了，这下麻烦了。正要找个话题把这事儿掩过去，单细胞思维的小慧儿转脸问我：“哎哟！阿瓜，你还健身哪？我咋不知道？”

“他的朋友圈常发健身照，”这次轮到月野纳闷儿了，“你不看吗？”

“哪有啊？”小慧儿开始找自己的手机，“不能啊，我咋看不到？阿瓜，你是不是把我屏蔽了？”

杰克和黑羽若有所思地点点头，举着酒杯轻碰浅饮，嘴角憋着笑。

一时间，我这老脸都不知该往哪儿搁了。为了吸引月野的注意，我把她单独设置了分组，经常发一些只有她能看到的朋友圈，多是一些健身自拍、风景照片、文艺短句、自唱民谣，无非是想彰显“生活阳光，偶尔忧伤，多才多艺，孤独迷茫”的生活状态。

若是月野点赞，我顿时欣喜若狂。她要是留言了，那可不得了，我立马拿出比写书还认真的态度，逐字逐句地琢磨怎么回复她。

这下可好，露馅了。

“都啥时候了，还有心思聊这个？”我有些气急败坏，又不能明着阻止小慧儿找手机，“咱能讲两句正事儿吗？”

“四十九。”许久没有说话的月饼，半仰着坐在驾驶室里，双腿伸直搁在方向盘上，“木利，你能确定第四十九处机关在哪儿吗？”

刹那间，房车里安静了。

我们齐刷刷地盯着驾驶座里月饼露出的背影。

九

“月……”最先发问的，是我们六个里心思最简单的小慧儿。还没等她把话说完，月野竖起食指，在嘴边做了个“嘘”的动作。

小慧儿思考问题虽然单线条，却明白了月野的意思，吐吐舌头，对着我扮了个鬼脸。黑羽、杰克、木利始终盯着再不言语的月饼，眼神中流露出“月饼到底知道什么”“他为什么会知道”的疑惑。

一时间，我居然不知该做什么。于情于理，都应该我问月饼，可是喉咙里像是捅进一根木头，粗糙干涩地堵着，根本无法张嘴。

气氛变得很微妙，某种东西似乎随着空气悄无声息地潜入我们体内，迅速蔓延，在各自心里滋生出怀疑的情绪。

“各位要的东西，可算是买来了。”打破沉默的是拎着大包小包的李奉先，他满头大汗地进了房车，“南爷，可花了不少的钱呢，报销不？别的不说，就月爷要的那几样，我可是跑遍了苏州，才将就着凑齐全了。咦？你们几个咋回事？不欢迎我啊，还是被点穴了？”

李奉先的调侃并没有冲散我们心头的疑云，彼此依旧各怀心事地沉默着。我忽然意识到，或许不仅仅是我，朋友们似乎也察觉月饼不太对劲，只是碍于多年的友情和信任，心照不宣地保持着默契——月饼不说，我们不问。

“南少侠，陪我聊会儿。”月饼拎着两瓶啤酒，揣了包烟，从驾驶室打开车门，慢悠悠地走进黑暗。

我撬开啤酒，递给月饼一瓶，又接过月饼点着的烟，猛灌一口酒，深吸一口烟，不知该说什么，就那么盘腿坐着。

“咱们多久没有这么悠闲地喝酒聊天了？”月饼扬扬眉毛，细长的眼睛在夜幕下闪着星芒。

“忘记了，很久了吧？”我摇晃着酒瓶，溢出更多的酒沫，“上一次好像是在桃花源？”

“你还是这个习惯，喜欢把啤酒晃出很多沫儿，”月饼和我酒瓶相碰后，仰脖灌了一口，长长地舒了口气，“在哪儿喝过不重要，重要的是和谁喝。”

“啤酒沫子多了，喝着香。”我打了个哈欠，“还记得咱俩第一天认识，就跑去校门口的烧烤摊子喝到天亮的事儿吗？”

“怎么不记得？”月饼放下酒瓶，摸摸鼻子，嘴角扬起一丝笑容，“你喝大了，非要和老板的女儿谈恋爱，还给人现场作了首诗。”

“哈哈……”我的笑声响亮却短促，“你怎么不说你呢？一定要给老板下什么‘财蛊’，什么生意兴隆、财源广进……吓得老板以为遇到俩神经病，差点就报警了。我也是那晚第一次知道，月无华是‘蛊族最强的男人’。”

“多少年了？感觉像是上辈子的事儿。”月饼又点着一根烟，这次却没有给我，“谢谢你，第一天认识，就相信我会蛊术。”

“从上大学开始，正好十年了。你觉得很遥远，我倒觉得就像昨天发生的事儿。”我一口灌了大半瓶啤酒，擦擦嘴角的酒渍，“你甭谢我。当时那是喝多了，但凡清醒一丁点儿，我都不能相信你会什么蛊术。”

“现在呢？是不是不相信我了？”月饼拍了拍我的肩膀。

我没有说话。

“是不是觉得，从铁岭关之后，我就很奇怪？”

我点头不语。

“是不是觉得，我知道很多你们不知道的事？”

我“嗯”了一声。

“是不是觉得，我在瞒着你们做某件或许会利用你们的事？”

我愣了几秒钟，郑重地摇头。

“为什么？”

“因为你是月无华，是我……是我们最好的朋友，你不会做这种事。”

“那你能相信我吗？我是说，现在，以及打开暗道、进入地宫后，无论我做任何事情，你都会毫无保留地相信我吗？”

还未等我做出回答，月饼站起身，脊背笔直。他拎着酒瓶往前走了几步，回头对我笑了：“南瓜，每个人都有秘密，对吗？我的秘密，不要问。问，我也不会说。我们一起往前走了十年，不差这一晚上了，对吧？这一次，再陪我往前走一次！”

后来，当我记述这个瞬间的时候，我想到一个问题：如果那晚，我选择了“不”，后来的事会怎样呢？

那一刻，看着书桌上我们几人的合影，我陷入了深深的回忆。

回忆很奇妙，总是欢乐太少，难过太多。对于曾经的伤痛，尽管时隔多年，人们为什么总觉历历在目、心悸如初，却不记得什么时候、曾经为什么事情而开怀大笑呢？

或许是因为，每个人以婴孩的形态来到人世间时，第一声便是哭泣而不是微笑吧！

我选择相信月饼，无论他做什么，我都会信任他！

尽管，我已经模模糊糊地想到，这次“文字游戏”的探险旅程，不是寻找《阴符经》，也不是在“有限的生命存在于无限的时间”里阻止黑化的我们那么简单……

当我和月饼回到房车，阴阳师服饰的月野、武士装扮的黑羽、萨满衣着的小慧儿，以及该啥样还啥样的杰克，各自收拾着背包和工具。

“回来了？”小慧儿头也没抬，单手戴着萨满手链，“啥时候出发？”

“月饼，我的催眠术可能用不太上。”杰克把满头灿金色的长发捋到脑后扎了个辫子，“到时候你可要保护我啊！南瓜是指望不上了。”

黑羽“唰”地把武士刀拔出一半，一抖腕，又插了回去。

月野微笑着，不说话。

“月爷，第四十九道机关在斜塔第七层，也就是最高层。”陈木利挎好木工包，紧固鞋带，“我和奉先去开启。不用管我们，我有办法进去，也就有办法出来。你们在千人石那里等着。一定记住，暗道开启到闭合，只有很短的时间。具体多长时间，我不知道。一旦开启，你们立刻进去，千万别耽误。”

“南爷，这次……”李奉先舔舔嘴唇，眉毛都快抬到额头了，“我和木利要是有啥闪失，算工伤不？”

“八门七转阵”的一百零八处机关，只有一道是对的。如果不是第四十九个，首先出事的，必然是陈木利、李奉先，但他们没有犹豫，更没有退缩。月野、杰克、黑羽、小慧儿，又何尝不是？

原来，我们都选择了彼此相信，并且是义无反顾、毫无保留、托付生命的相信！

“咱们合张影吧？”小慧儿举起自拍杆，招呼我们，“认识这么多年，还是第一次凑这么全。赶紧的，别磨叽。”

“大战前合影，寓意不太好吧？”杰克煞风景的本事远远超出他的精神控制能力。

“咋的？你个加拿大人，别在中式机关前搞西式迷信了。”小慧儿拽着杰克的辫子，“蹲我旁边，你个儿高，别挡着镜头。”

“我一米八九还没说挡镜头呢。”我挺着脖子不甘示弱，“我也蹲着！”

结果，除了李奉先，哥儿几个都不动声色地蹲下了。

“你们男人，是不是身高过了一米八，就要时刻挂嘴边上？”月野平视愁眉苦脸的李奉先，“我一米七六，奉先，你呢？”

“我说好大姐哎，您就别拿我开涮了！”李奉先使劲儿踮着脚，差点就哭了，“爹妈生的，这能怪我吗？”

“咔嚓！”

时间定格，画面停驻，友情永存。

十

虎丘千人石又叫“千人座”，是一块由南向北倾斜的巨石。说也奇怪，这块巨石周边如同刀劈斧砍般陡峭笔直，石面平整光滑如镜，并且有暗红色的斑斑痕迹。遇到阴雨天气，千人石光滑至极，难以立足，而那些红斑更加明显，就像渗出大片的鲜血。

据说，吴王阖闾死后，其子夫差征集吴国上千名石匠为其修建陵墓。为了不泄露墓地的秘密，石匠们由军队监守，整整三年零六个月都没有离开虎丘山。直到墓室的石门装好最后一根石榫，石匠们才落下心中那块大石——总算可以回家了。

第二天上午，领了饷钱的石匠们得到消息，吴王夫差要在剑池旁的大青石设宴犒赏大家，并以吴国宫廷最高规格的鹤舞助兴。

石匠们受宠若惊，纷纷跪谢王恩，取剑池水沐浴更衣。当夜，大青石摆满美酒佳肴，石匠们欢聚畅饮，欣赏着宫娥婀娜多姿的鹤舞。不知不觉中，石匠们都喝得大醉，东倒西歪地靠着大青石酣睡。就在这时，早已埋伏好的士兵冲出来，把这一千多人尽数砍死。一时间，血流成河，哀号连连，就连城内的百姓也都听得真切。

此后百日，虎丘山弥漫着浓重的血腥味，百姓们稍稍靠近，就被熏得呕吐晕眩。曾有人在夜里听见山中弥漫着凄惨的哭号声，还有些渔民甚至从捕获的鱼肚里发现了人体组织。

原本风景秀丽的虎丘山，竟成了无人踏足的死地，野狐饿犬出没。

眼看民间怨声载道，石匠们的亲人更是恨之入骨，民心不稳，多地甚至出现“以石匠工具击杀地方官员”的事情。夫差迫不得已，请当世高人在虎丘山摆道场祭奠亡魂，宣读罪己诏，并割了一缕头发投入火中焚烧，又命官兵收集散落在虎丘山的骸骨加以厚葬，再厚待石匠的家人，减免三年赋税徭役，才慢慢平复了民怨。

为悼念惨死的石匠们，那块巨型大青石自此被称为“千人石”。每年梅雨季节，随着雨水滴落，千人石便会泛出殷红色，宛如巨石淌血。相传，在血色浓郁的子时三刻，用火光照映石面，会看到一张张凄厉的面孔。

也因此，能工巧匠辈出的江南只有竹匠、木匠、篾匠，却再也没有了石匠。就连日常家具、器皿，也多以不耐使用的竹器、木器为主，石制用具甚少。

十一

“阿瓜，本来就等得心烦，”小慧儿缩缩脖子，打了个哆嗦，“大半夜讲这个，多瘆人啊。”

此时，距离我们和陈木利、李奉先分头行动已经过去了一个多小时了。我们虽然很不放心他们俩，但是开启机关和进入暗道必须同时进行，哪边都不能少人。陈木利又拍着胸脯保证：“墨家机关术属于会者不忙，忙者不会，人多了也没啥用，反而添乱，各位尽管放心。”我们也就“听人劝，吃饱饭”了。

不是我们天性凉薄，没人愿意跟着去斜塔保护他们，而是大家都知道，真正最危险的是千人石开启暗道后将要面临的未知。

进斜塔前，陈木利、李奉先分别和我、月饼保持着微信视频联系。我目瞪口呆地看到陈木利在斜塔前某个地方扳动了一处机关，某座巨型建筑发出沉重的“吱嘎”声，挪出两尺见方的地洞入口。我感慨于墨家机关术的奇妙，又震惊于直通斜塔的暗道居然在这里。眼瞅着陈木利和李奉先先后进了地洞，视频一卡，信号断了。我立刻打电话过去，温柔的女声提示：“对不起，您拨打的用户暂时不在服务区。”

我有些不放心，掐着时间等千人石开启。哪承想，陈木利临行前约定最多十分钟，结果都过去好几个十分钟了，千人石还是没动静。我心里越来越没底，恨不得飞到斜塔上面，瞅瞅他们两个出了啥事。

偏偏身边这五位，闭目养神，不动如山。就连一分钟都坐不住的杰克，也盘着腿儿如老僧入定。我气不打一处来，抱怨几句，也没人搭理我。还是月野为我点破迷津：“南君，陈木利和李奉先肯定不会出事的。你想啊，斜塔是受保护文物。如果真有意外，他们会立刻弄出些事情让咱们知道。今天咱们去现场考察，监控就有好多个。要真有什么异动，管理人员早就有所行动了。而且陈木利说过，触碰防盗机关，会引发很多连锁现象。现在斜塔里很安静，整座虎丘山也没有奇怪的事情发生，不就证明了他们安全吗？虽然我也不知道月君怎么会知道开启机关是第四十九个。”

月野说这话时，我发现他们四个都有意无意地看着月饼。

“我不想说，你们就别试探了。”月饼伸了个懒腰，头枕双手，靠着岩石，懒洋洋地半躺着，“南少侠，你知识渊博，就没有什么关于千人石的逸闻传说分享？”

我心想，这就是关心则乱啊！我怎么就没想到月野说的这一层呢？这一下还把我们六个的心理素质分出高低了——他们五个高，就我一个低。

“小慧儿，你好歹是萨满巫师，居然会害怕这个？”

我还想再调侃小慧儿几句，始终眺望着斜塔的黑羽跃身而起：“有光。”

我们转头望去，斜塔第七层短促地闪过三次光亮。这是陈木利约定的机关开启暗号——他们成功了！也就是说，开启机关确实是月饼认为的第四十九处！

“月饼，你到底是怎么知道的？！”即便我们相信月饼，依然会好奇。

几乎就在同时，我感觉脚下一震，似乎有某种强大的力量从斜塔方向迅速传导过来。紧接着，一连串“咔嚓咔嚓”的石头碰撞声从地下由远及近地响起。

“轰！轰！轰！”

突然，极远处的天际传来滚石般的惊雷巨响。几道闪电凌厉地劈落，开膛破肚似的划开无边的夜幕，留下一道道红白相间的残影。

狂风紧随雷声，挟裹着飞沙走石。树干疯狂摇曳，树叶飘摇零落，大颗大颗的雨滴砸落下来，在那庞大的千人石上溅弹不止。千人石仿佛在枪林弹雨中被击中后倒在战场上的巨人，渗出殷红的鲜血，顺着雨滴蜿蜒流淌。

又一道闪电凶猛而至，虎丘山骤然如白昼，山影、树影、人影被光亮吓得缩成一团，躲在本体的脚下，不敢挪动半步。

“千人石……”小慧儿惊恐的尖叫几乎盖过雷声，“人影……人影……”

就着稍纵即逝的光亮，我们看到了极其恐怖的一幕：被雨水冲刷得光滑如镜的千人石，诡异的红色像是被磁石吸引的铁砂，汇聚于石面，拢合成六道鲜红的身影。

“轰！”

又是一声巨响，但这次由地底传出！

千人石裂开了，露出一道仅能一人通过的缝隙！

“时间很短，快进！”黑羽抽出武士刀，如鹰隼般掠身疾冲，“你们跟在我后面。”

“嘭！”

火星从武士刀身迸射而出，照亮了黑羽挥刀斩落的两截桃木钉。黑羽身形一顿，难以置信地注视着那道瘦削的身影鬼魅般钻进缝隙。

隐约中，我似乎看到月饼的嘴角扬起一丝微笑。他抬手扳动缝隙内石壁的某个地方。

“咚”，千人石闭合了。

月无华一个人进去了！

十二

电闪雷鸣的大雨中，千人石随着闪电的光亮忽而明亮忽而消匿。被雨水冲刷得愈发光亮的石面，映出我们呆若木鸡的影子。

我大口大口喘着气，雨水灌进嘴里，干热的嗓子稍稍清润。沉重的雨滴不停地击打身体，甚至要极力挺直脊背，才能勉强站直。我很缓慢地转过身，很缓慢地扫视着他们：“到底是怎么回事？你们还瞒着我什么？”

借着稍纵即逝的闪电光亮，他们四个人的脸上同时浮现出某些很复杂的神色——愧疚、困惑、急切、恍惚……

“南……”杰克思索片刻欲言又止，望着月野抬了抬手，“你问她吧。”

那一瞬间，我无比愤怒！

几分钟前，月饼独自进入暗道，把我们关在千人石外，我有过“月饼这个傻子又要自己扛着危险”的猜测。但是我又想到，在那么多次的并肩战斗中，从来都殿后的黑羽，为什么要第一个冲进去？他知道些什么？

几小时前，月饼和我深聊，让我相信他。回到房车里，他们几个什么都不问就收拾利索，准备出发。难道，并不是我认为的那样——他们和我一样无条件地信任月饼——而是他们早就知道些什么，只是在等我做决定？

杰克的态度，恰恰证实了我的猜测！

从尼雅开始，他们始终瞒着我在进行某些事情！即便是我从昏迷中醒来所得知的内容，也不过是他们有选择地让我知道。最重要的事情，他们都选择了对我隐瞒！

如果不是月饼突发的举动，他们原本商量好的行动计划或许是把我一个人留在千人石的暗道之外？

他们到底对我隐瞒了什么？

他们为什么不想让我参与其中？

是充满怜悯的保护，还是……我不能接触这件事？

在整件事的过程中，我到底扮演了什么角色？

“南君……”月野长长的睫毛上挂了一串细细密密的水珠，“我……”

“住嘴！”我怒吼，随即紧咬着嘴唇，狠狠瞪着月野。

从未见过我如此暴怒的月野，下意识地退了两步，眨着眼睛，睫毛上的水珠顺着眼角流淌下来。

黑羽弯腰捡起劈断的桃木钉，紧紧抿着嘴唇，用力攥进手心，鲜血顺着指缝涌出，很快被雨水冲刷消逝。

“啪啪！”两记耳光打过来，我的脸庞火辣辣的。

我扭过头去，凶狠地瞪着悄悄走到身边的小慧儿：“你找死吗？”

小慧儿从我腰间拔出军刀，举在面前：“刀在这儿！要么捅死我，要么听我说。”

那柄距离我只有几寸远的军刀，仿佛已经捅进我的身体。我就像一个被扎破的气球，“嗤嗤”地倾泻着内心深处的愤怒、屈辱、疑惑。

忽然，始终在耳边震荡的各种声音消失了，风雷电雨肆虐鞭挞万物的声音消失了。

唯有小慧儿一字一顿的声音："南晓楼，记住我说的每一个字！你想知道的，我们都会告诉你，但不是现在。现在没时间跟你详细解释。月无华的处境很危险！你必须想出办法，让咱们五个立刻进去！你根本不知道月无华为你做了多少事情，你也不知道我们为你做了多少事情。如果你还是个男人，还把我们当朋友，请你给别像个没长大的孩子，小朋友不和你玩，就哭哭啼啼的，瞎矫情。"

不知是小慧儿这几句话起了作用，还是透骨的冷雨浇灭了心中的怒火。我怔了几秒钟，仰头灌了几口雨水，一股清凉从喉咙直抵丹田。

我终于冷静了，从小慧儿手里抽出军刀："小慧儿，我也告诉你一件事情，记住我说的每一个字！我不一定会把你们当朋友，但是……我绝对是个男人，而且是特别强悍的男人！"

小慧儿张着嘴，用看外星人的眼神瞪着我："阿瓜，你这情绪调整得也太快了吧？我还准备再给你几个大耳刮子让你清醒清醒。这么大的人了，女朋友都没谈过，还特别强悍，吹吧你。你赶紧的，想招儿让咱们进去。"

我知道时间紧迫，没心思和小慧儿斗嘴，粗略回忆月饼进暗道前的情景："小慧儿，机关开启前，你看到了什么，还记得吗？"

"六道红色人影？"

十三

春夜的雨就像女朋友的脾气，来势汹汹，哄几句又能破涕为笑。方才的狂风骤雨随着一道有气无力的闪电，慵懒地抖落最后几滴雨水，散尽漫天乌云，透出疏朗的星光。

手机来电铃声在静寂的夜里分外清晰。我抬头望着斜塔方向，点开免提，手机里传出李奉先和陈木利高兴又讶异的声音。月野、小慧儿、杰克、黑羽紧绷的表情稍稍有些释然。

毕竟，当下除了月饼，最让我们牵挂的就是他们俩。当然，我的心里还藏着对方旭东这个胖子的挂念。

“南爷，您还别说，木利还真像那么回事儿！进了斜塔，都快把我绕迷糊了。嘿，您猜怎么着？不知咋回事，就到了第七层……哎，对了，也是怪了……进了塔，手机就没信号了……”

“奉先，你别说废话。南爷，你们进暗道了吗？不对，我怎么听着声音，你们好像还是在外面？没来得及进去？这可咋办？南爷，要运行这么大的墨家机关术，需要足够的‘势’……一时半会儿说不明白，我寻思寻思怎么说……车没油了，需要加油才能再跑起来。塔里的机关想再次启动，起码也要……”

“木利，我们进来了。只是环境有些独特，很难说明白……”我没等陈木利把话说完便打断他，尽量控制语气显得很平静，“你们在哪儿呢？出来没？把房车开回古城，车钥匙在左前轮挡泥板的暗槽里。放心，目前没出什么状况，等我们回去。”

话筒那边沉默了几秒钟，便悄无声息地挂断了。这本就是我们的约定，陈木利、李奉先也没有说什么“保重”“小心”之类虚头巴脑的话。越是关系好的朋友，越会用行动相互给予帮助，而不是语言。陈木利和李奉先已经做好了他们该做的事，剩下的，没必要再把他们拉扯进来了。

我收起手机，没有正眼看月野他们，曲着食指敲敲被湿漉漉的头发紧贴的额头，星星点点的水珠滴落下来："你们知道而我不知道的事情里，有没有关于时间的限制？"

无人应答，却不约而同地摇头。我"嗯"了一声，闭目静默几秒，屏除脑子里所有的杂念，回忆着几分钟前机关开启，千人石挪动时发生的一幕幕景象，尤其是那道闪电过后，稍纵即逝的六道红色人影。

当时形势紧迫，我没时间多想，现在琢磨琢磨，却大有深意。

在中国漫长的历史长河里，流传着数不胜数的传说逸闻，或匪夷所思，或怪诞离奇，或凄美动人，或平平无奇。在无人考究真假的岁月里，逐渐成为口口相传的饭后谈资。

然而，有些传说逸闻往往隐藏着关于某地、某物、某人、某事的关键线索。只有在深入触及的时候，才会惊觉：哦，原来是这么回事！

我也是从懵懵懂懂地踏上泰国之旅开始，经历过诸多冒险后，才慢慢琢磨出这个道理。

传说中，千人石因夫差残杀千名石匠而得名，逢雨则泛红，遇火则显现魅影。乍一听，此处似乎是极为诡异之地。然而，依我对五行八卦的了解程度，从整座虎丘山的走势和千人石的方位来推断，这里并不是所谓"怨气横生"的凶煞地，更不是"阴气汇聚"的聚阴地，反倒是罕见的阳气充溢、罡气满盈的核心正位。

这样一处绝佳之地，却流传着完全格格不入的血腥传说，预示着什么？或者说，隐藏着什么？

虎丘山的整体格局是"三墓十二穴"中最霸道的"诛穴"；虎丘斜

塔则是墨家机关术里最复杂的“八门七转术”的“枢纽”。而作为“门户”的千人石，却是诛凶镇邪的“阳眼”。打个比方来说，就是一片腐气弥漫、阴冷潮湿的沼泽中央，有一团熊熊燃烧、永不熄灭的篝火。

这是极为不合常理的格局。在生活中，许多事情突然发生时，往往会出现不合理的现象——地震前，动物的异常状态；海啸前，海水反而会大退潮。上班前，手机掉在地上，弯腰捡手机耽搁了几秒钟，可能会导致遇到车祸、被偷窃、赶不上车而迟到，甚至丢掉工作，进而影响一生的际遇。

所以，最不合理的存在往往是最合理的暗示！

那么，千人石所隐藏的暗示也就很明显了！

斜塔建于北，为玄武位，五行属水，依北斗七星为基础设计而成，以水为机关动力。位处斜塔南边的千人石，为朱雀位，五行属火，遇火显出六道红色身影，恰恰是代表“生”的南斗六星君：司命、司禄、延寿、益算、度厄、上生。

陈木利解说斜塔是“八门七转阵”时，曾随口提到过，“越是精密复杂的机关术，越会在某处设计另一道开启机关，算作双保险”。

我虽然不能够完全确定，但是隐约感觉到了另一道开启机关……

“火……我需要火，很大的火……”极短时间内高速运转脑力让我觉得很累，我使劲揉着太阳穴，“希望没有判断错误。”

十四

平时很容易做到的事，在某些特定场合、特殊环境就会变得无比困难，正如现在的我们正面临着如何在骤雨方歇的深夜升起一团熊熊大火的问题。

虎丘山的草木都已经湿透，夜风吹过，树叶“簌簌”抖落着细密的雨滴，为湿漉漉的寒夜又覆了一层冰凉的水汽。就连我们五个人也都衣衫尽湿，背包虽然防水，却没有备着助燃的材料。

我有些后悔让陈木利和李奉先开车走了，要不然从油箱抽出些汽油，助燃这个难题就解决了。

但相对于怎么点火，更让我烦躁的是小慧儿的话——月饼面临的处境极度危险。那么，尽早开启机关暗道，月饼的安全就能增加一分。可是，我根本无法确定，就算点着火，六道红色人影重新显现，就一定能顺利开启吗？

说到底，这一切，不过是我的推论和猜测，并不一定真是这样。如果我的判断有误呢？

这个该死的月无华，明明我才是主角，你吃饱了撑的，抢我的戏份儿干吗？

想到这里，我闷闷地点了根烟，盯着杰克和黑羽举着照明棒和打火机照映着千人石，以侥幸心理做着明知道不可能，但是期待万一撞大运的事情。

“南君，为什么一定要用火？”

我没有直接回应月野。自从知道他们一直有事对我隐瞒，我的态度就很冷淡。他们也明白其中缘由，不大和我说话，只围着千人石，各自做着能做的事。此刻月野忽然问起，是否揣摩出了我的烦躁和不确定？

沉默了几秒钟，我觉得有些不太合适，自言自语地望着南斗六星的方向：“天地万物，相生相克，有生就有死，有黑就有白。北斗主死，南斗主生。斜塔七层寓意北斗，千人石六道人影暗指南斗。世间生灵，因火而生。明火起，南斗开。一时半会儿说不清楚，我……我也不太确定……”

“我虽然不太懂，不过……我……”

“月野，你有什么就说，咱们没有必要吞吞吐吐，故意隐瞒，结果把什么事儿都耽误了。而且……”我话里带刺，又故意补了一句，“我不认为在这方面，你们懂得比我多。”

月野听出话里的意思，轻声回了句“对不起”，再没言语。身后的脚步声悄悄远离，我居然有一丝报复的快感，摸出火机点了根烟。

我的限量版ZIPPO火机的滚轮摩擦着火石，许是因为空气潮湿，转了好几次也没有引燃。迸出的火星闪着微弱的红光，香烟在短暂的光亮里忽明忽暗。

我连续转动滚轮，注视着火星不断照亮香烟，在手指间映出模糊的影子，又瞬间消逝。直到大拇指摩擦得生疼，我才闭上眼睛，回忆着平时根本不会注意的景象。渐渐地，许多支离破碎的画面从黑暗中慢慢涌出：火星→香烟→影子，闪电→千人石→人影……光→影子？

手指传来灼烧的疼痛，我哆嗦着松开手，才发现火机不知什么时候点着了，忽忽闪闪的火苗正燎着食指边缘。

“月野！”我甩手闭合火机盖，金属碰撞声清脆悦耳，“我错了！你想说的是——不是火，是……”

“光。”月野抚摸着千人石，微风拂动的长发撩拨着嫣然的俏脸，“南君，你放下心魔了？真好。”

“阿瓜……”

“你总算……”

“想明白了。”

小慧儿拍手，杰克微笑，黑羽叹气，一人一句，像是在接龙。

我尴尬地笑了笑，开启手机的手电筒模式，踮脚举起，让那束明亮的白光打在千人石曾经出现红色人影的位置。

一秒、两秒、三秒……

一分钟、三分钟、五分钟……

我们原本屏住呼吸，紧张、期待、兴奋的情绪在“怦怦”跳动的心脏里挤压，融入血液，顺着血管涌至眼睛，缠绕成一丝疑惑，随着眼神黯然地缓缓溢淌。

光还在，人影未现。

难道我从一开始就判断错了？

我狠狠地关了手电筒，暴躁地吼了一声，挥拳击向坚硬的千人石。殷红的鲜血从指关节渗出，沿石面蜿蜒滑落，交织成一张形似嘴巴的诡异图案，似乎在嘲笑我的愚蠢。

“到底怎么样才能打开机关？”我浑然不觉右手疼痛，又一拳重重砸中石面，“到底怎么样才能出现人影？”

杰克拍了拍我的肩膀，张张嘴却什么都没说。黑羽像一尊石刻的武士，笔直默立。小慧儿拽着我的手，在血肉模糊的伤口上撒了一撮淡黄色的药粉：“阿瓜，你就算是把手打残废了，也没个屁用！好好动脑子，再想想！”

“南君，你安静一下。月君进去不久，我们还有时间，来得及。”

月野温温柔柔的安慰，听起来更像是对我方才自大、傲慢态度的嘲讽。我心里明白，没有人会在这个时候因为这件事而嘲笑、鄙视我。他们把希望都寄托于我，等着我重新整理思路，找到打开千人石的机关。

可是，在最擅长的领域遭遇最残酷的失败，是我过不了的心结。

“让我静一下。”我摆了摆手，仰头望着位于西方称之为“人马座”，东方称之为“斗宿”的南斗六星。

千万年来，月升月落，斗转星移，亘古不变地遵循着宇宙的法则，由夜幕降临而升，随夜幕消逝而沉。黑夜仿佛一张无比巨大的幕布，后面隐藏着最精密的机关结构，操控着星辰明月，严格精确地运行，从不失误，从不停滞。任凭尘世间的人类如何参悟、破解，也只能知其表面，而无法真正领悟其中的玄机。

在我纷乱如麻的思绪里，一根闪亮的细线出现了，又极快地隐藏于那团乱麻之中。

我心里一动，又看了一眼南斗六星的位置，似乎明白了什么。

十五

晋代高僧竺道生以阐述《涅槃经》，宣扬“苦海无边，回头是岸”“放下屠刀，立地成佛”“一切众生皆有佛性”。他苦游世间，却不容于旧学，为北方贵族所排斥，最终被赶出都城。

竺道生扁舟渡江，于船头回望北方苍茫大地，爽朗大笑：“纵是一草一木一石一水，皆有佛性。众生不懂佛，总有懂佛人；都云世无佛，菩提却有树。”

当他云游至虎丘，听闻“千人石”的传说，以大慈悲之心于此开坛讲经。短短数日，聆听佛法之人由最初的寥寥几人增至千余人（这是“千人石”名称由来的另一个典故）。

然而，世间分南北，贵族无区别。南方贵族哪能容忍此事？派遣士兵将听经人悉数驱赶。面对空荡荡的偌大千人石，竺道生不为所动，继续对着听经人盘坐的石头宣扬佛法，三天三夜不吃不喝，不眠不休。

当他讲到“一切恶人皆能成佛”时，千人石东北角的水池中，一块顽石突然向他点头，仿佛听懂了佛经之意。此时正值严冬，池中水满，白莲吐芽生叶，竞相开放。一时间，白绿相间，花香四溢，端的是人间至美之景。

竺道生目视顽石，微微一笑，拂衣而去。池塘顿时空了，莲花朵朵枯萎，又是一幅冬寒凋零的景象。

由此，便留下了“生来池水满，生去池水空”“生公说法，顽石点头，白莲花开”的佳话。

那方小池被后人唤作“白莲池”，顽石则名“点头石”。

此刻，我正站在莲花池旁的石桥上，视线从点头石移到千人石。

从这个角度看下去，千人石分为形状不规则的方、圆两块。方石由西至东，分成三层，最高层竖着一根人工雕刻的巨型石柱。圆石，也就是出现六道红色人影、裂开缝隙的那块巨石，比方石要高出少许。

点头石立在莲花池靠近岸边的位置，由下大上小两块近似方形的石头叠加形成。

小慧儿、月野、黑羽、杰克依照我的布置，分别站在圆石的四象方位，也就是时钟的十二点、三点、六点、九点位置，不明所以地仰头瞅着我，等下一步的指示。

几分钟前，当我陷入“无法再次开启千人石机关”的绝望时，忽然冒出一个很奇怪的想法。

陈木利、李奉先在斜塔里第一次开启机关时，天降暴雨，电闪雷鸣，千人石出现暗示“南斗六星君”线索的红色人影。这种出乎意料的异象，因月饼关闭机关独自进入地下暗道，使我产生了“红色人影是开启机关的核心”的错误认知。

话说回来，换作是谁，在当时的情形下，基本都会把红色人影视作解决问题的关键线索。

直到我冷静下来，抬头仰望星空，却让我隐隐意识到，我忽略了一个看似无关的东西——时间！

斜塔开启机关与红色人影显现，两个毫不相关的事物在同一时间点交集。这说明了什么？

红色人影出现的原因，不是火，不是光，而是机关开启的时间。并且，红色人影并不是开启机关的核心因素，只是一种提示。

打个比方：摁下电梯的“↑”“↓”按钮，楼层数字按钮会依次亮起，提醒人们注意到达的楼层。到了相应的楼层后，按钮的提示灯光就会熄灭。

“↑”“↓”按钮＝机关开启装置；亮光＝六道红色人影。

也就是说，即便没有火，没有光，只要机关开启，红色人影就会浮现于石面！而人影停留至消散于千人石石面的时间，就是暗道开通至闭合的时间。

由此大胆假设：机关开启，地下暗道里会发出某种亮光，透射进千人石，把内部石壁里隐藏的呈人形的红色物质映射到外部石壁，形成人影。

那么，它既然能接收内部光线，十有八九也能对外部光线产生反应。不过显然不会对阳光产生反应，要不然，太阳一晒就现形，每天那么多游客，秘密早就被发现了。

所以，它的显现属性，限制在特定的亮度范围里，也就是黑夜。千人石周围寸草不生，夏秋湿润，春冬阴寒，根本不会出现火源形成的光。结合千人石“夫差屠杀千名石匠”的传说，是不是故意用“午夜三刻火光照映出现鬼脸冤魂”来吓唬百姓，守住其中的秘密呢？

话说回来，谁吃饱了撑的没事干，半夜爬到黑漆漆的郊野，举着火把照千人石呢？再说了，那六道人影的位置极其古怪，还真不一定能照到。

再关联那个传说——下雨天，千人石的表面变成殷红色。雨天多雷电，当夜雨闪电划破天际，大地骤亮，石面的殷红色不正好遮掩了红色人影吗？

如果真如我所想的这般，那么墨家机关术的“八门七转术”实在是太神奇了，简直是超越时代的产物。

我虽然很厌烦“细思极恐”这个词。但此时此刻，似乎只有用这个词形容此情此景特别贴切。

既然排除了“红色人影是机关的核心因素”，那么真正的机关枢纽在哪里呢？我之前把注意力完全放在千人石的格局以及传说里的暗示上，却忽略了莲花池和点头石传说里隐藏的线索——点头石会动！

从我现在所站的桥顶角度俯视，组成千人石的方、圆两块巨石，象征着“天圆地方”。圆石和方石结合的形状，尤其是方石上竖起的那根巨型石柱，怎么看都像放大了几十倍的日晷。日晷是古人利用太阳投射的影子来测定时刻的一种计时仪器。

“你们四个高举双手过头，手臂平行保持筷子形状。”我从背包里摸出一根照明棒，想了几秒钟，对着天空某个方位高高抛起。

照明棒在空中旋转着十字花纹，把整座千人石照得通透。

石柱、月野、小慧儿、杰克、黑羽的影子，随着光芒的移动，由小小一团延伸成细长的淡淡灰影，渐渐探出千人石，直至五道影子的顶端，交汇于莲花池畔的点头石。

照明棒落入树林，光芒顿灭，影子融于黑暗。

我们的眼睛亮了：这根类似日晷指针的石柱，立在千人石的任何位置，柱顶的影子最终都会停在开启机关的第二枢纽——点头石！

并且，光源一定要出自南斗六星的位置，也就是照明棒抛起的方向。

十六

“没想到，这根石柱居然是标记机关位置的指示柱。太神奇了……”站在圆石九点钟位置的杰克迈步跨到方石的石柱旁，“南瓜，我可以摸摸吗？不会触发什么机关吧？”

“每天那么多游人，你瞅石柱表面的石纹都快被摸秃了。”破解了机关枢纽的位置，我心情大好，和他们四个人的芥蒂也就这么消除了，“要能触发，还会等到你来摸啊？”

“南君，你是我认识的最聪明的男人。”月野轻悠悠地踱步到莲花池边的点头石，“谁能想到，这两块石头才是机关枢纽？谁又能想到，提示居然藏在竺道生讲法的传说里？除了你，谁能从这些毫不相关的线索里，抽丝剥茧，找到真相呢？”

月野这几句话令我通体舒泰，大为受用，比拔个火罐还得劲儿。正想回句“这点小事儿算不了什么”，话到嘴边又觉得似乎不太矜持稳重，很影响形象，便板着脸“嗯”了一声，略略点头，故作沉稳淡然状。

“以前，觉得南君胆子小、不能打，还有那么点儿好色，这两年又胖了不少……”月野蹲在点头石后面嘀嘀咕咕，从我的角度看，就像是石头上摆放了一个会说话的美女脑袋，“嗯，不说这些了。看来以后，要重新认识南君呢。”

我心想，月野清衣啊月野清衣，您这是夸我呢，还是损我呢？一时间，也不知是喜是怒，反正好不容易端起来的高冷范儿，又掉下去了。

黑羽皱皱眉撇着嘴，一脸“你们俩就别腻歪了”的嫌弃劲儿，摇着头走到杰克那儿，假装研究石柱子去了。杰克冲着黑羽很有深意地眨眨眼，低声说了几句话。

虽然离得远听不清，但他们的对话内容依然逃不过我那双略懂唇语的火眼金睛：“南晓楼这几年胖了二三十斤吧？”我恨不得一刀飞过去戳烂杰克那张破嘴。

“你们俩就别腻歪了，行不？”小慧儿做个呕吐表情，直接说出了黑羽的心声，“月无华还在地底下呢！都找到点头石了，还不赶紧的。磨叽啥呢？”

“南君破解机关的秘密，确实很了不起呢。”月野认真地眨着大眼睛，眼神纯挚，“难道不应该夸奖吗？怎么会是腻……腻歪呢？”

“腻歪得都快忘了月饼了，还……”

我尴尬地咳了一声，直接打断了小慧儿的吐槽：“你急啥？中国的机关术很复杂好不好？点头石是机关枢纽，没有正确的开启方式，要么开不开，要么永久封闭机关，谁也进不去。”

“那你倒是正确一个给我瞅瞅啊！”

“我这不正琢磨怎么开嘛！”

“敢情你这是找到锁了，还没有找到钥匙？”

“谁说我没找到钥匙？”

“找到了钥匙你还不开？”

“柳泽慧！你不怼我不舒服是吧？”

“你把钥匙搾进锁里，赶紧和月饼碰头，我才能舒服。”

我让小慧儿戗得一口气顺不下去，气鼓鼓地瞪着她，她竟然同样气鼓鼓地瞪着我。黑羽和杰克专心摸着石柱子，一副事不关己，高高挂起的态度。还是月野打了圆场：“南君，你是不是不知道怎么开启？要不要联系陈木利？”这句话比小慧儿怼我那么多句还伤自尊。

我也不想做什么解释，摆了摆手：“联系木利没有用，他开不了。开启机关的方法，其实也在竺道生千人石讲法的传说里。”

十七

之所以把这段旅程命名为“文字游戏”，是因为在不断探索前行的过程中，我发现与某地、某物、某人有关联的中国古诗词、文献、传说里，隐藏着许多不为人知的线索，通过层层分析推理，有可能揭开更多匪夷所思的历史真相。

整个过程虽然险象环生，却也很有趣，就像在做字谜主题的密室求生游戏。当这个游戏进行到“虎丘斜塔”环节，我从竺道生千人石讲法的传说里，分析出点头石是开启千人石的第二道机关枢纽，又在其中寻思出了怎么启动点头石。

这段传说藏着双层暗示：“点头石会动”是第一层；点头石为什么会动则是第二层。说直白点儿，就是如何让点头石动起来。

结合那个传说，即便听众都被驱散，竺道生依然对着那堆空石头讲了三天三夜，直到点头石动了，才飘然离去。

第二层暗示的答案就藏在这段容易被忽视的文字记录里。

通过传说，我们知道竺道生除了讲法，没有任何行动，就是对着石头自言自语了好几天。那么，首先要排除的就是点头石并非靠外力启动的。既然不是外力，那必然是某种机关结构形成的内力，才能产生驱动点头石的动力。

关键点在哪儿？第一，空石头；第二，讲法。

古代高僧开坛讲经，可不像现代的专家、教授站在讲台前抑扬顿挫地说着普通话或方言，而是吟唱经文。听经的百姓们受其影响，会不由自主地随声吟唱。那情景，有点像歌手开演唱会，歌迷们在台下听歌，情绪到了就开始大合唱。

也就是说，竺道生是通过“对着空石头堆吟唱”的方法，触发了驱动点头石的内力。这么解释似乎还有些抽象，换个描述方式就是音乐使石头产生共振，形成动力，启动点头石。

对物理学稍有了解的人应该都知道声波共振原理——任何物体都存在其固有的振动频率，称为固有频率。当物体受到与本身固有频率相同的强迫振动时，其振幅可能达到非常大的值。

从声学角度来讲，声波共振是指利用一个与物体固有频率相同的声波，对物体形成激励，从而达到共振，物体结构可能会被破坏。共振又称“共鸣”，指的是物体因共振而发声的现象。比如两个频率相同的音叉靠近，其中一个振动发声时，另一个也会发声。

大胆地假设一下：《涅槃经》四十卷，数十万字，竺道生他老人家吟唱了好几天，也是不容易，且不说体力了得，记忆力也绝非常人。竺道生吟唱到某段经文时，与空石头堆里某块石头产生共鸣，振幅形成的动力驱动了点头石。

如果这个假设成立，我现在立即要做的就是找出《涅槃经》里能产生共鸣的经文吟唱出来。但是，从几十万字的经文里，找这么一段经文，无异于大海捞针。更何况，竺道生使用哪种音调、哪种口音吟唱，我压根儿不知道。

音调倒还好说，怎么也脱不开宫、商、角、徵、羽的古音律范畴，但是口音才是最重要的。不同的口音唱出来的歌，形成的声波，区别可就大了。用四川话和东北话唱同一首歌，绝对是两个味儿。

东晋时期，金陵雅音是官方语言，又称吴音。这个我倒是知道，但是谁又能保证出生在钜鹿（今河北省平乡县）的晋朝人竺道生是不是满嘴吴语呢?

种种不可能一结合，就成了绝对不可能。按照这个假设，为启动那块点头石，我们五个估计要在千人石旁，唱个十年八载才有可能出现奇迹。到时候别说和月饼在地底下会合了，我们几个倒可能把自己唱死，直接进了地底下。

人在思考问题的时候，特别容易认死理，俗称钻牛角尖。走进死胡同，想破脑袋也没用。

既然那块石头的内部暗设机关驱动，那么它发出的声音肯定和其他石头不同。

正好，我的听觉异于常人。

此刻，我闭目盘腿，坐在千人石那块方石的石柱下，听着月野、小慧儿、黑羽、杰克以不同的力度敲着遍布于千人石旁、莲花池畔的各块石头。

也就三五分钟的时间，我在一片“砰砰”声中，听到了极其微弱的“咚咚”声，立刻睁开眼睛，循声望向杰克所在的位置。

十八

“杰克，别动！”我起身跃下千人石，“就是那里！”

杰克定住了，一手摁着崖壁，一手举着火机：“我是弯腰敲累了，想点根烟歇口气，火机撞到了这块石头。这……”

有些出乎意料的是，那块发出不同声响的石块，不是地面的某块石头，而是位于千人石北、莲花池西侧的崖壁上。它约一尺半长、八寸宽，夹在排列相对整齐、形状大小不一的石头中间。

月野、小慧儿、黑羽都凑了过来，面对崖壁上篆刻的几个古汉字沉默不语。

“阿瓜，你确定？”小慧儿小心地摸索岩石间的裂缝，“‘坐月子’旁边这四个青色的字是啥意思？”

我正琢磨着岩石之间的布局、颜色、图案，听到小慧儿的疑问，愣了一下：“什……什么坐月子？谁坐？”

“喏……这不有仨蓝色的字——‘坐月子’吗？”小慧儿抬手指着崖壁，“就在那坨草下面。”

我忍不住哈哈大笑，笑了一阵子，感觉不对劲，扭头看月野、黑羽、杰克，却发现他们和小慧儿一样，也是一脸的不解，只差问我：“是啊，为什么要刻着‘坐月子’？”

我刚咽回嗓子眼里的笑声，又喷了出来，笑得上气不接下气。

“中国古代的崖刻要从左往右读。蓝字是‘千人坐’，是明代天水人胡缵宗在苏州知府任上所题；青字是篆体‘生公讲台’，作者可能是宋代蔡忠惠公，也有可能是唐代李阳冰。我个人比较倾向于李阳冰。”

闹了这么大的笑话，他们四个故作矜持状，或看天，或望地，或装作没听见。反正除了月野微微脸红，剩下那三个面不改色，大气不喘，脸皮厚度堪比千人石。

本着“做人留一线，日后好相见”的道理，再加上有正事要做，我没再讥讽他们，而是摸出瑞士军刀，依着岩石自然形成的裂缝逐块敲击。敲到杰克摸着的那块时，我听出了异常。这次因为离得近，我从内空的“咚”声中又听到了某种熟悉的声音。

我又试着敲了一下，这次听得更真切，那个声音虽然极其微弱，却逃不过我的耳朵，分明是从岩石内部响起的。

“你们举着照明棒，保持姿势。”我向后退了几步，在几根照明棒的光亮中，观察着这方崖壁，越看越觉得奇怪。

崖壁不高，最高处也就两米左右，顶端满是青草绿植，看不出具体形状。崖壁由大大小小数百块岩石组成。石块表面颜色或白或青，缝隙里长着苔藓，就像在岩面上画出的线条。这种天然形成的岩石纹理，确实更有利于声波的传递共振。

从我所站的角度整体看去，整块崖壁被天然裂缝分成上下两块。分割线由“生公讲台”底部笔直延伸，“臺”（篆体“台”）字左边撇所对的岩石，就是发出异响的那块。它的左边，还有四块没被野草覆盖的岩石。

“千人坐”三个字就压在这五块岩石的顶端，恰好把它们划分在一米长、三十厘米高的长方形区域内。

“月……”我本想喊月野，想想又改了口，“越瞧越觉得有点儿意思。黑羽，用你的武士刀，从那块石头往左挨个敲，敲到第五块，敲慢点儿，反复多敲几遍。”

当黑羽敲到第三遍，板着脸就要不耐烦的时候，我从五块岩石的敲击声中，分辨出现代音阶的3、5、1、2、6，也就是中国古代音律的“角、徵、宫、商、羽”，对应五行的木、火、土、金、水。

如果把这块长方形区域比喻为一张石琴，那五块石头就是琴键。能够开启点头石机关枢纽的那块岩石，就是五行为水的“羽”。

我大概知道怎么打开机关了。

十九

在照明棒的光亮中，我眯眼集中目力，观察着手指摸过的每一处位置。这五块岩石的年代太过久远，灰白的岩面渗出一层腐朽的暗青色，风化的石块表面凹凸不平，填满潮湿的淤泥、苔藓，尤其是刚下过雨，黏腻湿滑，单凭手指的触觉摸不出什么端倪。

“需要帮忙吗？”杰克嘴上问道，但一手抽着烟，一手举着照明棒，哪有要帮忙的样子？

我摆了摆手，摸出军刀：“一时半会儿解释不清楚，你们保持光线稳定就好。”

我尽量小心地稳住手腕，用刀尖抵住岩石，顺着泥藓的纹理轻轻挑动。“咔嗒”一声，一小块石块随着苔藓脱落。我心脏“怦怦”狂跳，连忙收回军刀，弯腰找到那一小块石块，看到上面没有什么特殊的地方，心里才算踏实了。

我抓了抓后脑勺，看来军刀不好使，估计还没整出名堂，石头都撬成抽象派油画了。又寻思了一下，我转头问小慧儿："你们女孩子描眉画眼用的那种像小毛笔的玩意儿叫啥？还有那个……往脸上糊粉的，圆圆的、毛茸茸的……"

"你说的是眼影刷和粉扑？问这个干啥？"

"对！就那俩，带了没？"

"我是来探险的，又不是来参加舞会的，带那东西有啥用？"

"没带就没带，咋还这么多废话？"

"南晓楼，你说谁废话呢？有本事你再说一次。"

"你让我说，我就说？哪来那么大的脸？"

小慧儿脾气耿直，又是个短捻炮仗——一点就着。这会儿她也不举照明棒了，晃着手腕上那串七彩铃铛，看架势要给我来个萨满术的终极奥义。

"你俩这时候还有心思吵架？大家现在心情都不好，更要有沉着的觉悟。"月野温温柔柔地打圆场，我和小慧儿也不好意思再闹腾，改用眼神互杀。

"就是……就是……"杰克这时候倒是开腔了，胡乱套着中国俗语，"乡里乡亲的，抬头不见低头见，别祸起萧墙，后院起火啊。"

我一听这话，就真的要起火了，却见黑羽"唰"地拔出军刀，横在自己的脖子边。

我大吃一惊，这黑羽这么重感情，难道要以命要挟我们握手言和吗？

"南晓楼，你要那些东西做什么？我的头发可以替代吗？"

我直接笑出了声：“别价，你的头发不好使。这几块岩石风化太严重，轻轻一碰就掉石屑。我需要把表面刷干净再找线索，就像考古学家用的那种刷子。”

“咱们五个人，两个女孩子……”月野把身后的背包扯到胸前，一通翻找，拿出个精致的化妆包，“你怎么不问我呢？”

“对啊！阿瓜，你咋不问月野呢？”可算是让小慧儿抓住把柄了，“凭啥单指着我较劲？咋地，对我有想法啊？呵呵……不好意思，本小姐对胖子不感兴趣。”

我杀了小慧儿的心都有，自知理亏，生生把反戗的话咽回肚里，尴尬地接过月野的化妆包。

哎，这叫什么事儿？我越想越觉得心里憋屈。本以为月野这张精致的脸够天然了，压根儿用不到这些化妆品，没想到她早已达到化妆的最高境界——看上去和没化似的，而且在这节骨眼上还随身带着化妆包！看来“没有丑女人，只有懒女人”这句话一点儿不假。

打开化妆包，我的头都大了：大大小小的毛笔刷起码有十只，各种圆、方、鼓、扁的粉扑也有七八个！

二十

清理石面的活儿，虽说需要细致耐心，却不复杂。小慧儿在赌气，对我爱搭不理，一直站旁边，举着照明棒当灯杆。月野、杰克、黑羽和我拿着小笔刷、粉扑，也就用了几分钟便把石面的湿泥、苔藓、污垢弄利索了。

乍一看，这五块露出原貌的岩石瞧不出啥，石面纵横交错着细细密密的纹理，和普通岩石并无不同。

他们几个没看出所以然，也不好多问什么，都没吭声，等着我的判断。

我按照五行八卦、周易术数、古音五律、图案形状甚至典故传说等，凡是能想到的都做了推演分析，却什么也没有发现。

点了根烟，我有些纳闷儿地盯着这方岩石，暗自寻思：既然“羽”所在的岩石十有八九是开启机关的枢纽，另外四块岩石又分别对应着“角、徵、宫、商”的音律，它们之间应该存在着某种不需要声波共鸣就能相互作用的联系，这才符合五行相生相克的规律。

可是，为什么我啥都看不出来呢？

想到这里，我多少有些烦躁，瞪大眼睛使劲盯着岩石表面，双手沿着那些石纹虚空比画。那些杂乱无章的纹理，就像耳机线一样绕成一团，看得我眼睛都有些花了。我想了想，示意他们固定照明棒的位置，确保光线稳定，然后退了几步，远距离观察五块岩石是否能构成一幅整体的巨大图案，说不定会有新的线索。

然而，连着抽了两根烟，我也没看出个所以然，心里开始烦躁起来。其实，要是平时，我的耐心和思路绝不止于此，但此时月饼已经独自进入暗道近半小时，我却偏偏卡在这里进不去，根本静不下心。瞅着这四个自由女神似的举着照明棒的朋友，想起他们有事瞒了我两年，至今仍不肯对我解释清楚，我本就焦躁的心情又添了几分愤怒。

“阿瓜，人家月野那套化妆工具可是很贵的哟。”小慧儿一直抬着胳膊估计有些酸，换了个手继续举照明棒，不冷不热地嘲笑我，“你要是发现不了什么，那可真是瞎了这么一包好东西。”

“柳泽慧，你烦不烦？”我正焦头烂额，被小慧儿一戗，再也压不住心火，“屁大点事儿，你至于吗？怎么还没完没了呢！月饼进去好半天了，你们一个个又闷着不告诉我到底怎么回事，我还没说什么，你倒好，揪着这么个理不撒手了？这都什么时候了，你能分出轻重吗？你总和月野比什么！”

“对！我就分不出轻重！”柳泽慧把照明棒往地上狠狠一摔，一跺脚，抽着鼻子哭了，“月野姐姐是你的女神，凭什么我就是你开玩笑、随便使唤的那个人？咱们都是孤儿，可你们从小还有朋友、有童年回忆。我呢？我是在下水道吃老鼠长大的，见到你们才知道这个世界还有太阳，还有光！这几年，我把你们当作亲人，从心里在乎，可你们谁在乎过我的感受？为什么每次都是我做那个朋友之间凑数的透明人？对，我不如月野姐姐漂亮，也没有她的好身材。我……我也想让自己变得好看，可是……呜呜……我连化妆都化不好，也没有那么多化妆的东西……”

小慧儿哽咽着说不下去了，抱膝蹲着，脸埋在臂弯里低声抽泣，瘦瘦的肩膀微微颤动。那根照明棒在地上弹起、落下、弹起、落下，骨碌碌滚到我的身前，横着抵着我的脚尖，终于不动了。

小慧儿的这番话回荡在千人石，停留在耳畔，狠狠插进我的心脏。

我沉默了。

我们都沉默了。

似乎，天地也沉默了。

或许，我们都思考着同一个问题——朋友是什么？

二十一

“朋友是什么？”

我敲键盘的手指忽然停了下来，久久地悬在空中。

思索许久，我喝了口茶，点了根烟。在茶香和烟气缭绕的书房里，我盯着挂在墙上的那张巨幅照片——我们在房车里的合影。

精明的李奉先、木讷的陈木利、矜持的月野清衣、严肃的黑羽涉、玩世不恭的杰克、冷峻的月无华、面无表情的我，还有举着自拍杆笑得最开心的柳泽慧。

这是我们八个人这么多年来仅有的一次合影，并且还是心思最单纯的小慧儿张罗的。

一直以来，在我们的印象里，小慧儿就是个始终没长大的小丫头，没心没肺，蹦蹦跳跳，永远藏不住话，大事小事都喜欢咋咋呼呼。可是，我们似乎都忽略了，每次聚餐、看电影、旅游，都是这个小丫头在她创建的那个名为“葫芦娃救爷爷”（虽然月野对这个群名很有意见）的群里带头张罗，抢着结账。她记得与我们有关的每一个特殊日子、每个人的饮食口味、每个人喜欢听的歌、每个人爱看的书。她总是会在群里时不时冒出一句话：

“杰克，我网购呢，正好看到你喜欢那个牌子的内裤，你要多大尺码的？捎带手给你买几条。”

“《浪客行》日文原版哦，黑羽，要不要？叫姐姐，就送你。”

“奉先、木利，你俩别天天憋在古城啃肉夹馍。明天我组饭局，你们坐飞机过来。”

“我家楼下新开了个川菜馆子。月野姐姐，是你最喜欢的麻辣口味哟。”

“月饼，又死哪座山里了？五天了，也没个动静！不知道报个平安啊？”

“阿瓜，给你买了一箱南瓜，够你闭关写书吃几天了，快递这两天就到。嗯嗯……大恩不言谢。”

……

如果谁不吭气，她会持之以恒地使用“拍了拍”功能，直到拍到对方回复为止。要是在现实里，估计能把别人的头顶拍秃。

就连几天不看手机的月饼，接到小慧儿的问候，都会忙不迭回个狗头的表情包。

有这样一个朋友，烦吗？

有时候是真烦！尤其是我收到那一箱黄灿灿的南瓜后，深度怀疑这丫头的脑回路究竟是什么构造。

可是，有这样一个朋友，谁不会觉得温暖呢？

然而，我们在尽情享受小慧儿如阳光般的友情时，似乎都忽略了我们的小妹妹柳泽慧，她比我们更懂得友情，也比我们更需要友情。

人越在意什么，就越需要什么。

人又最容易忽视对自己好的那个人，却把最好的一面展示给根本不在意自己的人来证明自己的价值。

“最好的情绪送给最爱你的人”，试问有几个人能做到呢？

柳泽慧做到了。

当她情绪崩溃，说出“我是在下水道吃老鼠长大的，见到你们才知道这个世界还有太阳，还有光”时，我们都懂了——其实，小慧儿才是永远不会消失的阳光！也是在那时，我们都明白了，我们都是彼此的阳光。

只是，我们在晴朗的天气里生活得太久，忘记了抬头看看太阳。

二十二

“南晓楼，你太过分了！真没想到你会说出这种话！”月野很罕见的愤怒了，扔了照明棒，蹲下身搂着小慧儿的肩膀轻声安慰。

杰克和黑羽也丢了照明棒，围在月野、小慧儿身旁，冲着我很失望地摇摇头。

四处散落的照明棒散发着幽幽的光芒，形成四团中间明亮、边缘模糊的光圈，又纠结缠绕，拢成一团巨大的光圈，将他们四人笼罩在中心。四道或圆或细长的模糊人影，颤巍巍地映在那方刻着“千人石”“生公讲台”的巨型岩石上。

我独立于光圈之外，被黑暗覆盖，僵硬地站着。我想走过去，却觉得双腿重如千斤，根本挪不动步子。我想道歉，那句“对不起”就哽在喉咙里，怎么也说不出来。

是该死的自尊心，还是男人那点儿可怜的虚荣心？或许都有，或许都不是。

我摸出火机点了根烟，骤然亮起的火苗在黑夜里分外晃眼。视线里闪过一团通红的火焰，在眼前停了许久——也许只有几秒钟——才开始移动，仿佛一团缓慢的红色云雾，直至消散。

我的手一哆嗦，抖落半截烟灰。此时，照明棒散发的光芒由下而上地斜照着岩石表面，仿佛建筑物周围的地面射灯。

这时，岩石表面那片杂乱无章的纹理，在我的眼睛里发生了奇特的变化。

几分钟前，他们四个举着照明棒，光线是由上而下照着石纹的，形成的阴影也是从上至下。而此刻，当光线由下而上照射时，阴影也自然随之变换了方向。

那五块并列的岩石表面的纹理，随着光线方向的变化，居然形成了“角、徵、宫、商、羽” 五个字的大篆形状，只不过有的倒着，有的歪着，有的横着。

我冲了过去，根本没有顾及仍在难过的小慧儿，以及安慰她的黑羽、杰克、月野。我拿出手机，打开手电筒功能，对着“角”字阴影的岩石仔细察看，果然在这个倒着的“角”字边缘发现了一圈细若发丝的圆形裂痕隐藏于这片石纹里。

“天地阴阳，皆有位列；颠倒则天阳不济，地阴不调，是为‘闭’；复位则天阳地阴，调剂通顺，是为‘开’。”我低声嘟囔着曾在某本古籍里读过的句子，终于明白了藏在这方岩石里面的机关玄机。

把“角、徵、宫、商、羽”这五个字按照字体形状复位，或许就能再次打开千人石，开启暗道！

我使劲摁住“角”字，按照顺时针方向扳动，岩石却纹丝不动。我活动了一下手腕，再逆时针方向扳动，依然没有反应。

我敲了敲额头，回忆着“竺道生讲法”传说里的细节，以及声波共振的推测，猛地意识到并不是将五个字复位，而是将“角、徵、宫、商”四个字同时扳动到原有的位置，启动内部机关枢纽的咬合关联，带动“羽”字岩石复原，形成完整的机关闭合链！

“你们四个，赶紧帮我！”想通了这一层，我兴奋得近乎癫狂，手舞足蹈地喊着，“这次一定能成功开启！”

“南晓楼，小慧儿这么难过，你一句道歉也没有……”久未说话的黑羽声音冰冷如刀，“还有心思让我们帮你完成一次次实验失败的推测吗？”

“南晓楼，你有些陌生……”杰克停顿了几秒钟，稍稍叹了口气，“我好像不太认识你了。难道，你就真的一点儿不在乎小慧儿……还有我们的情绪？”

我左手举着手机照明，右手依然摁着石块，并没有回身。因为，我不想和他们失望、不解甚至愤怒的眼神对视，只是对着石壁很冷淡地呵呵笑着：“哭，是情绪；月无华，是人命！你们觉得，情绪比人命更重要，对吗？柳泽慧不可能会哭死，但咱们耽搁一秒钟，月无华就多一分危险。到底谁不在乎？是你们，还是我？何况，你们到现在还不肯告诉我，这两年到底对我隐瞒了什么？这时候跟我讲这些？”

千人石震荡着我由冷笑变成怒吼的回声。

他们谁都没有说话，我看不到他们的表情，只是不想转过身，让他们看到我双眼流淌的泪水，更不想他们通过我愧疚的表情，读出我心里不停重复的道歉：

小慧儿，对不起！

老友们，对不起！

“哎呀，你们好了，都别吵了。”小慧儿嘻嘻哈哈地笑了，蹦蹦跳跳来到我身边，抬手摁在“宫”字位，“为了我这点儿小矫情不值得呀。阿瓜说得对，先想办法打开地宫，和月饼会合才是正事。阿瓜……是这样吗？咋转这玩意儿？”

在我的视线余光里，另外三只手也出现在其他三块岩石上。

“黑羽，你摁住我这块儿。千万不要碰第五块石头。”我使劲憋着眼泪，低着头走向千人石，“我喊‘开始’，你们同时——一定要同时——顺时针让这几个字回到正确位置。如果顺时针不对，那就逆时针再来一次。转动了，记得同时松手，站在原地，千万不要离开。”

我站在千人石第一次现出暗道的位置，远远望着他们四个人的背影，任由眼泪滑进微笑而上扬的嘴角，苦涩却不冰冷，很温暖。

二十三

我缓慢地喊着“三——二——一”，每喊一声，心脏就像被重重捣了一拳——那是希望机关能够顺利开启，又担心出现意外的压力所致。

如果再次失败，我不仅会产生强烈的自我怀疑，而且为此故意摆出的冷漠态度也很难再得到朋友们无条件的信任和帮助了。

这一夜经历的事情，甚至比过往那些生死悬于一线的恐怖遭遇更让我心力交瘁。过度消耗的脑力导致我异常疲惫，微微有些眩晕，以至于当我喊出“一”时，几乎站立不稳，单手撑着千人石才能勉强稳住身子。

他们的背影在视线里逐渐模糊，幻化成重重叠叠的影子。我使劲甩了甩头，用力咬着嘴唇，强烈的疼痛刺激着我开始溃散的意识。我略略恢复了神智，屏住呼吸，死死盯着他们的手从石壁的各自位置整齐地转到头顶正上方。

时间仿佛被摁下了暂停键。风声，听不见了；树叶，不拂动了；夜云，不游荡了；群星，不闪烁了。

我们默然静立，目光都停留在那块杀千刀的“羽”字位置！

“动吧！”我近乎哀求地祈祷，“哪怕……就动一下！”

然而，或许这就是人生的本质——我们总是在有所期待、看到希望、为之努力、即将成功的时候，却会出现许多不可预测、莫名其妙的阻碍，然后不得不接受“这就是命”的无奈失败。

我没有留意时间，但是撑着千人石保持平衡的手臂已经微微酸麻，“羽”字位置的石块仍纹丝不动。也许，千百年来，它本就和那块岩石浑然一体，根本不存在移动的可能性！

我崩溃了，狂跳的心脏仿佛要撞出胸膛，额头的汗珠大片大片地冒出，衣服早被冷汗浸透，浑身冰冷刺骨。手臂再也承受不住身体的重量，双腿一软，我重重地摔倒在坚硬粗粝的地面。突起的石块硌破膝盖，很疼，却不如心里塞满绝望般疼痛。

我又一次推测错了！

难道，这条暗道根本无法再次开启？

什么传说、典故暗藏的线索，都是古人随意编排出来的“文字游戏”，戏耍后世那些试图破译玄机的自以为是者？

难道这才是“文字游戏”的真相？

“月饼，对不起。老友们，对不起。”我双手撑着大腿跪地，低头苦笑着自言自语，生怕碰触到朋友们失望里夹杂着安慰的目光，“我输了。”

“阿瓜，你实在太棒了。”

“很难想象，没有你，我们能怎么办。南君，认识你真好。”

“我说南瓜啊，看来我要重新认识你了。”

黑羽涉的拔刀声、朋友的安慰声，很近很近，又似乎很远，飘飘悠悠荡进耳膜，像几根尖锐的针，更加刺痛了我的自尊。

“没事儿，我不需要安慰。”我顺势后仰，盘腿坐在地上，勉强挤出一丝微笑，“我只希望，再相信我一次，这次一定能破解机关！”

就在这时，我才看清了朋友们的表情从欣慰转变成惊诧的微妙变化。小慧儿更夸张，直接张圆了嘴巴：“阿瓜，你已经破解了啊，干吗还要再来一次？”

“啥？”我张圆了嘴巴，“小慧儿你说啥？”

“你瞅瞅，这块‘羽’字的石头正转着呢。这块石头转得真磨叽，怕是比分针还慢……你让我们千万不要动，我们就没动，怕干扰你思路。咋的？你没看到啊？哦，你离得远，天黑，又近视，你看不清楚。月饼早说让你平时戴眼镜，你就死犟，偏不。”

“啊？！”我的嘴快咧到颧骨了，“转了？真转了？”

“还能骗你啊？”

“咯噔！”正在我不知道该高兴还是应该有别的情绪时，千人石内部传出沉闷的石头撞击咬合声。

二十四

“咯噔，咯噔，咯噔……”

就几秒钟的工夫，原本单一的咬合声像山顶滚落巨石碰撞凸起的岩石后碎成无数大大小小的石块，密如鼓点的声响愈发刺耳。巨大的千人石像是被拖车使劲拖动，“吱吱嘎嘎”地猛烈颤动着。

我下意识地望向千人石第一次开启的位置，还没看清楚，只觉脚下一晃，一块两尺见方的石头从左脚下方冒出，直接把我掀翻在地。

我咬着牙，忍着背部撞击岩面的疼痛，向右侧翻滚，却被一块突然冒出的石柱直接顶在腹部。我顿时觉得五脏六腑仿佛被一只无形的大手狠狠捏住，差点把隔夜饭吐出来。

一时间，整座千人石的地面如同一股股喷涌而出的喷泉，不断地刺出或圆或方或尖或钝的石柱。每根都会停顿一两秒钟，又重重落回，扬起一团团呛鼻的尘雾。

我眯着眼，一边咳嗽，一边连滚带爬地躲避着石柱，衣裤已经被刮烂了好几处，划破的皮肉被尘雾蜇得火辣辣的。朋友们的惊呼声在石头的撞击声中听不真切，我瞥眼看过去，看到他们正要冲过来。就这么一晃神，一根尖锐、细如长剑的石条从双腿之间刺出。要不是我反应快，及时向后挪了半寸，那根石条就断我命根了。

我大口喘着气，瞪着沾血的石条“嗖”地缩了回去，惊魂未定地对着他们大喊：“你们别过来……”

说话间，右边突出的石柱撞到我胳膊的麻筋，胳膊立马不能动了。我“哎哟”一声，继续喊着：“千万别过来……斜塔里的机关是用水力驱动，所有的运行系统都在地下……哎哟，差点没戳死我……这里的机关原理差不多是齿轮咬合产生外力，再……疼死我了……再借助石柱冒出落下的力道，使地下的水流激荡形成动力。哎呀，说不明白，汽车发动机，活塞运动，把汽油顶进去，就那个意思！你们过来了会影响整片石块的受力平衡，保不齐还会发生啥。放心，我能躲得开，哎呀，我的脚……”

弥漫的尘雾里，月野、小慧儿、黑羽、杰克像是四道飘忽的人影，根本看不见脸，也听不到他们说什么。我只能看到他们顿住脚步，直挺挺地站在石柱凸起区域的边缘。

我狼狈地躲闪着凸出的石头，心里却放下一块落石，向着千人石暗道的位置挪动。既然我看不清也听不清他们，那么外面的他们更看不到也听不出暗道的门正在开启——这才是我拦住他们的真正目的！

我所处的位置距离暗道还有不到两米，前后左右刺出的石头更加密集，稍微不注意，就会被串成冰糖葫芦（嗯嗯，羊肉串可能更贴切）。这应该是进入暗道之前最后的防御措施。

我被划了长长短短十多条伤口，强烈的疼痛使身体释放出大量的肾上腺素，心跳加快，血液流动加速，瞳孔渐渐放大，肌肉变得更加灵敏。

忽然间，视线里所能看到的事物异常清晰，石头攻击的速度仿佛变慢了，一道极其明亮的白光从缓缓开启的暗道里渗出来。

十厘米、二十厘米、三十厘米……

我深吸了口气，力道聚在双腿，屈膝跃起，脚底踩住一块石头的顶端，借力二次跃起，向已经打开半米的暗道跳去。

在石块碰撞的嘈杂声中，我落进暗道，双腿再也用不上力气，重重地撞在完全开启的石门边缘。

身体的潜能已经消耗殆尽，我像喝得酩酊大醉的醉汉——明明睁着眼睛，却看不清楚东西；心脏“咚咚”狂跳，偏偏身体冰凉；肩膀不知什么时候挨了一击，但是没有痛感；手脚软绵绵的，根本不受意识控制。

眩晕中，我似乎看到四道人影冲进尘雾，灵活地躲闪着石头的攻击，向暗道疾驰而来。

我的朋友们也要进来了！

我狂吼一声，双手艰难地扳住坑坑洼洼的石壁，几乎用尽全身力气撑起身体，摸向月饼进入暗道时关闭机关的位置。

果然，那里有一根横出半尺长短的圆形石条。

我紧紧抓住石条，根本没有力气扳动，身子借势倒下，用自身的重量把石条拽下。

“吱嘎”，石门闭合发出让人牙酸的摩擦声。我又一次摔倒在地，勉强抬起头，望着越来越窄的缝隙里越来越近的月野、小慧儿、黑羽、杰克。直至他们惊慌意外的面容被石门完全隔绝，我总算踏实地笑了。

朋友们，对不起啊，我骗了你们。

在千人石找寻开启机关时，让你们陌生的冷漠态度，其实就是为了制造这一刻单独进入暗道的机会。

记得出发前，杰克说：“按照韩国和尼雅遗址的经验，咱们六个每次聚首，怕是又要到大结局了吧？是不是我们四个又该死了？你们俩的主角光环能不能弱化一次，也体验一把由死到生的经历？”

好吧，那就答应你，我和月饼体验一把由生到死的经历。这次只有我们俩，不会有你们。

我们已经经历了两次你们为了我俩牺牲。这种痛，我实在不想再承受第三次了。

哪怕你们现在仍然活蹦乱跳，可是，谁能保证，这一次还会像前两次那样呢？

月饼独自进入暗道，关闭机关时也是这么想的吧？

月饼保护我们，我保护你们！

月无华想当孤胆英雄？门儿都没有，我才是第一男主角！

想到这些，脑袋昏昏沉沉的，想睡觉，眼皮越来越沉重，就在即将闭眼的一刹那，我眼角余光瞥见了暗道右边角落仿佛站着人。

我顿时吓得一激灵，借着暗道里的白光，我竟然看见了我自己！旁边还并排站着五个人：

月饼。

月野清衣。

柳泽慧。

杰克。

黑羽涉。

这是我一生中看到的最恐怖的一幕——“我们”每人都套着一件胸前绣着古怪图案的血红色长袍，额头各自贴着一张写满符咒的黄表纸。六根黄色麻绳结成上吊的绳套，分别套在“我们”的脖颈上。“我们”的后脑抵着暗道岩壁，身体晃晃悠悠悬在空中，脚下分别点着两盏冒着绿光的蜡烛。

我们死了？

二十五

难道，这条暗道就是我们寻找许久的“有限的生命存在于无限的时间”的起始，我们终将在不远的未来某个时间段惨死在这里，成为某种献祭仪式的祭品？

强烈的恐惧让我完全不能思考，只感觉一股剧痛从大灵盖传至脚底。我大口喘着气，用力咬住嘴唇，疼痛证明这不是某种幻觉，也不是诡异的梦境。

在我的视线里，“我们”僵硬无力的身体像钟摆般轻微晃动，勒着脖颈的绳子绷得“咯咯”作响，仿佛随时都会掉下来。

我像被点了穴道一样呆立着，实在没有勇气走过去观察到底是怎么回事。不知过了多久，也许是几秒钟，或许是几分钟，死寂无声的暗道里，我急促的粗喘声和狂猛的心跳声渐渐恢复，脑袋的疼痛稍稍缓解，神智略略恢复。

一个原本不该被忽略的想法，这个时候才冒出来：月饼呢？他进来的时候，应该也看到“我们”了。他是怎么做的？现在他在哪儿？

念头刚落，我咬着牙，狠狠地扇了自己两个耳光，暗道里顿时回荡着清脆的“啪啪”声，由近及远，由强至弱，消失在暗道深处。

此时，我必须克制恐惧，保持冷静！在最初的惊恐过后，我就已经确定——悬挂的“我们”虽然体态、形貌、发型都惟妙惟肖，但绝对不是真正的“我们”，而像某种神秘族群的咒术人偶。

相传这个族群为蚩尤部落的后裔，于涿鹿之战中战败，逃散四方，隐匿于群山密林，以咒术防范外人探寻。他们几乎不与世人往来，行踪异常诡秘，无论男女都精通三种咒术。更古怪的是，每当三星（金星、火星、土星）汇聚的年份，族群会派出九十九名年满十八岁的男女重返世间，与世人婚配生育，过完一生。

这些人去世后，族群会安排两名咒术长老将其尸体运回深山。至于如何搬运，此处就不详细描述了。对民间逸闻、传说怪谈有所了解的人，大多知晓是怎么回事。

我之所以对此比较了解，是因为上大学时，同班有个姓氏很怪异的女同学，便是这个族群的后人。大三那年，这个女同学遇到某件事情，曾向我和月饼求助过。由此，我对那个族群的来历和咒术多少懂得一些。

此刻，即使这么半远不近地瞅着，我多少也看出些端倪了。

红袍为火，黄表纸和麻绳为金，岩壁为土，绿烛为木，唯独缺了水。咽喉是人之通天达地的命门，以绳勒住，意为“断天绝地”；五官是人之灵气汇聚之处，以符纸封印，意为“阻灵抑气”；头抵着岩壁，为“塞智”；脚底涌泉穴以烛火炙烤，为“隔黄泉”。

简单来说，这类似于民间的“扎小人”。他们认为，这样可以封住被诅咒之人的运气，使其神志混沌，最终魂飞魄散，死后也不能入黄泉，仅剩一缕怨气游荡飘零，直至湮灭无影。

克服了最初的恐惧后，我的脑袋瓜子多少灵光些了。心想，搞这一出的人对我们是有多大仇、多大怨，整这么缺德的玩意儿？难怪自从来到此地，脑子就浑浑噩噩的。想到这一层，我不由得更担心月饼的处境，使劲揉了揉睛明穴，仔细观察暗道。

暗道宽约两米，分为三条。岩壁坑坑洼洼，布满斧凿锤砸的痕迹，显然整条暗道都是由人工凿刻而成。在古时，此类工程庞大繁杂，多半不会再设置结构复杂的内部机关。

咒术人偶在我右侧约五米处，正挡着那条通道的入口，没有明显的光源，岩壁却能透出莹莹白光，暂时搞不明白是什么原因。就着这点光亮，我隐约看出整条暗道是“T”字形状。千人石的暗门位于横、竖交集点，也就是我现在所站的位置。左侧以及向前延伸的两条通道，最多能看到两米的距离，再远就一片漆黑，啥也看不见了。

我算了一下时间，从机关石门关闭到现在，大概有五分钟。五分钟里，除了这六个咒术人偶摆在这儿硌硬我，再没有任何声音，也没有什么异常现象。月饼比我早进来大概半小时，周围没有什么异常痕迹，那只有一种可能——他比我更了解这里，也知道有这么几个咒术人偶。

于是，月饼进了暗道，没有像我这样差点被吓死（当然，依着他的性格，也不会吓成什么样，最多就是摸摸鼻子，扬扬眉毛），直接冲着更重要的事情去了。

现在要做的，就是从这三条通道中选出一条正确路线。

我故意不看那六具悬挂的咒术人偶，转身盯着严丝合缝的石门，不由有些后悔：南晓楼啊南晓楼，你说你装什么大尾巴狼，刚才和月野他们几个一起进来多好？相互有个照应不说，估计他们也能一起分析一下走哪条道。现在可怎么办？选对了倒还好说，万一选错了，不知道后面有啥等着我呢。

埋怨归埋怨，自己选的路，瘸着腿儿也要走下去。我走到三岔路口的中间位置，把双手的食指放在嘴里舔湿，分别对着左边和中间两条通道，试试哪根手指能感受到空气流通的凉意。

就在我专注感受气流的时候，左侧通道的黑暗里忽然闪过一个红色亮点，又瞬间消逝。

眼睛？

我心头一紧，连忙将军刀横在胸前，微微屈膝，往后稍稍退了两步，背部抵住岩壁。那红光又亮了，这次却在第一次亮起位置的左下方半米，前后晃动，在黑暗中留下几道红色残影，再次消失不见。红光和我之间的距离，比最初出现时近了大概一米。

我使劲咽了口唾沫，眯着眼看过去。光亮和黑暗交界处，像是笼了一层薄纱，阻挡了视线，根本看不出端倪。而那红光再次亮起时，似乎就在黑暗边缘。这次，没有快速消失，随着细细碎碎的“嗞嗞”声，红光更亮了，停在和我脸部平行的高度。

这是个什么玩意儿？

而最让我接受不了的是，那团红光不再移动，就那么停住了。“嗞嗞”声愈发细密急促，某种奇特又熟悉的味道从黑暗里溢出。

黄豆大小的汗珠从我额头冒出，胳膊的汗毛根根竖起。此刻，我恨不得那个甭管是啥的东西叫一声也好，淌着脓水也罢，跳出来也行，冲出来也中……赶紧从黑暗里出来，和小爷真刀真枪地来个痛快。

比起已知的危险，眼前的黑暗里明明有东西就是不出来更让我感到恐惧！

我实在受不了这种折磨人的心理煎熬，快速回头看看咒术人偶，又瞥了眼周遭环境，记住了几个战斗时能利用的地方，大喊一声，挥刀前冲，刺向那团红光下方半尺的位置。

与其坐以待毙，不如主动出击。

“没有憋死的牛，只有笨死的汉。”就在军刀即将刺入黑暗时，红光落地弹了几下，熟悉的声音传出：“南少侠，你就没个照明棒？好歹也用一下手机的手电筒功能。就这么傻站着，不会照个亮啊？咱家抽根烟都不消停。”

月饼！

我向前冲的势头太猛，拼命扭腰转身，握着军刀的胳膊甩到石壁上，登时撞得酥麻。

我惨叫一声，军刀落地。

“月公公！你不是早进来了吗，猫在那儿干吗呢？吓死人不偿命，你咋不去死！”

在黑暗与光明的边缘，月饼仿佛披了一层光芒，慢悠悠地走了出来，扬扬眉毛，摸摸鼻子，嘴角扬起一丝微笑：“我死了谁来吓死你？”

“敢情这么老半天，”我对着月饼胸口狠狠捣了一拳，“你啥也没干，就在这里抽烟了？”

月饼耸了耸肩膀，尴尬地摇摇头：“草率了。”

二十六

“哦？还挺有趣儿。”月饼扬扬眉毛，若有所思地摸着岩壁粗粝的石面，“这道机关暗门，居然还可以二次开启。”

“抱歉，坏了月公公您独闯虎穴的雅兴。”我盘腿儿靠着岩壁，简单处理了一下身上的伤口，“照明棒开机关时全用了，手机在进来前也掉了。要不然，小爷也不至于黑灯瞎火的，拿不准走哪条道。话说，月饼……”

我抬头瞅了瞅左边和中间的那两条通道：“所以，这两条路都是死胡同，只剩右边那条了？”

“嗯……”月饼摸摸鼻子，双手比划着长度，“正对面这条大概有十米。左边这条短点，七八米吧——南少侠，不对啊。你怎么不问问我为什么自己进来？我们一起瞒着你什么事儿？”

几分钟前，我无论如何也没想到，居然会遇到月饼。对于我的出现，月饼也是惊诧大于惊喜。对于被月饼猫在黑暗里抽烟吓得够呛这事儿，我也耿耿于怀，所以也没什么好脸色，对他爱搭不理。月饼估计也是自觉理亏，加上转悠半天还没找到正经路线，觉得挺没面子的，所以他也不管我爱听不爱听，自顾自地讲了他对通道的探查。

“有什么好问的。”我处理好伤口，从背包里摸出二锅头，仰脖灌了半瓶。热辣的酒气顺着喉咙直抵丹田，血脉活络热腾腾的好不痛快。

我闭着眼，懒洋洋地嘟囔：“你们要是想说，早就说了。既然不说，那就不是我应该知道的。再说了，您老人家费尽心机，不也在这儿原地打转，还得等我进来才行啊！你电话呢？刚才在外面，我死活没有打通。咋了，关机了？”

月饼从我手里拿过酒瓶，把剩下半瓶酒灌进嘴里，长吁一口气，擦了擦嘴角的酒渍，白皙瘦削的脸庞微微晕起淡红色。他深深地注视着我，想说什么却什么都没说，转身走向那六具人偶。

这几天，我已经习惯了月饼这种欲言又止的状态，也就没有再追问。反正问也问不出来，何必给自己添堵呢？虽然月饼对于机关、阵法、格局这些方面一知半解，好歹我们合作这么多年，看我天天捣鼓，多少也能看出些门道。他既然没从那两条死胡同里发现什么端倪，那么秘密最有可能，也只可能藏在这六具咒术人偶上。

其实，傻子都能想到这一层，只不过是我没胆气凑跟前研究而已。

“还记得哪娜吗？”月饼站在那具仿他的人偶前，饶有兴趣地摸出桃木钉戳了戳，“做得很逼真啊！手感不错。”

哪娜就是上大学时，那个神秘部族的女同学。我瞅着人偶像钟摆似的微微摆动，居然还悠了个圈，和正主脸对脸。月饼眯眼观察着“自己”，用桃木钉这儿捅捅，那儿戳戳。

心真大啊！我只觉得天雷滚滚，一时间想不明白，他的脑回路到底是怎样的。

“你别把贴脸的符纸撕下来。”我撑着膝盖站起身，顿顿脚，心一横走了过去，“多少国产恐怖片的狗血定律——符纸可以镇住僵尸千年万年，不烂、不褪色、不失效、不脱落、不怕风吹虫咬，但就抵不住手欠的人。”

“是吗？我已经撕下来一次，又贴回去了。”月饼收回桃木钉，摸出两截小拇指长短粗细的竹筒，念了几个音节古怪的字。几只碧绿色、翅膀长着十几个黑色圆点、形状颇似瓢虫的小虫从竹筒里飞出，呈“8”字形飞舞了几秒钟，“吱吱”叫了两声，“嗖”地飞到人偶脸上，从鼻、口、耳朵、眼睛的位置钻了进去。

自从进了暗道，我始终没敢靠近这六具咒术人偶，估计月饼也注意到了，给我留了几分薄面，没当面笑话我。这会儿月饼在身边，我的胆气也壮了，看得也特别仔细。尤其是瞅着两只小虫从人偶眼珠位置爬进去，只觉得阵阵反胃，随口问了句：“这是什么蛊？”

月饼没有直接回答，反而问了个很简单的问题：“想过没，为什么是咱们在这里吊着？”

“扎小人，哪娜部族的那种咒术……这种神神道道的营生，我随口能说出十几个。还有……”我生生把话咽回肚子里，眨了眨眼睛，视线从人偶移到月饼扬了扬眉毛的脸上，突然懂了他的意思，“你是说？”

“暗道，三条通道。正面最长，左侧稍短，右侧……”

月饼摸了摸鼻子，正要接着说，被我打断：“如果你刚才的探查没有失误，这两条都是死胡同。右侧挂着人偶的通道最短，按照悬挂间距来算，往里边五六米的距离就是岩石墙体了，很明显没有路了。不管是谁设计的，不可能费这么半天劲，就是为了把咱俩活活困死在这儿。也就是说……”

月饼嘴角扬起一丝微笑，抬手做了个拉灯绳的动作：“墨家机关术里，有没有什么是用牵引方式开启机关的？”

按照正常思路，这时的我应该立刻想到墨家机关术的各种机关设置，然后从这六具人偶里找出可能存在开启机关的那个。

可是，言者无心，听者有意。

月饼随口这句话，却让我想到了从“文字游戏”开始至今，与墨家机关术有关的某些事情。短短几秒钟，脑海像是被刻着“墨家机关术”的巨石重重砸入，溅起与此有关或大或小的浪花、水珠。

每一朵浪花、每一滴水珠，都包裹、映射着回忆与经历，眼花缭乱地迸射四溅，却又很快地重新落回脑海，徒留荡漾不止的水纹和拥挤着融合又绽破的白色泡沫。

一瞬间，我好像想到了些什么，却又像什么都不明白。庞杂混乱的信息像是空旷的高速公路忽然涌入大量车流，变得拥堵不堪；又像猛地灌了一整瓶高度白酒，脑子蒙了，视线晃来晃去，耳膜“嗡嗡”作响，脸颊滚烫红热。

月饼的声音如同天际滚过的巨雷在耳边炸响，似乎很远，又仿佛很近：“你怎么了？想到什么了？”

我觉得胸口憋闷，眼睛愈发看不清楚东西，喘着气，踉跄后退，“嘭”地撞到了柔软而弹性十足的东西。

我下意识地回头——月野的人偶被我撞开，勒在脖上的绳子绷得“咯咯”作响，受力打着转，脸部朝着我，在我面前前后摆动，最近的时候，鼻尖几乎贴到我的鼻尖。

那张贴在额头上的黄色符纸，几次扫过我的面颊，酥痒冰冷。寒意顺着毛孔传及全身，我如入冰窟。我这才看到，人偶没有眼皮，显得特别巨大的眼眶里，两颗没有瞳孔的白色眼球微微凸出，倒映着我惊恐的脸庞。

正当我被恐惧笼罩时，一股迅猛的力量拽着我的胳膊。我几乎是双脚离地侧飞到暗道的三岔口，才重重摔倒在地。

这时，我才听到月饼急促地喊声：“后退，靠墙，当心！”

摔倒的疼痛让我清醒了，神智澄明，视线清晰：哪里还是方才看到的样子？那根本不是六具模仿我们形象的人偶，而是六具穿着黑色长袍的干尸。

月饼挡在我身前，挥手甩出两枚桃木钉，正中两具干尸的额头：

“南瓜，对不起！我们被方旭东骗了，来不及解释——蛊虫，是破解幻术的。”

我立刻意识到，月饼所说的“我们”，是指除了我之外的朋友们。其中所隐藏的秘密，必然和我有深切的关联！

电光石火间，“噗噗”两声闷响，被桃木钉射中的干尸冒出两缕惨绿色的薄雾，不褪不散，悠悠飘荡。随着雾气越来越浓，所及之处，整条暗道也发生了不可思议的变化。

二十七

那两具干尸就像是身体里塞了两根通气管子，额头“嗤嗤”地冒着绿色雾气，散发着麝香和迷迭香的味道，还有几种说不上来的奇怪气味。暗道里分明感受不到气流，绿雾却如同受风向控制一般，慢悠悠地聚在干尸头顶三尺左右高度，融合成一团类似葫芦的形状，再从葫芦口喷出手腕粗细的雾气，撞到暗道顶端的石壁，受阻摊成一层薄雾，荡荡悠悠地贴着顶壁，四散弥漫。

我被当前的异景吸引，一时间忘记了紧张，使劲咽了口唾沫：“月公公，咱俩怕是误入了葫芦山的蛇精老巢？这六个是葫芦兄弟？”

“葫芦娃是七个好不好？”月饼往腰间别着桃木钉，“南少侠，虽说大战前逗乐是放松心情的方式，咱也起码有点儿数学常识吧？”

“七娃是隐形的，就算是吊着，咱们也看不见。”我反扣着瑞士军刀，指着那些干尸强词夺理，“喏！就在那个位置。”

“你说哪儿？”月饼扬扬眉毛，顺着我指的方向抬起手，“明明啥也没有。你当我瞎？”

月饼话音未落，我一抖腕甩出瑞士军刀，三枚桃木钉也呈“品”字形破空而出。“叮叮”脆响，两枚桃木钉落地，而瑞士军刀和另一枚桃木钉却刺中石壁，迸起两团碧绿的液体，稀里哗啦地洒在坚硬的岩石地面上，激起大片石粉，形成缕缕白雾。

一声极其古怪的惨叫，从桃木钉、瑞士军刀射中的位置响起，石壁隆起一团人形的玩意儿，影影绰绰地向上爬行。“砰砰”两声，桃木钉和军刀从那玩意儿身上弹射出来，沾着几滴绿液，掉落在地。

“噗噗”几声，几根细如发丝的绿色尖刺从那玩意儿的轮廓里刺出，正中另外四具干尸的天灵盖。干尸头顶瞬间鼓起乒乓球大小的肉球，以肉眼可见的速度迅速膨胀，胀至拳头大小，薄薄的肉膜逐一爆裂，喷出浓绿的雾气。

那几具干尸原本就没剩下几两肉，随着雾气越喷越多，变得更加干瘪枯裂，就像一张黢黑的皮紧紧箍住骨头架子，晃晃荡荡的，眼瞅着就要散架。

从它们脑门儿喷出的绿雾，与前两具干尸冒出的绿气融合，在暗道顶部聚成一大坨厚重的绿雾，再丝丝缕缕地飘落下来。乍一看，就像是暗道顶端攀爬着一层长满绿叶的老藤，悬挂着无数根或长或短的藤蔓。

而那团人形异物隐没于绿雾里，再也看不见踪迹。

这些年走南闯北，不敢说见多识广，稀奇古怪的阵仗也经历了不少。可是，这次碰上的事情实在有些匪夷所思。我心里发毛，拿不准这绿气是否有毒，一时间下意识地屏住呼吸，不知该干什么。

这时，勒着干尸脖子的绳子“咯咯”绷紧，把六具干尸向上拽起，大半截身子隐入绿雾，只有腿还悬在空中，前后无规律地摆动着。

“捡刀！”月饼扬手对着绿雾甩出数枚桃木钉。

我硬着头皮纵身跃至军刀掉落的地方，俯身捡起军刀，双足用力一蹬，退回原地。

不出意料，几声清脆的撞击声从绿雾里响起，那几枚桃木钉纷纷坠地。

我刚退到月饼身旁，就被他拽着胳膊再次后跃，回到三岔口位置。

“背靠背，注意戒备，尤其头顶！”月饼顶住我的后背，面向绿雾弥漫的通道，“从刀上的血迹，能判断出什么吗？”

刚才军刀刺中了那玩意儿，刀刃上染沾的绿色液体尚未凝固。我就着石壁透出的白光，举刀观察，却忍不住“咦”了一声。

凡是生物的血液，都有血浆和血细胞。简单来说，无论是什么颜色的血液（章鱼的血液是蓝色的），都是黏稠的不透明液体。可是，军刀上残留的却是透明清亮的绿色液体。而且，这抹绿色的液体并没有通常的血腥味，反而散发着淡淡的，我似乎闻过的某种香气。

我愣怔了片刻，忽然想起一件事，失声喊道：“李晏！树林里，她身上也有这种香味。”

“确定？”

“确定！”

我转过身，眯眼盯着已经被绿雾弥漫大半的暗道，“这种香味儿很独特，混合了檀木和薄荷的味道。我以为是她调配的香料，没想到……”

话说到这里，我的背脊阵阵发凉，牙齿止不住地打战。一种前所未有的恐惧，像一床厚厚的棉被，把我瞬间包裹。

“李晏？那就说得通了。”月饼扬扬眉毛，转头瞥了我一眼，“很有可能，方旭东也在附近。”

我眼角的余光看到了原本和我背靠背，现在站在我身边的月饼——一条穿着月饼衣服的蛇人，头颈覆盖着细密的暗绿色鳞片，嘴里吐着血红的信子！

它扬了扬眉毛，在我眼里则是突出的眉骨耸动，显得眼眶里那两颗通红的蛇眼更加突兀。

“你怎么了？”那条蛇咧开嘴，尖利的牙齿滴着毒涎，长长的信子几乎扫到我的脸，“咦？”

蛇人疑惑地歪歪头，警惕地后退了几步。

已经惊惧到无法移动的我，从它的眼睛里看到了自己的模样——满是红色细毛的狐狸脑袋，竖着两只长耳朵，尖尖的嘴巴长着稀疏的白色胡须。

显然，蛇人也从我的瞳孔里隐约看到了自己的模样，不可置信地抬起“手”（在我看来那根本不是人手，而是长满鳞片、螃蟹钳子般长着肉膜的爪子），摸了摸脸颊。

“南瓜，在我的眼里，你现在是一只狐狸。”蛇人发出的依然是月饼的声音，“在你的眼里，我是一条蛇。我拿不准，是绿雾导致咱俩形体产生变化，还是我们出现了某种幻觉。但是，我还是我，你还是你。”

我使劲咽了口唾沫，因过度紧张而干燥的嗓子如同刀割，声音很嘶哑：“先别考虑这些！你和方旭东到底达成了什么秘密协议，赶紧告诉我，这才是关键！”

“死人，是不需要知道真相的。”绿雾里，传出方旭东熟悉的嗓音，“南晓楼，把你和月老师骗进这‘虚无幻境’还真不容易。”

“咯咯……谁说不是呢。本来还以为他们六个都能进来，特地准备了六个玩具。没想到就进来两个，白白浪费了四个。”李晏充满魅惑的调笑声里透着一丝虚弱，应该是被我和月饼用军刀、桃木钉刺伤所致。

“老方，自家兄弟，搞这么大阵仗干吗？你唱这一出儿，是不是有些太见外了。”月饼耸耸肩，抬“手”敲着太阳穴，“是我太相信你，着了你的道儿。也是，我不是相信你，而是相信南瓜。谁叫你是他的好朋友呢？要不然，你私下联系我，跟我讲了那件事，我也不能完全相信你。唉，大意大意。”

我总算是克服了视觉冲击带来的恐惧，脑子稍稍活泛些，正奇怪“人狠话不多”的月饼怎么突然这么能说了，注意到他手指的节奏，我才明白过来。

这是我和月饼经常使用的摩尔斯电码。

月饼对我说的是：脸，不是蛇皮，是幻象，想办法，解除掉，判断他们的位置。

“你们俩还不如直接用嘴说。”躲在绿雾里的方旭东似乎打了个哈欠，“摩尔斯电码，呵呵，我对你们俩的了解，比你们自己都要深。不错，确实是幻象，那又怎样？”

“跟他们，没必要多说。”李晏似乎就在绿雾边缘站着，依稀能看到她婀娜的身影，“陶家、刘翠花和徐勇健那几个废物！要不是他们失手，根本不需要我们出面。放心好了，你们俩带给我的伤，我会百倍奉还哟。”

陶家？刘翠花？徐勇健？

桃花源，幻族？江城，魇族？

一条从寻找“文字游戏”伊始就始终潜藏在我的潜意识里，因缺少几个关键环节而没有连接完整的线索似乎贯穿了。

“月饼，不管这片绿雾有没有毒，不管你和方旭东对我隐瞒了什么，不管接下来的三五分钟会发生什么，记住，你一定要保护我！有件事情，马上就想出来了！”我瞪着月饼，几乎是吼出来的，“别问为什么，很关键！”

月饼点了点头，什么都没有问，笔直地站着，挡在我和绿雾之间——不，是我和方旭东、李晏之间。

我掏出烟盒，摸了根烟，点了好几次才点着。深深吸了一口，退后几步，靠着岩壁盘腿坐下，闭眼回忆从陶华手中接过那张关于月饼的照片后，开启这段“文字游戏”之旅的点点滴滴。

在这段匪夷所思的经历中，其实有许多隐藏的支线，只是在当时的境况里，我察觉不到，但是它们会不自知地留在我的潜意识里。这些支线就像一条条潜伏于地下的流动暗河，终究会在某个地方涌出地面，汇入主线索这条大江大河，最终汹涌奔腾入海。

李晏那句“陶家、刘翠花和徐永健那几个废物”如同压在出口的巨石，终于被暗河澎湃的力量掀开——整条河流脉络完整地彰显出来。

如果她没说这句话，我的脑子简直就是一团糨糊，因为在不同阶段形成的许多主观的臆断，严重影响了我的思路。毕竟，整件事发展至今，实在太复杂，我又不是福尔摩斯，仅凭只言片语就能推断出身世、经历或错综复杂的关系。

在将整件事贯穿之前，我需要排除“月无华存在以及所说所做”这条支脉。并不是不相信多年的好友，而是他自从在尼雅进入那扇门直至一年后在古城南郊再次现身，始终有某件极其重要的事情瞒着我，连月野清衣、黑羽涉、柳泽慧、杰克都参与其中。

况且，月无华甚至与方旭东达成了某种秘密协议，直到我们俩破解千人石机关进入暗道，他意识到被骗后依然不肯说出真相。

那么，我现在要做的是，排除他这条线的干扰，汇总自身经历的所见、所闻、所感、所思，做出最合理的判断。

这种抽丝剥茧的思索，根本不容许我有任何分神，我才能把脑子里各种支离破碎的思维碎片，像拼贴最复杂的拼图那样拼合完整。在这个过程中，会形成浑然忘我的意识封闭状态，令我根本察觉不到外界的情况。

这也是我为什么要月无华为我争取五分钟的原因。

二十八

寻找《阴符经》，是因为“幻、魇、文、蛊”四族的分支发现了其中隐藏的惊天秘密，并且在历史的各个时期都留有“我和月饼黑化后屠戮八族”的传说。

几年来，我们在找寻《道德经》下半部时，以及这段“文字游戏”之旅中，听到过太多圆脸、黄衫两个老人的故事，也接触过许多似乎是我们才会留下的提示和文字。我们在不知不觉中形成了“圆脸、黄衫两个老人就是我和月饼”的认知。尤其是八族对我们的敌意和布局，处心积虑要弄死我们，更加深了这种认知。直到来到苏州，破解《枫桥夜泊》暗藏线索的过程，才让我隐隐产生“似乎真相并不是这样，圆脸、黄衫另有其人”的念头（我并不确定月饼是否也有同样的想法）。

如果这一切都是假的呢？换句话说，如果是有人故意让我们这么认为呢？

高明的催眠，不是拿着怀表在别人眼前晃来晃去，神神道道地嘟囔着故弄玄虚的话，而是通过日常生活中潜移默化的明示、暗示，以及平时接触时的认知，使被催眠者对某件事深信不疑。

三人成虎，何况我和月饼这几年那些匪夷所思的经历呢？用个现在很流行的词来形容，我们被“PUA”了。

当然，这只是个假设，可是李晏无心的一句话却透露了很重要的信息。

我们在寻找《道德经》下半部时，几乎每条线索都和“八族”有关。我们发现他们都是单线活动，几乎没有什么交集。这侧面证明了八族之间存在着极深的敌意、偏见。尤其是他们携手奔赴大漠探寻尼雅古城，却因各怀鬼胎分崩离析的事，更能证明这个判断。

这也好理解，文无第一，武无第二，一堆身怀绝技的人凑一块儿，指定是谁也不服谁。

“孙子，你会幻术是吧？不就是个马戏团变魔术的货色？”

“会医术了不起吗？你当医院是摆设啊？”

“摆弄几条虫子算什么本事？超强杀虫剂网上十块钱买好几瓶。”

“会写点儿文章就自称文族？一身的穷酸味。”

……

诸如此类，必然存在。

李晏那句“陶家、刘翠花和徐勇健那几个废物！要不是他们失手，根本不需要我们出面”，透露出几个重要信息：

其一，从种种迹象来看，李晏、方旭东和魇族、幻族有着很密切的交集。这并不符合八族向来不合作的常理。更不合逻辑的是，魇族的徐勇健居然会蛊术。八族的异术（虽然目前来说，我还不知道文族到底有啥超能力，相对于其他七族，文族似乎是为了凑数硬添进来的搭头）都是本族的不传之秘，绝不可能外传。那么，自江城长江底部，巨型青铜盘构建的“墨子镇妖墓”遇见徐勇健以来，始终萦绕在我心中“魇族徐勇健是如何学会蛊术”的疑问，似乎有了某种可推测的答案。

徐勇健死前，在我追问“从哪里学会的蛊术”时，仅说了个“呢”字，在地面画了个歪歪扭扭的“一”字，就蹬腿儿见了阎王。

我曾经做了许多假设和推理，“呢”和“一”到底是什么含义，却始终一无所获。而李晏那句话，就像打开潘多拉魔盒的咒语，让我模模糊糊看到了盒子里的秘密。

“呢”会不会是“哪”？那个大学同学——神秘部族的哪娜？我们曾与哪娜共同经历过一些事。事后，月饼和我喝酒闲聊，几乎可以肯定，哪娜的秘术是蛊术的一种。也就是说，哪娜的部族是蛊族的分支。

其实这倒不是什么稀罕事，蛊族分支繁多。月饼生活的部落，蛊术保存最完整，蛊族规矩最繁复，无形中成为蛊族最正统的主脉。

八族之间，不会相互传授秘术，徐勇健的蛊术，或许是从哪娜那里学到的。

当然，这么推论还有些武断，毕竟在网上都能买到《九阴真经》《如来神掌》的年代，保不齐也有《蛊术大全》。

可是，我们方才知晓，这些年我们平日的一举一动、喜好起居始终被监视、操纵。他们甚至以普通人的身份接近我们，取得信任。我和月饼好几次险些就着了道。以至于看似阳光明媚的生活，却始终存在着挥之不去的阴影。

于是，就有了根据“哪娜教徐勇健蛊术”而形成的第二个推理。

有一种心理学概念叫作“视网膜效应”，是指当人们拥有一件东西或一项特征时，会比平常人更容易注意到别人是否跟我们一样具备这种特征。举几个例子，身材胖的人，注意力会放在其他的胖人身上，会觉得“其实胖子蛮多的”。喜欢吃烧烤的人到了美食街，满眼看到的都是烧烤摊子。喜欢香水的女孩逛商场时，目光停留最多的必然是香水店铺。

我和月饼有着异于常人的身世、身份、天赋，并且还有不能为人所知的秘密。初遇哪娜，我俩自然而然地产生“原来我们不孤单”的喜悦，并没有想过哪娜为什么会蛊术。在我们看来，这本来就是很正常的事情。

而受这种心理影响，使我们忽略了本该注意的细节。话说回来，当时我俩还没去泰国做交流生，还是宅在寝室里抽烟、喝酒、打游戏的少年，哪想到未来几年会发生这么多稀奇古怪的事情？以至于哪娜突然消失，也不过是简单地认为：哦，那件事她已经解决，回部族了。

如果，如果哪娜并没有回部族，而是找到徐勇健并达成某种协议，甚至教会他蛊术，暗中窥视、跟踪我们，然后她在必要的时刻现身，完成我至今不知道的关于《阴符经》的秘密呢？

我的心脏狠狠跳动几下，略略分神，好像听见逼仄的暗道里回荡着窸窸窣窣的声音，像蛇群爬过岩石。空气似乎更加浑浊，浓烈的腥臭味涌进鼻腔，顶得我有些眩晕。

但是，我没有空暇睁开眼睛观察到底发生了什么。因为，此刻的我就像在黑暗的房间里沿着墙壁摸索电灯开关，指尖已经触摸到了开关边缘。手指再前伸少许，便能开启久违的灯。

想到这里，我的脑海里倏地浮现出两张女人的脸，她们或狞笑，或哭泣，或妩媚，在黑暗里飘忽不定地飞来飞去。在极其魅惑的“咯咯”笑声中，两张女人脸一左一右停滞不动，逐渐向中间靠拢，融合成一张熟悉的脸——哪娜是……

太阳穴“突突”狂跳，我闭眼狂吼：“月饼，不管现在什么情况，再帮我几分钟。”

脊背冒出一层冰凉的冷汗，我使劲甩了甩头，想把那张极其熟悉的脸从脑子里甩出去。

偏偏那张脸愈发清晰，漂浮在脑海上方的黑暗虚空里，媚眼含春地注视着我，忽地膨胀，“嘭”地炸开，化成无数细细碎碎的白色星芒，悠悠然游荡，汇聚黏合成两个字——鲁、墨！

我怔住了！

无数张平时根本不会在意的画面如同摁了快进键的视频，从脑海里一帧帧闪过。瞬间，我的意识如同煮沸的开水，“咕嘟咕嘟”地翻滚着，水珠爆裂，蒸汽炽热。

如果是他们……

一个不祥的预感，越来越强烈。我全身冰冷，下意识地屈膝闪躲。

二十九

一种极其异样的感觉从后背传来，就像在数九寒天，背后吹过一股猛烈的寒风，寒意由肌肤透进骨头，刺得肌肤冰冷地疼。

我的喉结不受控制地“呃”了一声，那股疼像一溜火线，从后背贯穿胸膛，烫得五脏六腑如同在沸水里翻滚。随着“噗”的一声闷响，两股冰冷黏腻的东西在前胸后背同一位置涌出。

接踵而来的，是迅速蔓延全身的疼痛。

我踉跄几步，“扑通”跪倒，双手撑地，眼皮像是被强力胶粘住，用尽力气才能撑开，随即涌出汪汪泪水。各种景象在视线里旋转混沌，好似打翻的油画颜料，乱七八糟地掺杂在一起，什么也看不清。血液从胸口渗出，把衣服染得殷红，再一滴滴砸在坚硬的岩石地面，溅成一朵朵鲜艳的血花，分外刺目。

我大口喘着气，心口或许是因为刺伤，或许是因为那个不祥的预感而产生的推断，疼得几乎无法自已。

耳边，仿佛另一个我在拼命嘶吼——

“不会是他们！”

“一定不会是他们！”

“怎么可能会是他们！”

三十

“南少侠，你知道，你最大的缺点是什么？”无比熟悉的声音似乎很遥远，又似乎就在耳边回荡，时而微弱，时而轰然，“就是太在乎友情，太相信朋友了。唉……我实在没耐心等你想出所有答案。”

轻描淡写的几句话，就像是压死骆驼的最后一根稻草，彻底摧毁了我仅有那么一点儿支撑身体的力量。

我如坠冰窟，从心底涌出的寒意几乎把血液都冻住了，双膝一软，直挺挺地趴倒在地。坚硬的岩石地面撞得下巴一酸，眼泪鼻涕喷涌而出。

还没等我抬起头，说话人一脚踢中我的腹部。身体擦着粗粝冰冷的碎石，像沙袋一样翻滚了几圈，狠狠撞在岩壁上。心肺就像被一只大手狠狠攥住又松开，憋闷得根本无法呼吸。我大口吸着气，勉强抬起头。

极其模糊的视线里，那道无比熟悉的瘦削笔直身影，在一片虚幻的白光中慢悠悠走来，缓慢地蹲下，又叹了口气。

他扬了扬眉毛，摸摸鼻子，嘴角扬起一丝好看的微笑，探手抓住我的头发往后扯。我的脖子反方向受力，“咯咯”作响，几乎就要折断。

“给我个理由。为什么？”我仰着脖子盯着那张脸，喉结翻滚，迸出这句软绵绵的话，这句在无数文学、影视作品里，被好友背叛时几乎用烂的台词。

“你死不了。心脏和肺部之间，有一道很窄的缝隙。这根……”月饼另一只手捻着根沾血的桃木钉，在我眼前晃了晃，“就从那条缝里……咻……”

“咳咳……”我张嘴喷出一口血，血沫溅到月饼棱角分明的脸上，堵塞的喉咙稍稍通透，吸了口气，我微微眯起眼睛，又长长吐出郁结在胸口的浊气，“我难过的事情，不是被最好的朋友背叛……而是……”

“哦？”月饼扬扬眉毛，眼神中透着古怪的好奇，松开紧拽着我头发的手，“你……”

“是的。”我双手撑地，挪动少许，背部贴靠岩壁喘着粗气，“我只是下了一笔赌注。”

月饼疑惑地侧头，似乎意识到什么，弹身而起，后退到四五米开外，冷着脸，一言不发。

“我最讨厌的事情就是打赌。”我咽了口血唾沫，自顾自地说，“因为……咳咳……因为，确定的事情，没必要打赌；不确定的事情，干吗要打赌？”

“呵呵……南瓜，现在说这些……”月饼摸了摸鼻子，戏谑地舔舔嘴唇，“你在拖延时间？”

“我不知道你这是易容术还是某种幻术，或者是魔术、蛊术？哦，医族好像也有这种改变容貌、体形的办法。可是……模仿得再像，也是个山寨货。”我低头瞅着被鲜血染红的上衣，冷笑道，“月饼摸鼻子，不是用食指而是用中指。你认识我们这么久，居然连这事儿都没注意。而且，你刚才用左脚踢了我，真他妈的疼。如果没这么疼，我还感觉不到——你，少了一根脚趾，小脚趾。”

“其实，我早该想到是你。”我扬起头注视着“月饼”，模糊的视线里，假冒的“月饼”被一层红色薄纱笼罩。直至双眼聚焦，我才再次看清面前这个人——碎斜的长发遮挡着眼睛，高挺的鼻梁与略略凸起的颧骨勾勒出阴郁坚毅的轮廓，瘦削的脸颊使得下巴看上去有些尖，却正好能映衬出嘴角微微上扬时那抹温暖的笑容。

这些年，这张脸，我看到无数回。

每次，我都很愤愤：“月公公，你不近女色又不爱社交，白瞎了这张脸！要能长在我脑袋上，别说月野、小慧儿……”

“南少侠这是准备为中、日、韩三国交流做贡献？这应该算是‘文化输出’吧？”

“嗯！”我认真且郑重地点点头，“这也算是为国争光吧！”

我们的调侃仿佛就出现在上一秒，历历在目，声声在耳。

可是，我从未想到，这张脸会出现在别人的脸上。

那意味着什么？

我不敢想。那个不祥的预感又来了。

“木利，咱们认识多少年了？七年？”我努力控制着因心情激荡而颤抖的声音，挪动身体，把坐姿调整得更舒服些，胸口愈发疼痛——不知是因为那道贯穿胸口的伤口，还是因为对于友情无比信任的崩塌。

“是的。”月饼——不，陈木利将左手伸到后脑，似乎在用力拔出什么东西，眉头紧皱，嘶嘶吸着凉气，“七年四个月十五天。”

“嗤”的一声轻响，陈木利吁了口气，左手捏着一根细若发丝的银针，盯着针尖的血滴，厌恶地随手扔掉，“插了好几天，疼死我了。”

几乎就是瞬间，这张本是月无华的脸产生了微妙的变化，好像只不过是面部骨骼、肌肉、五官微微扭动，就变成了另一张我依然很熟悉的脸——老实木讷的陈木利的脸。

“南爷，其实……”陈木利憨厚地“嘿嘿”笑着，很局促地搓着手，“我也没想着要瞒你。反正……你也要死了。”

我这才发现，除了眉宇间的神态大相径庭，陈木利和月无华的身高、体态、骨相竟有六七分相似。

我倏地想起一件事，心里泛起既熟悉又惊悚的感觉，心头一颤，哆哆嗦嗦地指着陈木利：“你……你是……给我个理由！”

“南爷，别问了。”陈木利起身离去，伸了个背影极像月饼的懒腰，走向悬挂的干尸，“为了模仿月爷，我可是花了好多年心思。”

此时，我才注意到，原本弥漫在石道里的绿色雾气早已不知踪影。

陈木利向下拽动第二、四、五三具干尸，石壁里传出“咯咯”的机关咬合声，滚珠般传至石道左侧岩壁。声音顿止，岩壁表面微微凸起大约十厘米长的圆柱形石柱。

“您是写小说魔怔了，还是看电影太沉浸？觉得我会像那些反派主角吗？高智商的设计安排每一处细节，处心积虑引主角入局。在最后时刻，低智商地得意忘形，把所有一切解释明白，让读者、观众们赞叹一番，再出现某些疏忽或错误，让主角逆境绝杀，强势翻盘？”

“刚才没杀了你，是因为你还有一丁点儿用处。”陈木利向下扳动石柱，又向左右各扳动两次，岩壁再次响起“咯噔咯噔”的机关咬合、碰撞声。

“欢迎来到鲁班一门的终极之地，您和月爷要找的《阴符经》就放在这里。”岩壁由顶至底裂开一条石缝，缓缓向两侧开启，陈木利的双手合拢成拳，举在额头，两根大拇指笔直地竖起，向我深深地鞠躬。

“别误会，这可不是对南爷您的尊敬。这只不过是鲁门几千年的陈俗陋习，做个样子图个彩头。”陈木利行礼完毕，迅速挺直腰板，不屑地瞥了我一眼，就像看一具尸体，“再说了，谁会尊重一个死人呢？”

石门紧贴岩石地面缓慢开启，发出令人牙酸的摩擦声，直至“咚”的一声顿住，裂成三米多宽、四米多高的门洞。

一股阴寒之气扑面而至，我本就失血过多，此时寒气入体，更觉得五脏六腑都冻住了，脑子更加迟钝，只觉得越来越困，越来越疲惫，随时都会长睡不醒。

但是，当我看清门洞里的光景，那种莫名震撼所带来的恐惧，使我浑身战栗，竟不受控制地哆嗦起来。

第二章

往事如烟

“蛊女……”

“嗯。”

“孩子也……”

“嗯。”

拥挤的人潮从南锣鼓巷聒噪着流淌至鼓楼，游客们匆匆拍了几张照片，就被后面的人潮推涌着穿过烟袋斜街，汇入酒吧光怪陆离的灯光中。

乐手们在觥筹交错的酒杯碰撞声中，或吟唱民谣，或嘶吼摇滚，或唱着本不愿唱却不得不唱的流行歌曲。

其实，没有人在意这些歌手们到底在唱什么，就像没人注意后海五号左侧灯光并不明亮的阴暗角落，一位残疾女子摆卖自己作品的摊位旁，还有两个不起眼的小地摊儿。

一个摊位卖气球、风车、发卡这些小孩儿才会喜欢的小玩意儿，另一个摊位卖通红的冰糖葫芦，还有香烟、饮料。

两位摊主，五六十岁的模样，一副任由岁月侵蚀看不出年龄的面孔。二人“吧嗒吧嗒”抽着烟，眯眼望着看不见星星的天空，心思根本没放在来往游客的身上，有一搭没一搭聊着天。

“蛊器之术，毕竟年代久远，不成就不成吧。只是可惜了这么有资质的丫头。”圆脸老人弹了弹烟灰，刻着两道深深皱纹的脸颊微微抽动，随手送给任凭父母怎么说都赖着不走的小娃儿一个气球。

望着欢天喜地的小娃儿和匆匆离去的父母，圆脸老人冷冷一笑，眼神里露出三分鄙夷。

旁边摊位的黄衫老人似乎不喜言语，始终凝望夜空，皱眉苦思。只是听到圆脸老人说“只是可惜了这么有资质的丫头”时，才回了句：“做不成蛊器，死就死了吧。”

“有时候，我真想不通，你这颗心是用什么做的？”圆脸老人瞄着黄衫老人胸口，指了指自己的心脏位置，“是因为那只蜘蛛？”

“取了。”黄衫老人紧皱的眉头稍稍展开，双眉正中露出一道深刻的悬针纹，他用食指、拇指捻灭明亮的烟头，任由皮肉被灼烧得“嗞嗞”作响，“说不得，该他们了。你舍得？”

“我？”圆脸老人哈哈一笑，点燃两根烟，把其中一根塞进黄衫老人嘴里，“你出了两个都不心疼，我出一个，怎么会舍不得？”

“好。”黄衫老人收拾好摊位，推着挂满冰糖葫芦的三轮，正要离去，顿住身子想了想，从残疾女作家那里买了两本书，扔下一大摞钱，融入人潮汹涌的洪流，没了身影。

“小姑娘，我这摊上的东西不值钱，送你了。卖书捎带手也卖卖这些吧。”

圆脸老人扶着膝盖，很艰难地起身，连摊车都没收拾，推给残疾女作家，朝着黄衫老人相反的方向走去。

残疾女作家怔怔地盯着那摞钱和摊车，这才看清楚，每根系气球的绳子都穿着一粒金灿灿的小珠子。

“既然如此……”圆脸老人逆人流而行，喃喃自语，“你负责把他们俩送到泰国，找到那四个人。我去找八族那些老友吧。沙漠一别，几十年了，也该见见面了。”

忽然，人群中爆发出巨大的欢呼声。极远的天际，隐隐传来气势磅礴的轰鸣。数条明亮的星火直蹿夜空，炸裂绽放，璀璨的烟花聚成一枚枚巨大脚印，将整座城市映得如同白昼。

老人如同雕像般立于人群，浑浊的眼眸里，烟花的映像由绚烂直至黯然。许久，老人嘴角那丝皱纹微微抽动：“辛未年，路旁土，金羊命……他们俩，今年也有十七了。呵呵……该见面了。”

那一年，是二〇〇八年。

那一年，是一切故事的开端。

一

石门里面，是一处足有半个足球场大小的人工石洞。整个石洞呈倒扣的圆碗形状，地面距离洞顶将近二十米。数百枚拳头大小的夜明珠镶嵌于洞顶，散发着柔和的幽幽白光，明亮却不刺眼。奇怪的是，洞顶正中，吊垂着一口长三米、宽一米半、高半米的透明水晶棺。棺中流光溢彩，雾气氤氲，似乎密封着某种冒着蒸汽的黏稠液体。

八口大约三米高的巨型石棺分布在石洞光滑的石壁上，等间距依次排列。石棺上面分别镌刻着造型极其古朴，说不上来是什么的动物图案。八根直径一尺的圆柱形石道从石棺顶部延伸至洞顶，与吊垂水晶棺的手腕粗细的黑漆漆管子相连接。

斜看过去，水晶棺底部的图案似乎是阴阳鱼，又似乎是一只巨大的人眼。正下方则是边长四五米的正方形石台，四边分别立着青龙、白虎、朱雀、玄武四方石象。石台正中，一只巨大的石刻麒麟昂首向天，张开的巨口正对着水晶棺底。

麒麟正前方有张石椅，一男一女分立两旁，笑得很暖。

依然相信友情、朋友的我，心里仅存的那点儿幻想彻底破灭了。

“南爷，心里面是不是有特别多的疑问啊？”李奉先晃着大脑袋，笑得眼睛眯成一条线，“这才多一会儿没见，怎么就搞得这么狼狈？木利，这就是你的不对了。”

“哎呀！奉先，怎么说话呢这是？我家男人哪儿做得不对了？”燕子扭动着腰肢走到石台边缘，双手扶膝，媚眼如丝地瞄着我，“没有南爷，咱们谁也弄不明白这虎丘塔里的机关布局，也到不了咱鲁家找了两千多年的墨家护……”

“闭嘴，少言！”我身边假扮月无华的陈木利打断了燕子的话，抓着我的衣领进了石洞，一松手，任由我的后脑重重地磕在坚硬的岩石地面。

“你这个婆姨，瞎哔哔啥？”陈木利斥责着燕子，自顾自地走到一口石棺前，打开棺盖瞥了一眼，又迅速关合。

此时的陈木利，再也没有半分平时的老实木讷，阴森狠辣的神态吓得燕子再没言语，筛糠似的抖个不停。平日嘻嘻哈哈的李奉先都收敛笑容，缩着脖子垂手而立。

陈木利紧锁眉头，摸出手机看看时间，左手大拇指搭在食指上掐算，眉宇间闪过一丝疑惑：“这是怎么回事？”

在这短短几分钟的时间里，我不仅失血过多，又经历了李奉先、陈木利、燕子的背叛，更因为对下落不明的月饼的担心、对于整件事情的困惑……使得我心口绞痛难耐，连呼吸都觉得困难，神智渐渐模糊。视线里，所有的景象扭曲融合，渐渐汇成一片耀眼的白色光芒，身体轻飘飘的，如坠云端，贯穿后背、胸口的伤口，竟然有种酥麻的舒适感。

那一瞬间，我仿佛看到月饼在白色光芒里摸摸鼻子，扬扬眉毛，嘴角扬起一丝微笑，似乎对我说了几句什么，挥了挥手，转身隐入白光里。

我听不到月饼在说什么，情急之下喊了声“月饼”，却也听不见自己的声音，沉重的眼皮再也睁不开，缓缓闭合。在一片无边无际的黑暗里，某种东西似乎在与身体轻飘飘地脱离，悠悠然然地飘走。

“我要死了？这辈子还没好好谈过一次恋爱，好遗憾啊！”

这是我最后的意识。

二

不知过了多久，我有种熟睡中身体突然一空的坠落感，某种掺杂着薄荷、冰硝、桂花的香气飘入鼻端，混沌的脑子顿时清醒，喉结不由自主地“咯咯”几声，吐出一口郁结在胸口的浊气，剧咳几声，猛地惊醒。

“南爷，咳咳……这是去年我过生日您送我的，说是能防晕车、提神伍的。”李奉先面带喜色，手里拎着鼻烟壶的吊穗，烟壶像催眠师手里的怀表，在我眼前摇来晃去，“您还别说，真挺管事儿。”

意识刚刚恢复，我还有些迷糊，愣了几秒钟才反应过来，骂了句脏话，正要挥拳砸向李奉先，却发现自己赤裸着上身，被结结实实地绑在石刻麒麟前的那方石椅上，前胸和后背贯穿的伤口已经用厚厚的绷带包扎严实。

“南爷，你都被五花大绑了，还这么大气性。”李奉先那张肥嘟嘟的胖脸几乎贴到我眼前，肥厚眼皮挤成一条缝的眼睛里透着几分嘲讽，“现在这德行，就别说硬话了。”

我用力挣扎，麻绳深深勒进皮肉，火辣辣地疼，只得放弃了“精神力激发肉体极限，挣断绳索，拳打李奉先，脚踢陈木利——不能打女人，就把燕子捆住”的美好愿景。

我明白，此刻愤怒也好，痛骂也罢，都是烂俗电影里才会出现的幼稚桥段。

我清楚，此刻急智也好，反转也罢，都是烂俗小说里才会出现的恶心桥段。

我身负重伤，陷入绝境；月饼下落不明，不知生死。用句老话说，就是“叫天天不应，叫地地不灵”。更何况，陈木利、李奉先、燕子的真实目的，我虽然还不明了，但是他们处心积虑策划了整整七年——不，甚至更久——单是这份隐忍多年、费尽心机的布局，已经不是被牢牢绑在石头椅子上的我所能扭转的局面。

我微微闭目，不再看李奉先油光满面的胖脸，略略回忆昏迷前的情形，多少有了几分计较。

陈木利假冒月饼，把我诱进石洞，曾随口提到过，“你还有一丁点儿利用价值”，那这“利用价值”是什么？他还说“谁会尊重一个死人呢”。那么，我的“利用价值”，并不是活着。偏偏，他们把濒死的我救活了，还替我细心包扎伤口，这一番“雷声大，雨点小”的迷之举动，只能说明一件事情：他们需要我的身体或者血液，而不是我的能力或知识。

想到这里，我居然有些“小人得志”的快感，就像多年的学渣考上了985大学后，得知学霸发挥失常无奈上了三本一样。

我忽地睁开眼睛，李奉先吓了一跳，不由自主地后退几步，踉踉跄跄的，差点从石台上跌下。

“没出息的玩意儿，被这么个废物吓成这样！”

我循声而望，陈木利正在已经闭合的石门前焦躁地抽着烟。燕子蜷缩在角落，脸颊红肿，嘴角有两道血痕，身后石壁上的斑斑血迹还未干。

看来，在我昏迷的时候，陈木利因某种原因，曾殴打燕子泄愤。

李奉先面色惊恐，缩了缩本来就粗短的脖子，更显得好似肩膀上面直接长了个脑袋。

“木利，身为鲁门传人，好像对这鲁门终极之地也不是很了解啊。”我舔着干裂的嘴唇，挑衅地仰起下巴，“你不是说，我的命不重要吗？干吗还要救我啊？哦，原来您这鲁门伟大传人，也不懂‘八门聚阳换魂阵’的机关奥妙是不是？来来来，有本事你现在就弄死我。小爷我但凡眨一下眼睛，就算是……就算是……白给你当了七年四个月十五天的爷爷！”

如同笼中困兽般来回踱步的陈木利，像是被点了穴道，突然顿住脚步，眼中闪过一丝喜悦，阴森森地瞪着我，一字一顿：“这个阵，叫什么？怎么运行？”

“叫声南爷，怎么连这么点儿礼数都没有？”我懒洋洋地伸着腿，略微仰起下巴，“木利啊，早就跟你说了，少刷点儿视频，多读点书。你瞅瞅，连祖宗留下的机关阵法都整不明白。咋了？书到用时方恨少了吧？”

陈木利让我不阴不阳的几句话戗得脸色青红交替，张嘴摆了个

"南"的口形，却始终没发出声，当然就不能指望再迸出个"爷"字。

但是，我察觉到他的眼神中闪过一丝讥诮，随即凶焰炽烈。我也注意到，李奉先和燕子从兴奋至失望的神态稍纵即逝。

我意识到，刚才那几句话出了问题。

那条始终潜伏在脑海里，因缺少几个关键环节以至于断成几截的隐藏线索终于串联起来了。

我也意识到这里究竟是什么地方了。

这种拨开迷雾见天日的豁然开朗感，让我忘记了正身处绝境，随时会死的情况，某种说不明白的兴奋感驱使着身体微微战栗。我忍不住打了个哆嗦。

陈木利狠狠吸了口烟，缓缓吐出浓白的烟雾，遮挡着阴晴不定的脸庞："南爷……这是我最后叫您一声南爷。原本，我还对您有点儿期待……"陈木利将右手抬到眼前，拇指和食指捏成一条缝隙，"就这么点儿。可是，您让我太失望了。"两道凶芒从他的眼中迸射而出，如两柄利刃直插入我的胸膛。

心脏"怦怦"猛跳几下，我深吸了口气，做出了赌上性命的决定。

"木利……"我仰脸瞪着陈木利，与他的目光毫不相让地对视，"我从不让对我有所期待的人失望，也不会让对我失望的人有所期待。你当我真不知道？"

"刚才您的话已经露怯了。"陈木利把抽剩的烟蒂扔到地上，狠狠踩成碎末，"您对我的价值，就像这个……"

"墨家保护八族秘密的三大上古奇阵。其一，在桃花源；其二，在黄鹤楼；其三，就是这里，虎丘之下。要说奇技淫巧，你们鲁门确实天下无出其右。但是阵法机关，墨家，谁能望其项背？该说不说，鲁门或明或暗，与墨家争斗几千年，终是在格局气势上面棋差一招。这墨家的‘八门聚阳换魂阵’，你陈木利参不透，也不是什么丢人现眼的事儿。”我故意提高声调，一口气把话说完，心脏跳得更加猛烈。

因为，什么“八门聚阳还魂阵”，是我随口编的；桃花源、黄鹤楼、虎丘山的所谓“三大上古奇阵”，是我串联各种隐藏线索后做出的推测。

如果没有陈木利那句“刚才您的话已经露怯了”，让我意识到这里绝不是鲁门的终极之地，有可能是墨家的上古机关阵，我还真做不到被五花大绑了还能“一本正经地胡说八道”。

再转念一想，陈木利打开石门时，那句“欢迎来到鲁班一门的终极之地”，也是对我的试探——让我先入为主地认为，这里真是鲁门秘地。我要看不出石洞机关和墨家的关系，这条命就算交待了。

也多亏燕子多嘴，说了句“咱鲁家找了两千多年的墨家护”，我才顿悟。

燕子是真的失言，还是暗中提醒？我没时间分析，静待陈木利的反应。

这是我活了二十几年，最凶险的一场豪赌！

三

我不喜欢打赌，也讨厌任何有赌注形式的活动。在我略微偏执的人生观里，我始终坚信：想得到什么，就去努力；超出努力范围，那就干脆别想。人活一辈子，不能把希望寄托于微乎其微的概率上。

但是这次，我必须赌一把，赌的是我、月饼、月野、杰克、黑羽、小慧儿的命（我相信，以陈木利、李奉先和燕子这么多年的处心积虑，就算把我和月饼弄死在这地下石洞里，也绝不会放过月野他们）！

此刻，我需要做的，就是在绝境中破局！

陈木利、李奉先、燕子早就在赌牌、赌桌上做了手脚，以好友身份引我入局，不动声色地让我输得倾家荡产。

现在，他们每人手里都握着一把好牌。我手里的牌稀烂，根本没有翻本的可能性。

那么，唯一能破了这场必败赌局的契机，就是赌注。

每一场精心策划的赌局，都必然有操纵者无法拒绝的筹码。只要我不把这份筹码推上赌桌，那么赌局就还没结束。

石洞里依然回荡着我方才那句话的尾声，四人皆寂然。

陈木利目光锐利，眉头紧皱，若有所思地盯着我；李奉先肥胖的脸腮向眼角堆积，又像是面部肌肉撑不住这份重量，极快地耷拉下来，坠到嘴角乱颤；燕子看似不经意地瞥了一眼我左侧的第三个石棺，眉宇间拢过一抹哀戚。

我再没言语，为了避免陈木利从我的眼神中看出破绽，索性舒舒服服地靠着石椅，闭目养神。

一、二、三……我的心脏跳动了一百五十多下，在这大概三分钟的时间里，偌大的地下石洞中只有我们四人微弱的呼吸声。

“南爷，我们……”陈木利搓着双手，再无那般嚣张阴狠的气势，字斟句酌地问，“有没有合作的可能性？”

我彻底松了口气，额头冒出细细密密的冷汗，睁眼冷笑一声，依然没有言语。

短短几分钟的心理博弈，我赢了！

虽然手里依然握着一把烂牌，可是，稍纵即逝的翻盘机会出现了！

现在我要做的，就是等待，等待他们把全部筹码推上赌桌！

四

我又沉默了两三分钟，感觉抻得差不多了。再这么端着，真把这三个人惹急眼了，指不定会闹出什么幺蛾子。于是我慢悠悠来了句："给我一个合作的理由。"

"南爷，您和月爷，都是好人。"陈木利久违的木讷神色又现于眉宇，"当……"

"木利，咱能别整这些虚头巴脑的行不？"我不耐烦地打断陈木利要打出的感情牌，"我们是好人，就活该被你们糊弄这么多年？好人就该死是吧？你这是不是扯淡？麻溜的，既然要合作，就谈谈条件！还有，我都快被捆成粽子了，也不知道解开绳子，让小爷松快松快啊？这是合作该有的态度吗？要是换作李奉先獐头鼠目的德行，闹这么一出儿，我倒也不觉得有多意外。相由心生嘛。哦，就算换作燕子，和奸夫串通好了扶你起来喝中药，我也能接受。怎么偏偏是你？脸上扑点土就是个刚出土的兵马俑，这么老实的人，居然能干出这种丧天良的事儿。看来，'人不可貌相'这句老话确实比'相由心生'靠谱。"

虽然没有扭转局面，可是我晓得，目前已经性命无虞，甚至隐隐掌握了些许主动权，也就没啥顾忌，言语里夹枪带棒地把这三人挨个恶心了一遭，捎带手，还挑拨了几句陈木利、燕子、李奉先之间的关系。

我之所以这么肆无忌惮，还藏着更深层的原因。

任何人都不是泥巴捏的、木头刻的，都会有喜怒哀乐的情绪。要想得知对方内心真实的想法，最直接的方式不是敞开心扉畅所欲言，而是激怒对方。人只有在愤怒时，才会彻底突破心理防线，采取极端的行动，表述过激的言语。

当下，我属于“奇货可居”，他们肯定不会对我采取“极端的行动”，那就只能等“过激的言语”里透露出更多的线索。

上兵伐谋，其次伐交。两军博弈，胜利的天平往往不是向兵强马壮的那边倾斜，而是向情报收集工作做得更详尽的那一方倾斜。只要掌握足够多的信息，胜利的砝码就会一点点儿移向我这边的。

出乎意料，我期待的大发雷霆的场面并没有出现。

陈木利、燕子、李奉先满面笑意地互相瞅瞅，燕子终于忍不住，扑哧笑了。随即，李奉先、陈木利更是哈哈大笑。

而且，这三个人笑得实在是——用句蹩脚的描述，就像是“在欢乐祥和的气氛里开怀大笑”，笑容之真诚，笑声之爽朗，笑态之自然，绝不像某些综艺节目群众演员在台下笑得那般虚假。

这下可好了，轮到我不明所以地尴尬了。刚才那几句话这么好笑吗？不能啊，短短几句话，我极尽讽刺挖苦之能，他们咋还乐上了，难不成也跟我玩心理战？

“奉先……咳咳咳……”陈木利笑得呛着了，恨不得把肺管子咳出来，“还真让你说着了！哈哈哈哈……”

“嗐，这不是秃子头上的跳蚤——明摆着的事儿吗。”李奉先笑得腮帮子酸疼，左右活动着下巴，色眯眯的小眼盯着燕子，“嫂子，愿赌服输啊。”

“呸！”燕子的脸庞晕起两坨绯红，媚眼含春地娇笑，“那也要看你哥愿意不。”

“木利哥，你是不是要说……”

李奉先顿了两三秒钟，和陈木利对视着异口同声：“成大事者不拘小节，何况一个娘们儿！哈哈哈哈哈哈哈……”

俩人又捧腹大笑。倒是燕子，虽说仍是笑容满面，春水荡漾的双眸中却闪过一丝寒意。

我看在眼里，隐约觉得有事情要发生，又烦他们聒噪，忍不住喊了句：“咱能继续斗智斗勇不？都什么时候了，还有心思笑场？就没见过你们这么不专业的反派。”

笑声戛然而止。

“在决定对谁先动手之前，我和奉先的想法有分歧。”陈木利习惯性地搓着双手，掌心老茧摩挲得沙沙作响，“我觉得你比较好对付，奉先认为月爷更容易下手。”

“南爷，这可不是往您脸上贴金哪。月爷哪儿都比您强太多，只要不瞎，任谁都能看出来。”李奉先虽说已经不笑了，依然是那副笑模样，“可是我觉得，就凭一点，月爷便更好对付。”

“月无华比我更重感情？”

“不不不。要说重感情，您和月爷对朋友掏心掏肺，绝对是我见过最爷们儿的男人。”李奉先脸上的敬佩神色倒不像伪装，“只不过，您比月爷更怕死。”

“因为怕死，就会谨慎，就会犹豫，就会多想。”燕子拢起散乱的头发，随手束成马尾，红肿的脸上，陈木利粗粝的指印清晰可见，“就不会在做某些决定时义无反顾，就不会像月无华那样……”

“您可能想不到，月爷是自愿的。”李奉先自顾自说着，往陈木利站立的方向挪了几步，“如果没有他的配合，这个局根本做不成。当然，他不知道我们要这么做。他只是太想——呵呵，这么说起来，月爷确实比您更重感情。”

“你被我们救醒后，根本没提月无华，张口闭嘴谈合作。依着你们俩的关系，这正常吗？你觉得我们会信？”燕子也挪动着脚步，右手很自然地摸着马尾辫，“南晓楼，想套出线索，做得有些明显了。”

虽然李奉先和燕子一唱一和，句句戳中要害，让我根本没有应变回旋的余地。可是，我的注意力却放在另外一件可能要发生的事上——李奉先和燕子的位置变了！

他们在和我说话的时候，不声不响走到陈木利的侧后方，一左一右地把他夹在了中间。

几乎就在我注意到他们“品”字形方位的同时，李奉先总是笑容可掬的脸霎时寒若冰霜，燕子的右手多了一根细若发丝、七寸多长的黑色尖刺。而陈木利根本没有察觉到身后二人的异样，阴沉着那张木讷的脸：“奉先和燕子说得很明白了，合作，你没资格谈条件。不过，我可以考虑告诉你……”

“木利，小心身后！”刹那间，我忘记了此时彼此之间的敌对关系，忍不住脱口警示。

我的心情很难形容。初入石洞，假冒月饼的陈木利现身，给了我贯穿胸口的重创，直至我从昏迷中醒来，得知竟然是他们三个处心积虑多年的阴谋……

从任何角度来说，我都应该很愤怒。至少，我以为自己已经很愤怒了，但在我的心里，隐藏最深的情绪却是失望、哀伤。

我始无法相信，这三位陪伴多年的好友，居然会背叛我们？！

我甚至认为，是他们三个串通月饼，和我开了个天大的玩笑。不多时，他们就会笑嘻嘻地给我松绑，月饼从石洞某处伸着懒腰，慢悠悠走出来："南少侠，革命立场不坚定啊！这还没灌辣椒水、上老虎凳，你就招了？"

李奉先晃着大脑袋，满脸堆笑地道歉："南爷，您可别窝火，这都是月爷的主意。他说，您这性子，不逼急了爆发不出潜力。"

陈木利憨厚地笑着："南爷，这石洞里的机关，我是没招了，就看您的了。"

燕子叉着腰数落着他们："瞧你们几个出的馊主意！晓楼，我打一开始就不愿掺和这事儿。消消气，甭搭理他们！这群不着调的玩意儿。"

然而，我没有等来幻想中的这一幕，却等到了李奉先和燕子偷袭陈木利。

我明知道此时对手越少对我越有利，他们之间的内部矛盾，可能是我扭转局面的唯一机会，但我依然没有犹豫地示警了。

晚了。

该发生的，就在电光石火间发生了。

我的眼睛都快瞪出眼眶，不敢置信地"啊"了一声。

五

李奉先左手持刀，刀尖距离陈木利的脖颈仅有三四寸距离。他的右手，却哆哆嗦嗦指着燕子："你……你……呃……"

燕子手中那根黑色的细长尖刺，不知何时由李奉先右耳刺入，从左耳穿出。随着李奉先身体不自然地抽搐，尖刺微微颤动，发出细微的“嗡嗡”声响。几滴血珠沿着刺尖坠落地面。

燕子依旧是那副妩媚勾人的模样，扭动着婀娜的腰身，来到李奉先身旁，对着他的耳朵轻轻吹了口气，用左手握着刺柄，慢慢地捻动。白色、红色、黄色的黏稠液体从李奉先的双耳淌出，顺着两腮滑到肥胖的下巴，流进脖肉里。

这个场面极其血腥、残忍，我几乎能听到尖刺在李奉先脑壳里搅动的“咕叽”声，只觉得胃里阵阵恶心，胸口闷痛。某种震惊、难过掺杂的情绪堵在胸口翻腾，如火山爆发般直冲脑壳——李奉先死了？

那个嘻嘻哈哈，带着我们吃遍古城回民街美食，胆小怕事却遇事从来不怯，总是在我们需要的时候出现，却绝口不提功劳，明明比我们岁数大，却总是恭恭敬敬喊“南爷”“月爷”的李奉先死了？！

诚然，我刚才得知这一切是他们三人暗中布局时，恨不得一刀一个直接捅死他们。但是，当李奉先真死在我面前，而且他是在和燕子达成某种“杀死陈木利”的协议却被算计反杀的，我很悲伤。

“癞蛤蟆想吃天鹅肉。咯咯……”燕子抓着李奉先的脖子，贴在他的耳边，“虽然我不一定是天鹅，但你李奉先，一定是那只该死的癞蛤蟆。”

李奉先肥硕的身体砸在岩石地面上。在颅骨细微的碎裂声中，他奋力蹬动双腿，身体扭向我，张了张嘴，呕出几口血沫，再也说不出什么了。

我认真、专注地盯着李奉先，直到把他死前最后的样子牢记于心，才仰头闭上眼睛。

“这小子早就该死了。”陈木利阴森的声音在耳边飘荡，“人不能太贪心，居然敢打我婆姨的主意？呵呵……他哪知道……”

“燕子，你策划这一切，多久了？”我不想再听陈木利聒噪，睁眼狠狠瞪着燕子，“你是怎么做到让木利和奉先什么都听你的？你到底是谁？”

“先对月无华动手是对的。南晓楼，你太聪明了！这么多年，我确实小看你了。这也不怪我，毕竟……你只是个意外。”

“别跟他废……”陈木利话音未落，黑刺已经抵着他的眉心，只需轻轻一推，便会刺入脑中。

“燕子，你……”陈木利的额头涌出一片黄豆大小的汗珠，“我……”

“记住！以后，我说话的时候，你不可以多嘴。”燕子俊俏娇媚的脸上笼了一层寒气，“冒充我的男人，是你的荣幸。”

我没有在意陈木利因恐惧而涣散失措的眼神，目光始终停留在燕子的侧脸。不知为什么，我的心头泛起既熟悉又陌生的感觉。

你最熟悉的好友、亲人、伴侣，在某个瞬间显露出平时极少出现的表情，或者从某个跟平时完全不一样的角度看他（她）时，你会不会觉得这个人非常陌生？

我对燕子的陌生感，就来自她从未有过的冷峻神色。

可是，我又觉得她非常非常熟悉。她的神态、眼神、气质、侧脸的轮廓以及给我的感觉，不像我印象中的燕子，而像我特别熟悉的另外一个人！

电光石火间，我的脑子轰轰作响，眼前虚幻出另一张人脸，像被磁铁吸附的一团铁粉，忽忽悠悠飘荡着，“嗖”地贴上燕子的脸庞，竟然完美契合！

“南晓楼，我等了这么多年，终于找到这里，不是来和你谈合作的！半小时，破解这个什么阵。我会考虑让你死得痛快些。你没有选择，否则我有几十种方式让你死不了又活不成！”

燕子冷冰冰的声音在耳边回荡。我相信她绝对能说到做到，可我根本不在乎。我的思维像是摁下倒退键的高度烧脑电影，自从来到苏州的所有经历，在眼前形成一帧帧快速倒播的画面。

无数观影时的困惑、疑问、悖论，在倒退重放的思索中豁然开朗！

为什么在寻找《阴符经》的过程中，我总会有种处处受制于始终未露面的对手的感觉？

为什么冷静强悍的月饼能够心甘情愿地听从陈木利、李奉先、燕子的安排？

为什么桃花源的幻族陶氏能够异常精准地掌握我们的行踪？

为什么潜伏在江城长江底部巨型青铜盘的徐勇健明明属于魇族，却会蛊术？

为什么孔亮会被月饼认为是蛊族？

为什么在这段历程中，我们遇到的文、蛊、幻、魇四族，对于“我和月饼掌握了有限的时间穿梭于无限的空间，黑化并且大肆屠戮四族”这种玄之又玄的传闻深信不疑？

为什么刚上大学时，那个死去的李晏、与我们有过一段诡异经历的哪娜、在湖边遇到的钓鱼老者，看似毫无关联的三个人，却与这次苏州之行，有着某种前兆式的启示？

为什么在铁岭关，方旭东和李晏“只闻其声，未见其人”？

为什么狐狸能够异化成月饼姐姐的模样，他们从哪里得知已经死去很多年的月饼姐姐的相貌？

为什么我昏迷醒来后，月饼对于铁岭关的事只字不提，而我总觉得月饼似乎有哪里不对劲？

为什么我初入石洞，发现月饼是陈木利假冒的，却想不通——在房车里合影，月饼和陈木利明明都在——陈木利是如何做到在冒充月饼的同时，自己也能同时间、同空间地存在呢？

为什么陈木利明明进了斜塔破解机关，却还有个“月饼”在我们身边？

为什么我破解了虎丘斜塔再度开启的机关进入石洞，陈木利没有直接把我擒住，却依然以月饼的形象出现，假模假样地演了一出戏。直到我结合诸多疑问、线索快要想出真相时，他才从背后出手暗算我？

因为，有一个人，始终存在，我却不会提防，也不会因为她的不存在而格外关注。

而这个人如果还有另一重身份，那这么多“为什么”也就有了答案！

月饼是一个近乎完美的男人，仅有的缺点，也可以说是最大的优点，就是重视友情。为了朋友，月饼甚至可以毫不犹豫地牺牲生命。

但这仅仅是月饼的缺点，而不是软肋。他唯一的、致命的软肋是……

此时，燕子冷然的表情、轮廓分明的侧脸，和月饼实在是太像了。

“你是，月饼的……”我深深吸了口气，紧紧捆束身子的麻绳勒进皮肉，“姐姐？”

六

“正确的判断来自大量的经验，而大多数经验又来自错误的判断。”燕子冷若冰霜的俏脸没有丝毫波澜，她手腕一抖，收回尖刺，随手插进乌黑的长发，“就像这根钻心钉。为了淬进见血封喉永久性的蛊毒，蛊族整整耗费了三代人几十条人命。当毒针炼成那一刻，谁还会记得、在乎那些为此死去的蛊族精英呢？人类……哼……好了疮疤忘了痛的低级生物，只会歌颂成功，对于过程中的失败和牺牲则选择性地遗忘。”

我的心脏跳得快要炸了！

燕子虽然没有正面回应我的推测，却用一番看似毫无关联的言语承认了自己的身份——她是月饼的姐姐！

那个为了生下蛊王沦为蛊族试验品的女孩不是死了吗？她是怎么活下来的？月饼知道燕子是他的姐姐吗？

我就像喝多了酒的醉汉，脑袋嗡得天旋地转，一时间竟丧失了思考能力，耳边始终环绕重复着燕子那几句怨毒至极又无比哀伤的话语。浑浑噩噩间，我的眼前浮现出无数个燕子被蛊族折磨的虚幻场景，心里越来越难受。

我忽然觉得，无论燕子做了什么，都是对的。

燕子，月饼的姐姐，她隐忍多年，暗中策划了如此精密的一场阴谋，为了我至今仍不知晓的目的，策动文、蛊、幻、魇四族，好几次将我们置于死地。幻族陶氏，魇族刘翠花、徐勇健，文族孔亮，墨家后人墨无痕，在桃花源为了救我们牺牲自己的“那个人”，还有被蛊针穿脑而亡的多年好友李奉先，都在这场“文字游戏”的博弈中先后死去。

这一路上，死了太多太多人了。

我甚至由此产生了强烈的内疚感，怀疑自己会把霉运和死亡带给与我有过交集的人们。因此我离开桃花源，故意和月饼吵翻天，躲在泰山深处隐居遁世。

然而，当真相渐渐露出冰山一角，虽然只有李奉先直接死于燕子之手，但是其他人的死，她能撇清干系吗？

不但如此。燕子以陈木利妻子的身份，用泼辣、风情、善良的伪装，融入我们的生活这么多年，却暗中策划了这么庞大的阴谋，把我们当作一枚枚棋子，一步步走入她设计的棋局，形成现在的必死之局。

这已经足够让我不寒而栗了。

可是，我对她仍然没有那种恨之入骨的愤怒。

是斯德哥尔摩效应，还是对于苦难本身的共情？

我说不上来。

如果一定要为这种异常的心理状态找个原因，那就是——我是孤儿。

七

小时候，因为天生红瞳，我被别的孩子视为怪物，不仅没有人愿意接近我，还被他们嘲笑、殴打。

我的童年，几乎每天都在阴暗的角落里躲着，眼巴巴地偷看小伙伴们做游戏，幻想有人蹦蹦跳跳地跑过来说："南晓楼，我们一起玩吧。"

然而，他们的欢乐与我无关。那是正常人的快乐，是长着一双红色眼睛的怪物不配拥有的。

仅有一次，我以为我拥有了。

六岁那年，中秋节的夜晚，阴云遮月。

极少有人能体会，大众心中象征团圆、幸福的中秋节，却是孤儿最不愿触碰的日子。尽管阿姨把孤儿院布置得特别温馨，还亲手为我们做了好吃的月饼；尽管我们都穿上了平时舍不得穿的慈善人士捐赠的衣服载歌载舞……却没有人真正开心。

当然，这种强颜欢笑的气氛里，没有我——就连善良、慈悲、对孤儿们无比疼爱的阿姨们，也会用厌恶甚至恐惧的眼神，对我匆匆一瞥。

我穿着破烂的衣服，啃着中午剩下的半个馒头，背靠着院中那棵老树，望着漫天星辰发呆，耳边时不时传来其他孩子的嬉笑打闹声。

长久的孤独和被排挤，使我变得异常自闭，总是喜欢一个人胡思乱想。

人真的有灵魂吗?

如果我死了，我的灵魂会去哪里?

我不想进天堂，只想每天游荡在孤儿院里，当那些欺负我、看不起我、嘲笑我的孤儿们上厕所时推一把，或者深夜飘到床头，对着他们的脸悄悄吹一口气——一定会把他们吓死!

多年以后，我和月饼说起这段往事，月饼轻晃着酒杯，叹了口气："南瓜，你之所以那么想，不是有多恨他们。相反，你最渴望的就是有尊严地被认可，这是典型的'讨好型人格'。不对啊，你发现没，你总是在别人对你特别好的时候，故意装作很高冷，说一堆特没情商的狠话。咱上大学的时候，那个音乐系学吉他的张……张啥来着?哦哦哦……你忘了?那丫头多好……"

我沉默，闷头灌了一杯酒。因为，我没有和月饼说起后来发生的事。

"南晓楼，你为什么在这里呀?"耳边飘来怯怯的、柔柔的、暖暖的女孩子的声音。

那一刻，时间似乎静止了。

秋风，停在了树叶上；明月，停在了阴云上；寒冷，停在了破衣上；我，停在了孩童的莫名情愫上。

那一刻，我仿佛听到了天籁之音。

时间很久远了，久远到我已经忘了那个女孩的名字。我只记得当时我僵硬地站起，僵硬地转过身，僵硬地望着那个小女孩——她穿着一袭洁白的公主裙，扎着可爱的丸子头，忽闪忽闪的眼睛像是藏了漫天繁星，浅笑的嘴角有若隐若现的小梨涡。

我嗫嚅着低下头，目光慌乱地扫过身上破破烂烂的衣裳，顿时自惭形秽，又匆忙抬头，恰与她的目光触碰。蓦然间，心脏微酸中略略疼痛，被夜风拂过的脸庞热辣辣的。我结结巴巴地憋出一句："不知道。"

"哈！你这人，好奇怪哦。我问你为什么在这里，你说不知道。"女孩子背着双手走到我面前，好奇地歪着头，"哇，你的眼睛，真的好红呢。"

六岁的我常常吃不饱饭，长得比同龄人矮小许多。我微微抬头，痴痴地盯着女孩子美丽的脸庞，不敢相信这一切都是真的。

她有最动听的嗓音、最干净的眼神、最美丽的容貌。当她微笑的时候，就像一缕春风轻轻拂过，温暖了世人被寒冬冻得坚硬的心。她很善良，总会在吃饭的时候，把好吃的藏进口袋，大声说："阿姨，我吃饱了。"然后一溜烟跑到院子里喂流浪猫狗。

在不懂情爱的童年，她是孤儿院所有男孩"长大了一定要娶"的信仰，但不包括我。

我如微尘，只有在扫帚挥扫的时候，才会荡悠悠飘浮起来，享受片刻的阳光，随后再次坠入阴暗的角落。

一粒微不足道的灰尘，怎么配拥有信仰呢？

听说，很多和孤儿院有联系的家庭都有意收养那个女孩，其中甚至还有外国申请人。果然，美丽的花朵无论盛开在何处，总是会引得众人侧目。

经过层层筛选，为孤儿院捐赠最多的本市房地产商夫妇获得了收养资格。而这次中秋晚会，也是那对夫妇出资举办的，作为那个女孩的告别晚会。

消息传出，孤儿院的孩子们，或嫉妒，或羡慕，或不舍，或自怨自艾……形形色色，不一而足。我没有那么多感触，只是觉得心里好像少了些什么，空荡荡的无所依托。

然而，这个晚会的主角，居然就站在我面前，笑得很甜。

“你这样盯着我看，很没礼貌呢。”女孩微嗔，白了我一眼，“男孩子们都围着我，只有你从来不接近我。难道你觉得我长得丑吗？”

我的心脏都要炸了，很想大声喊出“你好看，特别好看”，但话到嘴边，又咽了回去，化成笨拙的吭哧声。

“我知道有个特别好玩的地方，你要不要来？”女孩虽是询问，却不由分说地拉着我的手，往孤儿院的后院走去。

孤儿院有一个很大的后院，夜间怕有危险，因此不让孩子们晚上在后院活动。

可是不知从何时起，孩子们中间流传开了“孤儿院是建在乱坟堆上，有恶鬼吃晚上乱跑的小孩”“后院就是恶鬼老巢”之类的恐怖谣言。甚至还有人说，每到没有月亮的夜晚，都会听到从后院传出阵阵小孩的哭泣声。于是，后院就成了孩子们夜里不敢去的地方。

女孩柔软的掌心传递着特有的温暖，驱散了我的恐惧。我蒙头蒙脑地跟着她，在“吱呀吱呀”的沉重木门开启声中，走了进去。

随后，我的后脑一记闷痛，“轰”的一声，眼前一黑，便就什么都不知道了。

不知过了多久，我在刺耳的嬉笑声中醒来，才发现自己被赤身裸体地绑住手脚。那群平时在阿姨面前一副乖宝宝模样的男孩子们正在肆无忌惮地狂笑。

那个女孩依旧笑得很甜，女王般站在男孩子们中间。

“癞蛤蟆想吃天鹅肉，也不看看自己什么样子。”

“你们说，是他的眼睛红，还是猴屁股红？”

“他就是个怪物，难怪生下来就被爹妈扔了。”

“平常总躲在角落里瞅咱们，不知道打什么坏主意。”

“揍他，打死这个怪物！”

一丁点儿火星，就可以爆裂燃烧，蔓延成人性之恶的熊熊大火。

一拳、一脚，两拳、两脚，很多拳，很多脚……

所谓暴行，如同盛夏时节突如其来的瓢泼大雨，起初是几滴雨珠，却随着狂风雷电，终成无情肆虐鞭挞的狂暴。

我就像个沙袋，被叫嚣疯狂的孩子们踢来踹去。就连孤儿院里最瘦小、木讷的几个孩子，都“嗷嗷”嘶吼着对我拳打脚踢，眼中迸射出猛兽才有的凶光。

我已经痛得麻木，勉强睁开红肿的双眼，哀求地望着那个女孩。

她依然笑得很甜，蹦蹦跳跳地拍着手：“抠出他的眼睛。谁叫他平时都不看我！抠！抠！你们喜欢我吗？喜欢就抠啊！”

这群“野兽”短暂地停顿沉默，随即疯了般探出“爪子”，插向我的眼窝。

那晚，如果没有那位路过的阿姨，我可能已经瞎了或死了。

出于保护孤儿院的声誉，并且担心吓退慷慨解囊的捐赠者，这件事就这么不了了之了，没有任何人受到惩罚。那个女孩在众人的羡慕目光和祝福话语中，坐上豪车，成了真正的公主。

我在医院里整整躺了半个月，那位年轻的阿姨日夜不休地照顾我。每当她用药物擦拭我的伤口时，总会附在我的耳边，心疼地重复一句话：“如果恶行成为理所当然，那就学会以恶制恶。”

伤愈后，院方把我送到寄宿学校，彻底消除了有可能出现的不良影响。那位年轻阿姨，也就成了我无比感激的一段回忆。

虽然时间久远，我渐渐忘记了她的样子，却仍然记得，她靠近我擦拭伤口时温柔的、心疼的话语。

高中毕业，即将上大学的那个暑假，我故地重游，回到阔别多年的孤儿院。

十几年过去了，院长阿姨已然老去，白发稀疏，眼神浑浊，唯有听到我提出向孤儿院捐赠后，眼睛里才迸射出多年前我见过的光芒。

她已经认不出我了，我略有难过。虽然我戴了遮挡红瞳的黑色美瞳，长成身高一米八九的小伙子，身材、相貌、气质和孩童时截然不同，但我依然希望她能从面部轮廓认出我来。

我那希望被认可的自我存在感，可怜又可悲。

从高一起，我陆续在几个文字论坛发些小文章，居然被某杂志社的女编辑关注，她觉得我特别适合写小说。从未受到过尊重的我备受鼓舞，试写了几篇，都发表了，我便成了杂志社的特约供稿作者，稿费颇为可观。虽说比上不足，比下倒也有余。

十万元的捐赠，让院长阿姨对我表达了大段的感激之词。情至深处，院长阿姨凹陷的眼眶甚至滚出浑浊的泪珠。演技之精湛，表情之丰富，让我这个在孤儿院生活数年，对其颇为了解的见证者都深深动容。

为了彰显这些年忍辱负重、含辛茹苦的成就，她还特地邀请我去荣誉室参观，一一介绍照片墙上那些历年来从孤儿院走出去的优秀孩子。当我暗示自己口渴时，她迈着蹒跚的步伐去给我拿了一瓶进口矿泉水。然而，我更在意的是，那间屋子的格局居然与供奉牌位的祠堂颇有几分相似。

临别时，院长阿姨亲自把我送到门口，千恩万谢，佝偻着本就不直的腰深深鞠躬，活像个问号，依依不舍地目送我离去。

我也牢牢记住了和她闲聊时得知的一件事。

在临街小卖部，我买了一包烟、一瓶酒，深深吸了一口烟，剧咳不止；仰脖喝了一口酒，肺都快咳出来了。那是我人生的第一根烟、第一瓶酒，也是之后这么多年始终没有换过牌子的香烟、白酒。

一口烟就一口酒，我望着灰蒙蒙的天空，一架飞机在被电线分割的天空若隐若现。

我哑然失笑，人生真的有很多意想不到的巧合。

念念不忘，必有回响？

前面说过，和月饼说起这段往事时，他提起一个音乐系学吉他的张姓女孩，我没有接话茬，只是默默灌了一杯酒。

月饼这种不喜风月、不近女色的性格，记错了女孩的姓氏。

她不姓张，姓刘，是我们同一级的新生。她学的不是吉他，而是贝斯。

那时，我的瞳孔还是红色，平时嫌麻烦，懒得戴美瞳，就用墨镜遮挡。同学们觉得我太装模作样，极少与我来往。我本就不擅交际，索性独来独往，乐得清静。

反而是不少女生对身材高大、戴着墨镜、不苟言笑、消费阔绰的我颇感兴趣。阴差阳错之下，开学才一个多月，我居然成了女生们心仪的新生二选之一。

首选，必然是月无华。

当然，我对此无动于衷。十二年了，每每午夜梦回，我总是浑身冷汗地惊醒，耳边仍然萦绕着梦中那甜甜的童声：“抠他的眼睛！抠啊！抠！”

有段日子，学校食堂因为学生频频吃出苍蝇、蟑螂，被迫停业整顿。

学生倒也乐得出校下馆子。一时间，学校临街的饭店人满为患，好不热闹。我暗暗腹诽，这苍蝇、蟑螂怕不是饭店老板和学校食堂的厨子整的一出“罗生门”吧？

一天中午，我们在饭店偶遇。她微微仰头，晶亮的眼睛很纠结地扫过菜单，点了一份最便宜的素菜和米饭，坐在角落的桌子旁，斯斯文文地小口吃着。

我点了满满一桌菜，要几瓶酒，准备用大半个下午来自斟自饮，一来悠闲自在；二来避免谁和我拼桌，败了酒兴。

有几个花枝招展的女生——估计是她的同班同学——和她拼在一桌，围着几盘大鱼大肉吃得满嘴油光。她们故意吃得很夸张，和她开着看似无意却十分恶毒的玩笑。她低垂着眼皮，长长的睫毛微微颤动，轻轻地夹起一筷子白米饭，送入嘴里慢慢嚼咽。

我的心，疼了一下。

这个衣着朴素却很干净、容貌清丽却不媚俗的女孩，让我想起了很多年前蜷缩在孤儿院角落里的自己。

所以，当我邀请她共进午餐时，那几个女生张成“O”形的嘴巴和她尴尬、躲闪的眼神形成鲜明的对比。

十八九岁的爱情，没有柴米油盐的琐碎，没有工作、还贷的压力，没有异地恋的猜疑，没有情侣头像的虚荣。

只是刹那的机缘，在彼此时间刚好的时候出现，于是简单快乐地牵着手，以为可以一直走到天荒地老，却化作多年以后午夜的朋友圈里一段压抑哀伤的文字感悟、一篇痴恋落泪的文章转发、一首淡淡悲愁的民谣链接。

她是个干净爱笑的女孩，家里很穷，和母亲一起生活，养着一条狗。她喜欢听我讲述稀奇古怪的故事和经历，认真地眨着美丽的大眼睛："南晓楼，你说什么，我都相信。"

我为她学会了摄影，学会了烹饪，学会唱民谣。如此，我就能用相机记录她每一个美丽的瞬间，看她满足地吃着我做的饭，听我唱的歌。

我为她，学会了很多……

虽然她穿上了限量版的球鞋，戴上了经典款的手表，穿着几千块钱的套装，成了女生们嫉妒、羡慕、议论的焦点，但她依然眼神干净，笑容很甜。

纯纯的美好，在她生日那晚戛然而止。

在我们初识的小饭馆，我送了她一份生日礼物——一个古色古香的小木盒。

她打开木盒，幸福温暖的笑容在嘴角凝固，渐渐扭曲成无意识的抽搐。

我没有戴墨镜，当她惊恐地抬起头直勾勾盯着我时，我左手撑开眼皮，右手摘下黑色的美瞳，露出如复仇火焰般赤红的双瞳。

"你连我的名字都忘记了。可是整整十二年了，我从来没有忘记你。"我指着眼睛柔声微笑，"仔细看看，是不是比在孤儿院的时候更红？"

她足足瞪了我三四分钟，爆发出野兽被猎人射中后濒死时凄惨的尖叫，捂着脸跌跌撞撞地夺门而出。

街上回荡着她凄厉的嘶喊："事情不是你想的那样！"

呵呵，哪样？

我守着满桌子的酒菜，慢悠悠地自斟自饮。眼泪滴在菜里，落在酒里，砸在桌上，形状像颗心，味道很苦涩——我突然惊觉，我是真的很喜欢她！

如果没有十二年前那件事，我们会相爱一辈子吧？

木盒里，是她的照片，那是我支开院长，从孤儿院的荣誉室里偷出来的。

我和孤儿院院长闲聊时，装作无意地询问，得知了她的名字和近况。连老天都在帮我完成这个复仇计划，我们居然考上了本市同一所大学。

我摸出手机，删除了那条收藏好几年的新闻："我市最著名的房地产大亨负债破产，跳楼身亡。"

那一晚，我喝了很多酒，醉了。

我的童年，结束了；我的青春，结束了；我的罪恶，开始了。

这件事，我没有和月饼谈起，以至于他至今不懂，为什么这么好的女孩子，我却不懂珍惜。他甚至觉得，那个女孩对我情深义重，因为分手选择了退学，再无音信。

懂我的，可能只有那位素未谋面却很尊重我的女编辑——

"南晓楼，你做的事情没有错。如果，恶行成为理所当然，那就学会以恶制恶。"

八

“很多年前，当我被族人用这枚钻心钉刺入脊椎时，没人在乎我几乎痛死，他们都在兴奋地讨论，作为蛊器的我，还能承受多少蛊毒。”燕子凄然惨笑，款款走上石台，俯身贴着我的耳朵柔声低语，“当时，我就明白了一个道理：如果，恶行成为理所当然，那就要学会以恶制恶。”

她的声音柔柔糯糯，如同初春的第一缕暖风，温柔地滑进耳朵，唤醒了被寒冬冰封的故人心事；又好似初晨的第一道阳光，劈开阴暗的小巷，温暖了醉卧街头的浪子情伤。

我心神一荡，倦意似潮水涌来，只觉得此时此刻，还有什么比在燕子的呢喃软语中沉沉睡去更美妙的事情呢？

就在眼皮越来越沉重，即将闭合的时候，我猛地打了个激灵，一丝清醒从心底蔓延而出，化成无数冰冷尖刺，扎得全身生疼！

这句话，为什么这么熟悉？

“你……”我失声惊呼，牙齿“咯咯”碰撞，恐惧地转头瞪着燕子，“你……你……”

“哈哈……”燕子笑着扭腰跃起，长发如西湖断桥上的乌油伞，缠绕着千百年来江南烟雨化不开的一抹风情，“我是谁？我自己都不知道呢。”

我半仰着头，视线里的燕子宛如壁画里的飞天仙子。她身姿曼妙的跳下石台，莞尔一笑：“我是在孤儿院保护南晓楼的阿姨；我是指引南晓楼走上文学之路的编辑姐姐；我是和月无华、南晓楼在大学一年级并肩作战的哪娜；我是南晓楼在湖边偶遇的钓鱼老人；我是蛊惑幻族陶氏现身的操纵者；我是教会徐勇健蛊术的人；我是孔亮的恩公；我是化成狐狸与月无华相认的姐姐……”

我半张着嘴，震惊地注视着眼前的女子，娇媚的容颜好似川剧变脸，幻化成一张张或熟悉或陌生的面孔。视觉的混乱使我像喝醉了一样，脑袋“嗡嗡”作响，再也听不清她说了什么。

只有那一个个接踵而至的“我是”，如同厉鬼在耳边嘶嚎、撕扯、挣扎。那一句句“我是”，带给我极度恐惧的同时，又使萦绕心头许久的种种谜团豁然开朗！

忽然，燕子的脸不再变化，慢慢笼上一层淡淡的哀伤，她微仰着头，两行清泪顺着脸庞滑落：“我是……失去孩子的母亲。”

静了，安静了。

燕子如同雕像，默然而立，泪流不止。陈木利紧紧贴着岩壁，恐惧地注视着燕子的背影。我大口喘着气，竭力控制狂躁的心跳，使劲甩头才不至于被洪水决堤般的信息撑爆。

然而，我根本控制不住狂突乱跳的思维，以及透彻骨髓的屈辱。我以为属于自己的人生，居然是被别人暗中操纵的一生！我以为自己拥有的好运气、天赋、刻骨铭心的温情，居然是心思缜密的精心布局。

我是谁？我到底是谁？我是南晓楼？不，我不是南晓楼！我的人生根本不属于我！我只是她在游戏里设定的一个角色，按照早已编写好的程序，看似自由实则被操纵着通关的一款文字游戏。

我是谁？

谁是我？

那一刻，我就像《楚门的世界》里的楚门：本以为幸福的人生，竟然是一场从出生起就被全球直播的真人秀；看似安宁质朴的小镇，不过是被人造天幕笼罩的囚笼；给予他友情、信任、爱情的朋友、同事、妻子，只不过是按照剧本竭尽全力表演的演员。

当楚门探寻并洞察真相后，感到愤怒、沮丧、悲哀、屈辱，直至拒绝“全球真人秀巨星”的诱惑，冲破牢笼找寻真实世界时，我曾为此深深动容，甚至幻想过，如果我是楚门，会抗争被安排的命运，放弃不用努力就可以得到常人穷极一生也无法拥有的生活吗？

只是，我从未想过，多年前看戏的人，如今却成了戏中人。

然而，我清晰地感知到自己的情绪变化：愤怒、沮丧、悲哀、屈辱……却没有抗争！

《楚门的世界》无论多么真实，多么有思索性，说到底还是一部戏中戏。导演和演员在戏中表达的对于自由的向往，现实里有几个人能做到？尤其是放弃不用付出任何努力就拥有的一切，又有几个人能做到？

所谓的“理想”“奋斗”，不过是偶尔出现在朋友圈、微博里，一时心血来潮的口号。不劳而获地躺平，才是大多数人的向往。

九

二〇二二年十二月九日星期五十七点零七分，在昏暗的寒冬傍晚，我坐在书桌前，空腹喝了一杯浓茶，茶醉的无力感使我有些恍惚。

我抽着烟盯着电脑，视线渐渐模糊，回忆着当时的情景，思索了很久。

依我的性格，绝不会对燕子的所作所为深深同情并且认可。我虽说有不少缺点，但是对于善恶是非，有着异于常人的偏执。

在我的认知里，错就是错，对就是对；黑就是黑，白就是白，绝不会出现灰色的中间地带。

纵使恶人有一千种伪善的借口让恶行看似合理，甚至“高尚”，只要我们心有良知，必能辨别是非。

当时的我，到底怎么了？

偏偏，我是个特别执拗的人，想不明白的事儿会一直琢磨，为此想了整整一年。

屋外，树枯花败，残景凄凉。

我莫名地心生伤感。纵是初春生机盎然、仲夏郁郁葱葱、晚秋硕果累累的花草树木，也终逃不过严冬的肆虐。这似乎是造物主最残忍的善意，以春夏秋的灿烂，映衬冬的肃杀残酷。

那一刻，我想通了，随手拍照截图，发了朋友圈、微博，以此铭记。

然后我愣住了，内心深处，泛起一股无法抗拒的恐惧。

这个女人在我幼年时，就把一粒“恶”的种子埋在了我的心里，并在我性格形成、面临重大选择的每一个节点，以一种看似“我自己努力取得成功”的方式，促使这粒种子不被察觉地茁壮成长，冉冉开出一朵恶之花。

在千人石的地下石洞里，当她以最真实的邪恶状态出现时，月饼、老方下落不明，李奉先死在我的面前，我竟然没有愤怒、悲伤，反而因她寥寥几句话滋生了本不该有的共情。

那朵恶之花，已经结出果实，只待她的采撷！

我所信仰多年的正义、光明、热血、友情，就像是为粗坯烂铁鎏了一层精美绝伦的金膜，一旦遭受高温烘烤，便会熔化殆尽，露出粗劣的本质。

十

燕子轻轻拭去眼角的泪痕，凄然惨笑，漆黑的瞳孔像两道漩涡，我的目光根本无法挣脱。

“这个世界从来都不是公平的，就连地球都是倾斜的。所有人从出生开始，就注定了一生的命运。漂亮的人永远比丑陋的人更容易获得关注和机会。喝水都会长肉的胖子，被人嘲笑油腻、懒惰；怎么吃都不胖的瘦子，哪怕从不运动也被认为是自律的。

“人都很虚假，呵呵，就连发个朋友圈，照片也要修得毫无瑕疵，用虚假的容貌获得虚伪的赞美。

“南晓楼，你不是超人，这个世界本来就不需要你去保护，你也没有能力保护。你所信仰的正义，对这个世界能起到什么作用呢？又有谁会在乎你呢？你常调侃自己是‘过气作家’，可是，你难道不知道吗，如果你真停笔了，所谓粉丝，用不了半年，还有几个记得你？何况，你能成为作家，真以为是天赋异禀的天选之人？如果没有我——你遇到的第一个编辑，谁会在意高中生写的那几个破字呢？

“如我，明明拥有蛊族三千年来最强的天赋，仅仅因为是个女人，从出生那一刻就被指定作为培育蛊王的蛊器。我的弟弟……月无华，什么都比不上我，却被培养成蛊族最强的男人。你以为，你们是可以把后背托付给对方的生死好友。可是，在所有人眼里，你不过是月无华的跟班而已。福尔摩斯有华生，狄仁杰有李元芳。主角也需要配角的烘托，才能更完美。即使成为黄金配角，也始终是配角。

“月无华要是真把你当作兄弟，又怎么会瞒了你那么多事，让你被绑在这里呢？你觉得这一切公平吗？如果给你一次机会，能够改变这种不公平，你会怎么选择？”

那一刻，我分明听到内心深处传来某种东西破裂的声音。

我半仰着头微微闭目，沉思片刻后直视燕子：“你需要我做什么？”

始终一言不发的陈木利松了口气，向我投以“我们才是战友”的目光。

燕子颔首微笑，似乎早已猜出我的回答：“等我讲完八族真正的历史，你自己决定怎么做吧。”

十一

以下是燕子的讲述，我做了简单整理。

人类文明得以发展，源自人类远超于地球其他生物的智商。然而，造物主似乎开了个尴尬的玩笑——赋予人类最强大的头脑，却同时为其匹配了弱小的躯体。

鱼会游泳，鸟会飞，乌龟长寿，豹子跑得快，大象力量大……各种动物拥有人类无法比拟的能力。

想要获得更强大能力的欲望，驱使这些躲在岩洞里围着篝火吃着采摘野果的人类，用木棒和石块制作简陋的工具，甚至不惜以生命为代价捕杀动物，食其血肉，衣其皮毛，还把动物的头骨做成面具、头饰、项链，佩戴于身，并以兽血涂面，借此期盼拥有同样的能力。

在漫长的岁月里，通过大量脂肪、蛋白质的补充，人类变得更加强壮、聪明，却依然无法拥有所崇拜动物的能力。于是，不同的部落形成了共同的认知——以各自最信仰的动物为图腾，使其成为部落象征，并推选体格、形态最接近此类动物的人为祭司，定期举行各类祭拜仪式，以此祈求获得特殊的能力。

祭司们不仅负责祭拜，还承担着利用动植物提炼药剂，为族人驱邪、治病的责任。

这些人就是最早的巫医，也是蛊族的前身。

在驱邪的过程中，他们发现了某种神奇的方式，偶然地获得了动物的能力。

在尝试的过程中，许多人因为各种原因凄惨死去。但生命很奇妙，居然也有一部分人，最终拥有了异于常人的能力。这些人，在上古时代，被部落崇拜、信仰，供奉为“神”。

而这些“神”，便是蛊、幻、魇、医、灵、卜、武七族的前身。

听燕子讲到这里，我大为疑惑。她讲述的内容，与我在尼雅古城进入那个房间遇到那个人之前月饼所讲的基本相同，只是更详尽。但是，为什么是七族，而不是八族？

燕子似乎看穿了我心中的疑惑，微微颔首：“你继续听下去就明白了。”

然而，意料不到的事情出现了。

为了断绝普通族人拥有异能的可能性，他们严禁与外部通婚，以此维持血统的纯洁性。

但异能却令他们的身体逐渐产生变异，再加上近亲繁衍导致遗传缺陷与先天性异常的情况越来越多，形体、容貌、声音愈发兽化——蛇身人首、全身兽毛、声音若狐、青面獠牙……奇形怪状，不一而足。

更让他们感到恐惧的是，随着身体出现异变，异能也消失了。为了延续统治，他们和常人分地而居，从不以真面目示人，还编造出各种各样的传说，使得不具备异能的常人对他们的“神性”继续深信不疑。

这些“神”统领着各自的部落，享受着族人的尊崇和供奉，掌握着至高无上的权力。可是，绝对的权力必然会带来绝对的贪婪。他们逐渐迷失了本性，愈发害怕失去所拥有的一切。对于同族不服从的异己，以“祭祀”为名进行残杀，并挑动部落之间的战争，把矛盾从内部转向外部，从而达到巩固权力的目的。

上古时期的他们，并不懂得最高明的管理是服务而不是欺骗的道理，更不明白残暴虽然能统治懦弱者，也会唤醒勇敢者。

终于，一场不可避免的战争，在常人与异族之间爆发了！

为了最后的生存机会，他们摒弃部落成见，追随“耳鬓如剑戟，头有角”的蚩尤为统领，击败率先勇于反抗的炎帝部落。炎帝遂与黄帝部落联合，在现今河北涿鹿激战数日，大败蚩尤部落，奠定了五千年华夏文明的基础。

燕子讲的是只存在于传说，至今无法考证真伪的上古“涿鹿之战”。《龙鱼河图》记载：“蚩尤兄弟八十一人，并兽身人语，铜头铁额，食沙石子，造立兵仗刀戟大弩，威震天下。诛杀无道，不慈仁。”

我按照文中的描述寻思，再想想关于那场战争的传说中，出现的“应龙”“风伯”“雨师”“魃”等均非常人模样，顿觉燕子所言不虚。

本来我就对未知的史实、文化有着异乎寻常的探索心理，经燕子这么一说，更是大感兴趣，不由自主地对她又增添了几分好感。

涿鹿之战，是常人与异人之间，决定生死存亡的第一场战争。虽然大多数异人所具有的异能退化殆尽，但仍拥有常人所无法比拟的体魄，而且还有极少数异人仍然拥有异能。

故此，在战争初期，蚩尤部落所向披靡，即便是溃败的炎帝部落与黄帝部落联合，数次交战也难求一胜。这片诞生了华夏文明的土地，已经被蚩尤部落占领了大部分。

如果没有那次意外，如果那个人没有出现，常人部落终将被异人部落全面击溃，沦为被奴役的奴隶。

当燕子说到“那次意外”“那个人”时，我心里隐隐一动，似乎想到了什么，也大概明白了燕子讲述这段上古历史的原因。

在寻求获得异能的漫长岁月里，无论异族还是常人，都认定世间再无其他拥有异能的部族。

所有人都不知晓，一次偶然的意外，使得异族之外又出现了一个奇异神秘的族落。

这个族落只有一个人。

这个族落便是“文族”。

通过特殊方式获得异能后，只有极少数人能够克服异能带来的变异反应，大多数人都会出现各种身体排斥导致的病变。这些失败者被视为无法领悟神谕，或被屠杀，或被赶出部族，凄惨地死去。

有个人被丢弃在野外，经历了数天极端痛苦的煎熬，竟然神奇地自愈了。他并没获得与“七族”相似的能力，形貌体态也没有任何变化。他虽外形与常人无异，但是在文字、音乐、绘画等艺术领域，拥有远超时代的天赋；对自然界极其微小的变化可敏锐感知；对诸多事物、现象具备极其准确的判断力、预测力；能根据斗转星移、山川河脉的变化推演出大到世间、小到个人的运势走向；毫不起眼的木棍、石块、藤蔓，经他随手摆弄，便可制成一件件精致实用的工具……他进化的是大脑。

那时，异族与常人的矛盾已经无法弥合，并有愈演愈烈之势。常人已经不再对异族充满敬畏，取而代之的是深深的敌意。

体内流淌的血脉使他无法做到与异族为敌，却也不能与常人为友。

狼不吃羊，就不被狼群视为狼，但依然会被羊群视为狼！

天才生活在全是傻子的村落里，反而会被认为是唯一的傻子；智者与常人的交谈，注定是孤独而悲哀的。

所以，他既不容于异族，也不容于常人。在长久的离群索居生活中，他对异族的种种行为深恶痛绝，更加怜悯常人的世间悲苦。

在涿鹿之战爆发前的第七年，他夜观天象，看到北斗七星和南斗六星同时爆发红芒，隔着夜空遥遥相对，红芒边缘即将碰触。他心有所感，以圆形做天穹，细分成八个方位，推演出异族与常人必有一场残酷的大战。

这场战争不仅仅是异族与常人之间的生死之战，也是关乎文明存亡的决定性之战。

他苦思数日，终于做出了一个艰难的决定。

战争中，原本占据绝对上风的蚩尤部落发现，溃不成军的炎黄联军中忽然冒出许多似乎拥有异能的常人。

他们用奇怪的符号（文字）传递战场信息，使各支部队能够迅速统一行动；用有节奏的木棍敲击声、呼喊声（音乐）提升部队士气，令战士们勇猛异常；根据地势河脉走向（堪舆），部署最有利的部队阵型；通过星辰日月的细微变化预测天气变化（天象），提前做好防御或攻击的准备。

甚至，蚩尤部落最引以为豪的铜制兵器，在炎黄联军的投石机、巨弩的毁灭性打击下，根本派不上用场。

异族由此战败，蚩尤身首异处。

大多数异族都死于这场旷日持久的战争，但也有少数活了下来，逃往荒蛮之地。没有出现形态变异的幸存者，则以常人身份隐于常人社会。

战败阻挡了异族的野心，也击溃了异族不可一世的骄傲。

蛰伏在深山的异族，以曾经在部落当祭司、巫医的经验为基础，发展出一整套控虫炼草的秘术，称之为“蛊术”，整个族群被称为“蛊族”。

隐迹于常人中的异族，利用自身不同的异能，在许多领域取得了成就，逐渐形成了幻族、魇族、医族、灵族、卜族、武族六族。

七族如同风烛残年的垂垂老者，只求苟安于世，再无争霸天下的雄心壮志。

此时，距离涿鹿之战又过去了七年。

战争的硝烟虽已被历史长风吹散，但是关于这场战争的缘由，却深深地烙在常人被异族支配、奴役的恐惧和屈辱中。

恶人放下仇恨，纵不能立地成佛，也不再坠入魔窟；善人牢记仇恨，就算心中有佛，也会由佛入魔。

混迹于世间的六族惊恐地觉察，一群会使用类似于异族秘术的常人四处搜捕并猎杀六族，他们自称“猎妖师”。他们能以气味、面相、形态甚至出生时辰为线索，从常人中准确地发现异族。他们用桃木剑、符纸、无根水、明火，辅以古怪咒语，催动异族体内的异能，使其在极短时间内异化变形——称其为“妖”——加以杀戮后，取其体内凝聚之物——称其为“内丹”——炼化成药，服之可强健体魄、延年益寿。

时间是很奇妙的事物，总是在轮回着似曾相识的故事。只不过，故事的主角由屠戮常人的异族，换成了屠戮异族的常人。

短短几年，六族几乎被猎杀殆尽，只得求助于蛊族。

隐居于深山、与世无争的蛊族念及昔日的同族之情，研制出一种神奇的蛊药，于七月十五日合无根水吞服，可抑制体内残存异能产生的影响，以躲过猎妖师的种种法门。

如此，六族才得以生存延续，再也不敢以异能示人。风光一时的猎妖师，因再无妖可猎，渐渐销声匿迹。

斗转星移，日月如梭。不知不觉间，世间风平浪静百年，那场常人与异族的旷世之战也渐渐成了村头老树下白发翁媪讲给嬉戏小儿听的传说。

然而，仇恨的火焰纵然熄灭，也有火星深藏于炭灰之中。当深秋的野风刮去浮灰，火星随风飞舞，再次燃起一场滔天烈火。

六族虽然舍弃了昔日的荣耀，却没忘记刻骨的仇恨。百年间，他们掩饰身份融于常人生活，暗中查寻猎妖师的由来。

终于，六族探寻到世间除却六族和深山里的蛊族，居然还有文族，仅仅只有一人的文族！他在“涿鹿之战”之前的第七年，就已经推演出这场战争。他为此入世，收取百名天资聪敏的常人为徒，根据每人不同的兴趣爱好，将毕生所学倾囊相授，使胜利的天平逐渐向常人倾斜，最终影响了战争的走向。

异族失败后，此人销声匿迹，世间再无与他有关的传说。猎妖师便是他百名门徒中掌握符咒秘术的一支。

古往今来，任何战争，比敌人更让人痛恨的，永远是叛徒。

六族万万没有想到，那场稳操胜券的战争最终会失败，居然是因为同族的背叛。更让六族感到耻辱的是，文族仅凭一人之力，教出百名门徒，便将纵横天下、所向披靡的异族彻底击溃。而令六族最为愤怒的是，猎妖师对战败之后再无野心的异族进行的灭族杀戮。

燕子讲到这里突然停住了，大有深意地看着我。

此时，我正听得惊心动魄，顿时心里堵得慌。盯着燕子漩涡般深邃的眼瞳，我怔了片刻，脱口而出：“这就是八族中只有文族被称为‘异徒’的原因？那为什么要和七族组成‘异徒行者’？不对啊，既然文族选择站在常人那边儿，又怎么会和……”

我的心里渐渐升起一股寒意，下意识地重复了几遍“难道”。

“是的。”燕子双手高举，脸庞掠过一丝迷幻神色，盯着悬挂在石洞中央，白雾氤氲的水晶棺，“人性之恶，难以想象。”

十二

以下是燕子继续的讲述。

涿鹿之战，身为文族的他帮助常人部落惨胜，更目睹了蚩尤怒目圆睁的头颅在人群里被抛来掷去，雄伟强壮的身躯被践踏成肉泥的场景。放眼硝烟未灭的战场，战败被俘的异族被成批处死，残肢断臂在血泊中浸泡……

他恍惚了，竟不知自己的所作所为是对是错。

他本意要阻止异族对常人的屠戮，可是，常人胜利后所做的事，和异族又有什么区别？

当棍棒击碎异族俘虏的天灵盖时，常人眼中闪烁着残忍的兽性光芒，和异族又有什么区别？

他有什么资格决定一个种族的存亡？常人部落或他的本族异族部落。

他为了不让常人部落被灭族，却直接导致了异族部落的毁灭！

他推演世间万事万物，从无遗算，洞察天机变幻，对世间万物了如指掌，却永远推演不出、洞察不明人性！

他心灰意冷，再无入世之念，带着门徒和他们的家人，以天象星辰为标，地脉河流为尺，在南方人迹罕至之地，寻到一处开满桃花的天然奇谷。

自此不问世事，离世隐居。

百名门徒里，也有寥寥数人贪恋红尘，在南下寻谷的途中偷偷离去，此后广收弟子，逐渐发展成几支独立的门派。猎妖师便是其中一支。

为防外人侵扰，隐居山谷的文族门徒中，擅木石制造的墨氏以山谷天然走向为基，以河脉流动为础，结合五行法门，设计了巨型机关阵。

懂兽语、会驱兽的仓颉氏，在此山瀑布冲击形成的深潭中，觅得奇兽趴蝮，驯化成守谷兽。

“桃花源？！”我惊出了一身冷汗，有些语无伦次，“那不是幻族陶氏……难怪到处都是墨家机关术。那只趴蝮——等一下，蛊控人鱼，原来是你……”

“少问，继续听下去。”燕子瞥了一眼水晶棺，略显焦躁。

燕子讲述的故事信息量实在太大，我的注意力一时没有收回来，桃花源那段经历中许多想不通的事儿，似乎有了答案。

尤其是驱兽的仓颉氏，分明就是炎黄时期制造文字的史皇氏，后世以“史”为姓。

再寻思方才燕子所言，涿鹿之战时，炎黄联军出现了通报军情、传递信息的文字。由此看来，仓颉氏在文字和语言方面，具有常人所不能及的天赋，连兽语也懂。

这就厉害了！

金庸曾在《神雕侠侣》中描写过万兽山庄擅长驱兽的史家五兄弟，看来也不是随笔杜撰，必然有其依据。

转念一想，难怪在桃花源的暗河里，蛊控人鱼只攻击我，却把月饼当隐形人。月饼从下蛊的时间判断，它们最多是一年前被置养于河中。蛊控人鱼是燕子培养出来的，以攻击我为幌子，实则为了引出守护桃花源的趴蝮来保护我，趁机把它消灭掉，以便她能顺利进入山谷。

趴蝮和我之间有什么必然联系，为什么在我遇到危险时，它可以感知？

难不成，我是仓颉氏后裔，而仓颉就是文族那个唯一的人？

“南晓楼，接下来的事情，对你、对我非常重要，你必须认真听，别走神！”燕子冷若寒冰的呵斥，惊得我仿佛回到被中学老师点名的课堂，立刻收回心神。又瞄见神情怨毒、一言不发的陈木利，再寻思燕子的话，我顿时明了，心头竟然泛起一丝莫名快感。

当六族查明真相时，那场大战已经过了百年之久。

复仇的怒火让六族失去理智，以“尊蛊族为领袖，六族永听蛊族差遣”为条件，请蛊族出山，联手除掉猎妖师一脉。

自此，世间再无猎妖师。

即便如此，早已人才凋零的六族，虽无猎妖师的残害，却再也没有力量撼动常人部落日益蓬勃的发展进程。而最强大的蛊族也无称霸世间的野心，协助六族灭了猎妖师一脉之后，挂着“七族领袖”的空衔重回山野。

六族只得把最后的复仇目标对准文族。

此后数百年，六族以寻找文族归隐的山谷为世代相传的使命，却始终不得，直到那场极其偶然的意外出现。

十三

沧海桑田，日沉月落。

那场上古之战已经被岁月的车轮深深碾压进历史的沟壑，被岁月的灰尘厚厚掩盖。

常人早已遗忘战争的真正由来，于是在诸多残缺的传说故事中，有了神，有了妖，唯独没有异族。

没有人知道，众多图腾是异族在千年前为了蒙蔽常人，根据自身异化的形态创造出来的。

时间绕着日晷的石盘转了千年，又停在了起点。这恐怕是涿鹿之战时，异族和常人都未曾想到的历史重演。

异族似乎得到了他们想要的；常人也好似没有失去什么。

世事难料，大抵如是。

妖，无非是无法控制体内异能产生的变异，逐渐兽化的异族。

为了掩饰真相，也是出于对下落不明的文族的恐惧，“渡劫”“飞升”之类的故事，便由异族口中传至世间，成了常人敬畏、尊崇的神秘事件。

此时，华夏文明已经发展到了商朝。

当强盛的商朝传至第三十二代国君帝辛时，意外出现了。

与其说是意外，不如说是早有预谋。

猎妖师一脉被团灭，异族才得以存活。在寻找文族复仇和承受身体变异痛苦的漫长岁月里，异族渐渐分成了两派。

其中一派坚持维护异族的纯正血统，深怀险些被常人灭族的仇恨，绝不与常人往来。

另一派则通过掩饰身份和常人通婚，以此降低体内异能发作的概率，使得后代能熬过“三十岁非死必异化”的宿命。

虽然他们的子女还会出现皮肤等异状，倒也不为常人所怀疑，至多就是遭常人嫌弃。久而久之，融入常人生活的异族后裔多已不知道自己真正的身份了。

也有少数后代会出现返祖现象，在紧张、恐惧、兴奋等异常状态下，心跳加速，催动异能导致身体异变。但这些，不过为民间志怪传说增添了几段茶余饭后的谈资。

商灭夏，祸起于被后世称为“夏桀”的亡国之君履癸，“伐有施氏，得美女妹喜，宠之。殚百姓之财，建倾宫，修瑶台”。民不堪其苦，常指太阳而咒：“时日曷丧，予及汝偕亡！”

夏商两朝的更迭变换，使得维护血统纯正的异族意识到：为什么一定要将常人灭族呢？只要掌握绝对的统治权力，异族必然又会回到接受常人膜拜、敬仰的时代。

而且，到那时，举全国之力，何愁找不到文族隐居所在？

一场由商朝建立伊始便开始精心策划的阴谋徐徐拉开了帷幕。

大批早已不知自己是异族的年轻貌美女子被送入宫中，使异族血统融进商朝的统治中心。

但是，并不是每一名女子都能恰巧得到君王宠幸，恰巧生下异族男孩，又恰巧继承王位。

将这三个“恰巧”集于一身，便只能用漫长的等待来搏一个微乎其微的概率。

为了辨别异族与常人，他们受蛇身女子造人传说的启发，在全国各地建造了大批蛇身女子的祭祀场所，并由医族以朱砂、黑石、赭石等材料研制出七彩秘药，号称颜料，涂抹于蛇身女子雕像，使其色彩艳丽。

常人靠近没什么感觉，若是异族接近，受到秘药中散发的气味影响，会出现迷离、恍惚、兴奋、神志不清、杂念丛生等反应。

异族大费周章的最终目标，不仅仅是为了寻找散落在民间的后裔……

“三月十五，帝辛进宫降香。风大作，帷幔起，见娘娘真容。帝辛望之，神魂俱荡，起意赋诗，盘桓良久，方回宫。”

异族苦等五百多年的同族君王出现了！

十四

群臣们惊诧地发现，原本应该带领帝国创造辉煌历史的帝辛似乎换了一个人，不再是那个曾经英明神武的殷商之王。

尤其是苏姓女子得到帝辛宠幸后，种种荒淫的举动使得朝野内外宛如修罗地狱。

贤良的姜王后被生生剜去一目，炮烙双手活活痛死；忠诚的大臣比干惨遭挖心酷刑；宫殿里高高耸立的铜柱，炮烙着无辜奴隶和进谏忠臣；后宫里蓄满佳酿的酒池和挂着飘香四溢肉块的树林，正在无休止地吸食着国家的血液。

天下，即将大乱；战争，一触即发。

颇为讽刺的是，这居然是异族策划、等待了五百多年，最不愿看到的局面。

拥立拥有异族血统的帝辛为王，是异族在整张棋盘上落下的第一枚棋子。

此后，为了诱发帝辛的血脉觉醒，以常人身份掩饰异族血统的费氏、尤氏两位大臣，蛊惑帝辛诏令苏姓女子为妃。

此女容貌颇似被奉为神灵的蛇身人面女子，为上古时期以狐为图腾的异族后裔。此部落女子体有异香，天生媚相，最能魅惑男子。后世不明所以，称此族女子为“狐狸精”“狐妖”。苏姓女子则被视为千古第一妖。

异族原本计划：以苏姓女子唤醒帝辛异族血脉，使其知晓自己的真实身份，立二人所生儿子为正统，再逐步将朝野内的常人大臣们替换成异族，便可达成隐忍数百年的最终目标。

但是，他们过分侧重血统，却忽略了无论常人还是异族都无法摆脱的人性！

自异族精心策划这场惊天阴谋伊始，每隔十八年，便从狐血异族所生女子中挑选容貌最端丽的三人，自牙牙学语阶段，便授以各种魅惑术。

这些女孩没有童年，没有欢乐，没有伙伴，在近乎绝望的麻木记忆里，只有无休止的责骂、殴打以及种种肮脏不堪的知识。

她们生而为人，唯一的作用就是等待有异族血统的帝王出现。如果年满十八仍未等到，部族会强行给她们喂食肥肉猪油，以肥胖毁其形体；以草药涂抹全脸，毁其容貌；以哑药灌其喉，毁其声。

如果不是“不杀同族”的训诫，她们早在十八岁生日时，就已经死于同族高高举起的刀下。当这些又胖又丑又哑的狐女被丢弃在民间，等待她们的，无非是世人的唾弃嘲笑，最终凄惨死去。

五百多年，不知有多少狐族的美丽女子沦为这场阴谋的牺牲品。这似乎成了狐族女子生生世世无法挣脱的可怕诅咒。

以至于当帝辛是异族血统的消息传遍六族，最高兴的不是六族长老，而是苏女和她的两个姐妹。

当苏女婀娜多姿地踏入朝歌的宏伟宫殿，仰首望着商朝之王时，她长长地舒了一口气：“终于可以活下去了。”

那时的她，根本没有注意到帝辛的眼神——痴迷、炽热。

她眼前，一个似曾相识的小女孩从黑暗中蹦蹦跳跳而来，驻足仰首，左手食指抵着粉嘟嘟脸腮上的小小梨涡，微笑、鼓励、狂热地说：“再也没有人可以管你了。你是王后，想做什么，就做什么吧。”

十五

在帝辛的记忆中，他的父亲，英明神武的王，冷冰冰地对他说过最多的一句话：“帝王拥有天下的一切，唯独不可以拥有感情。”

身为千万人羡慕的王子，未来的商王，自出生时，他便失去了孩童最宝贵的东西——玩耍、自由。

文韬武略、宫廷礼仪、举止谈吐，甚至连睡姿坐姿都有严苛的规定。他的人生，就是在日复一日不断重复的学习训练中机械地扮演众人心目中“未来那个王”的样子。

他没有童年，没有欢乐，没有伙伴，在近乎麻木的绝望记忆里，只有父王无休止的责骂和被安排好的一生。

“帝辛，只有猪狗在吃饭时才会发出声音。你贵为王储，举止竟这等卑贱！罚你禁食三天……来人，把教导帝辛礼仪的老师杀了，做成肉羹，喂猪狗。等等，应留下一碗，三天后，送与帝辛服食。”

“帝辛，你怎能与宫女戏耍？你可知，若不是夏桀宠爱妹喜，被迷惑了心智，哪会有大商五百年基业？来人，把这三个宫女……”

“帝辛，你养了条狗？嗯，很好！来人，把狗剥皮，做成褥子，铺在帝辛床上……”

“帝辛，这是最贤能的臣子，能为你解决王朝的任何事情。”

“帝辛，这是我为你选的王妃，东伯侯的女儿，贤淑良善，能为你管好后宫。而且……有她父亲的支持，可保你王位无忧。”

“帝辛，这是商朝的法典、税赋，你只需照做即可。”

“帝辛，这是……”

“帝辛，这是……”

无数次呵斥震怒、无数回耳提面命，好似一块块巨石砸在帝辛身上，直至堆积成一座巨大的石头坟，再也透不进一丝阳光。

他想发问，想抗争，却总是畏惧于父王“这都是为你好”的眼神。那沉重的期待仿佛是一座大山，压得他喘不过气，只能脊背弯曲，双膝跪地，方能勉强撑住。

而他的膝盖下面，是王朝五百多年的荣耀。

于是，深藏在他心中的那个少年愈行愈远，直至消失在心底；而呈现在他脸上的帝王威仪愈发明显，直至父王死去。

当他用即将掌管天下的双手，慢慢合上父王死气沉沉的双眼时，那座石头坟，似乎裂开了；那座大山，似乎消失了。

当他坐在高高在上的王位，冷漠地注视着群臣的俯拜、王后的恭敬、各路诸侯的朝贺时，心中那个消失已久的少年又回来了——微笑、鼓励、狂热地，附在他的耳边轻声低语：“再也没有人可以管你了。你是王，想做什么，就做什么吧。”

十六

两个游荡于黑暗中的孤独灵魂相遇的那一刻，注定不会拥抱光明，但是，可以完美融合成更黑暗的黑暗。

不相似的童年，不相似的成长，相似的仇恨和反抗，注定是一场悲剧性的、毁灭性的、畸形的、变态的爱恋。

支撑大商宫殿巍峨耸立五百余年的那根最坚固的主梁终于裂开了细微的缝隙，继而崩塌。

天下，乱了！

帝辛根本不在乎自己是常人还是异族，苏女也不在乎入宫背负的使命。

他们只在乎彼此。

在苏女仰慕崇拜的双眸中，英俊伟岸的帝辛就像坚实的大山那般保护着她，又像煦暖的春风那般温暖着她。

他会采摘美丽花朵，编成漂亮花冠，小心翼翼地为她戴上；他会下令遍寻天下美食，像个孩童般捧着跑来，一勺一勺地喂她；他容不得她受半点委屈，任何弹劾她的大臣、妃子，都会在他冰冷的注视下化作炮烙柱上的一缕黑烟。

帝辛炽热怜爱的双目中，艳丽妩媚的苏女就像受伤的小兔那般需要他保护，又像儿时最渴望的玩伴那般陪伴着他。

她会笑吟吟地听他讲曾经辉煌的战功，听到惊心动魄处，她会轻轻抚着他的胸口，柔声轻语："以后可不许干这种傻事了。你若出了意外，我也活不下去了。"

他各种稀奇古怪的想法，满朝大臣皆反对，唯独她会高兴地拍着手："真好呢！你是大商之主，管他们干吗？想做就去做，我陪着你。"

她会在他每天宿醉醒来时，侧卧床榻，抚摸着他的脸颊，长长的黑发拂过他的耳朵，调皮地扮着鬼脸："怎么才睡醒呢？今天惊蛰，咱们种花吧。"

幸福的童年治愈一生，不幸的童年要用一生治愈。

他和她，用一生为彼此治愈。

如果就这样一生一世，多好。

但，这不可能。

当苏女告诉他真相那一夜，他紧紧搂着苏女纤弱的肩膀，双目灼烧着愤怒、恐惧的火焰："谁也别想支配我！谁也不能把你从我身边夺走！异族也好，常人也罢，我就是我，谁不从，就杀谁！一个不从，杀一个；十个不从，杀十个；天下不从，那就杀尽天下！"

十七

背叛的苏女和不受控制的帝辛，使异族感到愤怒、恐惧——那就开战吧！

隐藏于深山老林、海岛洞穴的族人，为了部族最后的生存机会，加入了这场无比惨烈的战争。

出乎意料的是，当诸多族人纷纷倒戈支持苏女和帝辛时，他们才意识到苏女的聪慧隐忍远超他们预料。

在等级森严的异族之中，掌握至高权力的是极少数异族长老。除了血统纯正的族人誓死追随，大多数隐居各地的异族后裔并没有此类血统神圣的意识。

相反，他们极端厌恶受长老的控制、被无休止地索取及被迫定期交纳用以维系异族长老奢华生活的钱财。因此，在战争爆发之初，苏女已经策反了将近半数的异族族人。

即便被尊为“七族领袖”的蛊族，也早就对六族的所作所为极为不满，私下已经和苏女达成协议：与世无争的蛊族绝不参战。

帝辛强盛的军队、临阵倒戈的族人、袖手旁观的蛊族，使得异族节节败退，陷入了即将彻底覆灭的绝境。

如果不是那个人，如果不是那支最神秘的部族在最关键的时刻出现，这场战争早就结束了。

当年涿鹿之战后，文族那人带着门徒寻找隐居之所时，曾有几个门徒不甘心就这样湮没于历史长河，于是悄悄离去。

猎妖师是其中一脉，还有一脉则在岐山之阳建立了属于自己的国度，经过多年励精图治，终于成为足以威胁商朝根基的最强诸侯国。

而这一脉文族门徒后裔精通占卜术数、观星望斗、符咒推演。在数百年无数次推演中，他们算出“大商气数已尽”。

苏女、帝辛有所察觉，将该诸侯国的君主囚禁了七年，但对方为了掩饰精于占卜的能力，食子之肉以保命。

这位君王逃回国后，厉兵秣马，韬光养晦，等待着异族内战引发的天下大乱。

当战败的天平逐渐向帝辛倾斜且双方均元气大伤时，苦等五百多年的最佳时机终于出现了。

朝歌即将被攻破时，帝辛已经出现了异化的体征。作为承载了大商五百多年荣耀的最后帝王，无与伦比的尊严让他选择了自焚而亡。

熊熊烈火中，他毅然傲立，坚硬的身体如同永不熔化的万年玄铁。那一刻，他仿佛看到父亲——无比严厉的父亲拨开火幕，向他缓缓走来，疼爱的眼神里含着浑浊的泪水。

那一刻，他突然懂了为什么父亲对他如此严苛。

不让他接触小动物，不让他与宫女嬉戏，不让他在吃饭时发出猪狗般的声响，亲自为他挑选妻子，亲自为他选拔贤臣良将，亲自为他修订法典……

原来，父亲早就知道他的异族血脉，却仍然将大商的天下交予他。

父亲始终在用最深沉的爱保护着他。

可是，父亲，您别怪我。即便懂了，我也不后悔。

因为，我遇到了一生最爱的人啊！

……

斩下苏女首级的斩仙飞刀上的血迹微微凝固，此际一阵突如其来的阴风吹来，一团飞灰化作飘飘忽忽的人形，悬浮在苏女尸首上方三尺处，萦绕着，盘旋着，摊成宛如细纱的薄薄一层，轻轻地覆盖在已然死去的苏女身上，似乎为她披上一件薄纱——天凉了，别冻着。说好了保护你一辈子，那就是一辈子。

苏女的头颅依然艳丽妩媚，嘴角微微上扬，勾勒出一弯甜蜜幸福，满含春水的双眸，依然映着帝辛纵身入火的背影。

正如十多年前，他们的初见——

于时间的旷野，于命运的荒漠，于千百年寻觅，目光刹那的交错，便是一生痴爱不离的相逢。

十八

天下已定，发起这场战争的诸侯君王，纵然推算出商亡周兴，却没算出自己生命的终点。

此时，他已带着无尽的遗憾死去。

继承他遗志的儿子以“文”为他的谥号，而“文”由此则成了历朝历代帝王最为尊贵的头衔，却无人知晓“文”隐含的意思……

“封神”的传说从民间流传开来，战争中死去的名将、诸侯，以及战功卓越者、修炼成仙者被封为掌管“风雨雷火、星辰山岳、疾病福禄”等诸神。战争中幸存的异族与常人，则被封为大大小小诸侯国的君主。

逝者有所敬，生者有所得，好一派兴盛祥和的强国伊始。

所以，真相像一片飘飘然坠入历史长河的落叶，仅仅荡起几圈涟漪，随即平静如初。

然而，宁静的河面只是为了遮掩深藏于河底奔腾汹涌的暗流。

封神之战再次将异族从不起眼的角落推向历史舞台。志得意满的异族在各自诸侯国享受胜利带来的奢靡生活，丝毫没有察觉千百年来，深藏于常人心中对异族的恐惧再次觉醒。

他们也没有意识到改朝换代的文族门徒的后裔，他本身并不是身怀异族血统的异族。

文族的门徒们都是常人！

天下分封，异族不断被排挤到国力羸弱、环境恶劣、土地贫瘠的边远小国中。

起初，只是一场小小的边境摩擦，直到五国争霸、七雄鼎立，异族猛然惊觉，他们只不过是常人一统天下的工具。

天下，再无异族立锥之地。

几乎所有的异族，都在一次次诸侯国的吞并战争中被屠戮殆尽。就连由文族门徒后裔所建立的强大王朝，也早已成了形同虚设的称呼。

自视甚高的异族，仿佛历史车轮上的一粒小石子，原地空转一圈，又落回原处。他们如同千百年前那般，再次隐姓埋名，混迹于常人世界，再无称霸天下的雄心，只求能在漫长的岁月里恓惶度日。

然而，常人却从未放松过对异族的警惕。他们利用文族门徒传授的知识，发展成数十个独立派别，四处搜寻捕杀异族。

这一切，只因数百年前发生在吴国的一个诡异传说。

名叫三郎的铸剑师是狐族后裔，异化时落入猎人挖的陷阱，为女子阿千所救。两人互生情愫，结为夫妻。不知为何，三郎、阿千、众多村民皆死于某个夜晚。

搜捕异族的常人发现时，此处已剩荒草丛生中的累累白骨，唯独三郎骸骨丹田处，有一颗红光涌动的珠子。

这颗被后人称为“内丹”的红珠，据说以“无根水、菟丝子、茯苓、黄精、陈皮”佐五色石熬炼一百零八个时辰，便可制成长生不老的丹药。

此消息一经传出，无异于对异族尤其是狐族宣判了死刑。

毕竟，谁能抵挡长生的诱惑呢？

而且，在那个真正的大一统王国建立前夕，异族人已寥寥无几。

也正是因为这场长达数十年的统一之战，天下再次卷入战火纷飞的混战时期，常人无暇顾及异族，才使他们有了苟延残喘的空隙。

为了求得最后的生存机会，异族走遍野山密林，找寻神秘莫测的文族和最强大的蛊族。

功夫不负有心人，当他们找到文族隐居之所和蛊族藏身之地，才得知八百多年前“封神”的真正目的。

封神榜一出，王朝便派出大批军队，携带榜上有名的异族死者尸身，按所封星辰、山岳名称，于九州寻找对应位置隆重下葬。此举，不仅掩盖了战争真相，也安抚了异族诸侯的心。

然而，这些军队有一个秘密任务——借此机会，搜遍天下，务必诛灭文族、蛊族！

只要这两族覆灭，其余六族根本不值一提。

数百年后，当异族进入机关已被破坏殆尽的文族秘谷，满目皆是枯骨。曾经的世外桃源，早已成了荒草丛生的死寂之地。

密林深处，另一支异族寻到蛊族村寨，目之所及，一片荒芜，早已成为无人之地。

正当两支异族队伍最后的希望彻底幻灭时，先后发现暗藏于秘谷和村寨里的内容、字迹同样的信。

文族唯一的那个人，入谷隐居伊始，便已推算出八族将会面临灭顶之灾。他早已暗中联络蛊族首领，将他的儿子和蛊族首领之子，送至民间，由最信任的常人抚养，才得以保住两族的血脉。

两人又将毕生所学——也就是文族、蛊族不传秘术——交由最信任的族人带至世间，世代相传，直至文族那个人所推演的时间、事件出现，再藏至指定的地点。

为保族人顺利完成任务，那个人以先天卦数改了族人命格，使后世子孙必成一方诸侯。唯一要警醒的是，不能与异族通婚。

信中最后提到两点，引起了异族注意：

第一，只有文、蛊后人可寻到秘术藏匿之处，通习秘术，重振八族辉煌。

第二，千年后（自书信写成之日计算），文族李姓门徒著书两册，上册以“道”为本，包罗世间万象；下册秘含“异族异化”的治愈法门。唯有文、蛊后人可寻到下册，破译其中奥妙。

最危险的地方往往是最安全的地方。

那个强盛的王朝君主无论如何也想不到，六族残余部众会选择已经被摧毁的文、蛊旧址作为藏身之所。

幻、灵、卜三族留在文族秘谷；药、武、魇居于密林的蛊族故地。每隔若干年，幻、灵、卜，药、武、魇分别派出一名精英，隐藏身份重返中原，踏上寻找文、蛊后裔的漫漫长路。

这两人便是最初的“异徒行者”：寻找“文族”的异徒，寻找“蛊族”的行者。

之所以这么称呼，除了六族居住于文、蛊两地，对这两族有深入研究外，还有另一个原因——六族始终对文族的“背叛”耿耿于怀，即便是寻找到文族后裔，也不认可其身份，于是以“异徒”称之。而“行者”，才是他们对自己“苦行之人”的统称。

在漫长艰苦的寻找过程中，异徒行者或被世人发现真实身份而死于非命；或贪恋世间繁华，凭借一身本事博得功名，最终放弃任务。

整整四十六代异徒行者，竟没有一代找到过文、蛊后裔。其间，有几代异徒行者另辟蹊径，跳过任务，直接寻找文族李姓门徒留在世间的下半册奇书，以及文蛊两族不传秘术的藏匿之地。却无一例外，皆遭遇种种意外，死于非命。

为了方便相互之间的身份辨认，他们以“鬼谷子”门徒的身份游走于世间。

而那本记载不传秘术的书册，名为《阴福经》，经代代口口相传，便是如今的《阴符经》！

这一找，两千多年就这么过去了。沧海，变成桑田；他乡，终成故乡。世间，早已忘却了异族；而异族，似乎也快要把自身的历史遗忘了。

数千年前的历史，化作一纸荒诞怪异的故事；数千年的执着，也成了绝望中慢慢崩塌的信念。

直到某个时刻。

乙未羊年，甲戌月，丙辰日，戌时。宜：打扫，破屋，祭祀，余事勿取；忌：诸事不宜。

密林深处，只剩药族隐居的蛊族故地（此时，掌握了部分蛊术的药族，已经被视为“蛊族”），采草药回来的美丽少女在村寨口听到几声啼哭。

循声寻去，野草乱石中，刚出生的婴儿在襁褓里哇哇啼哭，周遭零散着僵死的蜈蚣、蝎子、毒蛇、蜘蛛、蟾蜍。

婴儿双手都缠着血迹斑斑的麻布条，左边写着“月无华”，右边写着“红瞳现，文族出，天下乱”！

少女心头微颤，盯着婴儿漆黑乌亮的双眸，若有所思地颦起柳叶般的双眉。

第三章 破碎虚空

一

“滴答，滴答，滴答……”

石洞顶端的钟乳石浸润着水晶棺溢出的浓白水雾，凝聚成滴滴硕大的水珠，颤巍巍地砸落，在坚硬的石板上溅出拳头大小的水渍，又缓缓渗入细若发丝的石缝中。

我大口喘着气，久久低垂的脖颈分外僵硬，勒着胸膛的绳子随着呼吸收缩，麻痛夹杂。

燕子不语，陈木利也无声。

在这死寂般的几分钟里，我时而清醒，时而恍惚，脑子乱腾腾的，好似烈酒浓醺。燕子的这番讲述，揭开了困扰我多年以至近乎崩溃的疑惑，但我并没有“原来是这个样子”的释然。

我很缓慢地抬起头，脖颈“咯咯”作响。视线里，燕子美艳的脸庞闪过一丝期待，却没有掩住眼神中那丝狡黠。

陈木利依然神色唯诺，时不时偷瞄着燕子。

“南晓楼，”燕子似少女般用双手食指绞着头发，笑得很甜，“你懂了吗？”

我长长地吐出一口气，舔着干燥的嘴唇，目瞪如铜铃：“我……我……我今年四十三岁了？难怪，我看上去比月饼、杰克、黑羽他们老！他×的，我马上就五十岁了？！”

燕子费尽口舌讲了这么一大堆，万万没想到我迸出来的第一句话居然是这个！她好不容易绽放的甜美笑容僵在嘴角，微微抽搐几下。

“不对呀！”我咽了口唾沫，闭眼盘算了几轮，“我从孤儿院长大，三岁懂事。就算是三岁吧，我也弄不清楚。那年是一九九四年，没错，美国世界杯，巴西冠军。乙未羊年，甲戌月，丙辰日，戌时……一九七九年农历八月廿六晚上七点到九点。十六岁，怎么可能才半米高？燕子，你这瞎话编的，差点我都信了！”

“南……南爷……”陈木利搓着手，又是那副木讷的模样，哪还有方才和燕子手刃李奉先时的阴狠，“该说不说。七九年生人，九四年是十五岁。呃……算上今年，您应该是四十二岁，不是四十三岁。”

“木利啊，你这脖子上架的脑壳里装的是中国传统文化灌输的脑浆吗？”我叹了口气，“虚岁！生日都是农历，谁算周岁啊！娘胎里那十个月，不算岁数啊？就这你还敢号称鲁门传人？受洋文化影响太深，是不是十八岁的时候，还专门举行了个成人礼啊？”

“这……”陈木利显然没想到这一层，红着老脸，急切地辩解，“不不不……南爷，我鲁门传人，哪能信奉洋人那套。虽说咱立场不对付，可咱的心通红通红的啊。去年，您和月爷去江城黄鹤楼那会儿，还有几个假洋鬼子在山上那个……就那个别墅区买了别墅，找我设计装修个新中式风格。给的钱可不少啊！兄弟我眼睛都没眨巴就给推了！就是暴发户炫富，哪有咱老祖宗传下来的手艺带劲儿！”

“那地儿我还和月饼问过价格，大好几万一平啊！丧尽天良！能在那儿买别墅的，甭管洋人还是国人，没几个好东西！”我愤愤地点头赞许，“木利，做得对！”

“你们够了！”燕子满脸都是“我怎么认识这么一群没心没肺玩意儿”的崩溃，“南晓楼，别忘了你现在的处境！再胡说八道，我……”

“我什么我？”我准备伸个懒腰才想起还被五花大绑着，“少在这里跟小爷摆大样儿。而且……”

我一字一顿，也笑得很甜：“你应该叫我月无华，而不是南晓楼！月饼，也不是你的弟弟。”

又是片刻死寂，“南晓楼”这三个字的回声在空旷的石洞里如同蝙蝠盘旋一样飘忽。燕子并没有像电影里的反派出场或被揭穿真相时特别虚假地“哈哈”大笑，而是歪着脑袋，饶有兴趣地打量着我：“你果然很聪明。”

“傻子才琢磨不出来。”我瞥了一眼还在震惊中的陈木利，“我对月饼的姓氏很感兴趣，专门在古城图书馆里查了半个月的古籍。月姓是罕见的姓氏。现在呢，多分布于江西、四川、云贵、两湖，也是傣族中非常有影响力的姓氏。”

“可是，凡事儿就怕琢磨，我越研究越觉得奇怪。月姓的最早记载见于《博古图》。周朝有名为月季的酒爵和月鲁基的鼎。另外，也有说古代有‘夕月’的官职，专为帝王祭日，他们的后代因此姓‘月’。我这兴趣就来了。最早以月为姓的哥们儿叫雹陈，是祭月官员的儿子。再往上追溯，这一家身世极其神秘，凭空出现于纣王召妲己入宫后的第三年，他们精文字，通阴阳，擅乐理……反正，怎么瞅都不像和花鸟鱼虫打交道的蛊族，倒有些文族的架势。”

“你刚才讲了那么多，我要再不明白，岂不是辜负了你这番暗示？先甭管异徒行者、文族蛊族这些烂事儿，你发现的那个婴儿，红瞳，布条上写着‘月无华’，难不成月饼长了双红眼，让你挖出来塞我的眼眶里了？你也别跟我整些玄乎的事儿，什么周遭死了一堆毒虫来故弄玄虚，那个婴儿就是蛊族，天生五毒不侵。我就是写悬疑小说的，心理暗示的技巧比你更明白。燕子，我大概知道……”我瞅着燕子吸了口气想说话，连忙接上话茬，“你现在尴尬的是啥了。”

“唉！《红楼梦》里有一句，机关算尽太聪明。燕子啊，咱是心照不宣呢，还是我知无不言呢？我也不跟你废话了，我就三个条件：第一，把小爷松开；第二，月饼到底是谁；第三，月饼、方旭东、李晏在哪儿？”

说到这里，我忽然冒出一身冷汗，左右扫了一眼八口石棺，禁不住打了个哆嗦。

二

“南爷，您当我真在和您逗闷儿呢？”陈木利嘲讽着嘿嘿一笑，“您和月爷这些年经了那么多事，哪次不是‘困境靠月饼，绝境靠南瓜’？我始终相信，智慧才是最强大的武器。您这脑子，很多时候比月爷的蛊术好使。我知道您在想什么，等什么。”

我咽了口唾沫，心脏就像被一只大手狠狠攥了几下，血液充进眼球，滚烫赤红。

我下意识地望向石门尽头的通道，又默默数了一遍石棺：一、二、三、四、五、六、七、八！

我、月无华、月野清衣、黑羽涉、杰克、柳泽慧、方旭东、李晏——八个人，八口石棺！

我明白了。燕子一直讲述着看似重要，实则无关紧要的八族由来，以及那段鲜为人知的秘密，真正的目的是围点打援！

“黑羽！”我的心中发出近乎哀求的呻吟，“千万不要破解‘八门七转术’的机关！”

是的，陈木利说得没错，我之所以耐着性子听燕子讲故事，还能和他们胡扯半天，绝不是什么“反派死于话多，主角自带光环”的恶俗情节，而是我心里还有一线希望。

陈木利在房车里用大米和木块摆出虎丘全貌和斜塔，详细讲解“八门七转术”时，大部分人都有些不明所以，但学机械制造的黑羽，大概明白了其中的奥妙。

千人石开启石门的机关，仅能开启一次，便形成内部咬合的锁死状态。我进入石洞闭合机关，便无法再次开启。但是，陈木利和李奉先从虎丘斜塔开启石门的总机关枢纽还在。

燕子和陈木利既然能先我一步在石洞里设局守株待兔。那么，虎丘斜塔里的那道机关，不仅能打开石门，还能开启斜塔内部通往石洞的暗门。

月野、黑羽、杰克、小慧儿绝不会在千人石那里眼巴巴等我和月饼出来。他们必然会奔赴虎丘斜塔，从那条暗道（这条暗道不是暗门，而是陈木利和李奉先与我们视频时打开通往斜塔内部的秘密通道）进入，寻到机关……

与此同时，一条若隐若现的线索在我的脑海里愈发清晰，就像一截被浪压入水中，又缓缓浮回水面的船木，它让我的心越来越冷。

因为我犯了一个可能全盘皆输的错误！

三

我的错误在于：我只是听到方旭东和李晏的声音，并没有真正看到他们，就想当然地认为是他们。也就是说，他们也可能是燕子和陈木利。

不，我现在确定，那就是燕子和陈木利！

陈木利是鲁门传人，那本鲁家秘籍《缺一门》上半卷记载着鲁班独创的土木建造、工具制作之类的技艺；下半卷则是符咒异术、迷神惑心的法门。

细细寻思，在铁岭关，月饼和燕子假扮的李晏以“驱兽咒”缠斗，我受不住歌声的侵扰，短暂出现了“见到小九”的幻觉。也就是那时，月饼败于燕子，勉力与狐狸一战，却把其中一只狐狸视为姐姐。

后来我因受三郎重创而昏迷，再次醒来时，我已经躺在房车里了。

也就是从那时开始，我总是会冒出“月饼到底是不是月饼”的疑虑。

会不会是因为我和月饼都出现了看到挚爱之人的幻觉？

十多年了，我对月饼的战斗力有着近乎盲目的信任。在无数次生死攸关时刻，月饼从来都是踏过对手站在巅峰的胜利者。即便燕子的蛊术再厉害，我也不会相信她仅凭驱兽咒就能战胜蛊族最强的男人。

除非驱兽咒不仅仅是驱兽咒，其中还隐藏了某种致幻的符语？

据我对《缺一门》的了解，符语必须在符引（水、气或他物）进入体内时才能激发。我们破了孔亮的“活祭交命”局后，曾有两个人站在河边，以灰雾召唤出鸦群。一番恶斗，我和月饼的胳膊至头部出现了同样的血线，而月饼确定这不是蛊术。

那么，这十有八九就是符引入体的特征。

我从昏迷中醒来，受符引和符语的影响，脑子时常不清醒，每每发现月饼不对劲，总是莫名其妙地不再深究。

这个布局实在太缜密了！

如此一来，陈木利、李奉先和燕子，才能名正言顺地出现在姑苏城外，共同破解虎丘斜塔的机关迷局。

换位思考，如果我是他们，自然明白正面交锋，绝对不会是我们六个的对手。唯一的方法，就是逐个击破。

于是，假冒月饼的燕子，依照我们熟知的月饼性格，在石门开启后，率先进入石洞并关闭机关，以此激发我开启千人石第二道机关、独自面对危险的决绝。尔后，陈木利又假扮月饼，伏击了独自进入千人石的我，并捆绑至此。

学机械工程的黑羽，会再次进入虎丘斜塔破解“八门七转术”。燕子和陈木利会再次利用《缺一门》下卷里的某种符术，把黑羽、小慧儿、杰克、月野引入圈套。

我曾经疑惑，陈木利明明是鲁门传人，为什么精通墨家机关术？出于对朋友的信任，我以“最熟悉你的人往往是你的敌人，鲁墨二族争了几千年，相互了解也不是什么奇怪的事”为理由，主动忽略了“自古门派如仇敌，绝不会将独门绝学拱手授人”的事实。

在江城黄鹤楼，我们寻找《登黄鹤楼》里暗藏的《阴符经》线索，曾在汉口区的一条老里份里，中了墨家木人术，从而引出墨无痕、魇族刘翠花。若不是陈木利、李奉先、燕子及时出现，我们俩这两条命说什么也不能扛到虎丘。

也正是那时，陈木利与墨无痕展开了一场异常凶险、赌上性命的“鲁墨大战”。陈木利在博弈中表现出的缜密周全，让我大为震惊，并产生了陈木利、李奉先、燕子三人是小慧儿、月野、杰克乔装改扮的荒谬念头。

现在想来，当时会产生那种想法，是多年处于危险中的潜意识的自我保护。

及至陈木利以“投石机”绝境翻盘，再以苦肉计假装背叛我们，又悔过取得谅解，不但没让我们心生警惕，反而更加深了对他的信任，并滋生了友情。

我和月饼当时的心态并不难理解。

正如渴望爱情、婚姻、家庭的女人，有几个能抵得住渣男痛哭流涕、演技十足的假意忏悔呢？

而我们渴望的只是一份友情，看似善良，实则卑微。

以至于，我们从根本上忽略了一点——鲁门有《缺一门》，墨家难道就没有自己的秘籍绝学？

陈木利、燕子、李奉先的真正目的，是为了得到墨无痕藏匿于某处的记载着所有墨家机关术的秘籍！

所以，他们才会对虎丘斜塔的机关术了如指掌，先我们一步进入这处藏着诸多未解谜团的石洞，并设局引我们入瓮。

他们这么做的目的，就藏在这按照八卦排列的八口石棺和悬挂在石洞半空的水晶棺里。

四

我下意识地抬头望向那口水晶棺。初入石洞，惊怖、绝望于燕子和木利的出现，我仅仅看了个大概便陷入昏迷。醒来后一直在听燕子讲述，巨大的信息量使我除了担忧月饼的安危、黑羽他们是否会中计入洞外，根本无暇顾及其他。

现在，想通了许多长久萦绕在脑中的疑惑，我才隐隐体会到水晶棺和按照八卦位置摆放的石棺，以及我被捆的石椅、石台周围的四象神兽，还有背后那只巨大的石麒麟，这些才是整件事的关键。

悬挂在我头顶上方大约三米的巨型水晶棺里雾气升腾，隐约能看到黏稠的液体缓缓流动，但无法窥其全貌。然而，棺底那个巨大的阴阳鱼，却愈发清晰。也许阴阳鱼雕刻得实在是惟妙惟肖，也许是水晶棺的光线折射效果，以至于在我的视线里，它就像凸出棺底一样，颤巍巍仿佛随时会掉下来。

我微微甩头闭目，正想把视线转到按照八卦八门位摆放的石棺，突然从心里冒出一股疑惑的寒意，再次仰头望去——阴阳鱼的眼睛！

我怔了几秒钟，愣愣地盯着李奉先的尸体，默算入洞时间，那股疑惑的寒意汇聚成恐惧的意识突然而至。

陈木利和燕子根本不懂石洞里的格局，这是只有我才会的机关阵法！

两个从未见过却异常熟悉的人，在我的眼前一掠而过——圆脸、黄衫。

我完全忘记了陈木利、燕子和我目前的敌对关系，惊恐地环顾四周，心脏紧紧收缩，任由绳索狠狠勒进肉里也要奋力挣脱："你们快……”

一道尖锐的破空声从身后传来，那是无数次危境里，让我无比踏实心安的声音。

然而这次，我只感受到了恐惧！

我清晰地感到冰冷的风声从耳边擦过，一道淡成灰烟的细长影子，以肉眼几乎捕捉不到的速度直奔陈木利。

“噗！”陈木利喉咙处多了一圈红色圆点，鲜红的液体从中淌出，慢慢漾开，终于形成沾满脖颈的大片黏稠殷红。他双手抬起，还未捂住脖颈，一道笔直的血箭就从伤口激射而出。

“呃……呃……”

陈木利不甘的眼神死死盯着我的身后，踉跄几步，仰面摔倒。在一片激起的尘土中，他的双腿不规则地抽搐几下，再不动弹。

燕子一声惊呼，又一道灰线掠过，正中她的眉心！

惊呼变成惨叫，又戛然而止。燕子缓缓后退，直至背贴坚硬石壁，双膝渐渐撑不住身体，“扑通”跪倒，头一偏，一条血线从额头滑过左脸，停留在尖削的下巴上。

偌大的石洞，死一般的寂静，唯有我沉重的呼吸、燕子额头兀自嗡嗡作响的半截桃木钉！

我大口喘着气，使劲甩甩头，试图让自己清醒，证明这不是现实，而是一场漫长的噩梦！然而，绳索摩擦已经勒破的皮肉带来的火辣痛感提醒着我，这是真的！

奉先，死了；木利，死了；燕子，死了。

那一刻，我仿佛被抽干了所有的血液，仅剩一具空壳，木然地盯着三具尸体。

我不记得我们认识多少年了，只记得彼此相识相知的岁月里，我们喝过无数酒，吹过很多牛，聊过许多家长里短，抢过许多几毛钱的红包，又因为谁多抢了几分钱而义愤填膺，也为“今天是否会下雨”这种无聊的问题争得面红耳赤。

我们在除夕包饺子，端午节包粽子，中秋节做月饼，在元宵节为了让元宵形状像个球而熬夜苦练。

在一句句逗笑打趣的调侃里，在一天天平淡如水的日子里，在一回回出生入死的经历里，我们选择了对彼此毫无保留的信任，友情日益深厚。

所以，在江城，我们选择了原谅；所以，在石洞里，面对他们的背叛和李奉先的死亡，我依然没有选择仇恨。

毕竟，我们曾经是最好的朋友啊！

毕竟，他们是我曾经的家人啊！

我从未想过，我的家人会真的死去！

我甚至很期待地想过，等我们都老了，就一起去乡间买一间平房大院。我们自己动手，将其改造得舒适、漂亮——炉火旺盛的壁炉，通透明亮的大厨房，一张有定力可以稳住整个厨房的餐桌……

茶余饭后，我们慵懒地坐在明亮通透的玻璃走廊里，守着满院剔透的葡萄、甜脆的苹果、盛开的蔷薇、飘香的桂花、怒放的三角梅……

再无纷扰杂乱的俗事，再无跌宕起伏的生活，再无大起大落的人生，只有无忧无虑，安然恬静，静守岁月的半生。

前半生，很累。余生，就一直这样，慢慢老去，多好。

可是，这一切随着那两枚桃木钉的出现，随着李奉先、陈木利、燕子的死去，都化作让我痛彻心扉的尘埃。

五

“老友，为了这一刻，我们等了多少年？”

“四十年七个月零十三天。”

“是啊。那年，我们才十六岁。眼瞅着就老了。唉……自古美人如名将，不许人间见白头。”

“呵……等到，就不老。”

苍老的嗓音在空旷的石洞里，如同鬼魅般飘忽不定。

他们来了。

许多年了，他们始终没有在我真实的人生里出现，却又始终出现在我每一次听闻的传说里，出现在每一个八族后裔的口口相传里，出现在我苦思冥想的疑惑里，出现在我内心深处最不愿面对的恐惧里。

圆脸，黄衫。

我设想过许多次见到他们时的心情，也曾有“他们并非真实存在”的念头。每当深夜，我想到他们，总是有种在现实和虚幻里拉扯、挣扎的矛盾感，以至于想得越多，头痛得越厉害，索性用一句“我不知道”来逃避，混混沌沌地睡去。

然而，当他们真正出现时，当即将见到他们时，当纠缠多年的疑惑即将解开时，我却没有任何心情。

甚至，李奉先、陈木利、燕子先后死去所带来的悲恸，也随着他们的到来而被隔绝。他们的声音传入耳朵，融于血液，流进心脏，化成一张近乎透明却很厚实的纱幔，牢牢禁锢住我的情绪。

当其他感受都无法感知时，唯有一种情绪从心海深处冒出，夹裹着大片气泡冲出海面，冲起滔天巨浪——那是恐惧。

因为，他们的声音虽然苍老，却是我最熟悉的声音——那是我和月无华的声音！

所有的推测和疑惑，在那一刻变为我无法承受、最不愿面对的恐怖现实。

在未来的某个节点——也许就是在这窟石洞里，再过几分钟——我和月饼，确实掌握了“有限的生命存在于无限的空间”的方式，回到这些年种种诡异经历中的一个个关于我们存在的传说时代里。在寻找下半部《道德经》和《阴符经》的过程里，我经历了和小九几生几世的痴缠爱恋，在一次次求而不得的苦楚悲怆中，逐渐心生黑暗，终于举起杀戮的屠刀，成为千百年来八族中口口相传的恶魔。

我忽然想起在江城知晓的关于“慧雅居血案”的那段传说，月无华对南晓楼说的那句话：“你若成魔。我陪你，荡尽诸佛！”

原来，一切都是真实的！

小九，那个只是出现在传说里的女孩，曾经真的出现在我的生命里，我的情感里，我的哀伤里，我的故事里。

从江城来苏州的路上，我和月饼讨论了很久关于时间的“祖母悖论”，还曾认真地聊起“如果咱们真打不过从过去回来的黑化的咱们，索性把现在的咱们杀死，那黑化的咱们是不是就会消失”的可能性。

在服务区加油的时候，我盯着油枪，突然意识到——当汽油从油枪里喷出，不会因为油枪不存在而从油箱里消失。所以，现在的我们回到过去，那么过去就是未来。当过去的我们来到现在，那么现在也是未来。我们就算死在现在，也不会对不属于现在的“黑化的我们”造成影响。

想通了这一层，我无比绝望。

当“黑化的我们”真正出现时，除了几乎可以忽略不计的年龄、体能优势，我们根本毫无胜算。

人唯一无法彻底战胜的对手，只有自己。

极度的恐惧像盘旋在海面的巨大漩涡，我越来越疲惫，轻轻地呻吟一声，颓然低头。

“就这样吧。我连捆在身上的绳子都解不开，还有什么好挣扎的？”

那一瞬间，我的心中冒出无比沮丧的念头：毁灭吧，我累了。

身后，巨大的石麒麟后方，传来轻微的脚步声——他们在向我走来。

就在这时，我的眼角余光瞥到了非常诡谲的场景：李奉先已经僵死的肥硕身躯居然动了动。他双手的食指微微弯曲，指着自己的手腕。

脚步声一左一右，越来越近，似乎快要从我身旁走到面前。我却丝毫不在意，只是认真盯着李奉先又一次一动不动的身躯。

他为什么没有死，为什么会指着自己的手腕？

漫不经心的脚步声透着“根本没把我当回事儿”的傲慢，在我身后大约两米的位置停了下来，正好在石麒麟的两侧。

我感觉到四道锐利的目光刺入赤裸的后背，如同电流穿过的麻痹刺痛感让我汗毛倒竖。我打了个冷战，目光死死锁住李奉先，丝毫没有在意即将出现的“我们”，心里泛起一个很古怪的念头。

忽然间，我好像意识到什么，眨了眨眼睛，脑子里飞快地掠过进石道至今发生的所有画面，最终定格在陈木利假冒月饼，用桃木钉刺入我的心肺空隙那一刻。

这个画面就像从山顶滚落进平静湖泊的巨石，激起千层浪！

我愣了几秒钟，眼前浮现出来到苏州后，更多让我始终困惑不解的画面。这一幅幅清晰无比的记忆片段，好似排列整齐的多米诺骨牌——轻轻一碰，就会依序翻倒，引发连锁反应。

我好像知道究竟是怎么回事了！

陈木利木讷的脸庞已经笼了一层死灰，却依然掩不住眼中那丝不甘心的遗憾。燕子斜歪歪地半靠着石壁，嘴角扬起一抹微笑，眼角仍是浅笑嫣然的模样，仿佛睡着了。

他们没有背叛我们！

“啊！”内心的悲痛化作哀号，冲破了喉咙！

我任凭泪水充满双目，肆无忌惮地喷涌而出！

“唉……”叹息声从石椅左侧传来，在整个石洞里回荡，此后是让我更加震惊的话语，“你太像你的母亲了，敏感、善良、聪明，有时又笨得……很可爱。小九，多好的女孩子，我找寻了她几生几世。如果不是为了……我们一家三口会很幸福。我也该当爷爷抱孙子了。虽然，这不是一个最好的重逢时刻，也没有什么仪式感的记忆……儿子，这些年，辛苦你了。”

“你儿子辛苦，我儿子就不辛苦？”右侧老人的嗓音略带不满，“我可是牺牲了一女一子。没有月无华，你儿子能活到现在？”

“老友，此刻还在计较这些？”左侧老人陡然提高声调，“成大事者不拘小节。我儿子马上不也要死了吗？正好和月无华在黄泉路上做伴儿。他们生前是好兄弟，死了也不能独行啊。”

“随你了。”右侧老人似乎打了个哈欠，“时辰快到了，该动手时，你莫犹豫。”

两个老人的对话就像一道堵住洪水的巨闸，立时把我的眼泪止住了。原本被泪水模糊的白茫茫视线，逐渐清晰。他们的身形、相貌，在我的眼睛里，从两道虚幻的白影，慢慢真实起来。

在我正前方大约三米的地方，两个身材高大的老者人手一根烟，慢悠悠地抽着。其中一人身形略微瘦削，穿着阳光般黄灿灿的长衫，花白的头发碎碎斜斜地遮着眉毛，细长的眼睛透着冰冷漠然，笔直坚挺的鼻子勾勒着刀削般的脸庞，微微扬起的嘴角闪出一丝满不在乎的讥诮。

当我再看向稍微壮硕些的圆脸老者时，仿佛闷头挨了一棍，木然呆滞——我和他，长得太像了！

我们和他们长得太像了。

如果不是他们那番对话，我毫不怀疑，他们就是三十年后的我和月无华。

然而，我的脑子此刻完全混乱了，只有巨大的轰鸣声在耳边不断震荡。

圆脸黄衫，不是黑化的我们！

掌握“有限的生命存在于无限的时间”的不是我们，而是我和月无华的父亲！

“南晓楼，我能体会你的心情。”圆脸老人抽完最后一口烟，随手将烟蒂弹飞，语气阴森冰冷，“不过，也就是体会而已。你的生命本来就是为我们准备的。当然，我们也不会像小说里那些傻子大反派，需要把来龙去脉交代明白，让读者恍然大悟。现在距离机关启动还有三五分钟，好好享受你最后的时光吧。”

“废话太多。你儿子当了作家，也算是给文族添了体面。”黄衫老人扬手甩出两枚桃木钉，正中石洞正上方水晶棺底的阴阳鱼的黑白鱼眼。

我根本不在意黑白鱼眼的变化，只是木然地盯着我的父亲。

很多年了，在孤儿院长大的我，天生红瞳的我，从小就被视为怪物的我，没有朋友，没有友情，没有体会过看护阿姨的慈爱。我只有蜷缩成一团的影子，只有躲在角落里羡慕的眼神，只有饭菜被抢得精光后手里攥着的半块馒头，只有熟睡时被蒙住被子拖下床饱受一顿殴打的深夜。

所以，我孤僻、怯懦、自卑、敏感。因为经历了太多欺骗、背叛，我学会了“以恶识人”，更学会了“恶以恶待”。

于是，我懂得了，只要不相信感情，不接受感情，就不会受到任何伤害。我在心里竖起一道高高的围墙，拒绝任何不属于我的情感。正因如此，我毫不犹豫地用冷言冷语，推开了为数不多真正想走进我内心的友情、爱情。我完全不考虑真正对我报以善意的人失望的眼神，甚至心中还有一丝说不清道不明的快感。就这样，一生无牵无挂，游戏人间，挺好。

我的故事只属于我自己，不需要任何人执笔。

至于我那从未见过面的父母，我没有恨意，也没有期盼。在我曾经阴暗的内心里，从来不相信能把刚出生的孩子（或许仅仅是因为一双红瞳）扔掉的男女是什么好东西。

直到月无华的出现，我才懂得，原来这个世界真的有阳光。这个世界真的有“只存在于想象中”的那个人。

原来，我比谁都渴望友情。只不过，我不敢面对。毕竟，谁愿意早已愈合的伤口被同一把刀再捅一次呢？

而此刻，当我的父亲真正出现时，当我明白这一切都是他和月无华父亲的阴谋时，我心中没有丝毫和亲情有关的情绪，只有腾腾燃烧的怒火。

复仇之火！

从他们的随口交谈中，我听到了永远不会相信的事情——月无华死了。

那个自称“蛊族最强的男人”，那个喜欢摸鼻子的男人，那个外表冷漠、内心火热的男人，那个嘴角微微上扬、笑得很暖的男人，那个喊了无数次“南瓜快跑”的男人，那个在无数次绝境中从未败过的男人，死了。

月饼，我要为你报仇，我一定用父亲们的血做你黄泉路上最炽烈的酒！

圆脸和黄衫，在桃木钉射中阴阳鱼眼时，就分别走向杜、生两个位置的石棺，丝毫没有在意我。换句话说，他们压根儿没把我当回事儿。

我舔了舔干裂的嘴唇，扬扬嘴角，笑了。

何谓逆境？无论是人生至暗的时刻，还是足以毁灭生命的危险即将来临，只要心里还有光明，只要还能挺起胸膛站着面对，那就能突破逆境！

因为，生而为人，能打败自己的，只有自己；能拯救自己的，也只有自己。

如果内心被黑暗吞噬，失去自我，对命运俯首顺从，即便活着，又和死了有什么区别呢？

活着，就是为了骄傲地死去！

我并不是特别勇敢的人。可是，在我有记忆的人生里，我南晓楼从不认输。

哪怕在他们眼里我是一条微不足道的咸鱼，那又怎样？

谁说过，咸鱼就一定会输？

六

我微微吸了口气，眯起双眼，无视圆脸、黄衫的举动，集中精力盯着李奉先仍在装死的肥胖身躯。

一秒、两秒、三秒……

视线的余光里，圆脸摸着“杜门”石棺的左侧，黄衫摁着“生门”石棺的右侧，凝神肃立，身姿气势透着某种古怪的仪式感。

我心中默算时间，大约过了一分钟，李奉先依旧一动不动，就像真的死了一样。

如果是以前，我早就开始焦躁，生出许多杂七杂八的念想。而这次，我超乎寻常地专注。

我坚信，如果这是一场剧情跌宕的精彩悬疑话剧，那么所有我熟悉的、陌生的人，都是演技精湛的演员。他们每一句看似无意的台词、每一个微不起眼的表情动作，甚至每个人的出场时间、死亡时刻，都是有意义的。

我是坐在台下的唯一观众，我不需要过度揣度剧情而烦躁纠结，只需成为戏中人，完全融入这场戏，静待真相大白的落幕时分，竭力鼓掌喝彩便好。

黄衫忽然瞥着我冷然轻哼，冰冷的目光像是注视着一具尸体。细长双目间或一轮，偏又让我察觉到一丝稍纵即逝的惋惜。

“晓楼，你的名字……是她起的。她很喜欢《霸王别姬》，我们在一起生活了三年五个月十三天，她把这本书读了一百四十七遍。每每读罢，她总是掩书长叹，人人独爱程蝶衣，谁又懂段小楼对他一生的保护呢？所以……”圆脸半仰着和我极其相似的侧脸，温柔的眼神仿佛穿过厚实坚硬的石棺，叹了口气，“她在你出生的第三天，即将被封印于这口石棺时，给你起名南晓楼。”

“呵呵……老友，你们父子多愁善感的文艺范儿，真像。”黄衫瘦削的两腮微微跳动，“嘭”地一拳击中石棺。指缝间淌出几缕殷红的血，顺着棺材上的花纹蜿蜒流淌，显得分外刺目。那些看似杂乱的花纹，因红色勾勒，逐渐清晰成一幅我所见不多却非常熟悉的图案——振翅欲飞的凤凰！

我的心脏剧烈颤动，再也无法专注于李奉先：“这……这棺材……是……”

瞬间，那只呼之欲出的血凤凰，让我笼罩在突如其来的巨大悲伤里，因为那是月无华蛊气激发至极限才会在后背浮现的凤凰文身！

我的母亲，我的兄弟，在这两口石棺里！

我很想看看，我的母亲是哪般模样。无关亲情，因为没有亲情，仅关乎儿子对母亲的想象。

我也想看看，我的兄弟现在是哪般模样。有关友情，有关兄弟对兄弟的责任。

正当我久久压抑的情绪即将失控的时刻，趴在地上装死的李奉先动了！

他悄悄抬头，极快地扫了圆脸、黄衫一眼，确定没有引起注意后，迅速冲我眨了眨眼睛，又把那张胖脸压进坚硬的地面，两腮的肥肉像熔化的蜡烛。

他的左手极缓慢地张开五指，他的右手食指向内指着自己的手腕。

我深深吸口气，收敛心神，摒弃一切杂念和眼前景象，专注于李奉先的暗示。

与其徒劳地悲伤、愤怒，为什么不冷静地思索寻求解决问题的方法？很多人生病后，始终纠结于“到底怎么得的病”，并欣喜于“终于想明白有可能是这样得的病”，却忽略了“去医院看病治病”才是解决病症最直接、最正确的方式。

李奉先左手五指完全张开，停顿了两三秒，迅速握成拳头，继而恢复成伪装死亡的状态。右手食指连续点了三下手腕后，再无动作。

我愣了两三秒，眼角余光瞥见圆脸、黄衫二人都在用力向下按压石棺。忽然像是受到某种启示，我明白了李奉先想要传递给我的信息。

左手张开又紧握，代表“停止”之意。他在告诉我，不要有任何行动。

至于右手的暗示——自从我在石洞中醒来，发现自己被五花大绑怎么都挣不脱后，我索性就摆烂了，根本没注意到手腕那里有什么异常。受李奉先启发，我蜷缩右手食指向手腕内抠去，才发觉石椅正后方，也就是我左右手被交叉捆绑的位置，居然有一个打火机大小的凸起石条。我的右手正好能碰到它。

我轻轻向下摁，指尖感受到石条根部传递过来的机关枢纽的咬合感。我心里一颤，激动得冒出一身汗。

这是墨家机关术开启机关的控制枢纽？

《阴符经》、异族异能、隐藏在唐诗宋词里的文字游戏，都和墨家机关术有密不可分的关联。

更让我心头猛跳的是，绑着我双手的绳索居然是反猪蹄扣——是活扣！

猪蹄扣就是杀猪时迅速把猪捆住的绳扣，越挣扎捆得越紧。反猪蹄扣表面看和猪蹄扣无异，但只需要反向轻轻一挣，就能解开。

好几年前，我们在古城喝酒喝到半酣，我和李奉先脸红脖子粗地争论反猪蹄扣，我索性亲身示范将他绑住，这才让众人惊叹“南少侠果然精通各种雕虫小技”！

那时，月饼、月野、黑羽、小慧儿、木利、燕子瞅着被捆住后大呼“南爷饶命”的李奉先，笑得前俯后仰。

此刻只剩我和李奉先了。这份无法用文字形容的凄楚悲怆，使我瞬时黯然。

“儿子，在你临死前，我需要告诉你……”圆脸老人的左手已经摁进石棺，没过手腕位置了，“你生命存在的意义。”

“南……”黄衫老人差点喊出圆脸老人的名字，右手稍稍用力，向石棺压入些许，“也罢。我儿子死了，你儿子马上也要死了。总要有一个明白这份牺牲是多么光荣崇高。”

“我……”我正准备痛骂几句，想到我和圆脸老人的关系，骂他似乎就是骂自己，硬生生把后面几个字吞回肚子里，“你个老东西别觍着脸在这里乱认亲！你说是我爹就是我爹了？什么玩意儿？‘儿子’这俩字是你随便叫的？别给脸不要脸！我的生命我自己负责，轮不到你告诉我什么叫‘存在的意义’！老不正经的东西，别把男欢女爱那点事儿说得这么高大上！还有你这个老不死的，瞅瞅你穿的破烂黄布裙子，黄袍加身哪？啊呸！还真把自己当人了！把无知当个性，说的就是你这种！”

这番荡气回肠的痛骂，在石洞里余音回荡。我顿觉心情舒畅，似乎明白了农村老大娘、城市老大爷骂街不动手的终极奥义——痛快！

诸葛亮骂死王朗的时候，也很痛快吧？

看来“语言有时比行动更有力量”似乎有那么一丁点儿道理。

然而，奋力挥出一拳没有击中目标，那种无处着力的脱力感端的是无比难受。

圆脸、黄衫却不为所动，该干吗干吗。就连自称是我“父亲”的圆脸老人，似乎都没了碎碎念“我生命存在意义”的兴致。

他们再一次用实际行动证明小说和电影里，反派在决战前现身，一定要冲着主角把整件事的来龙去脉、阴谋算计讲得明明白白，最终因为瞎嘚瑟而被主角反杀的桥段，确实是对读者和观众的智商很不友好的挑战。

我微微诧异于圆脸、黄衫老僧入定般的心境，再仔细望去，忽然感到口干舌燥，眼眶滚烫，周身如电流穿过，根根汗毛战栗而起。

我不受控制地颤动着，牙齿“咯咯”地撞在一起。即便是冷汗顺着眼角流进眼睛，我也没有挪开视线，更不敢眨眼。

因为，我看到圆脸和黄衫并不是把手摁进石棺去启动机关，而是——我很难用文字形容，心里只有一个异常古怪的念头——那两口石棺正在缓慢地把圆脸、黄衫两人“吃”进去！

这时，我也察觉到方才忽略的细节：黄衫老人一拳打在石棺上，并不是出于愤怒，他在用自己流出的鲜血滋养它。

随着血液勾勒的凤凰图案愈发殷红，整口石棺原本青灰色的石皮也逐渐变得如同皮肤，甚至能看到一丝丝似蛛网的毛细血管，还有几条约手腕粗细，从棺底延伸至棺顶的主血管。

圆脸老人身前的那口石棺也是一般模样。我没有注意到他是什么时候用什么方式割破手掌的。但是，我清晰地看到，那口石棺上被血水勾勒出的图案是咆哮怒吼的白虎。

那是，我在久远的传说中知晓的属于我的白虎文身，虽然我自己从未见过！

“南晓楼，我的儿子，呵呵……”圆脸老人的脸色不知何时变得如白纸一般，“人生可以有失误，但是不能有错误！你，就是那个错误！

很快，你就懂了。”

“嗞……嗞……”他摁住石棺的位置响起奇异的怪声。看似坚硬的石板，凭空漾起几圈波纹，随即豁开一张巨嘴形状的孔洞，紧紧吸裹着圆脸老人的手臂，发出“咕叽咕叽”的吞吐吮吸声。

几根血管凸现于圆脸老人愈发干瘪的皮肤上，他的脸色更加苍白，眉宇间却浮现出一种虚幻的快感。手臂和孔洞的交融处，淌出口水似的液体，沿着石棺缓缓往下流。

遍布石棺的粗细血管像树藤得到充足雨水的滋润，粗壮凶猛地生长。那两只镌刻于石棺表面的神兽图案红如熔岩，隐隐透出炽热的光芒，眼看就要撑破禁锢，挣裂而出。

“南爷，赶紧解绳子，黑羽他们就要来了！”李奉先也不装死了，跳起来“嗷”了一嗓子，“快摁下那个石条，给木利和燕子报仇！”

随即，李奉先拔腿就跑，麻溜躲在封闭石门旁的巨石后面，探出圆滚滚的脑袋，就像是巨石上面长出了个人头，双唇上下开合：“南爷，靠你了！”

我不及多想，解开反猪蹄扣，手指压着冰凉的石条，正要狠狠摁下时，一段曾经在古城图书馆里读过的文字毫无征兆地跃然眼前：

“东方有异物，生于妖山怪水，形似太岁，质坚硬，似顽石。遇血活，软如肉，故称‘石太岁’。或曰，此为妖气汇聚成形。凡此物现处，必有大妖。若取内丹，服之可长生，抵仙境，入仙班。然村叟翁媪，闲谈戏言，不可信也。止增笑耳。”

那条始终隐藏在“文字游戏”旅途中支离破碎的线索，终于在我的脑子里形成完整串联的逻辑链，只差一环，就能闭合！

我的手指始终摁着不知道开启什么机关的石条，缓缓吐出胸口闷气，认真地环顾整个石洞，牢牢记住所有的布置格局。

石太岁，悬空玉棺，巨大的石麒麟，洞中央的石台，正中位置的石椅，玉棺底部的阴阳鱼……

我仰起头，僵硬的脖颈“咯咯”作响，默默数着嵌于洞顶的数百颗夜明珠。一幅完整的二十八星宿图呈现于视线之内。东方七宿的第五宿——心宿的位置，有颗赤红如火的夜明珠！

心月狐。

“滴答”，洞顶悬垂的钟乳石滴下几滴凝聚已久的水珠，溅成水渍，渗入满地细若发丝的石缝。

我跺了跺脚，地面是沉闷的中空声。

“南爷！您还在等什么？”李奉先有些气急败坏。

我未理睬。

“你们俩要干什么，我还不知道。”我把手指从石条上移开，舔了舔嘴唇，“但是，想让我打开机关，开启墨家机关术里的子母封妖阵。呵呵……门儿都没有，做你的春秋大梦！”

短短工夫，那两口石棺已经将圆脸、黄衫二人的整条臂膀吞入。

“你确实聪明，不愧是我的儿子。”圆脸老人依旧是满脸迷幻的愉悦，“短短时间就能参破这里的奥秘。怎么样？我儿子比你儿子厉害吧？”

“哼！子母护妖阵的阵名都说错了。”黄衫老人冷哼一声，轻蔑地瞥了我一眼。

我发现，他们俩的脸色不再苍白如纸，皮肤红润光泽，充满弹性，甚至连纵横交错的皱纹都消失不见了。满头花白的头发像是被泼了墨汁，也变得乌黑，更像我和月无华的模样了。

返老还童？

就算真是亲生父子，断不至于如此相像。他们到底是我们的父亲，还是“有限生命存在于无限时间里”的我们？

“南晓楼，你即将目睹，她沉睡了三千多年后的复活！”圆脸老人——不，他现在已经不是老人了，就像镜子里的我，连声音都完全相同。

“这个石洞，是千古第一妖，”我强压内心翻涌的紧张情绪，抢在他未说出口之前，冷笑着打断，“苏妲己的坟墓！”

与此同时，我狠狠摁下石椅后开启机关的石条！

最后一个环节，我故意用话语诱导，引出圆脸、黄衫都未察觉的失言和举止，把整条线索逻辑链完全闭合。

所以，我摁下了石条，然后等待奇迹出现。

这么多年，每每绝境，即便看不到胜利的希望，我也从未输过。

这么多年，我一直在赢，我知道怎么赢！

这一次，我也不想输！

我不会输！

七

“砰！”

“吱嘎！”

“哐！”

“咯咯！”

“咚！”

石洞坚硬墙壁的内部，传来各种各样的撞击、摩擦、咬合声。每一声，都传递着尘封了数千年的沉重石制机关启动时带来的整个石洞好似崩塌的震颤。

圆脸、黄衫二人微微诧异，仰头望着洞顶，随即面色阴冷。互看一眼，他们撤身后退，跃下石台，远远站在石洞峭壁前面，距离李奉先藏身的巨石也就五六米远。

李奉先大骇，来了个并不优美但是难度系数极高的“鹞子翻身”，跳出两米多远，“嗷”的一声，甩开膀子撒腿就跑。真难为这二百多斤的身躯了。

黄衫左手抬起又迅速落下，一道狭长的灰线从他的指尖飞出，“噗”地击中李奉先堆了数叠肥肉的脖颈。李奉先“嗷”的一下，整个人像被点了穴道，张牙舞爪的手脚一下僵住，如同一尊雕像直挺挺前扑倒地。

这次不是装死，而是真昏迷了。

石洞仿佛受到李奉先沉重的身躯震荡，晃得更加剧烈。在刺耳的石头开裂声中，整个洞体的坚硬岩石像一张被撕扯的牛皮纸，“刺啦刺啦”地裂开数十条手腕粗细的裂缝，由地面向上蜿蜒延伸，宛如一张巨大蜘蛛网，把洞顶割裂成数十块大小形状各异的巨石块。

原本镶嵌的夜明珠纷纷脱落，如流星般急速下坠，在空中划过一道道肉眼可见的白线，冰雹似的砸到地面，顿时化作一蓬蓬白色的粉尘，于空气中飘忽游荡。一股腥咸的海水味道扩散弥漫。

倒挂的石笋随着石洞左右晃动，好似被狂风拉扯的竹林，摇曳碰撞，“啪啦啪啦”的断裂声不绝于耳。一团团石英粉从裂口迸出，化作大片浑浊的白雾。数不清或大或小的石笋从雾中坠落，挟着尖锐的呼啸声，箭雨般倾泻下来。

我瞅着李奉先只是昏迷，并无大碍，一边闪躲着下落的石笋，一边向后退至石台边缘，正好看到两个背包挂在那里。

我探手抓住自己的背包带，先摸出瑞士军刀，再把背包反向背着，护住胸膛。

看了一眼月无华的背包，我心中略略踏实。

八

“低估了。”黄衫用左手按住右肩，抬起右手活动着经络，“很像咱们年轻那会儿。”

“你说的是可以为所谓的朋友和信仰付出生命，只为追求并不存在的真相，”圆脸叹了口气，双眉间闪过一抹怨毒，抬手屈指连续弹中两颗坠落的夜明珠，“结果被控制、利用，差点儿死在沙漠时的我们吗？”

“适度的善良和道德感，是有责任感的智慧；泛滥的善良和道德感，是不负责任的愚蠢。”黄衫横挥右臂，劈中一根石笋，“早跟你说了，鲁门传人不可信。”

“不相信对咱们的忠诚，不就是相信他们彼此的忠诚吗？所以，没有可信不可信。”圆脸随手抓住一根坠落的石笋，毫不费力地掰断，“一个一个杀掉，问题就解决了。怎么，你怕了？”

“呵，怕？”黄衫从怀里掏出数枚桃木钉，认真地别在腰间，“冲天吐唾沫，只会落在自己脸上。他们，还没有资格让我怕。”

圆脸、黄衫交谈时，毫不在意我的存在。被他们击中的夜明珠和石笋在空中微微一顿，子弹般向我激射而来。

在我的视线里，夜明珠和石笋变得越来越大，越来越近。出于纯粹的肌肉反应，我侧身半蹲，夜明珠、石笋碎块擦着头发、后背疾掠而过。冰冷的凉意奓起一片鸡皮疙瘩，我打了个哆嗦，还没来得及做出反应，数道刺耳的破空声呼啸而至。圆脸、黄衫双手挥舞，更多的夜明珠和石笋像子弹般射了过来。

我咬牙切齿地怒骂一声，握着军刀，连滚带爬、左蹦右跳地躲着“暗器”。百忙之中还阵阵心痛：这夜明珠老值钱了，就这么没了？！

杂念由此延伸。打赢这场战斗，说啥也要爬到洞顶抠几颗（尤其是那颗红色的），换笔大钱，实现躺平人生的终极目标，再也不用把脑袋别在裤腰带上出生入死了——还被读者抱怨拖稿成性！

短短几十秒钟，我已经口干舌燥，心脏狂跳，汗流如浆，气喘如牛。全身都是躲闪时碰撞、剐蹭的淤青和划痕。实在躲不过去的夜明珠和石笋，我索性用前胸迎上，靠厚实的背包遮挡。饶是如此，巨大的冲力依然震得五脏六腑仿佛挪了窝，气血翻腾，阵阵恶心。

那一刻，我如同冒着密集箭雨冲锋，只是为了消耗敌军火力的炮灰，心里闪过绝望的念头：“南晓楼啊南晓楼，你他妈的冲都冲不过去，有什么资格赢？”

心念甫动，原本鼓起的十分勇气泄了大半。稍不注意，一根尖锐的石笋好似草丛里突然窜出的毒蛇，擦着右大腿外侧飞过，带起一片血肉。我闷哼一声，身子一歪，半跪在地。

我不敢有片刻停顿，就地滚到石椅后方那尊巨大的石麒麟肚子下面。“丁零哐当”的撞击声又响了几秒钟，终于没了声响。

我探头隔着石椅缝隙，匆匆瞅了眼圆脸、黄衫两人。羞辱带来的气愤，让我忘了大腿的疼痛。

“两个老不死的居然还有心情抽烟？”我缩回头，恨恨地骂了一句，“待小爷……”

骂声未落，我疼得倒吸一口凉气，赶紧从背包里摸出止血带，胡乱地缠在伤口上方，再快速扎住。

流出的鲜血浸透裤子，滴到地上，浸进石台上乱七八糟的缝隙里。失血让我有些目眩，我摘下背包，拽了件毛衣套在身上，才感觉稍微暖和了些。

“出来吧。我们布局这么多年，所有意外都考虑得很详细。你，我的儿子，改变不了最终结果。”圆脸把烟头随手一弹，背手踱步，走向李奉先。

“你以为我们真不知道李奉先、燕子、陈木利是假意投诚？这世间有许多东西是假的，唯独友情不会作假。”黄衫伸了个像极月饼的懒腰，“你们九个人出生入死这么多年，彼此之间的关系连一根针都插不进去。不过呢，也正因如此，才让我们有了机会……

“就是你们一直想知道圆脸、黄衫到底是谁，并且真的认为，是你和无华掌握了‘有限的生命存在于无限的时间’这个终极秘密。于是，在你们去尼雅之后，我们俩暗中找到陈木利、燕子、李奉先，假装用巨额财富收买他们，并向他们透露《阴符经》的秘密。只有先我们一步找到这本书，才能阻止我们回到过去的各个时间节点，所有的一切都不会发生。而我们回到过去的前提条件，就是你们从桃花源、黄鹤楼、寒山寺寻找到诗词歌赋里的线索，并且被杀死在这个石洞里……果然，他们明面上答应做内应，却偷偷找到无华，瞒着你设计了局中局，引我们现身。这也是这么长时间以来，你总觉得他们瞒着你什么的原因。呵呵，之所以不让你知道，是你的父亲假装说漏嘴，说你是破解这场‘文字游戏’的关键。如果你提前得知，一切就不复存在。”

“你啊……”圆脸顿住脚步，不再理睬李奉先，又走到黄衫身旁，“总是改不了好大喜功的毛病。当年在尼雅，如果不是你太喜怒形于色，也不会被另外六族排挤，咱们要做的事早就完成了，何必等到今天。一切又何至于此？”

“你不是也一样？”黄衫似乎不在乎圆脸的指责，反而叹了口气，“尼雅归来，咱们说好了只是找个女人生儿子，再寻找天赋异禀的异族血脉之人做儿子的助手，引出当年分支出去的幻、魇、文、蛊，分别除之。结果，你这感情泛滥的毛病犯了，居然爱上了作为生育工具的女人。你老实说，咱们获得那种能力，你回到过去的主要目的，是不是就是为了寻找她？”

“莫再说。”圆脸又摸出一根烟，点着深深吸了一口，“你为了修习最深奥的蛊术，用绝情蛊断了自己的爱恋，根本不懂得男人终其一生，功名利禄不过是过眼云烟，唯有相爱相知的伴侣才是生命的意义。”

“我没你那么多愁善感，我只知道常人带给咱们异族的耻辱和仇恨。爱情只属于女人，不应该属于男人。”

圆脸、黄衫漫不经心的交谈，像一把镊子精准地揪出了潜藏在我纷乱无章思绪里最主要的那根线索。

虽然他们说得并不详细，但是一切都明朗了。

九

第一，这原本是月饼他们几个早就布好的引圆脸、黄衫现身的棋局，却被圆脸、黄衫反利用，成了必死之局。

第二，石椅后方的机关枢纽，很有可能是打开千人石进入石洞的另一条暗道。

第三，先我一步进入石洞封住石门的是乔装成月饼的燕子。其他几个人应该在外面等待暗道开启。

第四，圆脸、黄衫明明可以将我击杀或者擒获，却故意等我开启机关。

第五，“子母护妖阵”分为子母上下两层，是葫芦形状的双洞穴。我所处的是上层子穴，下层就是“千古第一妖苏妲己”的母穴。

那么，开启母穴的关键在哪里?

想到这里，我眨了眨眼睛，冒出满额冷汗!

圆脸、黄衫费了这么大心思，布了这么大的局，引我们入瓮，并不是方才所说，只是把我们击杀于此，以避免我们破坏他们将“有限的生命存在于无限的时间”成为现实。而是，开启“子母护妖阵”的母穴、唤醒苏妲己的关键是我们!

以八卦方位排列的石太岁（八口棺材），传说中能“肉白骨、活死人”，有护肉身千年不腐、容颜不改的奇效。圆脸、黄衫通过生门、杜门的石太岁，竟然能够重获青春，脸上的褶子比我和月饼还少了，着实可恨!

八个石太岁，他们为什么选择“生门”“杜门”? 方才已知，杜门石太岁里是我母亲的尸身（虽然我不想接受，也不愿面对），从逻辑上推理，当年“尼雅任务”失败后，他们并非随便找两个女人生了我和月无华。

想生出血脉纯正的异族传人，就一定同是异族的两人结合。因此我的母亲也必然是八族一员。那么，黄衫所利用的生门石太岁里是谁的尸身？

月饼的母亲？

我突然心中悲恸，从石椅的缝隙望着燕子和木利还未冷却的尸身，使劲抽着鼻子。

原来，燕子讲述的都是真的。

谢谢你，很多年前，你在蛊村抱起婴儿的那一刻，就把他视为亲弟弟。作为蛊器，为了生下万蛊之王，你遭受了那么多非人的痛楚，经历了那么多常人从未触及的黑暗，却仍然没有泯灭内心的良善，依然用笑容和光明回应这个世界。

“嘭！”

石洞里响起好似炸雷般的巨响，震得我的鼓膜差点儿穿了。几乎同时，整个石洞天崩地裂般的震动霎时停顿。所有杂乱的声响，随着这种不合常理的古怪停顿也齐齐消失了。就连落雨般的夜明珠和石笋，也不再脱落，唯有几缕细沙从洞顶裂缝里渗出，在坚硬的岩石地面聚成一堆堆沙堆。

只有最后那声巨响的回声，在石洞里回荡着，余音未歇。

我丝毫没有在意所发生的异象，双手撑着膝盖大口喘着气，小腿不住地打着哆嗦，目光却穿过簌簌落下如纱幔般的细沙，停留在燕子尚且温软的身躯上。

那一刻，似乎有种时间变得很慢的错觉，我甚至能清晰地看到每一粒细沙落下的轨迹。与此同时，有个很古怪的念头从脑海里冒出——

燕子为什么把黄衫老人放在村口的婴儿月无华，说成是“红瞳现，天下乱”的我，她到底要向我暗示什么？

眼前的景象更慢了，思绪里“红瞳现，天下乱”这六个字，像脱缰的野马，在脑壳里横冲直撞，让我头痛欲裂——似乎从大脑的最深处，刺出一把尖锐的刀，刀尖已经抵住颅顶，随时都会破顶而出。

在头痛即将无法忍受的极限，我的耳边响起一阵轰鸣，许多既熟悉又陌生的画面，如同婚礼现场的彩花筒，“嘭”地爆裂喷出，齐齐现于眼前。

十

画面一：

深夜，铁岭关，密林。

三郎硕大的身躯撞到半人多粗的老树上，“噗”地喷出一口黑血，周身高高隆起的肌肉以肉眼可见的速度干瘪。落叶簌簌，虫豸啾啾。他再也无力支撑身躯，倚靠着老树，缓缓坐下。皮肤摩擦着粗粝的树皮，划出一条黑红色的血痕。

不知何时，封住他们眼皮的线被挣开了。残破的眼眶里，两双被血水模糊的眼睛，对望着。

“咳……咳……”三郎喷着血沫剧咳，勉力转头，不舍地看着双手合拢抱胸，哭成泪人的阿千，缓慢地闭上双目。

他的眼角蜿蜒出两行红色的泪水。

“三郎，三郎！”阿千嘶喊着，疾冲几步，却突然顿住身形。她洁白的胸口现出一点儿殷红，就像一朵怒放的玫瑰。

一枚沾着少许血迹的桃木钉，在阿千胸前两三米处失了力道，歪歪斜斜落入杂草。

阿千娇躯微晃，低头看着胸口汩汩冒出的血，双膝弯曲，软软地跪在地上，嘴角漾起和月饼极为相似的笑意：“那年，你虽为狐，双眸却透着与世无争的清澈纯洁，那是多么让我心疼的目光。我抚摸你白若初雪的皮毛，你的哀鸣是那般无力。纵被猎户机关所伤，你仍对同为人类的我毫无戒备。也就是那一刻，我决定……决定……随你成为异族。”

“你本来就是异族。”密林深处，苍老的叹息飘然而至，“常人从未接受过异族，这是深深烙印在血脉里的排斥。”

“我是谁？是人是狐，不重要了。”阿千凄然惨笑，抬手将及腰长发挽成美妇发髻，如同一只小狐狸，柔软地蜷缩在三郎怀里，枕着三郎的胳膊……死去。

三郎早已僵硬的嘴角，忽然也漾起了一丝微笑。

也许，他们初识时，就盼着这一天吧。既然不能为世间所容纳，那就以死亡做婚礼。

爱情从不会因为别有用心的承诺而神圣，却一定会因为生死与共的誓言而荣耀。

十一

画面二：

胸口被三郎重重击中的那一拳，此刻，才让我感到疼痛。而贯穿阿千身体的桃木钉，仿佛也刺穿了我的心脏，热辣辣地疼。

我大口喘着气，似乎只有这样才能减轻内心的难受，许多疑问在耳畔不断回旋、激荡，声音越来越大，掩盖了世间所有的声响。

“藏在密林深处的老者到底是谁？难道真是黑化后的月饼？为何要杀死阿千？他们这么做的目的是什么？阿千和三郎都是异族吗？他们真的从春秋一直活到现在？为什么阿千和月饼长得如此相似？月饼为什么要把阿千叫作姐姐？如果密林里真的是黑化的月饼，那么我——黑化的我，在哪里？”

尽管我睁着双眼，这些疑问却像一张粗糙的塑料布遮挡在眼前，视线所及，均是白茫茫的一片。

潮湿的冷风从密林树隙而来，几道闪电割裂黑色的天幕，残留几道触目惊心的红。轰轰作响的雷声从山顶滚落，宛如千军万马踏山而行，山林震动，枝干颤抖。

硕大的雨滴砸了下来。在一片雨打落叶的嗡嗡回响里，我如岩浆沸腾般滚烫的脑浆才微微清凉，视线逐渐清晰。

暴雨洗涤着阿千和三郎满是血污泥垢的躯体，在他们的身下聚成一汪水花四溅的小坑。狂风卷裹来的落叶残枝堆积在坑里，慢慢地将他们掩盖。

难道，连上天也为这对痴恋的苦命人悲鸣，不忍他们暴尸荒野，要为他们建一座爱冢？

月饼背对着我，身影依然如标枪般挺立。暴雨遮眼，我看不真切。模糊间，月饼背上的凤凰文身逐渐暗淡，终至不见。

又一道闪电从头顶砸落，树影婆娑，天地惨白。

我看到了奇怪的一幕：月饼的后背忽然佝偻了，双腿勉强支撑着摇摇晃晃的身体，很慢很慢地转过身。

雨水打湿了他遮住左眼的长发，大片雨滴沿着那轮廓分明的脸庞聚在略尖的下巴，簌簌滴落。

在狂风暴雨的嘶吼中，我听不见他在说什么，只看到他张了张嘴，嘴角挂着一丝浅笑。那双细长的双眼含着笑意，眼眸中神采飞扬的光却灭了。

他左胸的心脏位置，一个赤红色的巨大拳印微微凹陷，印在惨白的皮肤里，分外刺目。

月饼软耷耷的右手举到一半，又落了下去。

狂风凛冽而至，月饼随风倒地。

那一刻，我愣住了，不可置信：月饼倒下了？蛊族最强的男人，不败的月饼，用强悍的身体承受了三郎开山裂石的一拳，才搏到给三郎致命一击的机会，然后他也倒下了。就这么倒下了……

我的头像被斧子劈开一样剧痛，仿佛某根神经“嘣”的一声断了。

时间，似乎倒流几秒钟，我听到了他方才扬起嘴角，微笑着对我说的话：

“南瓜，快跑！”

用我九死不悔，换你一线生机！

十二

画面三：

真正的悲痛没有声音。

狂风暴雨肆虐山林，寂静；山鸟野兽慌乱奔突，寂静；残枝落叶碰撞折落，寂静……

我怔怔地跪在泥沼中，怔怔地看着雨水填满月饼胸口微陷的拳印。“噼啪”下落的雨滴在浅浅的胸窝里，溅起一朵朵晶莹的水花。

月饼赤裸的上身如纸一样苍白，凤凰文身似乎被雨水冲刷干净了，一抹从嘴角流出的血迹由脸颊蜿蜒至肩膀，淌落于浑浊的泥水里，化成缕缕红丝，最终消失不见。

我抬起僵硬的脖颈，张嘴吞咽着雨水，好像发出了痛的嘶吼。然而，我什么都听不到——周遭所有的声音都听不到。

月饼，月无华，蛊族最强的男人，我笃定这一生都不会失去的兄弟，在几分钟前，以最残酷的真实告诉了我一个无法接受的真实：他死了——以再也不会活过来的方式。

我和月无华一跪一躺，如同两尊被蹩脚的石匠故意遗落在深山里的残缺石像，任由风吹雨打。

活着的我，已经死了；死了的他，依然活着。

有我陪伴，他就活着；没他陪伴，我虽生如死。

我没有了时间概念——或许时间本就不存在——也许很短，也许很长，几个人在我和月饼身旁围成圈，静默着。

又不知过了多久，我听到了声音：

“对不起，我们来晚了。”

十三

画面四：

房车里，月野清衣、杰克、黑羽涉、柳泽慧、燕子、陈木利、李奉先，还有木然坐在沙发上的我，目光呆滞地盯着覆盖着白布的月饼。

我依然记得，两年前的腊月二十九，月饼望着窗外漫天白雪，忽然来了兴致，硬把我从床上拖起来，嚷着：“西湖故地重游，感受断桥残雪。”

我虽然惊讶于古文功底仅停留在“仰天大笑出门去，青春得意马蹄疾”层次的月公公居然还有如此情怀，但也对一场说走就走的旅行兴致盎然。

饿了吃，困了睡，渴了喝，人活一辈子，不就是追求个内心的痛快吗？

简单收拾着衣物和洗漱用品，我想起一事：“月公公啊，看天色怕是要在高速上过年。你去拿块桌布，咱把餐桌铺一下，多少有个过年的喜庆。”

当我们在高速公路服务区准备过个别有一番风味的大年时，月饼却从包里拽出一张白色的桌布。我差点没气出一口老血："月无华，你还有点儿对中国传统民俗的尊重不？谁家大过年的铺白色的桌布？这是我准备裁剪了练手札花的布料！"

"南少侠这是准备精心潜修女红了？"月饼扬扬眉毛，摸摸鼻子，面不改色，"啧啧，一米八九的胖子，拿着绣花针，手持一块白布……"

"月饼，我纠正两点。"我面不改色，心却跳得厉害，毕竟硬着头皮说瞎话需要点勇气，"第一，我是壮，不是胖；第二，拿绣花针，啊呸，谁拿绣花针，练手札花是为了保持腕部稳定，让我百发百中的瑞士军刀进阶为'手中无刀，心中有刀，我即是刀，刀即是我'的化境！"

"你那瑞士军刀的准头……"月饼指了指车顶，上下打量着我，"中不中全靠天选。吹啥呢，我还不知道你？不就是因为月野喜欢白色，前几天随口说好久没看到富士山的樱花了吗？要想追求女神，先把体重练回到十八岁。这才是核心意义。"

"我……"我终于恼羞成怒，"我就比你沉了二十来斤，你有什么资格羞辱我？"

"可是你只比我高一厘米。"月饼抬起右手，拇指和食指间的细缝微不可见，"嗯嗯，就这么点身高差距，能塞进二十来斤。南少侠，您这一厘米的质量还挺惊人的。"

"我这辈子最后悔的事情，"我咬着牙扭身下车，"就是和你成了朋友！哎哟——"

"今年扭几次脚了？你走路风风火火的习惯就不能改改？"月饼从医药箱里摸出一红一白两瓶云南白药，"赶紧喷上。"

我倒吸着凉气，接过药瓶："先喷啥色儿的？"

"白。"月饼认真地铺着白色桌布，头也不抬，"白色桌布，白色云南白药。南少侠，我这是预言啊。”

……

往事，历历在目。

白布下，月饼的面部轮廓和身形微微凸显，好像他随时都会掀布而起：“走，南少侠，缅怀古人大漠孤烟的壮阔豪情去。”

哪怕，再说一次“仰天大笑出门去，青春得意马蹄疾”也好。

十四

画面五：

“南晓楼，你听懂了吗？”燕子拔起倒扣在月饼凹陷胸口的竹筒，“护心蛊可以保住无华的心脉。木利、奉先按照原计划，从斜塔的机关暗道进入石洞。在你们的父亲还没有抵达时，奉先和木利会把无华放进石太岁。记住，是那口凤凰石棺，你们俩千万别放错了……”

陈木利沉着脸一声不吭，李奉先难得敛住天生的笑脸模样，狠狠抽着鼻子。

我瞪着月饼煞白的脸庞，狠狠抽了口烟：“李晏和方旭东……”

“江南方家、孔家自诩为‘文族’，却不知道文族从来都是一脉单传。”燕子微微闭目，轻叹一声，“李晏是狐血后裔。常人和异族相爱，自古都是悲剧。在铁岭关，当你们破解了孔亮三局时，按照我们和你们父亲制订的计划，你和无华应该直接在虎丘塔和我们会合，破解

《枫桥夜泊》的秘密。木利早就在斜塔里发现了另一条机关暗道，我们三人和你们的父亲提前进去，等你们六个从正面进入。只有一个方法，才能引他们现身……可是，方旭东和李晏，原本和此事无关的两人——现在想想应该是因爱成痴——受了你们父亲的蛊惑，在铁岭关……”

我扫了一眼至今一言不发的月野、杰克、黑羽、小慧儿，四人愧疚地躲避着我的目光，微微低下了头。

原来，尼雅归来，他们就一直瞒着我。而以寻找什么《阴符经》为幌子的这场“文字游戏”，居然是为了阻止我们“回到过去黑化屠戮八族”这种至今我都无法相信的荒诞理由。

我没有愤怒，也没有抱怨，大脑飞速运转，把所有线索贯穿起来。

“木利，斜塔机关暗道的尽头是什么？”

“墨无痕留下的墨家机关术古籍，记载了这道机关需要内外同时打开。具体里面有什么，目前已知的只有石太岁。”

“墨无痕和刘翠花的尸体呢？被我们……”我实在不愿说出“我们的父亲”这五个字，“被他们收走了？然后给了你墨家古籍？”

木利局促地搓着手：“南爷，确实如此。太多事瞒着你了……”

我双手插进头发，大拇指按压太阳穴：“一、二、三、四……石太岁有几个，那里还有什么？”

“八个石太岁，正中悬挂水晶棺。”

我“唔”了一声，又点了根烟，沉默地看着月饼。

此时，月饼看上去依然没有丝毫的生命迹象，只有肉眼几乎看不出来的胸口微微起伏，证明他还有一丝生气。我想到月饼和三郎对拳的画面，心头一疼，半截烟灰落在手背上。

“南君，我能体会您的心情。”月野那双亮晶晶的眼睛含着晶莹的泪珠，“悲痛无济于事，我们要解决问题。按照燕子姐姐的方法去做，月君还有机会。”

“月野，谢谢你。”我长长舒了口气，奋力起身站直，伸了个懒腰，脊椎“咯咯”作响，“掌握悲痛，就是掌握了力量和智慧。你们，应该早告诉我……否则，也不会这么被动。”

“阿瓜，不是故意瞒……”小慧儿最受不得委屈，满脸通红。

我挥手打断她的解释：“你们同时犯了一个错误。整件事的底层逻辑是，你们都相信‘有限的生命存在于无限的时间’这个还未成立的假设。并且，在各种传说里，我真的会因为和小九的虐恋黑化成屠戮八族的异徒。当他们找到燕子、木利、奉先，率先打出底牌，‘有限的生命存在于无限的时间’的是他们，更反向印证了假设和传说。

“但是你们都忽略了，假设和传说仅仅是假设和传说。他们布了很大一个局。在寻找《道德经》下半部时，他们就利用各种传说，渐渐在你们的心里植入‘虽然没有验证，但这就是事实’的潜意识。当然，我也一度以为这些都是真实的。类似于……”我点了点自己的脑壳，“三人成虎、洗脑、PUA之类的。杰克，你擅长催眠，你最懂。”

杰克蓝得发白的瞳孔微微一亮，露出恍然大悟的神色。

“整件事，如果没有月饼和我在铁岭关遇袭，整条逻辑链并没有问题。你们以为他们入了你们布的局，其实我们一直在他们的局里，做着每一件看似主动实则被动、被操控的事情。我们在推动他们‘有限的生命穿梭于无限的时间’的形成。燕子，你们三个，看着是咱们放在他们牌局里的暗牌，其实是他们完全掌握的咱们手里的明牌。”

“虽然我不知道他们用了方法，让方旭东和李晏假冒你和……”我尽量使语气不那么悲伤，对着燕子指了指自己的脸，“月饼的姐姐，可以恢复容貌了吗？”

燕子从双耳后侧乌黑浓密的秀发里，抽出两根一寸多长的银针。只刹那间，她的容貌似乎没有什么变化，但又有了很明显的变化，轮廓眉宇神态极似月饼，也和铁岭关密林深处遇到的人狐阿千一模一样。

难怪月饼会把阿千错认为姐姐。

我有些疑惑："燕子姐，月饼是你从蛊村外抱回去的，并不是你的亲弟弟，为什么长得这么像。"

燕子眨着眼："很多年了，我也不明白这是为什么。"

"帅哥美女长得都很像，好吧？"柳泽慧还真是没心没肺，"你以为是阿瓜你啊？长得这么与众不同。"

"柳泽慧，你不想活了是吧？"

"有本事你就弄死我！与众不同算是婉约了！"

我和柳泽慧四目相对，做动手状，就等着有眼力的人拉架，再顺着台阶放下面子。

"各位，咱聊正事儿，聊正事儿。月爷长得略显阴柔，南爷相对更阳刚些。"李奉先这个和事老总是恰到好处地冒出来。

"木利，把墨家古籍里关于那个洞的布置画出来。"我故意不瞅柳泽慧，"他们以三郎兑掉月饼，除掉了最大的威胁，却给月饼留了一丝生机。他们还假装不知道燕子、木利、奉先的假投诚，就是想让咱们一起进入石洞，以石太岁救回月饼。"

"这不是废话吗？"柳泽慧兀自生着闷气，"我都能想到，还用专门说出来。"

"南爷，画好了。"陈木利看似木讷，但跟机关、机巧相关的事，倒是极为迅速。

我接过图纸摆在桌上，心中默算着八卦五行、天星定位，扶着桌子的双手猛地一颤。

就在那个瞬间，我做出了一个决定。虽然我不知道这个决定是否正确，虽然我不能随意掌控朋友的生命，虽然这次面对的对手前所未有地强大，虽然这次月饼不在我身边，但是，凭什么不能“用我九死不悔，换你一线生机”？

他们（圆脸、黄衫）确实把各个环节咬合得无懈可击，可是他们唯独疏忽了——仅仅疏忽了一点，或者说疏忽了一个人！

我，南晓楼。

我最不能打，也不具有像他们那样超乎常人的能力，似乎一直是个滥竽充数的废柴。可是，我有在任何时候都能迅速做出最合理判断的智慧的大脑！在我们这么多年数次面临绝境时，我的大脑从没让我们失望过。

希望这次也是，一定是！

“上兵伐谋，其次伐交，其次伐兵，其下攻城。”燕子、奉先、木利、月野、黑羽、杰克、小慧儿，”我鼻子一酸，压着嗓子微微笑着，“接下来，你们要对我百分百地信任，完全按照我的安排去做。”

十五

画面六：

“南君，你确定吗？”月野率先打破沉默。

其余七人，欲言又止。

我没有言语，只是认真地看着她，又认真地看着他们。

李奉先、陈木利抬起月饼，率先走出房车。

“小心。”我只能说出这两个字。如果——我是说如果——一切都按照我的推演，这就是唯一的机会。我的朋友们，全都完全相信我。而我，不能对自己有丝毫怀疑。

“南爷，放心！” 陈木利背起月饼，渐行渐远，“我们的命是你们给的，还回去又怎样？”

“奉先，要记得，在燕子对我说出‘红瞳现，天下乱’之后，告诉我开启机关的方法。”

“南爷，您瞧好吧！这事儿，记得牢着呢。”

我站在房车门口，直至他们的身影远远消失在虎丘斜塔方向方才转身。

“燕子姐，封住我从铁岭关昏迷后到现在的所有记忆。你以月无华的身份出现，等木利、奉先把机关开启，你先进入石洞。按照墨家机关术的布局，暗道里面有个关闭枢纽。我在外面破解机关，内洞就能打开。你们立刻把月无华放进石太岁，接下来，按计划，木利假冒月饼伏击我，绑上反猪蹄扣。只有这样，才能取得他们的信任。当然，这只是可能……”

“晓楼，不用多说。该怎么做，会面对什么，我……我们都知道。”燕子从房车衣柜里找了几件月饼的衣服，去了卫生间。

“别人换衣服，你们在这里待着干吗？”我把月野他们轰下车，狠狠关上车门。

“阿瓜，那你为什么留在车里？”

我没有搭理小慧儿：“燕子姐，我有事儿和你说。”

十六

画面七：

“接下来，就是你们。我在洞内开启机关，你们几个可别含糊啊，麻溜进来！是死是活，就靠你们了啊！要不然，小爷就算做鬼，也不放过你们。”我故作轻松地开着玩笑，不自觉地望向燕子换衣服的卫生间，心却很沉。

如果月饼知道我们的计划，他会同意吗？

他也许会扬扬眉毛，摸摸鼻子：“南少侠，你这脑子里是糨糊吗？我在铁岭关替你挡了一拳，就是为了让你们为我送死的？照我说，不用管我，直接冲进去把他们解决了，总比这么窝窝囊囊把自己的命运交在敌人手里痛快。”

可是，如果是我命悬一线，或者是我们中任何一个人命悬一线，月饼会怎么做？我们又会怎么做？

想到这里，我依然心头沉重，却有些释然。友情，真是能让人失去理智又异常理智的奇妙因素。

卫生间的门推开，燕子走出来，是月饼的模样，竟然连身高都分毫不差。燕子摸摸鼻子，扬扬眉毛，喉间咕噜几声，便是月饼的声音：“晓楼，做好封印记忆的准备。这条能封住记忆的蛊虫，会产生一种让大脑剧痛的液体。你要做好准备。”

我点点头，躺在床上，微微闭目。窸窸窣窣的声音伴着细密瘙痒，从脖颈延至左耳。在类似采耳的酥麻感中，尖锐的刺痛倏地蹿至脑壳。我忍不住“啊”的一声，整个脑子就像被烧红的铁棍搅拌。

我奋力睁开眼睛，燕子、月野、黑羽、杰克、小慧儿关切的神态在视野里越来越模糊，直至模糊一片。

我的意识越来越模糊，深深的困意隔绝了疼痛。脑海里涌出最后一朵歉意的浪花——对不起，老友们。有一件事，我隐瞒了，原谅我！

“帝辛崩，商灭。斩妖狐妲己，抚天下人心。执斧者，公输、墨二人。墨者怜其美貌，收尸首，以机关匿之。公输闻，大怒，斥其养妖为患。墨不语，无踪。公输研奇技淫巧，广收门徒，遍足天下，以寻狐尸。但有所获即全力击之，然皆败于墨家机关。自此，鲁墨两门，争斗千年。惜之叹之。世人皆以鲁、墨竞技，不知内由。虬翁曰，乱天下，岂一狐能及？怨声盈路，众叛亲离，天下方乱。”

那个石洞就是墨家藏匿千古第一妖——狐血之女苏妲己的“子母护妖阵”。

那个机关，不是再次打开外门让你们进来的，而是开启“子母护妖阵”，放苏妲己出来的。

燕子，我只告诉了你，只有你真正懂得我们将面临什么。别忘了提醒我。

而且，我也明白，“有限的生命穿梭于无限的时间”“回到过去黑化屠戮八族”并不是假设。

为什么会发生？我不知道。

但我知道，一定会发生。

第四章 魂兮归来

一

石洞里。

我的记忆全回来了。

“你们故意抽烟聊天，留着我的命，是为了等我开启机关，让他们进来。”我从麒麟石像底下爬出，瘸着受伤的腿，尽量使自己站得笔直，指了指头顶的水晶棺。

“狐血后裔，置于水晶棺；八族异能之人，分置于石太岁。除了奉先、木利，我们七个，再加上你们在江城收走的魇族刘翠花，正好八个。”我向前挪动两步，清晰地看到圆脸、黄衫脸上闪过一丝惊诧。

看着两张与我和月饼一模一样的脸，毕竟不是一件很愉快的事，我又退了两步：“你们确实很厉害，这么大的局几乎天衣无缝。可惜，你们只会布局，不会破局。而且，你们没有我这么聪明的脑袋。”

圆脸微微一颤，黄衫双眼一眯，闪过一丝杀机。

“我懒得和你们多说。”我注视着石台表面密布的细纹，“你刚才说，我是个错误。其实，你才是个错误。你不具有文族天生的破解格局的能力，而能破局的——也就是破机关的——只有我。至于你，桃木钉用得再好，不会蛊术就没资格成为蛊族。可是你们不知道，‘子母护妖阵’形似葫芦，上为母，下为子。母穴镇气，子穴护妖。母穴里面暗藏三道机关，全部开启，子穴方现——而不是八个异族之人与狐血后裔放进石太岁和水晶棺就能开启子穴，放出里面的苏妲己。真可惜，难怪当年八族在沙漠寻找尼雅古城时，你们被踢出局。顶着文族、蛊族后裔的身份，却没有两族的能力，很屈辱吧？嗯，你们不是我们的父亲。你们就是我们！只不过，你们和我们不在同一条时间线上。你们是今天之后，多出来的我们。而你们的目的，是通过狐血之人特有的能力，成为真正的文族、蛊族，以'有限的生命存在于无限的时间'，回到封神之战，彻底改变常人和异族的结局，形成真正属于你们主宰的时间线里的现实。"

圆脸的嘴角微微抽动，黄衫缓缓抬起夹着桃木钉的右手。

"别着急动手。怎么这么没耐心？"我冷笑着舔了舔嘴唇，"从一开始，我感觉几乎所有人都在重复同一句话——'时间不多了'。我一直纳闷儿，这个不多了的时间到底是什么，为什么会有这样的概念？这又不是高考，规定几点就是几点。现在我明白了。其实，是你们存在于这条时间线的时间不多了。就在这里，就在此刻，你们如果打败我，真正属于你们的时间线就会形成。如果我赢了，你们和属于你们的时间线就不存在了。"

"好局啊！"我拍手鼓掌，"我赢了你们，掌握'有限的生命存在于无限的时间'，就会形成无数条时间线。或者存在于传说里，或者存在于真实出现的你们的世界里。每条线里，我们都有各自不同的行为轨迹。你们俩，既是过去的我们，也是未来的我们。我们的过去，就是你们的未来。赢了你们，我和月饼就会成为你们。在无数条时间线里，都是我赢了你们，成为你们。可是，你们发现，真正的主时间线里，只有这一条时间线，是唯一不同的结果。而这条主线会影响所有的分线——这里既是起点，也是终点。在这条时间线里，你们必须打败我，才可以使你们真实存在。你们之所以没动手，是为了卡着那个精准的时间点。"

"说这么多有什么用？你靠什么赢我们，脑子？"圆脸也拍手鼓掌。我仿佛看着镜子里的自己。

"胜利只会属于我们——真正的南晓楼和月无华——而不是你们！"黄衫数着手里的桃木钉，"三根，不，两根，五秒钟，足够了。"

"奉先！"我摘下背包，撕掉上衣，"别躲了，记住接下来的每一秒钟发生的事！"

"我的南爷哟，哎哟……"躲在巨石后面的李奉先像个圆球鼓了个包，伸出脑袋坐起身，"您怎么不早说啊！靠咱俩打不过啊！敢情那机关开启的不是让月野他们进来的暗道啊！这不是坑死人吗？燕子和木利……南爷，您糊涂啊！"

"他们会活过来的。"我又凝视着石台细密的花纹，"你只需要记住小爷我雄姿英发，再添油加醋地向他们描述就好了。"

"南爷，您疯了？"

圆脸、黄衫看我的眼神像看一个白痴一样。就像李奉先所说，在他们眼里，我已经疯了。

"你忘了？"我对着中空的石台狠狠挥拳，鲜血渗进花纹，"传说中，我，南晓楼，唯一的文族，白虎文身，战神，主杀戮！"

二

坚硬的石台像柔软的海绵，瞬间将鲜血吸收，内部传出奇异的"嘶嘶”声。

几乎同时，石纹缝隙里亮起幽白荧光，这数条光线像蜿蜒盘绕的蛇，在石纹里窜动，瞬间布满整个石台，如同一块熠熠生辉的巨大玉石。八具石太岁在光线的包裹中，迸发出八条红线，由石太岁顶端的管子灌入水晶棺。

“嘭！”水晶棺爆出擂鼓般的闷响，所有红光居于棺底正中的图案，凝成一道手指粗细的光柱，斜斜射入白虎石像。白虎淡青色的双目陡然赤红，两团红雾从中飘出，于空中聚成两个圆形雾球，停顿片刻，像被磁铁吸引一般，飞到我身前半米处散开，如一张红布，把我包裹住。

像是淋浴时，将水温误调至最高，我浑身滚烫。又像是被一张烧红的铁丝网包裹周身，几乎无法忍受的灼痛从皮肤渗进躯体，我的五脏六腑如在油锅里滚了一遭。

奇怪的是，这种灼痛竟然似有形的物体，向丹田处聚集。接着，全身瞬间凉却，丹田处的痛热却喷涌而出。

我清晰地看到，银白色的火焰从我赤裸的上身冒出，我的胸前赫然浮现出一只白虎！

愤怒、狂躁、仇恨、摧毁，从我的意识最深处迸发。这种感觉很奇怪，我知道我是南晓楼，却又觉得自己不是。眼前血红一片，所有的景象都被红色所覆盖，仅能看见模糊的轮廓。内心深处不断回荡着自己的吼声：“杀！”

那一刻，我只想听到撕碎肉体、掰断骨头的声音，只想闻到浓郁的血腥味。

在血红色的视野里，我隐约看到圆脸、黄衫的位置，踏步向前，每一步，我都能感觉到石台碎裂的咯吱声，还有李奉先恐惧的呻吟：“南爷，你到底是什么？”

“砰，砰”，似乎有什么东西击中我的身体，而我根本感觉不到疼痛，就这么一步步走着。

圆脸、黄衫的身影越来越近，我双手伸出，捏住他们的脖子，微微用力：“你们死定了。”可是我的声音根本不是人声，而是咆哮的野兽嘶吼。

清脆的骨裂声，在躁乱的听觉里分外清晰。圆脸、黄衫柔韧的脖子，在我手里像两根面条。

我把他们拽到身前，令人作呕的血腥味此时却异常香甜。我“咕嘟”一声咽下口水，张嘴便咬！

“啊！”李奉先凄厉地呼喊。

“南瓜，停住！”

这是，月饼的声音？

我嘶吼着转身，月饼熟悉的身影出现在血红的视野里。

“月饼？你活了？我成功了？”我稍稍迟疑，刚刚涌起的温暖刹那被怒火覆盖。内心那句几乎要把心脏震碎的“杀”，彻底摧毁了我所有的意识。

我咆哮着冲向月饼。

他身后，又有四道人影从洞顶落下，和月饼并肩而立。

“阿瓜——天啊，你还是人吗？”

“南晓楼，看着我们，不要被心魔控制！”

“南君，我是月野，你醒醒。杰克，快想想办法！”

“他的眼睛，红瞳，我没办法催眠。”

“可以伤他，控制住他，一起上！”

“食物，怎么可能打败我！”

我探出左手，在胸口划出五道血印，舔着指甲里的鲜血，嘲弄地笑了。

尾声

一

九天后。

我小心翼翼地从厨房里端出一盘烤鱼，端端正正地摆到餐桌上：“各位尝尝，我这手艺是否说得过去？”

月饼摆弄着桃木钉，月野梳着头发，小慧儿和杰克嘻嘻哈哈，黑羽反复练着拔刀收刀，燕子和陈木利在院子里浇花，李奉先半躺在摇椅里晒太阳，就是没人理我。

我讪讪地笑着：“还有只老母鸡，加了人参，小火慢炖三小时，香！我这就给你们盛过来。再炒几个菜下酒。月饼，来两瓶二锅头？”

还是没人搭理我。

我心头火起，扯掉围裙：“差不多行了，你们几个意思？有这么处事的吗？这都九天了，见天好吃好喝好地伺候你们，连个好脸色都不给？这事儿是我不周全，没有原原本本告诉你们。可我当时也是猜测，一旦有个闪失，咱们的命就全搭里面了。我见到那两个杂碎，用高明的话术引他们说漏了嘴，才确定……”

“南爷，这就您的不是了。”燕子满脸含春，不阴不阳地笑着，哪还有九天前理智冷静的月饼亲姐的气势。“我和木利、奉先的命就不是命啊？我和木利死得可是挺惨啊。月野是您的心头肉，您不愿让她进去，倒还情有可原。杰克、黑羽、小慧儿为啥不能去？”

“寒心。”陈木利用实际行动彰显了妇唱夫随的属性。

“燕子，你这话失之偏颇。要不是你们从一开始瞒着我，没识破那俩人布的局，咱们至于这么被动吗？早跟我说，凭着我举世无双的脑子早解决了，何至于费那么大劲儿！”

“我说南爷啊，您就别吹了。还举世无双呢，差点儿就吃人了。”李奉先举起打着夹板的左手，“为了制住您，我这条手臂成啥样儿了。算工伤不？”

“阿瓜，该说不说，”小慧儿豁着掉了的门牙，“你什么时候出钱给我补牙？还有……”

“既然是该说不说，那就别说。”我摸出手机，看了一眼是编辑的催稿电话，顺手挂了，“你们能全须全尾坐这儿，还不都是我的功劳。”

“南少侠，哦，战神南白虎，”月饼扬扬眉毛，叹了口气，“您那双眼不是红瞳了吧？能看清楚事儿吧？我的鼻梁断了，杰克左腿折了，黑羽的后脊梁到现在还直不起来，月野都被您薅了一把头发——这叫全须全尾？”

“你们这群忘恩负义的小人！”我明知道月饼说得不在理儿，但觉得自己也有点理亏，系上围裙又进了厨房，“再炒几个菜行了吧？补死你们！”

二

我支个小桌在门口吃饭，瞅着他们几个觥筹交错，好不眼热。

“月饼，那天，你们到底是怎么制住我的？”

八个人互相看了看，该聊什么继续聊什么。

“我寻思着，那条时间线的咱俩是为了真实存在，才故意死在石洞里。”

“所以我们一开始就进入误区，要不然也不会这么被动。谁能想到，只有在这条时间线里的咱俩死了，才能在那条时间线里出现？”月饼总算愿意用人话和我交流了。

“那为什么咱俩进入那条时间线，成为真实的他们，文族与蛊族的能力就消失了？”我扒拉着米饭拼命回忆，死活想不起那天到底发生了什么。记忆停留在圆脸、黄衫被我拧断脖子，双手的白气灌入他们体内，他们像蜡烛似的熔化了这一幕。

一想到这个场面，我就觉得恶心，顿时五常大米也不香了。

“咱们差不多了，该干正事儿了。”月饼伸了个懒腰，懒洋洋地站到我面前。

月野、黑羽、杰克、小慧儿、燕子、陈木利、李奉先面色严肃地和月饼并排站着。

我双手下意识地哆嗦，连忙举起来看看，没有冒出白气，又打量着全身，一切如常，试试内气，丹田也不热：“你……你们，这是要干吗？”

“南晓楼，谢谢你！”月饼扬扬眉毛，摸摸鼻子，嘴角扬起温暖的笑容。

“谢谢你！”月野、黑羽、杰克、小慧儿、燕子、陈木利、李奉先也笑了。

“你们到底要干吗？！”我很惊恐。

三

友情是什么？

既能为彼此献出生命，又能把彼此坑得五迷三道。

在享受了我九天十星级的服务后，这几个朋友——啊呸，狐朋狗友——才说出了真相。

“阿瓜，你是不知道啊，当时的你，一脸白毛，龇着犬牙，一双红眼珠子瞪得像铜铃……”

我没好气地问：“是不是耳朵还竖得像天线？”

“你还别说，还真像。那架势，不吃上几个活人，白瞎了你那模样。说时迟那时快，月饼吆喝一句‘可以伤他，控制住他，一起上’，黑羽‘唰’地抽出武士刀就要招呼……”

我恶狠狠地瞪着黑羽：“你个小日本，怕不是早想剁了我？”

“就在这时，你身上白火一样的气焰弱了，你那张脸哟，现在想想还会做噩梦。

“怎么说呢？一会儿是你，一会儿是白毛脸。那双眼哟，一会儿红，一会儿黑的……”

“别废话，说重点！”我听得面红耳赤。

“突然！”

小慧儿提高声调，吓得我一哆嗦：“突然怎么了？”

“你扑通跪下了，抓着自己的胸膛，扯着脸上的白毛，撕心裂肺地喊：‘救救我，救救我！’”

“不可能！小爷膝下有千金，绝不可能跪下！”我恼羞成怒。

“就在这时，你像疯了一样，顶着那张白毛脸，把石太岁、白虎石捣得稀烂，接着满地打滚，又让我们‘救救你’。”

“小慧儿，你可以不说了吗？编故事也没你这么编的。”我彻底绷不住了，心想，早知是这样，还不如当时就把你们几个活吞了！这辈子完了，有啥事儿都能把这事儿拎出来笑话我。

小慧儿眨了眨眼睛，很费解地瞅着月饼：“你来说吧，我讲不明白。”

月饼点了两根烟，递给我一根：“晓楼……”

我顿时头都大了。月公公只要一说“晓楼”，我就知道这是动感情了，接下来的话能肉麻得要死。

我硬着头皮听完，终于明白了这群人为什么突然演技十足地感谢我了。

四

我试着以一个简单的例子来说明：

假如，我和月无华现在开着房车，准备穿过一条隧道，隧道的尽头就是我们的未来。

可是，如果这条隧道是时空隧道呢？它其实是一条通往过去的路——比如封神之战时期。

那么，我们于现实里的未来就没有了，已知的过去才是我们的未来。

这就是我和月饼在各个时代的诸多传说里，以“圆脸”“黄衫”的形象出现的原因。

这里面有几个不容忽略的环节：

第一，是什么原因让我们能在这个精准的时间点穿过隧道，回到过去呢？

第二，回到过去的我们掌握了“有限的生命存在于无限的时间”的方法。既然能在各个时代出现，那么能在我和月饼的时代出现吗？

答案是能。现在的我们和过去（未来）的我们，能同时出现在现在。

第三，如果我们没有在那个特定的时间点穿过隧道，会出现什么情况？

答案是过去（未来）的我们就不存在了。

于是回到第一个问题，过去（未来）的我们，在与我们并存的现在，始终在各种事件的形成过程里，推动着现在的我们精准地卡住时间点进入“子母护妖阵”，形成过去（未来）的我们。

当年，我和月饼在三坊七巷遇见的圆脸、黄衫两位老者，通过“合抱榕”传说传递了线索，就很好地说明了这个问题（详见《灯下黑》）。

想到这里，我有些不寒而栗：所谓命运，到底是什么？

很多人都会在某个时间节点、某个事件的发展过程里，感到仿佛有双无形的大手在推动着事情的发展。或者是幸运，或者是巧合，或者是痛苦，或者是失去。而这些意外，真的是命运的安排吗？还是说，从未知的未来回到过去的自己，在与现在的自己并轨的时间线里促成了未来的形成？

为了让我们的命运存在，我们安排了自己的命运？

看似结局未知，或悲或喜的精彩人生，其实是已经知道答案的我们刻意安排的？

一切巧合都不是巧合，否则，怎么会这么巧？

既然如此，圆脸、黄衫只需要以“文字游戏”的过程推进，就可以促成我和月饼进入“子母护妖阵”，使真实的他们存在于他们的未来（也就是我们的过去），那他们何必要现身呢？在明知道我可以通过“子母护妖阵”的机关阵法激发体内的白虎形态，手拿把攥地干掉他们，他们为什么还要这么做？

着实费解。感觉像是他们活了这么多年，实在腻歪了，提着人头来送死一样。

我们几个针对这点讨论了很久，总算是统一了一个已经无法由他们证实的结论。

五

这一切要由神秘的墨家机关术说起。

我们目前所认知的机关术，无非就是运用机械力量控制物体，以达到各种生产、生活、军事的目的。无论是田间耕作，还是攻城拔寨，抑或房屋防盗、墓穴防贼，都是机关术于现实中的应用。如三国时期，诸葛亮制造的连弩、木牛流马。

然而，这只是墨家机关术最浅显的一部分。真正的墨家机关术，涵盖了天文、地理、星象、山川、数学、物理、工程、机械……诸多内容，几乎就是古代科学集大成的秘术。

圆脸、黄衫通过子母护妖阵回到过去，说明子母护妖阵就是“有限的生命存在于无限的时间”的核心。他们为什么会失去文族、蛊族的能力？这大概和动力有关。任何机械力量都需要动力运行。就像再精良的汽车，没有油、电，也不过就是个摆设。

而子母护妖阵的动力源，就是异族体内的异能者的血液。世界各地的神话传说中，许多隐秘的探险记录里，也有以血液解开封印、运行机关的记载。

异族具有常人不具备的某些特殊能力。当其血液作为动力源催动子母护妖阵运行后，失去异能的异族自然和常人无异。所以，圆脸失去了文族的能力，黄衫也无法使用蛊术。桃木钉、军刀、体力和格斗技巧这些属于肌肉记忆，不受异血影响。

当异族以血液启动子母护妖阵，“有限的生命存在于无限的时间”其实是一件很悲哀的事情。没有任何超越常人能力的异族，即便拥有远超那个时代的知识，仅凭一两个人根本无法改变整个时代，甚至连基本生存都很难保证。

那么，子母护妖阵看似超越任何时代的神奇，实则是把废人送到更恶劣的生存环境里，极为鸡肋。

我由此想到，鬼谷子或许真的存在，他以子母护妖阵穿梭于各个时代。他的徒弟也从周朝延续至明朝。至于他到底是谁，就无从考究了。而那本《阴符经》或许就是记录子母护妖阵位置和开启方法的书籍。

可是，是谁建造了子母护妖阵？建造它的目的又是什么？

为什么它成了历代异徒行者、文族传人终生追寻的信仰？

封神之战里，各路神仙、凡人使用的神乎其神的法器，似乎也能证明远古时期确实存在着不一样的技艺。而墨家创始人，亲身经历了常人对异族的欺骗、背叛、屠戮、奴役后，提出“兼爱非攻”理念的同时，将当时的技艺汇总，形成最初的墨家机关术，并建造了子母护妖阵。

这里面并没有苏妲己的尸首，而是以此吸引异族寻找、启动，在“有限的生命存在于无限的时间”里，回到一切的原点——最初的封神之战，改变异族延续三千多年的悲惨命运。

在漫长的历史里，有许多“超越时代疑似穿越者”的神秘人物，他们或改变社会性质，或以科技促进社会进程，或以思想启蒙社会文明。其目的可能也是如此。

然而，失去异能的他们，终究无法撼动整个社会根深蒂固的基础。

圆脸、黄衫两人在各个时代的经历中，深深感受到“无能为力的痛苦”，直到几十年前那次八族寻找尼雅古城的沙漠之行让他们彻底失望后，他们终于做出一个决定：从最初的“异徒行者”任务到“文字游戏”的探索，他们精妙地设计了每一个环节，以传说的方式或明示或暗示，形成“我和月饼出现于各个时代”的认知，推动我们找到子母护妖阵。

他们俩把手臂伸进石太岁，并不是为了返老还童后将我们搏杀于石洞，而是为了恢复拥有异能的年轻肉体，催动“子母护妖阵”的启动。并且在这个过程中，他们通过看似胜券在握的闲聊告诉我，一切的原点发生在封神之战。

我根据陈木利绘制的图纸、进入石洞后的观察、“慧雅居”黑化成白虎的传说，结合他们言语中的线索和这几年所有经历形成的认知，做出了我的异族之血可以激化出体内白虎，扭转败局的判断。

他们也知道，再次启动子母护妖阵，失去异能的他们，根本不是我的对手。

所以他们——也就是回到过去的我们——以牺牲自己生命的方式，让我们回到原点，改变整个异族的命运。

他们用自己的命，换取了异族三千多年来唯一可能改变命运的机会。

用我九死不悔，换你一线生机！

他们从来不是坏人，因为他们就是我们。

我和我的朋友们，从泰国留学至今，相互陪伴了十六年，经历过太多争吵、背叛、欺骗……在见证了诸多人性险恶的岁月里，我们依然向往光明，依然欢乐自信，依然相互信任。

我们依然相信，这个世界很干净、很美丽。

我们依然相信善良。

阳光下会有阴影，可是光明从未因阴影而黯淡。

六

我一度以为黑化至邪恶的“他们”（我和月饼），其实并没有真的杀死燕子和陈木利，也没有控制方旭东和李晏。他们不但解除了三郎和阿千的诅咒，还治愈了月饼，开启了暗道机关，让月野、黑羽、杰克、小慧儿进入石洞。

然后，他们就安心等待我狂暴后结束他们痛苦悲惨的生命。

或许，在漫长的岁月里，他们也曾动摇过“善”的信仰，但从未追随“恶”的脚步。

其实，他们并不是要我们回到原点去改变异族的命运，而是让我狂暴后彻底摧毁子母护妖阵，结束这份看似希望，却让无数异族前赴后继付出生命、内部分崩离析、承受无尽痛苦的使命！

所以，我们并没有延续他们经历过的人生——启动子母护妖阵，让“有限的生命存在于无限的时间”，直到再次从过去回到现在，安排此后的“我们”进行这一段无限循环的人生。

因为，他们死了，一切都结束了。

他们以死亡的方式，给予我和月饼完全不同的人生。

生命的精彩在于未知。

谢谢你们，存在于过去的未来的我们。

我的老友们，谢谢！

七

圆脸、黄衫两人在我们从尼雅归来时，就解开了蛊族对燕子的记忆封印，使得燕子恢复了月饼亲姐姐的过往记忆，促成这一切。

但是，月饼从没叫过陈木利姐夫，这果然很月饼。

他们身上的伤，说来就很气——假的，居然是假的！

原因竟然是这些年我经常在微博、朋友圈、抖音发美食，他们合伙算计我，让我当了九天大厨兼保姆。

“南少侠，我们出了这么大的力，总算让您当了回绝对的主角，伺候我们几天，也是应该的。”嗯，这是月饼的原话。

南晓楼、月无华、月野清衣、黑羽涉、杰克、柳泽慧、陈木利、李奉先、燕子。

谢谢我们彼此不离不弃，生死相依。

江湖再见！

《文字游戏》全书完

月落乌啼

羊行屮 著

文字游戏

终卷·一

文化发展出版社
Cultural Development Press

终卷一 文字游戏

月落乌啼

引子

铸剑

初冬，江南。

冷风锋利如刀，于天地间盘旋。肃杀之气惊得河边老树瑟瑟发抖。几片枯叶颤巍巍地飘落，跌入泥黄的河水，荡起一圈沉重的涟漪，无力抗争命运之流，身不由己向着月升的方向逝去。

通体乌黑的老鸦扑棱着翅膀，落于树皮斑驳的枯枝上，浑浊的瞳孔映着暗红的夕阳。

“嘭”，石子震得枯枝“嗡嗡”乱颤。老鸦惊叫着振翅飞离，一片污浊的黑羽随风飘荡，融入即将席卷而来的漫天黑暗中。

“晦气！”裹着粗麻头巾的女子皱眉轻啐，放下压在肩头的扁担，拎起水桶汲水。待泥水沉淀，她把半桶清水倒入另一桶中，如此反复几次，挑起双桶，缓缓远去。

河的西边，托起落日的远山脚下，星星点点地闪着赤红的火光。铿锵有力的敲击声忽缓忽急。

“锵！”重重一击，发出震耳欲聋的崩裂声。被烟灰熏得乌黑的精壮男子左手持铁钳，右手持铁锤，失神地盯着火炉里两截亮红的细长青铜条……

许久，他双瞳蕴着的两团火焰黯淡下去。他沮丧地丢掉钳、锤，端起半盆冷水，浇泼火炉。“嗤嗤”声刺耳凄厉，像是万千恶灵随着惨白色的水雾逃离封印，蒸腾着稀奇古怪的形状。火炉明亮灼目的红色渐渐暗淡，泛起一层浅灰，如同窑外那抹浅浅的夜色，在不知不觉中凝固成一坨化解不开的黑。

“铸剑……铸剑……”男子双手无力地松开，眼神涣散，呢喃低语，“为何？究竟是哪里出了问题？”他披散的黑发沾满油灰。

“咣当、咣当”，锤、钳落地，砸出两个泥坑。悬挂于墙壁上的诸多青铜剑被震得“哗啦”作响，在炉火残留的余光里闪烁着，模糊地映着男子失神落魄的面容。

木门“吱呀”一声被推开，阴冷的寒风乘虚而入，吞噬着窑里的热气，升起腾腾白雾，笼罩着墙壁上的青铜剑，凝成水珠，颤颤欲滴。

“三郎，水来了。”女子吃力地拎着水桶，放在火炉旁，故意不看炉里残断剑坯，擦着额角细细密密的汗珠，“今天累坏了吧？喝口水，歇会儿。我去给你做饭。”

“阿千，我是不是很没用？”三郎捧起水桶，粗壮的胳膊肌肉虬结，“为何就是铸不出那把剑？”

“名剑若人人能铸，天底下哪里还有名剑？”阿千冻得通红的俏脸如桃花般灿烂，晶亮如星的双眸漾着崇拜的光芒，“若只有一人能铸出，那必然是我的三郎。”

“当初，你若不是遇见我，也不至于受苦，我真是太没用了。”三郎握着阿千冰凉的双手，那原本纤长的手指被生活磨砺得粗糙肿胀。

“若不是三郎在山里救下跌落兽坑的阿千，说不定我早就被野兽吃了。别灰心，我家三郎可是很认真的人呢。”阿千仰首注视着三郎坚毅的面孔，爱怜地轻抚他油污污的乱发，“你铸的剑，士大夫们争相佩戴赠送，这是何等荣耀！”

“荣耀又有何用？换不来钱财，摆脱不了奴隶的身份。我若铸出天下无双的名剑，献与吴王阖闾，必能封地拜侯，跻身贵族。到那时……”说着说着，三郎舔了舔干裂的嘴唇，捧起水桶“咕咚咕咚”地大口喝着，眼中迸射出比炉火还要炽热的光芒。

“三郎，我知你是为我，想我过得好。你可知，阿千只要日夜陪伴三郎，今生不离不弃，便心满意足了。”阿千攥着衣袖擦拭三郎宽厚胸膛上的水渍，“你莫太过劳累，这几天收拾铺褥，看见了好几根白发。阿千很心疼的。”

“白发？我居然长白发了？唉……我去修修鸡圈，这半个月丢了两只鸡。入冬了，山里的兽没食儿，偷到村里来了。说起来，你掉进去的那个捕兽坑，还是王猎户挖的。明儿，我找他讨个兽夹子，要是逮到个狐狸，皮子拿到集市卖，能给你添置几件好衣裳。”三郎不甘地瞅了瞅火炉里两截乌黑残破的青铜条，蹲到门口，呆呆地眺望着远山。

阿千捂着胸口，皱着眉，惶恐地说：“你天天铸剑，外事一概不知。这些天，来了两个衣装怪异的男子，逢人便问山里有无白毛狐狸出现。”

“打听这个做什么？”三郎捡起一块石子丢出去，正中鸡圈上一尺见方的缺口，惊得鸡群“咯咯”乱叫，鸡毛纷飞，“难不成要为村里丢失的鸡讨个公道？”

“邻里相传，白狐非妖，而是异兽。狐皮披身，温若晚春；狐肉做引，炼成丹药，延年益寿。最神奇的是狐血，铸剑时混入几滴，即可铸成神兵利器。”

“哦？”三郎双手摩挲，厚厚的茧子“沙沙”作响，“如此神奇？”

“三郎，你莫动心思。天地孕育异兽，自有其中道理。”阿千搂着三郎结实的后背，耳畔柔声低语，“岂能贪图私欲，违了天道？”

“天道……天道……”三郎扳得指节“咯嘣”作响。

三更时分，圆月高悬，天地通透，月光如纱，笼罩万物。

三郎小心地抽出被阿千枕着的胳膊，披件衣裳，蹑手蹑脚地走进窑里，生火烧柴。

铸剑，炉火需旺到极致，方能将青铜熔成红液，再反复锤锻，砸出杂质，夯打坚实。如此反复数十次，直至粗坯光泽紧密，纹理有序，刚中有柔，才算初成。

故此，炉火是铸剑的关键。若不提前烧旺，会耽误很多工序。况且，江南的冬天阴冷透髓，炉火还能烘干室内的湿气。

三郎拾起铁钳，拨拉着炉里噼啪作响的木柴，皱眉暗忖：“师父授铸剑手艺时曾说，天下名剑，多为偶然得之。炉火烧到某种热度、淬剑之水包含某种物质、敲打粗坯的力度次数……意外结合达到最完美状态，方能锻成。楚国那位铸剑大师，铸剑不成，心智失常，将自己的两个儿子推入火中，融于剑体，以期铸成神兵利器——吴鸿、扈稽。如此说来，我缺的不是手艺，而是运气。或者……”

想到这里，三郎隔着土窗的木栅遥望明月高悬的远山野岭。连绵起伏的树影，好似一排排茫然行走在黄泉路上的游魂，几声悠长的狼嚎如同丧钟般凄凉。

“啊！”凄厉的惨叫声由村西远远传来。不多时，寂静的小村就像是油锅里泼了一碗冷水，刹那间沸腾嘈杂。一排排简陋的土屋渗出暗黄的灯光，推门声、狗吠声、脚步声、交谈声、乱糟糟地交织，明晃晃的火把分散于村落，渐渐汇成一条蜿蜒火龙，盘踞于村子西头。

三郎有些不舍地瞅着越来越旺的炉火，跺跺脚，推门而出。

夜色没有因为火把的热焰而温暖少许，三郎急匆匆赶路，冷风灌得双眼淌泪，差点和迎面而来的村民撞个满怀。

“三郎，留神。”村民闪身躲避，倒也不恼，只是脸色凄然。

“啊？李伯，走得匆忙，多担待。”三郎看清来人，正是村北卖炭的李伯，“出什么事了？”

“太惨了！唉……好端端的人，报应啊……”李伯颠三倒四地叹气挥手，“老了老了，见不得这场面。”

村西，王猎户家。

村民聚成一团，七嘴八舌议论，虽然都面容凝重，却掩饰不住看似同情实则猎奇的兴奋。

三郎倒吸一口凉气，冷风入喉如刀，割得嗓子生疼，止不住地咳嗽几声。

王猎户的尸体尚有余温，双目死死盯着那轮圆月；喉咙被撕扯得稀烂；胸口至肚脐被生生豁开一道皮肉绽翻的血口，腾腾冒着白气；手脚也被撕裂扯断，围着躯干，端端正正摆成长方形。

血已经凝成暗红色的血块，但血腥味熏得村民纷纷捂着鼻子，强忍住呕吐。

“谁下的如此毒手？”三郎立时怒火中烧，他平日与王猎户常有往来，关系甚笃，欲回家取剑，寻杀人凶手。

“常年打鸟，终被鸟儿啄了。”同是猎户的王阿叔举着火把，照着东墙上沾着污血的兽爪痕迹，“三郎，你看墙上爪痕、满地白毛，怕是这几天那两个怪人寻的白毛狐狸。王猎户，这是死于天谴啊！”

“唉，平素捕杀那么多生灵，山神震怒了！”

“王猎户逮到猎物，就喜欢开膛破肚，割开喉咙生饮其血，再斩断四足，摆成方形，将猎物躯干放在中间……”

“谁说不是呢，说什么……哦，对，‘封魂’！”

“嘿嘿……结果被狐大仙封了魂。”

“快别说了，小心点儿……说不定狐大仙还没走。万一……”

顿时，村民噤若寒蝉，默默地盯着王猎户的尸体。小小的院落里，只有火把猎猎作响。

“这哪里是什么狐仙？分明是妖狐，就躲在村里。”

西墙后面，传来一句慢悠悠的话语。口音不似吴地方言，音节极其怪异，有些燕赵味道，细细分辨，又不是很像，诡异地透着一丝阴森。

“何人在此？还不现身，躲在墙后装神弄鬼。”王阿叔将火把扔到墙角，照得通透。

两个身材高大、衣着怪异的男子自墙后阴影处走出。

“这不是那两个寻找白毛狐狸的怪人吗？怎如此打扮？”

“这是哪国的服饰？从未见过。”

众村民交头接耳，不住打量这俩异人。

“王猎户家住村西头，不远处就是野山。沾血兽爪却在墙东，这么个道理，你们都想不明白？”圆脸男子手持一柄明晃晃的匕首，刮下一层染血墙土，挑到鼻尖闻着，“嗯，狐狸的膻腥味。”

“据说，妖狐会化作人形，多为美丽女子。”黄衫男子摸摸鼻子，嘴角扬着一丝满不在乎的浅笑，“每逢月圆前后三天，妖狐化回原形，吞噬男子的心。你们看，王猎户的心是不是没了？”

众村民细细查看。果然，王猎户的五脏六腑都在，唯独少了心。虽说两男子透着说不出的古怪，村民心里却都信了八九分。

“村子不大，人也不多。这几年，谁家有来历不明的美貌女子，应该知道吧？”圆脸男子将匕首擦拭干净，别回腰间。

众人目光齐齐看向三郎。

难道，三年前，三郎自深山救回来的阿千就是妖狐？难怪长得这么好看！这么说起来，阿千确实误入过王猎户的陷阱，死的又是王猎户。

这么一琢磨，众人不由得不信。

三郎自王阿叔举火把照亮院落，就呆若木鸡地站着，目光始终停留在几根好似白发的狐毛上，根本没有听见两个男子和村民的话语。

“阿千说，我长白头发了。难道，这不是头发，而是……”

人有一种很奇怪的特性。当一件事情，几乎所有人都认为真实存在时，那么不管真假，大部分人都会深信不疑。尤其掺杂着嫉妒、欲望、恐惧、贪婪的情绪，即便是少数对此怀疑的人，也会幸灾乐祸，落井下石。

“凭什么三郎好福气，能娶到这么漂亮贤惠的女子？”

“你看阿千走路屁股扭得那个劲儿，不是狐狸精是什么？”

“谁能看上破打铁的？还不是身体结实，阳气足？”

“轰！”院落并无声音，村民心中却都重重落下一块巨石，砸在伪善的心里，掀起滔天巨浪。

“想看狐妖的，跟我们来吧。”两名男子相视一笑，似乎早就料到如此场面，并肩向着三郎家里走去。

不知何时，明月被厚重的乌云遮掩了。他们的背影逐渐脱离火把的映照范围，隐入无边黑暗。

睡眼蒙眬的阿千随意披件长衣，推门一看，明晃晃的火把映着村民们古怪的表情。三郎呆呆地站在门口，两个高个男子并立左右。

“三郎，这是怎么了？”

“阿……阿千……你……”三郎躲闪着阿千询问的目光，慢慢地抬起手，几根亮如银丝的狐毛分外刺目，“这狐毛，你可知晓？”

阿千的娇躯微微一颤，长衣波纹般抖动，露出颈下的一抹雪白：“我怎知？三郎，发生什么事了？”

几个年轻村民痴痴盯着阿千，使劲咽着唾沫，双目几乎要迸出火焰："还等什么？两位高人，做法把狐狸精拿下，扒了衣服，现出原形！"

两个异装的男子没有行动，双手环抱胸口，不知打的什么主意。

"狐狸精？"阿千以手掩口，疑惑地打量着那两个男子，"三郎，你莫听他们胡说！我……我怎会是狐狸精？可有证据？"

"王猎户被分尸挖心！三年前，你掉进王猎户挖的陷坑，这就是证据！"一个有几分姿色的村妇尖着嗓子喊。除了聋子，任谁都能听出她深深的嫉妒。

"啊？王猎户死了？"阿千立足不稳，靠着柴门大口喘气，关切地望着三郎，"你可有事？没伤着你吧？"

"我？"三郎疑惑地望着妻子，"我怎会受伤？"

阿千面色松缓，柔声细语："三郎，你莫听这些谣言。三年朝夕相处，耳鬓厮磨，我是人是狐，你还不知？"

三郎手指捻动发丝，面色忽白忽赤，深吸一口气，张张嘴想说什么，回头看看面色各异的村民，终于又低下了头，佝偻的背脊，再无从前的挺拔："各位乡亲邻里，阿……阿千不会是狐……狸精。"

"有你这句话，就足够了，不枉夫妻一场。"阿千凄然一笑，双眸满是爱怜，"纵使所有人不信我，但我的三郎相信，我便知足。"

"狐言魅语，最是迷惑人心，若再不醒悟……我们可不想村里多添一具王猎户那样的尸体。"德高望重的老村长痛惜地顿着拐杖，"你虽非本村人，但也是我从山里拾回来的。我托付刘老头养你成人，授铸剑手艺。于心中，我把你当儿子看。如今，村里狐妖杀人，得高人指点，你家阿千便是。唉……自己斟酌吧。"

"你……"阿千俏脸涨红，指着老村长的手指气得直哆嗦，

"你……这个……"

"阿千，你若是好女子，没人会为难你。这样吧，各位父老乡亲，得各位厚爱，老夫也算有几分威望。王羽可在？"老村长厉声打断阿千的话。

"老村长，您吩咐。"面容俊朗，满脸正气的王羽自人群中挤出来，双手作揖，自有一番不怒自威的气势。

"你随我入室检查，狐妖杀人逃匿，必会留下痕迹。若有，阿千便是狐妖无疑；若无，两位高人，你们可要给个解释。"老村长似笑非笑地瞥着两个男子。

"请便。"黄衫男子摸出一枚约三寸长的桃木钉，于手指间把玩着。

"村长说得是！"

"还是村长有见地！"

"这么多年，村中大事小情，全依仗村长主持公道。"

阿谀谄媚之词不绝于耳。火把下的一张张面孔堆着讨好的笑容，像一群等待主人喂食的狗，无非交租、交粮、徭役、征兵时，老村长能有少许关照。

"清者自清。"阿千冷着脸，狠狠瞪着老村长，侧身走到三郎身旁。三郎如遭蛇咬，双腿一颤，急忙挪开几步。

单衣抵不住冬夜的寒冷，更抵不住阿千心中的凄冷："三郎，你为何躲我？当年，山中陷坑，我看到你的眼睛时，心都化了。你可知……"

圆脸男子默默注视着三郎、阿千，轻轻叹了口气。

村民安静地看着窗棂上老村长和王羽的身影，既期待又唯恐失望。

须臾，老村长、王羽并肩走出，对视后都点点头。

老村长抬起双手，示意本就安静的村民噤声，其实只是为了满足那份高高在上的虚荣。

王羽举起手中的东西，那是雪白的狐毛、染血的粗麻床褥。

“她果然是狐妖！”

“快躲闪，当心伤及无辜。”

村民齐刷刷地后退，围成半张扇形，将阿千、两个男子围在中间。

就连三郎也面色惊恐地躲在人群中结结巴巴：“阿……阿千，你为何要害我？我救你一命，你却吸我阳气……”

“呵呵……”阿千似乎早就料到，并无半分愤怒，也不辩解，那道哀怨的目光似寒风般掠过村民，最终停留在三郎躲闪的双眼上，“半月前，你去山里寻铸剑的石头。老村长和王羽假意探望，却意图调戏我。若不是我誓死不从，身子早就不清白了。”

“证据在前，由不得你说。”王羽朗声高喝，愈发显得正气凛然，“妖言惑众，无非是垂死挣扎。”

阿千、王羽，村民会相信谁？

答案很明了。

“还请两位高人擒妖除害，全村不胜感激。”老村长根本没有受到阿千话语影响，跨步向前，挡在村民和阿千中间，“各位乡亲，退至我身后！”此举何等激昂，何等豪气！

“快点吧。看了半天闹剧，累眼。”圆脸男子不耐烦地摸出一根细长的玩意儿叼在嘴里，用一个金属的小盒子拨弄出一簇火苗，将其点着，深吸一口，吐了一圈烟雾。

村民们哪见过如此神奇的物件？几乎断定这俩男子是仙人下凡，可以虚空取火，吞云吐雾。

黄衫男子抖腕甩出手中的桃木钉，穿透空气，发出刺耳的“嗤嗤”

声，笔直地飞向人群中的三郎！

“不要！”阿千凄厉呼喊，疾步前行，却被自己的长衣绊倒，扑通一声跪在地上。她不及起身，手脚并用地朝三郎爬去。

“噗！”桃木钉正中三郎眉心，深深扎了进去，可是没有鲜血迸出，也没有痛呼。

三郎双眼直视前方，眼白渐渐上翻，仰天倒地，溅起一蓬灰蒙蒙的尘土。

村民纷纷躲闪，谁都没想到，黄衫男子的目标竟然是三郎。震惊之余，竟无人敢查看三郎是死是生。

“二位高人，此举何故？”老村长也未料到如此惊变，眼见两人面色不对，没来由心生惊怖，“之前可不是这么商量的。”

“三郎！你们……你们为什么会知道？”阿千手指抠着坚硬的冻土，眼泪止不住地流淌，“放过他！别伤害他。”

“村长，这不是原本计划。这两人怕是别有用心。”王羽脸腮抽搐，哪还有半分正气模样？

“废话！这还看不出来吗？”村长狠狠瞪着王羽，“咱们这么多人，还怕他们不成？这俩人身上有不少好东西，干脆打杀了他们，夺了东西献给吴王，必能得到丰厚赏赐。”

“这是什么？”

“啊，快看！”

“妖……妖……”

民众炸雷般惊呼，仓皇后退，有几人被绊倒，任由人群践踏，闷哼几声，口中已涌出血沫。

乌云，被冷风吹散；圆月，高悬于天幕。

三郎乌黑的脸庞长出细细密密的白色长毛；尖尖长长的耳朵从浓密

油腻的头发里刺出；鼻子缓缓隆起，鼻尖几乎长到嘴唇；嘴角却向双耳方向裂开，四颗犬牙从嘴唇里探出；“咯噔咯噔”的骨骼交错声响个不停，三郎的身体足足膨胀了一圈，将衣裤绷裂；雪白的狐毛快速生长；手指和脚趾也变得粗糙弯曲，指甲延伸成倒钩形状……

“吱……吱……”足有一人半高的白毛狐狸，咧开嘴喷着湿热白气，双目赤红如火，雪白的狐毛蓬起，摆动着巨大的狐尾，冷漠地注视着逃窜的村民。

“村长，我去叫人，很快即回。”王羽匆匆撂下话，撒腿就跑。

“王羽，你莫丢下我。”老村长拄着拐杖，挪着打不了弯的老腿，只恨方才装什么好汉，非要挡在村民前面。

“啊！”一声惨叫，奔跑的王羽背脊一凉，倒地呕血，滚圆双眼，映着一轮血红圆月。

白影快若闪电，又一声惨叫，老村长捂着喉咙，鲜血从指缝肆无忌惮地喷出。

惨叫声，此起彼伏。白狐影，忽左忽右。

不知过了多久，也许就是弹指之间，火把遍地，尸横遍野。冷风吹不散浓郁的血腥味，圆月不忍目睹，扯过一片乌云，悄悄遮挡。

白狐立于群尸中间，默然环顾，目光停驻在阿千梨花带雨的俏脸上，冷漠的狐眼添了一丝温柔。洁白的狐毛，沾着晶莹的血珠，冷风拂动，血珠如雨散落。

“三郎……三郎……”阿千被鲜血迸溅得如同血人，跪坐于地，哀声凄呼，“你可还认得我？你一定认得我！我知道，你心里有我！你是人是狐都不曾忘了我。所以，你没有杀我，对吗？”

“吱吱。”白狐咧嘴呢喃，道不尽几声爱恋。

“他迟早会异化。”圆脸男子背手进了屋子，往尚未熄灭的火炉添着木柴，“时间早晚而已。上一次异化，被你救了，你又何苦嫁给他？”

“那年，我在山中游玩，听到狐狸哀嚎，寻声而至。”阿千痴痴地望向远山，那是她初识三郎的地方，“他跌入兽坑，眉心被树枝插中，解了异族禁锢，化成狐态。”

“你应该杀了它，”黄衫男子摸摸鼻子，声调比冬夜还要寒冷，“而不是爱上它。”

“它的那双眼睛竟如此晶莹清透，宛若孩子般天真。狐毛似北方的皑皑白雪那般无瑕……”阿千慢慢站起来，摇摇晃晃地走到狐狸身前，依偎在血色狐毛的胸膛上，仰望着曾经的爱人，右手抚摸着它的脖子，“我又怎能忍心杀他？”

白狐歪歪头，似乎听懂了，弯下脖子，宽大的狐嘴贴着阿千白嫩的脖子摩挲。

“非我族类，其心必异。”黄衫男子见窑内的炉火越来越旺，不知为什么，背过身子，好像是不想看到某种场景。

“三郎纵然化回狐身，也不会伤我。呃……”

炉火愈加旺盛，几乎升至三四尺高，腾腾火焰卷着火舌，飘忽不定。

火光把两道身影映在窑前——毛茸茸的狐狸张开大嘴，狠狠咬进女子纤细的脖颈……

“呜呜”的风声，奏响一曲凄绝的哀乐。

“其实，那些村民没必要陪葬，费这么大的周折。”圆脸男子专注地拨弄着炉火，“阿千也不该死。”

黄衫男子甩出一枚桃木钉，刺穿白狐咽喉，他看也不看地走近窑：“激发兽性到极致，它的血才会发挥最大作用。”

“希望铸出这把剑，能……”圆脸男子远望着倒地的白狐，再没言语。

“人不该爱上异族，”黄衫男子扬扬眉毛，“哪怕她是……”

“她是谁？我们，又是谁？”圆脸男子丢掉烧火棍，摸出造型奇特的匕首，伸了个懒腰，“炉火温度差不多了。取血，铸剑！”

第一章

江枫渔火

月落乌啼霜满天，江枫渔火对愁眠。

姑苏城外寒山寺，夜半钟声到客船。

——唐·张继《枫桥夜泊》

一

“看啥呢？这么专注。”月饼荡起双桨，小船儿推开波浪。

水纹悠然自得地载着阳光，荡漾至与天际交接处的碧绿荷叶，涟漪晕开，碎成了满湖灿金。

湖边游人寥寥，苍郁老树上偶尔蹦出几只松鼠，爪子捧着坚果，歪着头，警惕地闪动着亮晶晶的眼睛，小嘴巴动个不停。

远山如黛，笼着一抹丝缎般光滑的雾气，遮掩了雄伟壮丽的雷峰塔，平添了几分如梦如幻的韵味，更使得那千年前凄美的传说跃然于断桥，缠绵于人间。

“看了部同人小说。”我递过平板电脑，接过船桨，“你也看看，写得还真不错。”

“《铸剑》？”月饼划拉着屏幕，扬扬眉毛，“你什么时候开始写短篇了？”

“跟你说了是同人小说，耳朵聋还是理解能力有缺陷？”我双臂后摆划动船桨，肩膀刚愈合的伤口还有些疼痛，吸了口凉气，“这是冒充我的名儿，模仿我的笔法，在公众号写的作品。”

“那不成了抄袭？”月饼倒是很有版权意识，“十多万的浏览量。”

“月公公，这是侵权，不叫抄袭。”我重重叹了口气表示无语，“这么大的人了，连这个都分不清？”

“那你不维权啊？”月饼居然这么较真，“还让我看？”

“搞这么认真干吗？”肩膀疼得实在厉害，我索性搁下船桨，“虽说顶着我的名发的文章，可是确实好看。布局、伏笔、故事的承转启合，有模有样，我都不一定能写出来。我寻思，没有小十年的写作功力，出不来这么好的故事。”

“你这是夸自己故事写得好呢？”月饼见我没当回事，也就不再纠结，恢复调侃我的常态，“原来在这儿等着我。”

“这还用说？自己夸自己多没劲，要有人配合才过瘾。”我枕着双手半躺在船上，眯眼望着湛蓝天空，任由游船在湖面随波逐流。嵌着阳光金边的白云随风而动，仿佛千百年来，从未离开也从未驻留。我不由得想起崔颢《黄鹤楼》那句“白云千载空悠悠”，不免有些触景生情。

长江底部巨型青铜圆盘的经历，让我和月饼背负了一个极为惊悚的秘密，对词赋满江的唐宋诗词、神秘莫测的《阴符经》、神乎其神的墨家机关术有了更深入的了解。

我从不相信“一切都是命运的安排”之类的毒鸡汤。目标实现不了就听天由命，好像很清新脱俗，实际是给自己找借口而已。凡事努力、坚定、奋斗、隐忍，总是会越来越接近最初的梦想。

人生就像一场马拉松，不能因为终点很远、过程很累就半途而废。

否则，又何必选择从起跑线开始呢？

然而，自桃花源至黄鹤楼，一切迹象表明，我和月饼就像满天白云，看似自由自在，却不得不接受风的支配。

难道，我们的命运早就被安排好了？

“圆脸、黄衫，是暗指咱俩吧？没想到三郎是狐，我还以为是阿千。老村长和王羽真不是个东西！村民也没个好人！”

我正胡思乱想着，月饼愤愤地关了平板电脑：“阿千到底是什么身份？感觉很有故事啊。结尾为什么不写完？看得人抓心挠肝。”

“这叫‘含而不露’，发散性结尾，都写明白了，读者还有什么思索空间？”我顿时来了兴致，起身清清嗓子，准备给月饼上一堂“如何创作悬疑探险小说”的写作课。

“你那朋友怎么还没来？”月饼显然没心思听我絮叨，遥望西湖岸边，“说好了一小时，船桨都快划断了，还没见人影儿。你朋友和你真像，完全没有时间观念。”

“当年咱们在西湖听船夫讲‘保俶塔’‘白娘子和许仙’的故事，也没见你这么没耐心。”我正准备卖弄，让月饼一句话噎住，满肚子话到嗓子眼儿又咽了回去，憋得难受。

“那能一样吗？那次是来解决事情，任何细节都可能是重要线索！”月饼摸出根烟刚要点着，愣了愣神又塞回烟盒。估计想到，这好歹也是在西湖泛舟，就算不会吟诗作对，也不能抽烟煞风景。万一再被环卫大爷、大妈罚了款，这脸算是丢进湖底了。

其实我也等得不耐烦，顶着这么大的太阳划船，这不是吃饱了没事干吗？真后悔到了西湖，非要“故地重游”，拉着月饼上了船。

况且月饼不是很赞成先到杭州。时间紧迫，既然已经知道《阴符经》的线索在姑苏，就别耽搁时间了。

我发了“姑苏，我来了”的朋友圈和微博，因为寥寥几人点赞评论，觉得很没脸，秒删。偏偏住在杭州的方旭东看到了，又是电话又是语音，无非是“你要不来一趟就不给面子”“以后朋友没得做”“看不起人就明说”之类，典型的“让你不得不做”的说辞。

要是换做普通朋友，我也就不搭理了。全国有我手机号码的人不超过十个，方旭东就是其中之一。

说起相识缘由，有些扯淡。

二〇一三年，处女作上市，记录了我和月饼在广西十万大山的经历。书卖得不错，已经绝版，至今还有许多读者询问何时才能再版。

方旭东就是看了书，通过微博找到我，加了微信。聊了几句文学、传统文化之类的话题，彼此很有共识，也就成了朋友，并未深交。及至出版《异闻录》系列，在苏州签售时，老方毛遂自荐做主持人，号称“非他不可”。

我心想，这人是谁啊？架子端得挺大，还有没有点儿谦虚谨慎的传统美德了。

签售会很成功，我事后才得知——老方这个身高一米七，体重将近二百斤的胖子，居然是江浙两地极为有名的金融讲师。

更让我惊掉下巴的是，老方十六岁就跟着家人出门打工，做过工地小工，跑过保险，当过保安，全靠读书自学成才，有了如今的成就。

简直就是奋斗的典范。

一来二去，我们也就成了无话不谈的好友。不过，最让我尴尬的是，老方平生最大的愿望是一睹月无华的风采：“什么时候让我见见月饼？那可是我的偶像！”

“你的追悼会，他一定到场！”我很愤怒。

月饼虽说不愿在杭州停留，顾及我的伤势还没好利索，确实需要休养，也就由着我的想法了。

闲话不提。

擦了把满额头的汗珠子，我心想，方旭东啊方旭东，你都快胖成球了，就算挪不动腿儿，滚也该滚过来了！

“老羊！堵车，久等！啊！那就是月无华月老师吧！哈哈哈哈……我终于见到活的了。”

遥望岸边，一坨肉球挥着小短手高呼。不是方旭东还能是谁？

“说曹操，曹操到”“一说要准点下班，必加班”“改天请你吃饭，永远吃不到这顿饭”“邋里邋遢，必见到心仪的异性”“到了半夜就想吃”这五大人生定律的第一条，就这么猝不及防地应验了。

我还没来得及回话，“扑通”，水花溅起！老方骨碌碌地“滚”进了西湖。

游人们炸锅般咋呼：

“有人跳湖了，快救人啊！”

“快拍下来，发网上能火！”

“这人这么胖，自己能浮上来吧？”

月饼拍了拍我肩膀，信步走到船头，负手而立，颇有些“月饼乘舟将欲行”般飘飘欲仙的风姿。

“南少侠啊，你可长点儿心吧！鱼找鱼，虾找虾，王八找个鳖亲家。这个老方，不愧是你的朋友啊。”

二

“老羊，不是我自夸，这条街虽然不是很有名，但绝对是杭州街头美食的头牌。”方旭东习惯喊我的笔名，指着“胜利河美食街”六个大字说，“随便一家饭馆，随便点一道菜，就能让你和月老师吃得过瘾。”

我瞅着方旭东还没干透的衬衫又透了一层热汗，鼓着胖嘟嘟的腮帮子，有莫名的喜感：“老方啊，没想到你游泳可以啊！几下子就从湖里扑腾出来了。”

“我在江边长大，游泳那是基本技能。”方旭东扶了扶金边眼镜，很是得意地仰着下巴，“区区西湖，能奈我何？今儿随便吃，我做东，咱们不醉不归。”

“老方，这顿饭，我们请。”月饼不喜欢占人便宜、欠人情分，倒不是和方旭东客套。

“月老师，能见您一面，别说一顿饭了，就是一年的饭，也值啊！”方旭东瞪着圆滚滚的小眼睛，崇拜之情压根儿遮掩不住，“您千万别客气。我这辈子就两个心愿——结交月无华这样的朋友；娶个月野清衣那样的女孩。”

俗话说，“千穿万穿，马屁不穿”，高冷如月无华，也免不了俗，他嘴角顿时扬起一丝微笑：“既然如此，客随主便，恭敬不如从命，好好喝几杯！”

我心想，月饼你唐诗宋词都没背利索，居然还转起文儿了？方旭东不愧是江浙两地著名的金融讲师，几句话就让月饼这种“跟陌生人面对面坐一天不说一句话”的人敞开了友谊的心扉。

同时，我暗暗打定主意，绝对不给方旭东任何见到月野清衣的机会。谁晓得这哥们儿凭着三寸不烂之舌，能鼓捣出什么幺蛾子。

“咱去那家，有几个菜，你们一定要尝尝。”方旭东喜气洋洋地走在我们中间，浑然不觉路人好奇的目光。

我和月饼都是将近一米九的身高，方旭东穿上增高鞋也就一米七出头，三人并排走，活脱脱一个“凹”字形，也难怪引人注意。

刚入五月，未至盛夏，炎热却像约会前正在化妆的姑娘，时不时发个“马上就到”的消息，撩拨着对象心急火燎的情怀。虽然已是傍晚，滚烫的路面依然冒着丝丝白雾，烘烤着形形色色的行人，时刻提醒着人们，夏天来了。

“上有天堂，下有苏杭。”要把这句话单纯理解为两地风景优美，山水如画，那就太片面了。且不说苏州，单是杭州满大街的姑娘，肤白如雪，眉眼如画，双眸蕴含着书卷气的灵秀，颇有些“清水出芙蓉，天然去雕饰”的韵味。

“自古江南多才子佳人，果然名不虚传啊！”我目光灼灼地盯着人群，啧啧赞叹，“难怪南宋赖在临安。”

“你只看见了佳人，没瞅见才子吧？”月饼似笑非笑地拍着沿街的仿古建筑，“南少侠的情伤自愈能力绝对异于常人。”

“杭州重视文化教育，前几年那则‘乞丐进图书馆读书’的新闻，还记得不？”方旭东停在一家饭店门口，和老板摆摆手打招呼，看来是常客，“整座城市，人文气息浓厚，对于历史文化的保护更是不遗余力，城市居民的素养极高。‘人杰地灵’这个成语放在杭州，再合适不过。到地方了，咱找张桌子坐下。”

胜利河美食街又称“古水街”，长四百六十米，宽十三米，东边是上塘路，西接德胜巷，沿着胜利河北岸而建，故有此名。

这条街由知名设计师设计，虽是二〇〇九年完工的现代建筑，却保留了江南建筑清、奇、雅、秀的传统建筑风格。临街的饭店沿用“路吧”模式，就是俗称的“大排档”。小小吧台好似中国的古典亭子，摆着木桌椅，四周安置门帘，既能遮风挡雨，也兼顾食客的隐私空间。一排排悬挂于路吧的红灯笼，更与美食街的仿古建筑相互呼应。

若不是满街时尚的现代男女，川鲁湘粤味飘香的美食，倒颇有千年前“暖风熏得游人醉”的恍惚。

如此看来，白衣苍狗也好，沧海桑田也罢，每座历史悠久的城市，不管岁月怎样洗涤，总会保留着千百年来生生不息的独特气质。

我正怀古思今，文兴大发，准备拍几张照片发朋友圈、微博，就这么转转头的工夫，诱人的香气直接把肚子里的馋虫勾了出来。我回头一瞅，荤素搭配，已经摆了满满一桌。

“变魔术吗？这才几分钟，菜就做好了？”我咽着口水，仰脖灌了半杯二锅头。

“我和这里的几个老板很熟，提前点好了。”方旭东拆开餐具递到我们手里，“许府牛杂、老头儿油爆虾、胖哥蟹肉煲、鑫隆鸡爪……咋样，都是你爱吃的。”

“老方，你直接说南少侠爱吃肉不就行了？”月饼夹了条红里透亮的虾子，连皮带壳咬开。鲜嫩的汤汁流出，独特的浓香裹着嫩白的虾肉，于唇齿间颤巍巍。

就这么愣神的空儿，老方和月饼已经“勺子与筷子齐飞，牛肉共鸡爪一嘴”。

“说得你好像吃草长大的！”我急忙拿起筷子，忙不迭地夹块鸡翅往嘴里塞，“这也太好吃了！”

鲜嫩柔滑的鸡肉一入嘴，肉汁的香味于口中蔓延。再嚼一口，鸡肉特有的韧滑轻柔地掠过唇齿，仿佛不用细嚼，就那么自然而然地滑入喉中。

我好多天没正经吃顿像样儿的饭了。在医院养伤期间，月野耳提面命，让照顾我的月饼务必以清淡为主。月饼天天变着法儿地买各种粥，喝得我在怀疑人生的同时，更怀疑世上怎么有这么多品种的粥！要不然，我说什么也不能受伤未愈就出院，嘴里都快淡出鸟来了，肉都不让吃，哪里有力气养病！于是，在邻桌食客们目瞪口呆地注视中，我就像八辈子没吃过饭一样，狼吞虎咽，毫不相让。

“这鸡真香！”

“好大的牛肉！”

“来，走一杯！”

“月老师，单独敬您一杯。”

“等我把蟹肉咽下去。”

“老方，给我留根鸡爪子。这玩意儿下酒最带劲。”

“老羊，鸡爪子都让你啃了。”

酒过三巡，盘子比脸都干净，我一手摸着滚圆的肚子，一手去摸烟盒。

月饼靠着椅子，保持着一贯懒洋洋的坐姿：“要不是急着去苏州，真想多吃几天。”

老方菜没吃多少，酒却喝了不少，脸红得像猪肝：“老羊，这么多年，一直想问你个问题。”

“你是想问，我书里写的故事，是不是真的吧？”

“你怎么知道？”

“每天，在微博、微信问我这个问题的读者，起码上百个。”

“你怎么回答的？”老方问得很有技巧，没有再直接问，而是旁敲侧击。

“老方，这么多年了，你还不了解我？这个世界哪来那么多稀奇古怪的事儿，还都让我和月饼碰上了？”我弹了弹烟灰，灌了口酒，“我们俩就是喜欢野外探险，写成故事出版，赚些稿费而已。”

“我不会什么蛊术。”月饼摸出几枚桃木钉，很认真地摆在桌上，“喏，因为南少侠写了我擅用桃木钉，害得我特地去淘宝买了一堆，免得给他掉链子。”

“老羊、月老师，我明白……嗝……”老方打着酒嗝，舌头都捋不直了，“你们不承认，是不想朋友知道太多真相后参与其中，遇到危险。其实，承受秘密是最痛苦的。你们俩，不容易。”

我和月饼再没言语。

“朋友”这两个字写出来很简单，做起来很困难。也许，不需要什么惊天动地的壮举，往往是触动心绪的寥寥数语，就足以担起“朋友”二字。

因为，不在意你的人，又怎么会说到你的心里？

“对了，老羊，还有个事儿啊。我寻思寻思，总觉得不告诉你不好意思。”

“大老爷们儿怎么还扭捏起来了？”

“你知道的，我平时喜欢写点儿东西。前几天，用你的笔名写了篇短篇《铸剑》，发在微博公众号，十多万的浏览量，赚了几千块钱。”

嗯，几千块！果然够朋友，原来在这儿等我啊。

我和月饼面面相觑，不约而同地抬手招呼老板：“点菜，上酒！”

三

“南少侠，盯着看半个多小时了。”月饼无聊地活动着脖子，“再没什么发现，你都快成铜像了。”

“你烦不烦？”往来游客不多，我也没压低声音，“要想找到藏在姑苏的线索，就要先了解写《枫桥夜泊》的张继。”

“他又不是活人，就这么个青铜像，这几年才铸造的，能看出什么景儿？”月饼估计是想抽烟，但景区不能抽，憋得烦躁，“照我说，直接去寒山寺，看看有什么发现。庐山瀑布和黄鹤楼，不都是在诗里写的核心地点发现了桃花源和铜雀盘吗？”

“别打扰我思路。”我没研究出什么端倪，心里很不痛快。月饼说得确实有道理，如果《阴符经》的线索暗藏在《枫桥夜泊》这首诗里，按照前两首诗的经验，确实应该直奔寒山寺。

可是，我却有不同的看法。

《枫桥夜泊》的作者张继，和名满天下的崔颢、李白乃至唐朝诸多诗人比，是相对神秘的存在。

首先是他的身世。张继是湖北襄阳人，生平事迹不详。我翻遍了史书，也没找出他确切的生卒年。要知道，唐朝的户籍管理非常完善，这么个大活人，出生居然没有记录在档，就像凭空冒出来的。

他于天宝十二年（753年）考中进士，但铨选（选官）未中，回到故乡襄阳。两年后，“安史之乱”爆发，张继顺江而下，过金陵，至姑苏，《枫桥夜泊》就写于此时。

张继被朝廷录用为员外郎，几经升迁，转为盐铁判官，掌管洪州财赋，但上任仅一年多即病逝。关于他去世的具体日期，史料没有记载。

这就让人费解。

襄阳自古就是神州重镇，居民的户籍赋税记录异常详细。如果说张继出生时没有记录，还可以归于“户籍疏忽”“隐瞒不报减轻赋税”之类并不是很靠谱的原因。那么《枫桥夜泊》成了传世佳作，张继又入仕当了掌管一方财政的官员，在当时也是响当当的人物，怎么可能去世没有记录呢？

从他的朋友刘长卿作的悼诗《哭张员外继》中“世难愁归路，家贫缓葬期”这两句，倒是能看出张继清廉正直，日子过得挺紧巴，似乎和“盐铁判官”的官位俸禄不相符。

在是个人就能写几首诗的唐朝，张继有一部《张祠部诗集》，收录了四五十首诗。来苏州的路上，我很费心思地研究，结果很失望：大部分诗文的立意、文采都达不到《枫桥夜泊》的境界。

大字不识的人八辈子也写不出什么好诗，反过来也是这个道理：能写出好诗的人，一生绝不可能只有一首像样儿的作品。以至于《唐诗三百首》仅收录了他的这一首诗。用现代的话来说，大概是“诗红人不红”的意思。不知道《枫桥夜泊》的人估计没几个，但是说起作者张继，大多数人都没印象。

所以，我有个很古怪的念头：《枫桥夜泊》，到底是不是张继写的？

如果是，为什么他创作的其他诗歌与这首诗判若两人呢？如果不是，那这首诗是谁写的呢？

是否就是深藏于长江底的铜雀盘里，在三块竹简上留下线索的那个人？

我渐渐串起了一系列不是很清晰的疑问：

假设我和月饼，通过某种方式掌握了“有限的生命存在于无限的时间”的能力，在经历诸多事件后黑化，大肆屠戮幻、魇、文、蛊四族里掌握《阴符经》线索的部族。由此导致四族残部不惜一切代价取得《阴符经》。

桃花源的是幻族，铜雀盘的是魇族，那么在寒山寺的会是哪族？文族？蛊族？

这个人，又会是谁？

竹简甲、乙两片的内容，实在太过惊悚，以至于我不敢用文字记录，但是却让我和月饼意识到“我们到底有没有回到过去”这个玄之又玄的问题。

在修仙风行的唐朝，存在于传说中的鬼谷子，似乎是一位长生不死之人，引得文人骚客穷极一生寻找《阴符经》，并以唐诗宋词的方式留下了线索。

我和月饼正是顺着这条线索，来到了苏州。

太多疑问了，我的脑子有些乱，思索了半天，索性回到最初的疑惑——《枫桥夜泊》到底是不是身世极其神秘的张继所作？

我们由李白的《望庐山瀑布》寻到桃花源，找到崔颢《黄鹤楼》的线索，在铜雀盘发现了张继《枫桥夜泊》的信息。再结合张继的生平足迹，生于襄阳，科举于长安，落第返乡，为什么会在“安史之乱”的时候，乘船沿江而下，来到姑苏呢？

史料记载，他是到宜兴拜访老友皇甫冉，还曾写《春夜皇甫冉宅欢宴》，“流落时相见，悲欢共此情。”

天下大乱，战火纷飞，访亲探友？这完全不符合正常人的思维逻辑！谁能有这种闲情逸致？而且《枫桥夜泊》和《春夜皇甫冉宅欢宴》这两首诗，揭示了一个极易被忽略的细节。

时间！

《枫桥夜泊》前两句“月落乌啼霜满天，江枫渔火对愁眠”。第一句采用了唐诗惯用的夸张，以漫天秋霜形容秋天夜色的凄冷。第二句用拟人化的手法，“江枫”“渔火”相视而望，惆怅难以入眠。

且不探析诗中落寞寂寥的意境，“霜”“枫”显示了张继写诗时应是秋天。

他与皇甫冉欢宴，却是“春夜”。姑苏到宜兴也就一百多公里，就算当时交通再不方便，也不至于从秋天走到春天吧？何况是当时快捷安全的客船呢？

这好几个月，张继在姑苏做了些什么？

稍有些地理常识的人都会知道，从襄阳到宜兴的距离，远远近于襄阳到姑苏的距离。在地图上画一条线路轨迹，就能很确切地看出，他兜了个大圈子，绕了远道。这种舍近求远的路途，绝不是家境贫寒的张继所能承担得起的“说走就走的旅行”。

或许有这样一种可能：张继从《黄鹤楼》这条线索，进入长江底的铜雀盘，得到跟《枫桥夜泊》相关的线索，于是赶往姑苏，寻找数月，一无所获。失望之余，索性到宜兴找皇甫冉喝酒解闷。

“南少侠，发什么呆呢？”月饼扬扬眉毛，盯着张继青铜像的某个部位，略有得意神色，“你不觉得哪里不对劲吗？”

我恍了恍神，使劲甩甩头，似乎要把满脑子乱糟糟的想法甩出去：“你说的是张继铜像右手的金手指吧？喏，他的右手边，游客能合影留念，手指正好是游客的手能摸到的位置。摸来摸去，摸的人多了，就把青色磨掉了，露出了铜的金色。我早就看到了，哪个景区还没几个被游客摸掉色的雕像？这算什么不对劲？”

“还记得庐山瀑布的李白石像吗？”月饼没有和我争论，而是模仿铜像竖起手指，“你说过，‘中国自古以来，建筑物的方向、摆放、位置都是很有讲究的。’如果有人故意这么设计，做出暗示呢？怎样把一瓶水藏起来？倒进大海。怎样隐藏线索？不隐藏就是最好的隐藏。”

四

“我实在想不出来，完全没有思路。”我烦躁地抓着头发，好大的太阳晒着脑袋，更觉得瘙痒难耐，“这根锃亮的手指头，根本扳不动，压根儿就没机关暗门。”

“手指的方向呢？”月饼倒是沉得住气，反正也不是他动脑子，哪能体会到“绞尽脑汁”的含义？

“手指对着咱们脚底下这几块石砖，结实得很。”我跳起落地，重重跺了几脚，声音沉闷——实打实的地面，没藏什么暗道。倒是这个怪异举动，引得游客纷纷侧目，还有人偷偷摸摸拿着手机，假装拍风景，实则是在拍我。

我懒得搭理，索性盘腿儿坐下，托着腮帮子，皱眉观察周遭的格局。

长江底留下了《枫桥夜泊》这首诗的线索，绝不是留线索的人吃饱了撑的消遣我们。结合张继生平种种神秘之处，又将此诗题于枫桥，这内在的联系，预示着线索就在眼前，只是我没有发现。

“是不是时间段不对？”月饼和我并肩坐下，望着河水做沉思状，估计什么也没想，只是为了陪我应景儿，“‘月落乌啼霜满天’……深秋的晚上，才会发现线索？”

“月公公，动动脑子好不好？照你这么说，还要抓一只乌鸦，捆在枫树枝子上，等它‘呱呱’叫着，线索就从河里冒出来了？你当这是玩闯关手游呢？别烦我！”

我心里躁得紧，那种“抻长了胳膊还差一两厘米才能够到东西”的感觉着实不爽，偏偏烈日炎炎，闷热难耐，知了叫个不停，更是聒噪。

要是旅游赏景，漫步河边，听蝉声悠扬，看江南风情，倒也是一段心境。奈何我和月饼顶着满脑门的汗珠，老僧入定似的坐在河边，苦想不着边际的线索，哪有那份雅兴？

月饼让我怼得有些挂不住脸，侧头看景儿不言语。我图个耳根清净，视线越过张继铜像，观察着整片枫桥景区。若是按照大区域划分，以枫江为界，东为贞观年间，相传寒山、拾得两位高僧曾来过的姑苏妙利普明塔院，后改名为“寒山寺”；西是江枫洲，南起何山大桥，北至铁岭关。

我心里一动：难道这里和黄鹤楼相似，暗藏着五行的原理？枫江为水，寒山寺为土，何山大桥为木，铁岭关为铁，只要找到火，或许有所发现？

我试着从五行相生相克的角度推理，演算了十几种可能，“火”没找到，肚子里倒是憋了一大团火。

江边建筑群均是黑瓦白墙的江南建筑风格，坐落方位和房屋数目也没有什么蹊跷。江里荡着几艘游船，导游招呼着游客上船欣赏沿江风景，俨然一副“怀古思今”的风情。实则，男游客无非临时担任了摄影师的角色，举着手机给女游客们拍照。女游客们一番搔首弄姿，眉头紧锁，端起比高考还认真的态度，又把图修得貌若天仙，也不管背景里的房屋都歪成“S”形了，喜气洋洋发到朋友圈、微博，再配几句貌似文艺的话，诸如“我愿做扬州瘦马，陪你浪迹天涯”之类的。

凭江而望，不远处就是枫桥和铁岭关。旁边有小小一屋，刻着《枫桥夜泊》的黑色石碑立于屋子白墙之前，上书清代学者俞樾所书《枫桥夜泊》诗碑。河堤护栏下方约半米，“夜泊处”三个大字，告知游客这就是当年张继半夜在船里听钟声的地儿。

至于如何跨越千年，精确推测定位于此，那就不得而知了。专家考证，姑且信之。只是固定在墙角的两个探灯，着实有些大煞风景。

由石碑往前信步而走，就是我们大眼瞪小眼看了半天的张继铜像了。

要说这尊安放于石台上的铜像，着实好雕工：面容惟妙惟肖，发髻胡须逼真异常，就连长袍纹路、靴子形状都精雕细刻，尤其是微微侧抬头，闭着双眼的神态，颇有些茶余饭后慵懒自得的安逸。

只是因为雕像斜靠坐于石台，盘着的左腿形成一个平面，难免积些雨水，生了不少铜锈。

我擦了把汗，灌了口矿泉水，肚子“咕咕”叫唤，才想起快一天了，还没吃口饭。心想，您老人家铜浇铁铸，不怕风吹日晒，舒舒服服坐着，留个好大谜题让我遭这份“口干舌燥，饥肠辘辘”的罪，于心何忍？

突然，我隐隐觉得想到了些什么，却没有清晰的思路，好像和张继铜像有关，又似乎没什么联系。

“南少侠，咱们直接去寒山寺吧！不就在那边吗？没两步就到了。”月饼也是没了耐性，摁着我的肩膀起身活动腿脚，“坐了半天，腿都麻了。再坐一会儿，我都成雕像了。要不咱们先吃点儿东西？不吃饱了肚子，哪有力气斩妖除魔？”

“月公公，等一下！”我直勾勾盯着张继铜像，脑子里冒出一条模糊的线，“你刚才说什么？”

“去寒山寺？”

“不是这一句。”

“腿麻了，成雕像？”

“滚！”

“吃点儿东西？”

我愣了片刻，挥手示意月饼不要说话，反复念叨着这几个字。这种感觉，就像在浑浊的水沟里胡乱摸索遗失的手链，直至……

“我明白了！”我一跃而起，指着那根金手指，“月公公，你说得没错，线索就藏在这里。”

“你找到机关了？比如‘左转几圈，右转几圈’就能开启？”月饼还真是行动派，攥着金手指就要扳动。

“不是机关，而是意境。”要不是游客太多，我能仰天狂笑，“我实在是太聪明了！意境，意境，意境！懂吗？是意境！”

“南少侠，正常点儿行不？”月饼摸摸鼻子，嘴角扬起一丝微笑，“咱（zá）家愿闻其详。”

“你看张继的神态，像什么？”

“像是……吃饱了闲坐着打瞌睡。”

“对！”

《枫桥夜泊》是张继途经寒山寺所作的羁旅诗。此题材又称为记行诗、行旅诗，是指诗人因各种原因远离家国，用诗歌寄托愁绪，反映客居异乡的艰难、漂泊无定的辛苦。

这首七绝细腻地描述了客船夜泊者对江南深秋夜景的感受。寥寥数笔勾画了月落乌啼、霜天寒夜、江枫渔火、孤舟客子的画面，将“愁”烘托到极致，以至于不仅流传千年，就连亚洲诸多国家也推崇备至。尤其是以“小巧、抒情、哀愁、唯美”为审美特点的日本，更将《枫桥夜泊》收入小学课本。

由此可见，此诗的“愁”可谓文字巅峰。

既然如此，张继铜像应该表现出哀愁惆怅的神态，断不能是酒足饭饱的老汉瞌睡状。

如果雕工不精，那还可以理解。可是偏偏如此精妙的雕工，怎么会出现与诗完全相悖的神态呢？这在暗示什么？

张继铜像最显眼的就是那根被游客摸掉原色的金色食指。看似习以为常的景区特色，结合张继与诗歌内涵截然不同的形态，其实是做了一种常识与矛盾相互结合的隐喻。

这个隐喻，就是线索！

“南少侠，你就别卖关子了，能不能直奔主题？每次都絮絮叨叨讲一大堆。”月饼话虽这么说，却还是很用力地拍着我肩膀表示赞许，“当了几天大学讲师，真觉得自己是古诗词专家了？”

我当然知晓月饼话中之意：“由食指而引申为美食，相关的成语是什么？”

“大快朵颐？”月饼脱口而出，我倒是没想到。

“行啊，月公公！跟我浪迹天涯这几年，居然也熏出了文化味儿。”

“来苏州的路上，我琢磨了一种新蛊，正想找人试蛊。南少侠可愿以身试蛊，了却咱家这桩心事？”月饼摸摸鼻子，仰首四十五度角望天，“也没有什么具体症状，就是吃什么东西都没味道。”

天下美食还没吃遍，岂能半道中蛊而食之无味？明知月饼是开玩笑，我还是惊得一哆嗦：“那个成语是‘食指大动’。”

“哦？”月饼眯着眼，盯着雕像的金手指，“代表什么呢？”

“某武学大师说过，凡毒虫出没之地，五步之内必有解药。”我做郑重其事状，“当代美食界翘楚南晓楼认为，凡吃货所到之处，十步之内必有美食。”

“确定是十步？”月饼扬扬眉毛，“那不走进河里了？”

“我也拿不准，不过食与十同音。唐贞观年间，高僧寒山和拾得曾到过寒山寺，‘拾’这个字……”

“南少侠，你这也太牵强了吧？谐音就能断定和十有关？”

“你能不能让人把话说完？你仔细琢磨，拾得……要是你的手机掉地上，你会怎么做？‘拾起得到’对不？通常会不会用到食指？能这么做，肯定是近在咫尺的距离。大写的‘十’字，是不是‘拾’？这个字左边是‘手’，右边拆开为‘人一口’，你想想啥意思？‘得’是会意字，左右结构。按照金文字形，左边是‘彳’，右边上‘贝’下‘手’，是不是也有个‘手’字？你把所有线索结合起来，结论是什么？近在咫尺，以十为度，就有食指大动的食物。是不是也符合这座张继雕像的形态暗示？”

月饼的表情瞬间彰显从“面带微笑”至“面沉似水”的转化：“南瓜，你的脑子怎么长的？这都能想到？”

“我不是说了吗？拿不准，也就是个推测，不过大体方向总是没错。”

我心里也没底儿——来的时候就观察了，周遭压根儿没饭馆，要不我和月饼也不能饿到日头偏西。但种种联系推测偏偏暗示，附近确实有暗藏线索的美食铺子。

哪儿呢？总不能在天上吧？

“南瓜，你确实聪明。”月饼拍拍我的肩膀，目光瞄向某一方位，“我知道美食在哪儿了。”

我循着望去，哑然失笑，心想，南晓楼啊南晓楼，这么复杂的问题都想明白了，这么简单的事却想不到。你到底是聪明还是傻?

五

江中最多的是鱼，江上最多的是船。

大型游轮、货轮拖着沉重的汽笛声缓缓而前。钢铁铸就的现代文明徒增笨重，总是少了几分“轻舟已过万重山”的那番精致。载着游客的观光船即便有三分烟雨江南的韵味儿，却多了七分铜臭，大煞风景。

然而在日暮时分的苏州，枫桥下，我们却见到了真正的江南小船。

这艘船是曾经盛行于江南的“三道”，又称为“三明瓦”，船形若半弦月，罩着两个半圆形乌色篷子（又称“定蓬”），用竹片编制而成，涂着防水的黑油。船中部有一扇遮阳的半圆小蓬，宛若春伞。木制的格子上镶嵌着一片片直径约一寸的半透明“小鱼鳞”，类似玻璃窗户的设计。船尾左右固定着两根橹桨，船头横放竹篙。船头画着形如老虎的眉目，为四象中的“白虎”。“白虎”五行属金，金生水，取“江海湖泊，船走平安”的好兆头。

远远望去，小船悠然于江上，缓缓荡来，真有一叶扁舟的神韵。

船上的篷子极矮，依着我和月饼的身高，估计坐进去都得弯腰顶头。篷侧书一“食”字，笔力十足，没有十几二十年的书法浸淫，绝无此等功力。

我们破解了张继铜像密码，刚推测出“食”字，恰好出现这么一艘乌篷船，就算智商再不济，也知道绝不是什么巧合。

“没想到，居然能亲眼见到传说中的乌篷船。”我平时就对这些玩意儿特感兴趣，一时间竟有些激动，掏出手机拉近距离拍照，“这船只在民国老照片里见过。”

“一艘乌篷船，就让南少侠忘了这会儿该干的事儿了？就没想过有什么危险？提前做做防备？”月饼摸摸鼻子，很无奈地叹口气，“有时候我真想撬开你的脑壳子，看看里面到底是什么。”

“糨糊状的脑浆、蛛网似的毛细血管，还有月公公不甚了解的智慧。”我把手机拍照焦距拉到最近，“你当我真没脑子吗？桃花源和铜雀盘，都出现了墨家机关术。竹简上的内容，更是……”

“小心驶得万年船。”我仔细观察着这艘本不该出现在这个时代的神秘乌篷船，“我在看船体有没有墨家机关的设计。万一船篷炸裂，乱箭齐发，寒山寺平添两具人形刺猬（尸体），可不是什么好事儿。”

“一叶障目，不见泰山。”月饼推着我的手腕将手机对准船尾，“人都出来和咱们打招呼了，南少侠还这么谨慎小心。”

手机屏幕里，出现了一个很奇怪的老人，面带微笑地挥手致意：“江边可是南晓楼、月无华先生？鄙人在此等候多年。今日一见，两位丰神俊逸，不愧是‘自古英雄出少年’。”

“这人有病吧？”月饼摸出一枚桃木钉，反扣手心，“苏州离横店几百里地，哪儿冒出个群演？”月饼这人虽说高冷，熟人面前也能来几句并不好笑的段子，自以为乐。

我干笑两声表示“大敌当前，月公公临危不乱，佩服佩服”，注意力却放在老人的装束上。心想，月饼的玩笑虽然没笑点，倒是说出了关键。

怎么形容呢？

老人六十上下的年纪，大概一米七的身高，干瘦的身躯略有些佝偻。稀稀疏疏的白头发，遮不住藏在头皮里的几块褐色的老人斑。满脸的皱纹层层叠叠，稍微一笑就能夹死蚊子。下巴上蓄着十多厘米长的灰白胡须。一袭青色长袍泛着污秽腌臜的油光，露出袖子的手腕像两截枯枝，缠着几根枯藤似的血管。这分明是民国初期，乘着乌篷船走亲访友的落魄私塾先生的典型装束。

若不是他说等了我们多年，我还真以为是哪个剧组跑到苏州来取景拍戏了。

“鄙人孔亮，受人之托。两位小友，万勿生疑。”孔亮双手作揖，鞠了个九十度的躬，“江南盛夏，虽近黄昏，酷暑未消。若有雅兴，何不登船？江景夜色，薄酒简肴，敞怀一叙，岂不美哉？”

“他的意思是，喊咱们登船吃饭喝酒？”月饼听得云山雾罩，学渣本色彰显无遗，“‘万物生长’我听说过，‘万物生宜’啥意思？这大爷能讲人话吗？孔亮……他姓诸葛？”

“少说话，别丢人。”我憋着笑没应腔儿，按照孔亮的姿势回了一礼，“老丈盛情，不敢不应。浊世泛舟，好生雅兴。如此想来，独钓寒江，不过如此。”

“哈哈……听闻南晓楼才华横溢，文高八斗，名不虚传。”孔亮捋着胡须大感受用，笑得乌篷船直颤，荡起圈圈水纹，真担心他翻了船。

“应该没有危险，赶紧吧，听得头大。”月饼双膝微曲，跃身而起，如一只轻盈的水鸟，轻飘飘地落在船头，连水波都没荡起。

我算算距离，起码七八米，实在跳不过去，于是故作矜持状，一动不动。

月饼负手立于乌篷船，棱角分明的脸庞映着落日的余晖，透着一丝寂寥，好一副浊世翩翩佳公子的风采！额前的长发随着江风，凌乱了风华，也凌乱了江边赏景的几个女游客的嗓门。

“哇！好帅！”

“欧巴，互加微信可以吗？”

“天啊！怎么可以有这么帅的男孩子？”

“肯定是明星在拍戏！”

“快帮我拍下来。注意角度，我要和男朋友同框。”

“我也要，我也要。”

而我，这会儿正等着孔亮慢悠悠撑着竹篙靠岸，空有一肚子墨水，也只能望船兴叹。

“大叔，能帮我们拍张照吗？”那几个小姑娘欢天喜地蹦过来，递上手机。

我顿觉五雷轰顶，天旋地转：凭啥月饼就是“男孩”，我成了“大叔”？！

六

“孔老师……哦……孔先生……”我琢磨着措辞，可不能露了怯，“您等我们多久了？受谁之托？”

“算算，至今已经七年了。”孔亮捋着胡须远眺夕阳，金红色的余晖将他满脸的皱纹划分成明暗相间的沟壑，“至于恩公名讳，恕难奉告。”

我心里一动，孔亮的言谈间对“恩公”极为尊重，按照年龄推算，那个人起码也要七八十岁，说不定早已驾鹤西去了。但是，这个“恩公”的身份极为重要，他是如何得知我和月饼会到这里？嘱托孔亮在此等候的目的是什么？或者……

几天之后，再细细回想，我才发觉，忽略了一个极其重要的环节。可是，此情此景，诸多疑团，哪能考虑得这么周全呢？

“孔先生，既然您不方便说，我们就不问了。”月饼双手搭着乌篷船两舷，“叫我们上船，总有个说法吧？”

孔亮耷拉着眼皮，似乎在遮掩目光。他拉开置于我们中间的小方桌的抽屉，变戏法似的掏出两坛绍兴老酒，号称“江南四大酒肴”的茴香豆、油炸花生米、卤豆腐、笋干各一盘，满当当摆了一桌。

“我知晓二位必有诸多疑问，但请相信，老夫并无恶意。”孔亮拍开老酒的泥封，香甜醇厚的酒香，丝丝滑滑的，直扑鼻腔，“只需做三件事，必知无不言，言无不尽。当然，有关恩公的，不便告知。来，如此美景，饮酒相谈，岂不快哉？”

我和月饼对视一眼，心里有了计较。自接触孔亮至今，没有从他身上感觉到一丝一毫的戾气，或许确如他所说，并无恶意。

但是，这件事处处透着古怪诡异，甚至比这些年无数次九死一生的经历还要危险。

换个角度讲，历经重重危险后，隐藏于幕后的敌人现身，终于到了你死我活的决战时刻，然而，敌人却毫无杀意，“哈哈”一乐：“哎哟，您可来了，等您好久了。早就备了好酒好肉，来来来，痛饮几杯。”

换谁，心里不发毛？

我伸出右手挠着大腿：“到底是夏天，蚊子真多，痒得抓心挠肝。”

“我怎么就不招蚊子？这么好的景色，同你出来，意境全毁了。”月饼瞥了我一眼，深深叹了口气。

“在精通医术的南晓楼与蛊术大家月无华面前，谁会蠢得下毒呢？”孔亮揣摩出我们的心思，自斟自饮了一杯，夹了一筷子茴香豆，丢在嘴里嚼得有滋有味，“若是连这点儿豪气都没有，不免掉了身价。”

我和月饼再淡定，也受不住这不着痕迹地激将法，再没废话直接灌了口老酒，夹了几口菜吃。还别说，这绍兴老酒，不像白酒那么霸道辛辣，胜在绵柔软糯，入喉温热润稠，好似江南春雨，于舞榭歌台、云雾青山间缠绵，别有一番“斜风细雨不须归”的滋味。

几盘小菜更是精致，茴香豆的香、花生米的脆、卤豆腐的软、笋干的鲜，齐聚于舌尖，如同漫步于香料铺子，哪舍得抽身而去？

本就饿得饥肠辘辘，面对如此美酒佳肴，我和月饼本着“天塌下来也不能饿着肚子去顶”的吃货决心，连吃相都不顾了，如同两个饿死鬼现了原形，片刻就坛空盘净。

“孔先生，酒也喝了，菜也吃了，需要我们做什么？”月饼边说边环顾四周。不知不觉间，游客已无，夕阳只剩窄窄一轮，在江面上拖着一道细长的波光红线，渐渐沉没于夜风微澜的水中。

我注意到月饼放下筷子的同时反手扣了根桃木钉，于是也从背包里摸出烟盒，顺手把瑞士军刀放在桌下，盘腿压住。

“做这三件事前，两位可知方才吃的是何物？”孔亮笑眯眯地收起酒坛餐具，从抽屉里端出手机长短、填满大米的长方形古铜香炉，插了三炷细香，“自五胡乱华，汉族一脉偏安江南，许多老讲究只存于江浙，唉……现如今，知道的人少之甚少。”

“孔先生，您做的‘活祭交命’局，还算是像模像样。”我点了两根烟，递给月饼一根，“茴香豆、花生米、卤豆腐、笋干，取的是‘回生腐损’‘逃回生天，身体腐损’之意。这个局源于春秋吴国，并非五胡乱华时才秘行于江南。”

“哦？”孔亮抬起沉重的眼皮，混沌的目光里迸出一丝讶异。

“春秋，吴国公子光欲刺吴王僚，寻得刺客专诸。吴王僚喜欢吃鱼，专诸远赴太湖学了三年烧鱼手艺，在宴席上将利剑藏于鱼腹，将吴王僚刺死，自己也被卫士剁成肉酱。公子光自立为王，即赫赫有名的吴王阖闾。”

“专诸行刺前，公子光为他准备的饭食就是这四样儿。这本是祭祀鬼神、祖先的，单独吃并无异状，但是四合一，再配以春天无根水酿制的老酒，活人如果吃了，就入了‘活祭交命’。答应供奉饭食之人的事，必须做到。做不到，则寒气入髓，三刻抵心，僵冷而死。这是春秋战国时期，专为刺客死士准备的。荆轲、秦舞阳刺杀嬴政，正是没有算准药效发作时间，以至于秦舞阳脸色青白，引起秦王的警惕。这三炷香，每做一件事，点燃一炷香。燃尽，事情没完成……”

“呵呵……没想到，南晓楼学识渊博，老夫敬佩。”孔亮依然是那副笑眯眯的和蔼模样，点燃第一炷香，“既然知道，为什么还要吃呢？月无华想必也是知晓其中利害吧。”

“我不知道……”月饼摸摸鼻子，嘴角扬起一丝微笑，“南瓜刚才假装挠痒，用摩尔斯电码传递了‘饭有危险’的信息。我回的四句话，每句话第一个字连起来正是‘我这同意’。”

“你……”孔亮微微愣怔，似乎有些不解，“那还……”

“因为我信任南晓楼，也相信我们俩没有做不成的事情。如果不吃这什么……什么来着，又怎么能解开谜团？”月饼伸了个懒腰，打着哈欠，“孔先生，你就别磨叽了，赶紧说那三件事吧！”

我也笑了。诚然，不单是孔亮，绝大多数人很难理解我和月饼这种在最危险的时刻能把后背交给彼此的感情。同时，我想到了一件事，不由得多打量了孔亮几眼……

“前两件事，只能一人去做。最后一件，必须两人合力。”孔亮轮流打量着我们，面色严肃，“谁做第一件？”

还没等我张嘴，月饼抢先接了活儿：“我来吧。”

“你这凡事冲在前的性子，能不能改改？”我嘟囔了一句，不免有些担心。

孔亮虽然没有任何杀意戾气，但是类似诅咒的“活祭交命”却非同小可，万一让月饼摘下天上的月亮，那不扯淡吗？

好在，“活祭交命”有个极其严苛的条件，就是只需完成目力可及、伸手可触的事情。满眼望去，周遭所及，也就那么回事儿，再刁钻的事情，计算好时间，香尽前，估摸着没什么问题。

“既然定了，就不能悔改。”孔亮又从抽屉里摸出笔和纸，“茴香豆的‘茴’字，有几种写法，怎么写？”

我嘴巴张得能塞进拳头，瞅着月饼额头冒汗却面不改色的样子：月无华啊月无华，平时叫你多读些书，你就是不听。书到用时方恨少了吧？

七

燃了半炷的香，稍有夜风吹过，灰白色的香灰便轻飘飘折断，跌在那方宣纸上，散成一摊浅灰。

月饼握着毛笔，汗珠顺着瘦削的两颊聚到下巴上，颤巍巍地滴落，溅入香灰，好像一朵朵寒峭的梅花。

“年轻人最大的优点就是自信，”孔亮悠然自得捋着胡须，“最大的缺点也是自信啊。”

我急得恨不得把月饼手里的笔夺过来，用篆、草、行、楷四种字体把“茴”字的四种写法各写一遍，省得受孔亮这鸟气。

如今，月饼只能眼巴巴地瞅着我，有种“考试时等我扔个纸条”的既视感。

我绷着脸憋住笑，免得破坏了紧张的气氛。不知为什么，月饼这都到生死存亡的关头了，我却觉得无比欢乐。

话虽如此，总不能真见死不救吧？我不动声色地把左手探进裤兜，将手机调成静音，按照记忆的位置点开屏幕，正要输入“茴”字。孔亮忽然瞪眼，吓得我一哆嗦，连忙把手抽出来。

“南晓楼，作弊可不行啊！”

得了，监考老师都没这么目光如炬！

这该怎么办？摩尔斯电码？月饼刚才托大，把我们通过电码传递消息的事儿说了，再用的话，肯定会引起孔亮注意。而且，摩尔斯电码只传递信息，没法教写字啊。

“茴”字的四种写法，出自鲁迅先生的《孔乙己》，发表于一九一九年四月《新青年》第六卷第四号，是继《狂人日记》后又一篇白话小说，在近代文学史上极具代表性。原文是：

“孔乙己显出极高兴的样子，将两个指头的长指甲敲着柜台，点头说，‘对呀对呀！……茴字有四样写法，你知道吗？’”

初读此文，我被孔乙己的故意卖弄引起了兴趣，查了诸多字典，才知道“回”字还有“囬”“囘”“廻”三种写法。

问题看似简单，且不说月饼不会，大多数人都写不出来。

想到这里，我心里一动，忽然有种很奇怪的感觉——两个人偏巧都姓“孔”。而且孔亮的相貌、装扮、谈吐，又与孔乙己极其相似。月饼写不出来的字，也是小说里孔乙己询问伙计的问题……

一次偶然，或许是巧合。诸多偶然集中在短时间内发生，必然是刻意安排。难道，孔亮有什么不能言喻的秘密，只能通过这种方式暗示我们？

“月无华……”孔亮看似不经意地瞥了我一眼，微微一笑，胡须颤动，“香，快尽了。”

我看看香，烧得仅剩小手指长短，算算时间不超过十五分钟。月饼悬腕握笔不动如山，不知道的还以为他在酝酿情绪，准备挥毫泼墨。

我注意到月饼的眉心隐隐泛出暗青色，顺着额头的毛细血管蔓延至脸颊，像是糊了一片蜘蛛网。一道依稀可见的淡淡白气，从灵台冉冉冒出，原本锐利的眼神，逐渐变得模糊涣散。

我心想坏了！

虽说不太明白“活祭交命”发作时是什么状况，照这么看，大概类似于某种巫毒诅咒。古城图书馆有本西汉异事的古籍，记载汉武帝巫蛊之祸时曾提到过：“血气失而人无智，骨气失则人无神，体气失然人无力。三气皆失，走肉行尸。”

月饼的情形，应该是血气开始散乱流溢，神智渐渐不清。等香烛燃尽，若还没有完成，后果不堪设想。

我深深吸口气，摒除杂念，想得脑子生疼：“怎样才能向月饼传递答案而不被孔亮发现呢？”

手机用不上，摩尔斯电码用不上，唇语也躲不过孔亮的监考（很奇怪，当时我的第一反应就是“监考”，而不是监视、监督），那该怎么办呢？

就这么短短几秒钟，月饼像是被电流击中，脸色忽白忽红，嘴唇紧紧抿着，胸口急速起伏，握笔的手腕抖得厉害，墨汁斑斑点点洒在宣纸上。

“孔先生，请教您一件事情。”我实在想不出办法，起身抱拳施礼，乌篷船微微晃动，水波荡起的涟漪由船舷两侧晕开，逐渐远去，“还望不吝赐教。”

“你想问，月无华完成不了，会变成什么样子，对吗？”孔亮望着悬挂于漆黑天幕上的初月，脸色如月光般阴冷，再无起初的笑容，“性命倒也无忧，大抵是散了气，徒具空壳罢了。”

“我会问得这么愚蠢吗？”我指着横跨两岸的枫桥，舔了舔干涸的嘴唇，“你有没有想过这样一个问题：当你顺着阶梯走上桥时，桥下已经有人盯着你了。当你放目四顾时，会担心脚下落空吗，尤其在早上九十点钟的时候？你不担心，因为你认为自己看得很清楚。”

“你的意思是，”孔亮微微一怔，低头沉思，“你其实早有准备，根本不用担心月无华有危险？”

“我喜欢和聪明人打交道。”我摸出军刀，指尖摩挲刀刃，“沙沙”作响，“真想和您交个朋友，聊个三年五载，必然能领悟很多人生道理。可惜，香尽之时，也是你赶往六道轮回的时候。”

“南晓楼，你从未杀过人吧？杀人，是很难的。”孔亮微微挺起佝偻的脊背，没有丝毫紧张，“何况，你也中了‘活祭交命’。我死了，你能活吗？”

“有些事，总是要做的，和生死无关。”我的心脏“怦怦”跳动，隐隐作痛，“一炷香时间，足够我割开你的喉咙，让你死在我前面。”

“吓唬我没有用。”孔亮摸着脖子哈哈大笑，“规则就是规则。既然你们自愿接受，就要去认真遵守。破坏规则，只会自取其咎。”

“孔先生，‘茴’字有四种写法。”毛笔落在宣纸上，月饼扬扬眉毛，手腕微抖，板板正正地写了四个大字，“您看，对吗？”

吧嗒，香燃尽，最后一丁点儿残缺的火头挣扎了几秒钟，终于熄灭。

“哦？”孔亮盯着宣纸上的四个“茴”字，双眉紧锁，抬头疑惑地注视月饼，“居然会？”

“惊不惊险？刺不刺激？意不意外？”月饼摸摸鼻子，伸了个懒腰，呼出一口白气，嘴角扬起一丝很好看的微笑，“电影里，主角在最后一秒解决生死难题才有戏剧效果。”

虽然是夏夜，我依然能感到那团气雾的冰冷，可想而知月饼在短短一炷香的时间里，身体和精神经历了怎样一种煎熬。更让我佩服的是，月饼在这种时候，依然能保持思路清醒，听懂了我的暗示。

“月饼，你鼻子沾的墨汁，倒是很有喜剧效果。”我那颗悬着的心终于落下，“先把手上的墨汁擦干净行不？”

“南少侠，我做的事，完成了。”月饼摸出根烟，深深吸了一口，意味深长地冲我点点头，“接下来看你的，你可别拖我后腿。”

“你是猪吗，还分前后腿？你瞅瞅你写的字，还能再写难看些吗？”

“你管我？写对了就行！”

孔亮一副“明知道我们在作弊，却又没有证据”的愤懑表情。

嘿嘿，孔亮啊孔亮，我和月饼经历的大小考试，可不比这些年九死一生的探险旅程少啊！绝对是身经百战，经验丰富。想抓住我们作弊，您还差点儿火候。

饶是如此，我的手心满是冷汗，暗自庆幸——如果没有当年考试时天衣无缝的考场默契，月饼又怎么会听懂暗示呢？

“南晓楼，接下来，该你做的事了。”孔亮掀起盖着船尾的草席，指着长长短短几件东西，“从河里钓一条鱼。”

我瞅着齐全的渔具，心想这事儿太简单了吧！由于一场在飞机上发生的意外，我和月饼在南印度洋不知名的荒岛上生活了一年（详见《异域密码》）。别说天黑钓鱼，就是让我跳进河里捕几条鱼，也是手到擒来的事儿。

“钓一条金色鲤鱼。”孔亮很贴心地在船尾放了一把小板凳，“只准钓三次。”

“啥？！”我刚拿起钓竿，顿时出离愤怒，恨不得把鱼钩挂在孔亮嘴上，“这不是扯淡吗？这么大一条江，到哪儿钓鲤鱼，还是金色的？万一没有呢？”

“肯定有。”孔亮翻翻眼皮没搭理我，指着船舷划的一条刻痕，“昨天，我刚放进江里的。喏，就在这儿。”

“你当我傻，这不是‘刻舟求剑’吗？鱼是活的，早就不知道游哪儿去了！还能在这儿张着嘴等我钓？”

孔亮点燃香，满脸核桃皮般的皱纹堆出一丝戏谑：“子非鱼，焉知鱼之乐？”

“你……”我忍了忍没好意思骂出口，瞅着乌漆嘛黑的河面，真想把孔亮这颗脑袋狠狠按下去，灌他几口水才解心头之恨！

鱼乐不乐，我不知道，反正，我很不乐！

八

“孔先生，这件事，可以换人吗？”月饼摸摸鼻子，紧抿嘴角，显然是动了怒气，“君子不强人所难。”

我心头无明业火也是“噌噌”直冒。确实，第一件事，“茴”字的四种写法，虽说有难度，可是并不离谱，总归有答案可寻。但是在江里钓一条昨天放生的金色鲤鱼，这就太离谱了。

大海捞针再难，好歹针是死物，或许还有一丝机会。鱼是活的，重回江水，一天一夜时间，早就不知道游到哪儿了，难不成还在这儿张着嘴等我把它钓上来？

这根本就是不可能完成的任务。月饼之所以要替代我，十有八九准备用某种蛊术。依着他的手段，估计费些劲儿，但不是什么难事儿。

寻思到这儿，我突然意识到：我和月饼，颠倒了顺序。

第三件事情尚且不知，“茴”字的写法和钓金色鲤鱼，却是刻意为我们准备，并且能顺利完成。偏偏月饼接了第一件任务，我去做第二件。

这是一连串看似简单却暗藏玄机的逻辑推理。术业有专攻，如果是我做第一件事，两件事会很顺利地完成。出题者却巧妙地利用了“月饼凡事都要抢在我前面”的心理，把异常简单的事儿变成了天大的难题。

由此可知，孔亮所说的“恩公”，不仅智商超高，而且对我和月饼的性格、习惯极其了解。就像桃花源的幻族陶氏、黄鹤楼的魇族徐勇健，预谋布局，已经对我们做到了“知己知彼”。若不是我和月饼应变及时，早就被他们“百战百胜”了。

唯一不同的是，“恩公”并没有藏在暗处，而是有恃无恐地挑衅，直接以孔亮为刀，明晃晃地戳向我们。

可见，这个人自信到了膨胀的程度。从心理学角度分析，他的人生必然有很长一段受人鄙视的经历，通过努力隐忍在某个领域获得了备受尊崇的成就，外表看似光鲜亮丽，内心却隐藏着极度扭曲阴暗、多疑嫉妒的隐性人格。

两千多年前的苏州，那时还是吴国首都，曾经有个非常符合此类性格特征的阶下囚——“卧薪尝胆，三千越甲可吞吴”的越王勾践。

这位自古以来以“励志隐忍”著称的诸侯，即位第三年被吴王夫差大败，第五年入吴为人质，给夫差喂马拉车，受尽屈辱，甚至还品尝过夫差生病时的粪便，最终博得吴王信任，重返越国。此后，他励精图治，终于在勾践二十四年（公元前464年）灭亡吴国，逼夫差自尽，随后会盟诸侯，成为春秋时期最后一位霸主。

看似励志典范，却在功成名就、大势已定时，逼杀功臣文种。

而另一位功臣范蠡早就看透勾践本质，离开勾践，并曾给文种送过一封信：飞鸟尽，良弓藏；狡兔死，走狗烹。越王是长颈鸟喙，可与共患难，不可与共乐。据说，他携西施泛舟五湖，后定居于西湖；还有一说，范蠡改姓名为“鸱夷子皮”，经商成为巨富，也就是后世商人推崇的“陶朱公”。

我之所以想到这些看似不着边儿的事，其实是这些年，经历的事情实在太超出认知范围，啥朝代的人和事没遇到过？就算是越王勾践真在岸边冲我们笑呵呵挥手说：“南晓楼、月无华，寡人等候多时了。乖乖破解《阴符经》的秘密，待寡人掌握天下玄机，必将起兵一统天下。”我和月饼充其量也就是故作震惊应个景儿，却一点儿也不意外。

“君子，言必信，行必果。”孔亮夹了颗茴香豆丢嘴里嚼得有滋有味，“该谁做的事儿，就是谁做。你和南晓楼都是一诺千金的人，不用我多说了吧？”

孔亮回绝月饼的话有理有据，我也没啥好反驳的，冲着月饼点点头：“月公公，这事儿，你甭操心。别说一条金色鲤鱼，就算是只千年王八，小爷也能把它钓上来。”

“嗯！好！”月饼认真点头，目光充满信任，双手插进兜里，坐到船舷处欣赏夜景。

我心想，月公公，您就对我这么放心？好歹也趁着孔亮不注意，往江里扔个什么蛊，引来那条金色鲤鱼啊？就这么踏踏实实地坐着，算怎么回事？

瞅瞅香烧了五分之一，我感觉丹田处有股微微外涌的凉意顺着血液蔓延至四肢，手脚稍有些凉意，应该是“活祭交命”开始发作了。

没办法，我硬着头皮拎起鱼竿——就是根普通的竹子，入手油润丝滑，隐隐有股棕油味儿。鱼线是江南常见的蚕丝线，白鹅翅膀上拔下的羽毛做鱼漂，钓钩是绣花针弯制的。

这四样钓具虽然不起眼，看似随手准备，比不上高端钓具，却是不可多得的好物件：浸泡棕油的竹子韧性十足且分量极轻，握在手中能敏锐地察觉到轻微颤动，判断是否有鱼上钩；蚕丝制的鱼线既有弹性又结实，受力耐泡，就算是大鱼上钩，只需顺着鱼势，便能消耗鱼的力道，不易被挣断；鹅羽色白纤轻，如雪花落江，稍有波纹，即可察觉；至于江南飞针走线的绣花针更是细若发丝，锐利无比，鱼若咬钩，顷刻便钩尖刺唇，深入肉中，断不能挣脱。

就像“梅兰竹菊”被称为“四君子”。这四样儿钓具也有个很雅的称呼——“春花秋月”，取意于“春竹”“蚕花”“秋羽”“金钩”。可惜的是，随着科技越来越先进，各类器物愈发昂贵花哨，钓具也成了钓友们相互炫耀、彰显财力的资本，看似简陋却蕴含风雅的“春花秋月”，早已无人知晓。不知是时代之幸，还是传承之哀？

这四样儿取之自然，暗含“金木水土”之意，用此钓鱼，最是鲜活。生“火”入锅，则成了五行相生的循环。烹炒烧炖，鱼肉肥美，鱼汤浓白，唇齿留香，鲜气通透，怎是一个“好吃”可以形容？

孔亮所说的“恩公”还挺有见识的，能摆出这几样东西，就不是凡人。可惜是敌非友，要不然真的可以喝几杯聊聊天。这么想着，我心情畅快了不少。

月饼常说，我在任何情况下都能保持一份莫名其妙的“迷之轻松”。至于怎么钓金色鲤鱼？车到山前必有路，柳暗花明又一村。还有五分之四炷香的时间，总能想出办法。就算实在没辙了，月饼也不能眼睁睁看着我毙命江畔。

收拾好钓具，盘腿儿坐下，正要甩竿入江，我忽然想到一件事情，好像少了一样东西，最关键却最容易忽略的东西！

“孔先生，鱼饵在哪儿？”

“没有鱼饵。”

“你要我玩呢？”我是真的火大了，差点把鱼竿掰断，又实在不能对一个老头说得太难听，“你要再年轻二三十岁，我能让你往后余生只能抱着鱼竿泡江水里吐泡泡！”

“孔亮，你这么大岁数，我们不好意思做什么，别倚老卖老。”月饼把三枚桃木钉整整齐齐摆在船舷，又从背包里掏出一截白蜡封的竹筒，十之七八是什么蛊，“陪你玩了这么半天，我们的耐心是有限度的。”

“姜太公钓鱼，愿者上钩。”孔亮捻起一颗茴香豆，鉴别珍珠般专注盯着，“南晓楼，鱼饵是什么，你知道的。”

九

孔亮简单的几句话却藏着很深的玄机，使我暴怒的心情瞬间平复。月饼疑惑地看向我，正要询问，我抬手示意他噤声，轻轻甩动鱼竿，“呜呜”的破风声在寂静的黑夜里分外清亮。

鱼饵到底是什么？为什么我会知道？

《苻子・方外》记载：“太公涓钓于隐溪，五十有六年矣，而未尝得一鱼。鲁连闻之，往而观其钓焉。太公涓跪石隐崖，不饵而钓，仰咏俛吟，及暮而释竿。”

民间传闻，商纣王暴虐无德，宠幸妖姬妲己。西伯姬昌欲推翻暴政，便四处招贤纳士。

年逾花甲的姜子牙得闻，千里迢迢来到西岐，在渭水北岸结庐居住，每天清晨坐在溪边垂钓，日暮而归。他钓鱼的方法很奇特：短竿，长线，直钩，无饵，钩离水面三尺。

樵夫武吉路过河边，大感疑惑：“你这老翁，如此钓鱼，可笑之至！”

姜子牙不予置否：“我钓的不是鱼，而是王侯。”

姬昌得知此事，大感好奇，斋食三日，沐浴更衣，亲自带着厚礼去拜访。

经过一番长谈，姬昌知晓姜子牙是当世奇才，便亲自拉车，将其请回国都。拉到八百零八步时，车绳断裂，姜子牙仰天长笑：“天数已定，我保周八百年。”

姬昌去世后，姬发即位，尊姜子牙为“尚父”，灭商立周，封姜子牙于齐，是为齐国。

这些民间传闻虽然是茶余饭后的谈资，但巧的是，从武王伐纣到秦灭东周，差不多就是八百年。而更有意思的是，秦并六国，最后攻克的正是齐国。

书归正传。我拿出比高考还要认真的态度，把这段故事推敲了好几遍，再结合当下的情形，大概弄懂了其中的逻辑关系：

第一，金色鲤鱼真实存在，绝对不是孔亮故意出难题让我完成不了这个任务；

第二，“鱼饵”只是个代称，并非常见的钓鱼饵食，而是某种我知晓却忽略的玩意儿；

第三，“茴”字的四种写法和钓金色鲤鱼都是针对我设计的，而不是我和月饼弄反了顺序；

第四，孔亮昨天从船舷刻痕处放鱼入水，他怎么能确定鱼还在？或许金色鲤鱼并非真鱼，而是类似鱼或者谐音的物品？

由此延伸，是否能和始终贯穿“寻找《阴符经》”这件事的“墨家机关术”有关联？那么，这四样钓具，甚至乌篷船都暗藏某种机关？我们只需破解机关，就可以找到所谓的“金色鲤鱼”？

人一旦展开联想，脑子里能冒出无数稀奇古怪的念头。此刻，我便如此。几乎历史上所有关于“鱼”“船”“钓具”以及“水下机关”的传闻野史都从脑海里翻腾而出。就连“武则天墓暗藏湖中”这种街言坊语都让我想到了……当然，除了折腾得脑瓜子生疼，完全没有头绪。

我肯定不会相信水里“哗啦”冒出个湿漉漉的骷髅头，开合巨大的牙床说“在下姬昌，等你千年，终于得见天日。只需给银行卡转五千块，待我唤醒百万猛士，夺得天下，封你为一方诸侯”这么扯淡的事儿。

那种“越想不出明明知道的某件事，越要强迫自己去想”的状态，相信大多数人都有体会，我就不多形容那种火烧火燎的感觉了。最不安的是，不知不觉，香已经燃了一半，我清晰地感受到越来越浓的冰冷，如同猛灌了一瓶冰镇可乐，凉气从腹部瞬间蔓延全身，甚至要从毛孔里溢出了。但我没有消暑的舒适感，而是感觉五脏六腑都冻成一坨了，沉甸甸地坠在腹部，四肢筋络也变得血脉不通，像是枕着胳膊久睡，压得麻木了。

身体越来越冷，我忍不住打着哆嗦，牙齿不受控制地“咯咯”碰触，两腮的肌肉因为微小的颤抖，如刀割般疼痛。我觉得眼前的一切变得极其缓慢，纷乱嘈杂的思绪像高速公路突然拥堵的车流一样，也慢了下来。

这种感觉，不切身体会很难感同身受，就像在零下十几度的冰天雪地赤身裸体行走，寒冷、刺痛、麻痒、困顿、绝望。为了活下去，我只能用残存的一点儿意识，对抗着肉体的痛苦。

困意从心头缓缓上涌，眼皮越来越沉重，我昏沉沉地站立不稳，踉跄着坐倒，却对月饼更多了一份佩服：“月公公体气几乎完全溢出，居然还能保持冷静，瞬间分析出我对他的暗示，写出四个‘茴’字……”

想到这里，我的思维也停止了。“活祭交命”看似简单，却像这条表面平静的江水，藏着足以夺人性命的暗流。

我倏地清醒了一秒钟——始终没有现身的“恩公”布了这个局，想除掉的不是我，而是月饼。因为前两件任务是针对我设计的，只能由我完成。也就是说，他想让我活下来，破译《枫桥夜泊》里的密码，找出藏在姑苏的《阴符经》线索。

反过来推理：鱼饵不是代称，不是什么墨家机关术，就是鱼饵，而且是我非常熟悉或者非常了解的某样事物！

岸边若是有游人路过，会看到一艘极富年代感的乌篷船，老者自斟自饮，清瘦少年赏月观景，圆脸少年独钓一江水。水波微漾，夜风习习，月光如银，江水似玉。

这幅足以发朋友圈、微博的悠然景色，却藏着最可怕的危机。

这是我一生中最凶险的经历，因为我要战胜的是自己，在生命倒计时最后一秒前，一定要想出正确答案。并且，月饼帮不了我。

“你似乎对南晓楼不是很关心。”孔亮的声音就在耳边，震得我耳膜嗡嗡作响，却听起来遥远而又空洞。

“破坏了规矩，等于提前‘活祭交命’进度。我选择了一，他选择了二，这没法更改。”月饼这番话，语调很平静，不带丝毫感情色彩，“我能做的，就是在他失败后收拾你而已。”

“别忘了，还有第三件事。如果南晓楼变成行尸走肉，你们无法携手完成，‘活祭交命’还会发作。至于你，呵呵……”

“哦？也就是说，这是一个死局，对吗？”

“是不是死局，暂且不定。月无华，我很好奇，南晓楼究竟用什么方式，告诉你‘茴’字的四种写法？你可知，我但凡察觉，‘活祭交命’的诅咒立刻就会应验。”

“就像高考，抓住作弊，立刻驱逐出考场，人生再没有重来一次的机会，对吗？你刚才说，子非鱼，焉知鱼之乐？可是，子非鱼，焉知鱼会乐呢？乐与不乐，在鱼，而不在咱们的主观认知。就像现在，你觉得我袖手旁观，不在乎南瓜会怎么样。可是，我用你能发现的方式，那才是真把他坑了。有些事，只能靠自己。哦！对了，至于第三件事……既然我们敢接受，能不能完成，都是赌命。很多年前，我们就把自己的命交给彼此了，你就甭操心了。”

一个人与你朝夕相处很多很多年，一同走过热血青春的懵懂梦想，一起醉过刻骨铭心的背叛苦恋，一路闯过诡异凶险的生死旅途……他总是沉默寡言，却在你最需要的时候，始终默默站在你的前方；在你身处危难的时候，将生命相互托付的时候，他却说了很多很多话。

请相信我，这绝不是惊慌失措的畏惧逃避，而是“嗨！兄弟，我在”的豪迈担当！

我冰冷的眼球稍稍有了一点儿久违的湿热，或许是残存的血气翻涌，或许是……眼泪？

就在那一秒钟，就在眼泪即将流出的一秒钟，灵感汇成一道耀眼的光柱，重重劈下，为黑暗的世间带来一丝短暂璀璨的光明。

“子非鱼，焉知鱼之乐。”

我知道了！

原来，月饼已经想到了，他通过和孔亮交谈，把重要的信息隐晦地传递给我。

十

恍惚中，那炷香在视线里模糊成三四根重影，赤红的香头已经燃了三分之二，体气外溢的感觉更加明显，哪怕是极其细微的动作，几乎都要崩断我僵硬的神经。

我紧咬牙关，忍受着疼痛，伸手抓捏好几次，才把鱼钩攥在手里。

举到耳边，刺破耳垂，尚存一丝温度的血液涌出。我使劲挤压，直至鲜血涂满鱼钩，浸染鱼线，才奋力挥竿下钩。

肩膀因甩动过猛，像被一把锋利的尖刀插进肩窝，割断肌腱。我疼得握不住鱼竿，几乎跪在船边，手肘撑着船舷，才定住鱼竿，使鱼钩悬于水面半尺高的地方。

鲜血顺着鱼线往下流，在鱼钩上汇成几滴颤巍巍的血珠，一滴一滴地落入水中，散作几缕淡淡血丝，刹那间消失无踪。

突然，我觉得额头好像被凿了个洞，整个人像被戳破的气球，有气往外"嗞嗞"地冒着，五脏六腑聚成一团，眼球里的液体"叽咕叽咕"作响，似乎力道再足一丁点儿，就能从内部爆裂。

香要燃尽了，如果我的判断错误，那条该死的金色鲤鱼没有上钩，我可能只剩下几分钟的生命了。当然，我不会真的死去，只是变成一具没有知觉、意识清晰，躺在病床上慢慢等死的植物人。

"哗啦"一声，距离鱼钩两三米的地方冒起一串水泡，沾着零星月光，碎银般散入水中。

隐隐约约中，似乎有一道金色的身影由远及近，在鱼钩正下方的水中盘旋围绕，几次试探着游到水面，却又警惕地迅速下沉。

金色鲤鱼！我激动得手腕一颤，鱼钩随之晃动。鱼受惊潜入水底，再不见踪迹。

这是一场人与鱼之间耐心与定力的较量，失败者付出的是生命。我用左手攥紧右手腕，闭上双眼，摒弃一切杂念，静静地用心感受外界细微的变化。

水纹，碰撞船身四下；风声，在耳边掠过三次；树叶，簌簌抖动七回；水底，有一道盘旋的水窝，冒了两串气泡；月饼，心跳急促，呼吸沉重；孔亮……

“只有闭上眼睛，静下心，才能听到大自然的声音。”这句诸多文艺男女游山玩水时发在朋友圈的常见短句，如今却是我自救的唯一方法。

我听到了……不，我感觉到了：鱼尾不再摆动；最后一滴血珠，凝滞在鱼钩尖上，欲坠未坠。“哗啦”，清亮的破水声，迅猛的破风声；我手腕一沉，鱼竿绷直，鱼线乱颤，鱼尾甩动的水珠如疾风骤雨，零落水面。

金色鲤鱼终于上钩了。

一股暖流从额头回涌体内，血脉像是拥堵许久的高速公路忽然畅通，恢复川流不息的常态。

我睁开双眼，抬手，举腕，收竿！一尾足有一尺长的肥硕鲤鱼重重拍打着船板，印出一片片椭圆水渍，它扭曲翻腾的鱼身迸溅着水珠，通体泛着黄金般耀眼光芒。

“南瓜，我知道，你能做到。”月饼抓起金鲤，手指抠进鱼鳃，挤开鱼嘴，取出鱼钩，丢到孔亮身前，“鱼，钓上来了。你应该庆幸，否则第一个死的是你。”

我丢下鱼竿，双手撑着船舷大口喘着气。此时，憋了许久的汗水才从毛孔涌出，滴落下来：“月公公，刚才，你是如何做到遭这份儿罪，还能装作啥事儿没有的？”

月饼摸摸鼻子，嘴角扬着笑：“咱俩之间最大的不同是什么？”

“趁着小爷还没完全恢复，不便动手，有屁快放。”我瞥了一眼端坐不动的孔亮。

“我是蛊族最强男人，你是过气悬疑作家。我们在生死之间的忍耐力，如同王者和青铜的区别。”

“你的王者还是我带上去的，要点脸吗？”我哈哈一乐，盘腿坐下，摸出根烟来。

我们故意不搭理孔亮。至于原因嘛，我方才闭目感触自然时，听到了很奇怪的事情。精通蛊术的月饼，自然比我更先得知。

“了不起，不愧是恩公选中的人。”孔亮捧起金鲤，直勾勾地盯着开合缓慢的鱼嘴，“也许，你们真能破解藏在姑苏的秘密，寻到《阴符经》的最终线索。”

“孔先生，您是文族，对吗？”我的心口微痛，再次对这位老者用了尊称。

“哦？何以见得？”孔亮抬起眼皮，浑浊的眼球似乎笼了一抹惨白，“我若是文族，咱们岂不是同族了？”

“传闻，幻、魇、文、蛊四族的分支，被回到过去的我们为了《阴符经》而屠戮灭族。桃花源的陶氏幻族、黄鹤楼的徐氏魇族……姑苏，为什么不可以是孔氏文族？”我点着了烟却没有吸，转动着过滤嘴，“你们寻着张继的生平足迹和《枫桥夜泊》暗留的线索，寻遍江浙，兜了一个大圈子，最终确定《阴符经》的线索就在姑苏。或许……”

我停顿片刻，斟酌这句话该怎么说：“孔氏文族已经找到了，只是无法解开最终的秘密？”

“南晓楼，你的推论就是无中生有吗？年轻人，天马行空的想象固然是好事，若没有确切的依据，就是胡说八道了。”孔亮左腮的肌肉轻微抽搐，牵动着眼角低垂。

“您在第一个问题上就暗中透露了信息。上一个问这个问题的人是谁？偏巧和您同姓？为什么那个人明明有着渊博的知识，却对‘茴’字四种写法乐此不疲呢？店伙计会不会写，对他来说，这么重要？也许，他在做您今天做的同样的事，寻找合适的人选。”

孔亮掩饰着双肩的颤动，聆听不语，强装出一副很好奇的表情，浮现在他那张苍老的脸上有些滑稽。

“我记得小说中，那个人经常许久不见，原因是‘便连人和书籍纸张笔砚，一齐失踪’。再回酒铺时，‘青白脸色，皱纹间时常夹些伤痕’。他偷过何家的书，在偷丁举人家的东西时，被打断了腿。最后一次现身时，‘脸上黑而且瘦，已经不成样子；穿一件破夹袄，盘着两腿，下面垫一个蒲包，用草绳在肩上挂住’。”我注意到，孔亮眉宇间闪过一丝悲戚，心里便有了计较，“如果，他不是为了偷书，而是在大户人家的藏书中，寻找线索呢？他的伤及至断腿，并非被打，是寻找《阴符经》途中遇到危险受伤，最终……”

“住口，不要再说了！”孔亮低声嘶吼，露出一丝压抑的苦楚，再无悠然自得的神色。

“鲁镇就那么大，谁家死了一条狗，估计当天就家喻户晓。偏偏他每次偷书被打，都是过了很久后他去酒铺喝酒时，才被人得知。被打断腿，那么大的事儿，居然在中秋前两三天，才传到每天闲言碎语流传最广的酒铺？掌柜取笑时，他强调三遍‘跌断，跌，跌……’，也许，确实是跌断的。”

“南晓楼，你很聪明……但是，别再分析了。”孔亮把金鲤端端正正摆放在桌上的香炉前，又重新点了三炷香，双手合十，恭敬祭拜，“江浙文族的残存一脉，为寻《阴符经》，历代先祖受尽屈辱，被世人误解，忍辱负重却无一善终，还被一代文豪写进小说里嘲讽。我始终不解，为了一本书，何至于此？今日了解你们二人秉性后，更知绝非什么‘掌握了跨越时间空间的方法，回到过去黑化、屠戮四族’之人……那又何必耗尽数代人的尊严与生命，苦苦寻找呢？”

孔亮承认自己是文族了。

我忽然觉得这位“风烛残年”的老人非常可怜。为了家族传承的训诚，穷尽一生追寻虚无缥缈的事物。更可悲的是，他根本不知道追寻的缘由。

尤其是他的那位长辈，按年龄推算，叔伯辈那个人更是装痴作傻，忍受着嘲笑、鄙视、辱骂、唾弃，用一生做了一件自认为神圣伟大的事情。

这算什么？可敬可叹？夸父逐日？别人笑我太疯癫，我笑别人看不穿？

我几乎忍不住就要把竹简的秘密说出来，月饼却挥手示意我噤声：“孔先生，您不是文族，是蛊族！”

“你，怎可……”孔亮被误解的激动神态，绝对不是装出来的，“辱我身份！堂堂文族，岂容区区耍蛇吃虫的蛊族玷污？”

月饼被“区区耍蛇吃虫的蛊族”这句话噎得脸色青白，绷着脸竟然愣住了。我实在忍不住了，笑得肚子疼，差点儿把乌篷船晃翻：“孔老师，您这毒舌……月饼二十多年，没让人怼得这么彻底。哈哈哈哈哈……”

挺紧张严肃的气氛，让孔亮一番义正词严的辩驳给笑场了。

深吸了好几口气，月饼才缓过神儿，用火机烤着他带来的竹筒上的封蜡：“‘活祭交命’本来就是蛊族的‘蛊咒’。蛊族的秘术，你怎么会？”

接下来的一幕，让我把笑声生生咽进肚子，在肠胃兜兜转转一圈，裹着吃下后还没消化的“回生腐损”四样小菜，哇的一声就吐在江中。

十一

竹筒上的白蜡熔化成蜡油，筒子里窸窸窣窣地乱响，像是某种多足昆虫在抓挠筒壁。竹塞晃动着向外脱离，“吧嗒”一声落到船板上，两条红绿相间的长须小心探出，左右分开试探。须臾，一条周身布满环形红绿圆纹、拇指粗细、中指长短的蜈蚣，开合着两根半月形腭牙，挪动着密密麻麻的足爪，爬出半截身子。

蜈蚣昂起脑袋，居然对着月饼微微点头。月饼抿着嘴，发出有节奏的“嘶嘶”声。蜈蚣闻声，侧头望着那四盘小菜，背脊“咯咯”作响，裂开两条细缝，探出两张薄得近乎透明的翅膀，“嗡嗡”飞到盘子上空，盘旋了三四圈，嘴里吐出浓烈腥臭的黄色液体，点点滴滴落进菜肴。

月饼那些稀奇古怪的蛊虫，我见了“没有一千也有八百”，虽然觉得恶心，好歹也对得起“习以为常”这四个字。可是接下来的一幕，才是我呕吐的原因。

菜肴沾了蜈蚣体液，“咕叽咕叽”冒出极为黏稠的气泡，又“啵啵”爆裂。各种足以挑战嗅觉极限的怪异味道散出，就像身处荒废许久发了霉的调料铺子，辣得我眼泪直流，熏得我晕头转向。

更恶心的是，盘中仅剩的菜肴像是油锅中滴入冷水，“滋啦滋啦”地跳跃翻动。指甲盖大小的蛤蟆、蝎子、蛆（也有可能是小蛇）、蜘蛛，从菜肴里匆忙钻出，围着盘盏骨碌碌乱转。看架势，多半是要逃跑。

蜈蚣振动翅膀飞得更低，围着盘盏喷了一圈黄液。毒虫遇到黄液，如同触到火圈，顷刻间溃烂，化成一摊摊油脂状的液体。

蜈蚣落入盘盏，将液体吮吸干净，干瘪的肚子鼓得圆滚滚的，歇息了几秒钟，振翅飞起。估计吃得太撑，身体太重，翅膀扇动得极快。它费了好大劲儿才飞回竹筒，好不容易把臃肿的身子塞进去，露在外面的脑袋又对着月饼昂首致意，才心满意足地缩回去。

我掬把江水洗着嘴角的秽物，想死的心都有："月公公，咱们吃的就是这些玩意儿？你早知道了对不？这也敢吃？孔老师言之有理，你们蛊族真是要蛇吃虫长大的。"

"多一项生存技能又不是什么坏事儿。"月饼耸耸肩，双手一摊，"你知道'活祭交命'的局和来历，却不知道是蛊族秘传两千年的'蛊咒'，怪我咯。"

我盯着顺着下巴滴入江面的水珠，微微荡漾的水纹皱得整张脸扭曲诡异，我突然反应过来一件事，差点儿没把肺气炸："月无华，这么说起来，完成第一件事，你根本不受影响，对不？整了半天，就我中蛊，差点把命搭进去？你缺德不？丧尽天良啊！"

"舍不得孩子套不着狼！能真让你出事儿吗？我不早就把竹筒拿出来备着了吗？你要是完成不了，怎么做第三件事？怎么找《阴符经》？"月饼眨了一下左眼，右手摸摸鼻子，"不牺牲小我，哪来的成全大我？再说，你这不好好的啥事儿也没有吗？"

这是我和月饼独有的暗号，表示"准备一起行动"。我当然知道他暗示的是什么，嘴里兀自聒噪不停，慢慢挪着步子靠近孔亮。

乌篷船本就不大，我和月饼所处的位置和孔亮最多隔着两米。接下来要做的事情，是为了证实我的一个判断。

孔亮笑眯眯地捋着胡须，饶有兴趣地听我们斗嘴："南晓楼、月无华，不用费心思了。我的任务完成了，没有遗憾了。"

我正要配合月饼，冲过去封住孔亮的几个关键穴道，闻言一愣，顿住脚步。

孔亮敛起笑容，长身而起，背对着我们，遥望着漆黑天际那轮明亮的弯月：“‘月落乌啼霜满天，江枫渔火对愁眠。姑苏城外寒山寺，夜半钟声到客船。’一首诗，一场文字游戏，耗尽了多少代人的心血，折损了多少先祖的生命。到头来，不过是镜花水月。唉，这些年，我时常在想，如果不是流着异族之血，如果不寻找《阴符经》，如果没有人相信你们黑化的传说。父亲或许是个受人景仰的教书先生，每日温一壶老酒，半盏茴香豆，何等快活？何必被世人误解，在嘲讽鄙视中郁郁而终呢？又怎能被那位文豪写进小说中，任由后人耻笑呢？起初，我并不知晓父亲所为，对他只有憎恶。直到整理遗物，发现了一本父亲的手札……唉，一晃，一生就过去了。”

我心头一颤，方才那个大胆的想法居然是真的！孔亮，是那个人的儿子！

当他的父亲作为小说人物，成为那个黑暗时代里市井众生相的缩影，隐瞒着不可能说的秘密，忍受着不被理解的偏见，口口相传几十年……

他难道真想自己的儿子重蹈覆辙，直至生命尽头吗？

不会，绝不会！所以他直至逝世，也没有告知儿子真相。

孔亮这一生的遭遇，虽不了解，但也能想到，无非是世人茶余饭后的笑柄，如同他的父亲。他所执念并坚持的，并不只是家族的家训，而是破解《枫桥夜泊》内含的《阴符经》线索密码，恢复父亲的荣耀！

即便成功，依然无人知晓。但于他，此生足矣！

“儿子，我对你严厉冷漠，只是不想你太像我，一辈子没做成一件事。安安静静也好，轰轰烈烈也罢，过好自己的人生。”

“父亲，再也没有人吃饭时训斥我筷子拿得不对；再也没有人任由我顶撞争吵，被气得哆嗦；再也没有人在我受尽挫折时，木讷地劝我回家。当我懂你时，你已白头，你已逝去。你未完成之愿，我替你实现。”

这个世界上，你认为最不理解、最苛刻、最无法沟通的人，可能只有父亲。同样，在父亲心中，你又何尝不是最不理解、最苛刻、最无法沟通的人呢?

但是，在人生最绝望的时候，在最需要温暖的时候，人们首先想到的会是谁呢?

所谓“父爱如山”，无非是在你快乐时压得喘不过气，悲伤时最踏实的依靠。

父子之情，莫过于此。

我们每个人，心中都有不能诉说的秘密，或光明，或阴暗；做过别人眼中极其可笑的事情，或坚持，或放弃。每每夜深人静，回首过往，辩解、委屈、愤怒、悲伤、沮丧、动摇……诸多滋味皆上心头时，又有几人能自豪地对自己说出“无悔”？

孔亮和他的父亲做到了！在寻找《阴符经》的这场文字游戏中，他们是失败者。但是，他们是自己人生的成功者。

“我可以救您。”月饼双手并在腿侧，脊背挺得笔直，这是他对待极其尊重的人才会有的姿势，“孔老师，请您相信我。只要是蛊术，我就能解。”

“孔老师，我想给您搭搭脉，”我从背包里翻出许久不用的针包，取出几根银针，“岐黄之术，还说得过去。”

孔亮双手探到胸前，叹了口气，缓缓转身：“‘恩公’为我续命七年，终于等到你们了，我很欣慰。”

他解开衣衫，袒露着布满褐色老人斑的胸膛。

我和月饼看了许久，默默地对视，勉强挤出一丝很悲的浅笑。

十二

孔亮的胸膛覆盖着一层干枯、坚硬的癣斑，像鳞片一样，稍稍一动就脱落，露出里面灰色的皮肤。芝麻大小的脓液泛出，遇风凝固，重新结成一片片癣斑，看得人头皮发麻。

我盘算着，如果是“蛇皮癣”，应该用哪几味草药来内服外敷。也许是夜风太凉，我狠狠地打了个哆嗦。

如果全身长满了癣，不仅难以忍受身体的疼痛麻痒，而且心理承受能力也会受到极限的挑战。谁能承受每天都眼睁睁看着自己的身体变成“蛇皮”的痛苦？这么严重的癣，完全破坏了身体机能，常人早就死了。难怪孔亮对“恩公”感恩戴德，异常尊重。只是不知道，那个人用什么办法保住了孔亮的残命。

况且，生长速度这么快的癣闻所未闻，这应该是某种毒在孔亮体内滋养多年，才形成这么诡异的病状。

我使劲咽了口唾沫，总觉得哪里不对，抓着头发思索，忽然想到一件可怕的事情……

“孔老师，您中了蛇蛊？”月饼略略思考，从背包里掏出几根竹筒，“我随身带的蛊不多，这几种可以暂时压制蛊毒。”

“月饼，你等等。”我的嗓子有些干，哑着声调，“不是蛊毒，是那件事。”

月饼愣了愣，随即明白，眯眼观察着孔亮，冷峻的眼神中，竟然透露出一丝我从未见过的恐惧！

“没错，就是那件事。”孔亮低头端量着自己的残破胸膛，伸手摸着心脏位置，四指并拢，好似一把锋利的刀划开半尺长的口子。

意料之中，并没有血迹流出。划开的皮肤里，黑色的肌肉散发着恶臭，里面盘踞着一条“蜈蚣”，形状和颜色与方才月饼放出的那条极为相似。

“没有它，我早死了。”孔亮摸着蜈蚣花花绿绿的身体，满脸皱纹中挤出一丝欣慰，“或者……”

那条“蜈蚣”的尾巴深深扎在肉里，几十对须足像两排细密的管子趴在胸口，隐约能看到，淡淡血液顺着须足吸吮入蜈蚣体内。直到撑得通红锃亮，几乎要渗出血，蜈蚣张开腭牙，撕开肌肉，露出一根干瘪的血管，把血液吐进去。

孔亮脸色稍稍红润，微微闭目，似乎很享受地舒了口气。两块皮肤脱落，随着夜风轻飘飘落入江中，又被几条寻食的鱼儿啄食殆尽。

“有句老话，‘好死不如赖活着’。”孔亮合起衣服，认真地系着扣子，“年轻的时候，总觉得轰轰烈烈地死，好过窝窝囊囊地活。上了岁数，才明白生命真好。哪怕是这样活着。”

我强压着呕吐，用询问的目光看向月饼。

“孔老师，您所说的恩公是蛊族？”月饼皱着眉，细长的双目闪烁着极其热烈的情绪，喃喃自语，“活祭交命……蛊咒……既可以取命，也可以续命。”

虽然月饼此刻的关注点并不是孔亮身体的异状，而是对恩公身份、蛊术的思索，看似有些不近人情，我却很理解他这种状态。蛊族，是“灵、换、卜、医、蛊、文、武、魇”八族中最为独特的存在。虽然八族在春秋战国时期，因《道德经》不同的研究方向而分宗立派，但是蛊族却早于七族数百年就存在于世。

距今约四千七百年前，中原地带曾爆发过一场决定历史走向的战役——涿鹿之战。

黄帝、炎帝部落大败九黎部落，一统中原，开创了辉煌的中华文明。这也是中国人被称为“炎黄子孙”的缘由。

战败的九黎领袖蚩尤身首异处。《皇览》记载：“蚩尤冢在东平郡寿张县阚乡城中，高七丈，民常十月祀之，有赤气出，如匹绛帛，民名蚩尤旗。其肩髀冢在山阳郡巨野县重聚，大小与阚冢同。传言黄帝与蚩尤战于涿鹿之野，黄帝杀之，身首异处，故别葬之。”

蚩尤的残部溃散至荒蛮之地，其后人逐渐在当地繁衍生息。民间传闻，蚩尤一族怀异术，擅驱兽控虫，巫蛊祈咒，神秘不可测。

这也许就是蛊族的由来。

然而，居于深山，行踪神秘，略带恐怖色彩的蛊族，并不为世人所接受。即便大多数蛊族后裔心存良善，入世以蛊术救人，极受尊重，却也只能隐瞒身份，以医者自称，白白让医族捡了便宜。

但是，林子大了什么鸟都有。总有些歹毒之人，为一己之私欲，利用蛊术，做丧尽天良的恶事。他们在西汉、三国、东晋、唐、明等朝代，都曾做过轰动一时的大事，尤其明朝关于一颗红色药丸的事件，更是影响深远。

人总是擅长忘记“善”而牢记“恶”，一件坏事足以摧毁一百件好事形成的印象。蛊族也渐渐在人性和时代的磨砺中凋零。直到月饼这一代，虽然仍有诸多蛊族分支，只是取些老方子，在购物网站开个店铺，多少有些收入，却没人再精研蛊术。

我曾开过月饼的玩笑：“月公公，您老人家自称‘蛊族最强男人’，琢磨琢磨还真不是吹牛。整个蛊族，也就你一人精通蛊术，舍你其谁。”

当时月饼扬扬眉毛没有说什么，但我能察觉到藏在他眉宇间的那份落寞。

如今，孔亮的异状病态，却由极其精妙的蛊术续命。我要是月饼，这种终于找到同类的心情，估计比他还激动。

而且，我还想到：月饼对于“恩公”身份的关注，还有一层更深的推理。

“恩公的身份，你们会知道的，但不是现在。”孔亮系好最后一个扣子，“该做第三件事情了。在此之前，我想问两位几个问题。”

我心想，孔亮啊孔亮，您老人家没写悬疑小说真是瞎了“故弄玄虚”这个词。啥事儿不能痛快点儿？想想即将发生的事，我又有些黯然。

月饼倒是沉得住气，摸摸鼻子：“孔老师，很快，对吗？”

“是的。”孔亮艰难地扶着船篷，盘腿坐下，“你俩哭丧着脸给谁看呢？南晓楼，按照小说情节走向，我是不是应该来几句临终感言，烘托一下气氛啊？”

完了！孔亮一反常态，怕不是到回光返照的时候了？

“我就想知道，前两件事情，你们是如何在我的监视下，互相传递信息，顺利完成的？”孔亮那副“小兔崽子们居然作弊没被我抓到”的愤懑表情溢于言表，“总不能让我死不瞑目吧？”

我和月饼做好了回答极其重要事情的准备，闻言顿时面面相觑——都什么时候了，这老先生还没忘了这茬儿啊！

人介怀的，往往都是些鸡毛蒜皮的琐碎小事，就像忽然想不起“某某的名字”“昨天中午吃了什么”，抓心挠肝无比难受，不想出来誓不罢休。

十三

月饼确实不知道“茴”字的四种写法，大街上随机采访，能写出来的估计一个都没有，这不是什么丢人的事儿。

在香即将燃尽时，我假意和孔亮聊天对禅，把“囬、囘、圚”怎么写的信息传递给月饼。

这是一种“句中取字”的文字游戏，又称为“藏字句”。我们决定接受这三件事，吃了四盏蛊菜，月饼就用藏头句向我传达了“我这同意”的态度。

我那几句话是这样的：“我会问得这么愚蠢吗？你有没有想过这样一个问题：当你顺着阶梯走上桥时，桥下已经有人盯着你了。当你放目四顾时，会担心脚下落空吗，尤其在早上九十点钟的时候？你不担心，因为你认为自己看得很清楚。”

核心是“当你顺着阶梯走上桥”“当你放目四顾时”“会担心脚下落空吗，尤其是在早上九十点钟的时候”这三句，每句暗示回字的一种写法。

如何让月饼知道是这三句话呢？

提示点在于我后面的一段话：“真想和您交个朋友，聊个三年五载，必然能领悟很多人生道理。可惜，香尽之时，也是你赶往六道轮回的时候。”

“三年五载”“六道轮回”里的数字“三”“五”“六”暗指前一段话的第三、第五和第六句。我突然莫名其妙冒出这么一堆话，月饼自然知道其中必有蹊跷，我又故意说了三个数字，以我们多年的默契，他当然能明白其中关键。

“囬”字里面像阶梯，我没有说“台阶”而是说“顺着阶梯走上桥”，用跟“桥”不太搭配的“阶梯”提醒月饼，这个“回”字里面像梯子。“囬”字就更简单了，“口”里面一个“目”字，我不说“放眼望去”，而说“放目四顾”，月饼就会知道“目”字是关键。“囘”字稍微难一些，它是“门”里面加个“巳”字，我用“脚下落空”表示“口”字下面少了一横，我紧接着又说“早上九十点钟”正是巳时，月饼虽然是个学渣，但在我的常年熏陶下，对十二时辰的熟悉程度堪比吃饭喝水。

以我和月饼多年的配合程度，他只要稍加留意，写出这几个字，就不是难事。

如何钓金色鲤鱼?

当你陷入危险、困难、挫折时，脑海里会零星冒出诸多看似与此事无关的记忆片段。一定不要忽略这些细枝末节，往往是潜意识通过联想、代入的方式，告知你该怎么做。这是人类本身所具备，异常神秘，至今都无法用科学完全解释的生理状态。

月饼和孔亮的对话是：“子非鱼，焉知鱼之乐？可是，子非鱼，焉知鱼会乐呢？乐与不乐，在鱼，而不在咱们的主观认知。就像现在，你觉得我袖手旁观，不在乎南瓜会怎么样。可是，我用你能发现的方式，那才是真把他坑了。”

这句话里大有玄机，一语惊醒了我。

“我用你能发现的方式，那才是真把他坑了。”这句话分明告诉我，他在前面几句话里，已经透露了答案。

鱼如何而乐？有水有吃的，就一定快乐吗？我们不是鱼，只是想当然认为，鱼会快乐。这是提醒我，鱼饵并不是寻常钓鱼的饵食，不要被自己的主观意识所左右。

上大学时，我有次热得半夜睡不着，在学校外面的湖边溜达乘凉，遇到一名夜钓的老者，发现他用的鱼饵居然是带血的生肉。诡异的是，花鲢、草鱼、鲫鱼等各种鱼类很快便咬钩。但老者看都不看，随手就将鱼丢进湖里。

一时好奇，我递根烟攀谈。

原来这片湖每年暑假都会淹死人，还有些因想不开而投湖自尽者，若未被及时发现，往往被湖鱼啄食得只剩累累白骨。老者真正要钓的，是一条食人血肉的金色鲤鱼。

按五行所属，金、木、水、火、土的颜色分别为白、青、黑、赤、黄。世间万物，皆遵循五行规律，缺则失调，满则调和。即便是湖中的各类鱼种，也以五色构成，方能形成湖中相对平衡的自然生态系统。

回到寝室，我随口和月饼聊了几句，再没当回事儿。月饼的性格，即使不算强迫症，也有“打破砂锅问到底”的精神，他通宵上网查资料。早晨，我睡得正迷迷糊糊时，被月饼推醒，一个帖子惊得我立马精神了。

原来三年前，音乐系某男生和英语系女友去湖中游泳，结果男生溺亡，女生披头散发坐在岸边，眼神涣散地重复着“金色、金色”……一年后，男子的父亲像中了邪似的，天天坐在湖边钓鱼。看相貌，正是我遇见的老者。半年前，老者钓鱼时，突发心脏病猝死。

接下来的半个多月，我神志恍惚，夜夜噩梦，胡言乱语稀奇古怪的梦话，瘦了起码十来斤。直到月饼用蛊术才帮我恢复正常。这也是我第一次见识神秘的蛊术。

此后，我对五行、八卦、星象之类的传统玄学极感兴趣，多少有些天赋，我悟出了其中的精妙所在。

寒假里，我顺手写成短篇小说，名字便是《子非鱼》，里面有这样一段描述：金鲤嗜血，特别是耳垂之血。此处的血最是燥气，五行属水，却火性十足。人在激动、紧张、恐惧时，虚火顺着血液上升，燥气入耳，常常会觉得面红耳赤，就是这个缘由。

燥热和静谧被夜风揉捏融入河边夏夜；繁星和明月被夜幕敲碎零落于漆黑天际；恍然和诧异被皱纹挤压弥留在眼角。

孔亮半张着嘴，看神情，哪里还是身患奇疾、忍辱负重的老者？分明是听大人讲故事的孩童。

“你们，这也……”他好一会儿才缓过神，颤抖着手指对着我们，“太默契了……太默契了……”

“孔老师，如果您也有一位大学学渣好友，就能领略‘世间无难事，只怕有心人’的奥义了。”我故意用很沧桑、很严肃的声调。

“你暗恋的大学女孩收了你送的手机，却转头跟打篮球的帅哥跑了。你喝醉了号啕大哭，硬拉着我听你肝肠寸断说到天亮，还要让我用蛊术弄死那对狗男女的时候，你怎么忘了？”月饼点了根烟，悠悠然吐出一口烟。

“你闭嘴！你才号啕大哭！你全家都号啕大哭！”我恨不得把那团烟雾重新塞回月饼这张吐不出象牙的狗嘴里！

“哈哈哈哈哈……”孔亮笑得很轻松，似乎一生中从未这般欢乐。突然，猛烈的咳嗽打断了笑声，像是被锋利的刀瞬间斩断，再无声息。

桌上的香炉里，孔亮重新点燃的三炷香，不知不觉间快要燃尽了，仅剩香灰里一丁点儿微光。

那一刻，终于来到了。

“孔老师，您的心愿完成了。”

“第三件事，请您嘱托。”

我和月饼拱手、鞠躬。

我清晰地听到了香熄灭的声音，那是耗尽表弦的生命之钟，挣扎着、颤抖着走完最后一格。

孔亮已经闭合双目，沟壑分明的眼角纹残留着一丝慈祥的微笑。他走得很欣慰。

我和月饼平和安静地站立着，没有悲伤，没有难过。

乌篷船微晃出一圈圈的水纹，悠悠远去，带走了此刻的明月星辰，带走了六十载的颠沛流离，终于远逝，了无痕迹。

他的故事，不为人所知；他的执着，不为人所晓。只以极其简单的名字，存在于我的书中。

“嘎吱嘎吱”的声音响起，孔亮好似年久失修的干裂泥塑，蛛网般的裂纹由额头至脸庞、脖子、身体……片片碎块脱离，掉落在船舱，摔得粉碎，化成一蓬灰蒙蒙的烟雾。顷刻间，骨骼也崩塌了，一切终成尘埃，只剩下残破的衣服。

一张泛黄的白纸在烟雾中飘然落下。

“记住今天的日期，每年都要祭祀他老人家。”月饼从背包里找出一件白色T恤，撕开平铺在船舱，双手捧着骨灰，放在布上，将其包裹结实。

我低低“嗯”了声，捡起那张白纸，上面写了五个字。

“‘专诸刺王僚’，这是第三件事？”月饼扬扬眉毛，接过白纸低声读了几遍，“我知道该怎么做了。原来钓鱼是为了这个。”

我拎起那条金色鲤鱼，注视着已经灰白的鱼眼，隐约泛着扭曲面孔：“月饼，我越来越觉得，那个‘恩公’是他！”

十四

“南瓜，你是怎么知道……”月饼脱了鞋子坐在船舷处，双脚荡着河水，“哗哗”作响。

月光拖着他的背影，斜斜地映在船舱里，缩成浅浅一坨落寞的椭圆。我清晰地感受到，月饼的心情很不好。既是因为孔亮的死去，也是因为致使孔亮死亡的原因。

我又何尝不是同样的想法？

这段旅程，于桃花源，只是单纯地破解唐诗宋词暗藏的线索，寻找《阴符经》的下落。及至黄鹤楼，才对“回到过去，黑化屠戮四族”这件事形成确切的概念。当我们找到竹简，根据记录的文字，最后来到了这里。

桃花源、铜雀盘、孔亮，都证实了那件事情的真实存在。

即便坚强如月饼，也是血肉之躯，有喜怒哀乐，换作别人，早就崩溃了。也因为他这份镇定，我有了继续前行的信心。

孔亮的音容笑貌依稀浮现，几分钟前还好端端的人，就这么粉身碎骨。他靠着蛊多活七年，所经历的身心折磨更让我不寒而栗。

“我钓金鲤时，闭目感知自然的声音，唯独没有听到孔亮的心跳。”胸口堵得慌，我拧开瓶二锅头，仰脖灌了半瓶，递给月饼，“你呢？什么时候？”

“蛊族，会对蛊产生感应。”月饼接过酒瓶，出乎意料没有喝，而是缓缓倒入河水，“蛊咒是被施蛊的人以身饲蛊——其实那不是蜈蚣，而是……”月饼说了两个很古怪的音节，应该是蛊语，听着像汉语中的“lě zé”，但我不知道对应哪两个字。

“当蛊咒没有完成时，蛊不仅不会夺命，反而会维持生命，直到立下的咒誓实现。”月饼把空瓶子没入河里，“咕嘟咕嘟”外涌的气泡和灌入瓶中的河水非常矛盾却极其合理地存在，“瓶子是躯体，酒是血液，空气是灵魂，河水是蛊。装水还是装酒，空的还是满的，不由瓶子决定，而是由拿着瓶子的人决定。”

“本来挺简单的事儿，让你不贴切的比喻差点又给我整糊涂了。”我从背包里拿出笔记本，翻到一个“M”标签的部分查阅内容，“接下来要做的第三件事，才真的头疼。”

“‘恩公’是谁？”月饼又一次倒空瓶子，装满河水，“有概念吗？”

“小孩子过家家？空瓶子都能玩出花儿来。”我又翻出另一个笔记本，对照着上一本的某页内容，“目前出现的幻、魇两族，陶安然是我大学任教的同事，徐勇健算是我的读者……”

“南少侠的意思是，你的命格和柯南很类似啊。他是走到哪儿都死人，你是干啥都有人监视？”月饼终于不再玩瓶子，双手撑着船舷抬起脚，身体呈九十度角，全靠臂力支撑。

“月公公！挺严肃分析问题，别打岔。对了，你这个动作，瑜伽里叫‘双手撑地平衡’吧？练腹肌吗？”我心想，果然滴水穿石非一日之功，月饼在任何状况下都能保持充沛的体能，无非源自时刻自律的自我要求，值得学习。

“哦……只是准备晾干了脚穿鞋子。”月饼抖着双脚，水珠四溅，

“忙活一天还有心情锻炼，傻啊？”

我差点没一口老血吐出来，好不容易才把嗓子眼里那股气顺过来：“‘恩公’是文族还是蛊族，还不能确定。你也发现了，他对咱们的性格和做事方式非常熟悉，应该和幻、魇两族类似，潜伏在咱们身边，最熟悉的陌生人。”

“言之有理。”月饼拿起鞋子准备穿上，“南少侠，继续。”

我皱着眉嘟囔了一句：“你这穿鞋不穿袜子的习惯怎么就改不掉呢？不埋汰吗？”

“蛊族不可以穿袜子。蛊这玩意儿，虫虫草草的，都从土里长出。人体与土地接触最紧密的就是脚底。如果出现蛊灵、蛊气，都是由脚感知。要不是有碍观瞻，我连鞋子都不穿。”月饼眯着眼，似笑非笑地系鞋带。

“还有这讲究？”乍一听觉得很有道理，但细细琢磨，或许是月饼为懒得洗袜子找了个冠冕堂皇的借口，“蛊族比平常人省出不少袜子和洗衣粉的钱吧？”

“你这脑回路还真是山路十八弯。”月饼往我嘴里塞了根烟，“能赶紧说正事儿不？”

幻、魇二族的出现，让我意识到，暗藏千年的四族分支并不遥远，他们或明或暗地了解、监视我们。孔亮的“恩公”对我们的熟知程度，从需要完成的前两件事推理时间线，甚至延伸到大学时期。

我和月饼又不是不理俗事的仙人，大学期间也有那么几个好友。这些人可以排除在外。如果是那几个好友，从大一算起，整整十一年没露出蛛丝马迹。单是这份儿隐忍，断不会明目张胆地让孔亮现身。

上大学时，对我影响最深的有两个人。第一个肯定是月饼，带我进入了全新未知、颠覆常规的世界。第二个，说来好笑，我连他的名字都不知道，只知道他姓邵。正是他跟一个叫李晏的人偷情致对方死亡的故事启发了我，让我产生了创作的想法，由此成了作家。

换个角度想：如果这是他故意为之，激发我潜在的文族天赋，将这些年的经历详细记录成书。借此掌握关于我们的第一手资料，也不是没有可能。

但是，当我以耳垂之血为鱼饵，并且钓上金鲤后，我才意识到，孔亮对恩公的尊重态度，绝非二十出头的龌龊青年所能做到的。

“所以，这个‘恩公’应该是早已死去，但其实没死的人。会不会就是那个钓金鲤的老头儿？他当年出现在湖边，使你精神受到影响，我被迫出手救你，你从而知道了我会蛊术，并且开始钻研五行、周易、星象。”月饼右手食指敲着额头，闭着眼睛回忆，“你这么一说，能让孔亮盲从并且折服……他的年龄、知识倒很符合。金鲤这事儿也算对上了。他叫什么来着？年头太久想不起来了。姓不是特别常见，倒也不像咱俩的姓这么罕见。”

“我就说死了的人怎么会坐在湖边钓鱼？”我狠吸了口烟，愤愤地吐了个烟圈，“这个老东西藏得够深，等我们做完‘专诸刺王僚’，我看他敢不敢出来！”

“话说，你找到食谱了吗？”月饼的性格便是如此，与其把时间和精力浪费在无用之事上，不如专注做好眼前需要做的事情。想不起钓鱼老头儿的名字也就不想了。

放在膝盖上的两册笔记本记录的是我前几年翻阅古城图书馆藏书时，随手记下搜索引擎查不到的知识、事件。“好记性不如烂笔头”，多做些资料收集，总是好的。“M”开头那十几页，是“美食”的“美”字的声母。至于内容，作为吃货的觉悟，我记录了历朝历代罕见的珍馐美味的做法及配料。

第三件事，专诸刺王僚。这肯定不是让我们造把鱼肠剑，在河里寻到吴王僚的古墓，挖出尸首啥的，效仿刺客专诸一刀捅过去。

“活祭交命”的完成条件是只需完成目力可及、伸手可触的事情。

专诸刺王僚，金鲤，两者结合，那就是“吴王僚喜欢吃鱼，专诸远赴太湖学了三年烧鱼手艺”。

我和月饼要做的，是按照专诸烧鱼的手法，把这条金鲤做成美味佳肴。至于做好后会发生什么，不得而知。

月饼猫腰钻进乌篷船后蓬，喜气洋洋地端出一盆厨具：“孔老师早就准备好了。”

“咱俩好久没烧菜了。”我撸起袖子哈哈一乐，叼着烟，“真扯淡，说好的悬疑惊悚呢？怎么就成了美食栏目？你给我这根烟，抽着咋这么湿呢？”

月饼头也不抬地摆着锅碗瓢盆、刀叉案板：“洗脚穿鞋，忘了擦手。”

十五

月饼就着半盆河水，一手握着滑溜溜的金鲤，一手挥动桃木钉，鱼鳞“刺啦刺啦”乱迸，撒了满满一盆，金晃晃的倒是好看。

“我堂堂蛊族最强男人，居然蹲在船头拾掇鱼。”月饼长叹，挑掉几片残存鱼鳞，捏着桃木钉豁开金鲤肚子，浸在盆里散去血沫，拽掉鱼肚里的杂碎，倒了水重新盛了半盆，清洗着嫩白的鱼肉，“这根敌人闻风丧胆的桃木钉，如今却落得这般用处。唉……呜呼，悲哉……”

“月公公，您老人家能不能消停消停？”我顶着满鼻子尖汗水，拿着竹筒鼓起腮帮子吹火，“平时倒腾蛤蟆、蜘蛛的时候，咋没这么多感慨？”

“生存和生活是两回事。”月饼好不容易把金鲤收拾利索，板板正正地摆在案板上，满意地点点头，“你见哪个厨子回家喜欢做饭？南少侠，火生得咋样了？”

我憋着大气吹竹筒，炭盆里的木头“蹭蹭”地蹿着火苗：“腮帮子都吹酸了，水热七分，就能下锅。”

月饼摸出一根烟，拾起半截烧着的木条点着：“有个问题，还望南少侠解惑则个。”

“你就好好说普通话，我听得懂。”我憋着笑扔了竹筒，靠着船舷歇口气，“甭问了，我直接给你解‘则个’惑。”

作为全世界最擅长烹饪美食也最会品尝美食的国度，中华美食独特而璀璨地傲立于世，成为中华传统文化的重要元素。

据《周礼》《诗经》记载：夏代的农作物，稻、黍、稷、麦、菽，五谷皆有；马、牛、羊、鸡、犬、豕，六畜俱全。及至商朝，烹饪技术、酿酒文化形成更完整的体系。“酒池肉林”这个成语，虽说是描述商纣王暴虐无道，也从侧面反映了中华美食文化的悠久历史。

《周礼》记载：“谓天官冢宰所属有膳夫，为食官之长，掌王之饮食膳羞。亦称膳宰。”可知周朝已经出现了专门掌管膳食的官员“膳夫”。最为著名的宫廷美食，当属为周天子准备的宴饮美食。

宫廷宴席是诸侯朝拜周天子才能品尝的“王宴”。也就是说，诸侯不能擅自烹饪。

当然，东周时期，周王室日渐衰落，“五霸”“七雄”早已不把周天子放在眼里，面儿上的事儿做得差不多得了，在自己宫里，还不是想吃啥就吃啥？

“周王宴”中恰恰少了一道耳熟能详的食材——鱼。原因呢？

中国自黄帝始，朝代更替都是以五行相克的原理推导。黄帝土德、少昊木德、颛顼金德、帝喾火德、帝尧水德、帝舜土德、夏禹木德、商汤金德，周文王承火德而一统天下。

水克火，而鱼生于水。故此，周王宴不会出现和鱼有关的菜品。而当时的诸侯豪强，谁不想扫平中原，一统天下？于是，以此为奋斗目标的诸侯都想承水德取代周朝。鱼顺应潮流，成了必食菜品，并由此延及民间，兴盛起来。

被专诸用鱼肠剑捅死的吴王僚野心极大，本着“画个圈圈诅咒你”的原则，特别喜欢吃鱼。不过呢，他万万没想到的是，周天子没死，自己却因鱼而死。

至于当时鱼的烹饪做法，绝非现在的“烹、炒、煎、炸”，而是清水煮鱼。春秋战国还没有炒菜，烹饪方式以“煮”和“烤”为主，古文称为“烹”和“炙”。平民多用陶器，贵族则用青铜鼎。

清水煮鱼看似简单，实则极为考究，特别考验厨艺。既要在水温正好的时候把鱼放入，使得腥气随水汽而散，鲜味留于汤中，还要在火候恰当、水汽翻腾的瞬间依次放入调料。这样做出来的鱼肉滑腻爽弹，入口绵香，鱼汤更是白若凝脂，晶莹剔透。

否则，专诸干吗要费那么大的劲儿，跑到太湖学了三年？

不过，这道菜只要掌握“七分三滚十分等”的口诀，倒也不是什么难事儿。所谓“七分”，就是水热至七成，将鱼平放于锅里。水滚三道，第一道放入葱姜等调料去腥，第二道加盐提味儿，第三道倒入少许冷水紧致鱼肉。再默数十个数，捞鱼出锅，将鱼汤淋遍鱼身。

“孔亮早就给咱们准备好了木柴和仿青铜鼎锅，”我一边煮鱼一边进行最后一道工序——倒入少许冷水，心里从一数到十，便用漏勺捞起鱼摆在盘里，“月公公，别闲着，盛鱼汤！要换别人，真不知道该怎么做。”

“我说南少侠，真是难为你了，就这么一道简单的清水煮鱼，你都讲到春秋战国去了。”月饼认真地用鱼汤把鱼淋个通透，“这就是把拾掇鱼的埋汰活儿交给我的理由？”

待鱼汤淋完，这盘“清水煮鱼”就像龙翔九天的写意画由国手点睛般，神龙顷刻鲜活生动。宛若珍珠的鲜嫩鱼肉微微颤动，乳白色的鱼汤令人垂涎欲滴，冉冉升起的热气裹着浓郁的鱼肉香气迎面飘来。那股鲜味儿顺着鼻腔直抵唇舌，口水顿时涌了出来。

“你杀鱼，我煮鱼，这就叫‘术业有专攻’。”我使劲咽着口水，“不喝几瓶二锅头，真是瞎了这道好菜。”

“你没当个厨子，真是瞎了这份天赋。”月饼眯着眼左右张望，手中反扣几根桃木钉，“可惜这盘菜不是为咱们准备的。”

我当然知道，这不是什么完成三件事情的犒劳大餐，更不会吃“月饼洗脚没洗手弄出的鱼”。鱼做好了，有些事情该发生了，或者说有些人该出现了……

我摸出手机看看时间，不知不觉，已经是二十一点四十八分，月亮已经升至半空。亥时已至，子时快来了。

我和月饼不知道会发生什么。短短一下午加半个晚上，就像在玩一场亲身参与的闯关游戏。每个环节都极其考验智力、体力和知识，在最终环节即将完成的时刻，却还不知道游戏到底是什么。这种任人摆布的“棋子感”，让我很不舒服，甚至惶恐。

又过了几分钟，鱼渐渐凉了，鱼汤凝了一层薄薄的膜，再无方才令人垂涎欲滴的品相。那缕浓郁的香气，早已顺着江面远逝。

“月饼，怕不是有什么异兽藏在江底？”我等得有些焦躁，隐隐泛起“对即将到来却一无所知的事物”莫名恐惧，“把鱼倒进江里，引它出来？”

“你当这是祭祀江龙王呢？要不要再扔两个童男童女？再等等看。”月饼摩挲着桃木钉，仰首望月，凝视片刻，“感觉有些不对劲。”

一抹乌云顺着风势由远及近，沿着月亮的边缘覆盖而来。月光闪烁的江面像是被一块黑布遮住了粼粼波光，顿时黯淡无光。

呼呼作响的夜风，起初如同夏夜熟睡时耳边“嗡嗡”盘旋的蚊子，不多时便清晰异常，呼号着凄厉的“呜呜”声，扑面而至。

“呱呱”，几声沉沉的乌鸦叫声于岸边传来。我循声望去，黑压压的一大片树林在风中胡乱挥摆着枝干，树叶“簌簌”轻响，像一群站在岸上的怪物在嘶嚎，仿佛随时都会扑过来。

我看到诡异的一幕，忍不住打了个哆嗦。

一根粗壮的树干闪烁着两粒黄豆大小的火红光点。风吹叶动，光点若隐若现，穿梭于枝叶之间，留下两道红色残影。“呱呱”的乌鸦鸣叫声，正是来自红光的位置。

那棵树下似乎站着两个人，可能是身着黑衣，几乎与黑夜融为一体。我不确定那到底是人还是树，运足目力正要看个仔细，一股极其阴冷的寒气从人影处扑面而至，顺着眼睛直抵内脏。

我狠狠打了个哆嗦，瞬间明白了一件事：这种感觉，是恐惧，是人类面对危险时，下意识产生的绝望。

“月饼，三点钟位置！”我报了方位再次看过去，红点和人影消失了。

“月落乌啼霜满天……”《枫桥夜泊》的首句，从树林深处远远传来，是两个人的嗓音，很低沉。

他们终于出现了。

我和月饼对视着，沉默着，目光碰撞，碰出疑问、困惑、惊诧的火花——那是我们的声音！

一层淡淡的白色雾气从树林中升起，聚成树叶形状的一团，缓缓覆盖江面，向着乌船的位置飘来。

五月怎么会有雾？

月落——眼前突然漆黑一片，乌云已经完全遮住月亮。

乌啼——凄厉的风声宛如鬼号，夹杂着“呱呱”的乌鸦叫声，随着乌云席卷而来。

霜满天——那团白色雾气，在距离乌篷船十多米的位置突然停顿，向空中升起，好似一堵白墙竖在江中。

几秒钟匪夷所思的异象，让我的思维停顿，根本来不及思考树林中那两个和我们声音相同的人究竟是谁。

乌云越压越低，雾气越升越高。在嘈杂纷乱的乌鸦鸣叫声中，二者悄然相撞，黑白分明的边界挤压融合，形成巨大的灰色浓雾，散发着说不上来的腥膻气味。

几片黑色鸟羽飘落在江面，落在乌篷船上，落在那盘清水煮鱼上。

“呱”，震耳欲聋的鸟鸣像一道惊雷，由灰雾中直滚滚掉落，炸得江水翻腾。

整条江如同煮开的沸水，翻滚着气泡，水珠迸溅，漾起一圈圈巨大的水纹，激荡的乌篷船左摇右晃。

我抓住船舷保持平衡，晃动的视线中，乌黑的阴影闪烁着密密麻麻的红光，从灰雾中钻出，扑了过来。

那是一群乌鸦，几百只，甚至上千只乌鸦！那一双双赤红的眼睛，根本没有生命的灵性，迸射着凶残、暴虐、嗜血的凶气。

“‘月落乌啼霜满天’原来是这个意思。以人血为食的金鲤为饵，引出蛊气喂养的蛊鸟。在我面前用蛊术……”月饼的嘴角扬着一丝骄傲的笑容，他笔直地站在船头，“南瓜，躲进乌篷，无论发生什么，都不要出来，这不是你能应对的。如果有机会，潜入水中，别管我，逃！”

“小爷这辈子，”我稳住平衡，起身和月饼并肩而立，“只会站在兄弟身边，绝不躲在兄弟身后。一群鸟儿而已，我怕个鸟！”虽说豪气十足，但是腿脚有些发软。

“轰！”那群仿佛来自地狱的乌鸦，嘶鸣着、哀号着撞了过来！

十六

密密麻麻的乌鸦在我眼中越来越大，越来越近，有种在高速公路上开车，前方的巨型货车突然停住，自己眼睁睁撞过去，根本来不及踩刹车的既视感。

我绷紧肌肉，紧握军刀横在胸前，深深吸了口气，死死盯着飞在最前面的三五只身形硕大的乌鸦。

鸦群急速掠至我们身前三五米的位置，绷紧翅膀生生顿住。无数只赤红的眼睛闪烁着诡异的光芒，白骨青筋的鸟爪泛着一层淡淡的蓝光。

我不寒而栗，使劲咽了口唾沫：“月……”

还未等我把话说完，岸边树林里传来慢悠悠的吟诵：“江枫渔火对愁眠……”

“嘭！”笼罩鸦群的灰色雾气像是有台鼓风机在内部吹动，徒然膨胀了三四圈。悬停的乌鸦如同上紧发条的玩具飞机，急速扑棱着翅膀，在雾气里飞来掠去。后排的乌鸦飞至雾气顶端，一层层叠高，直至遮住月光，巨大的阴影笼罩着小小的乌篷船。

这种诡异的奇景，不身临其境很难确切地感同身受。我的视线里是一堵由密密麻麻乌鸦组成、随时都会倒塌的高墙。窒息的压迫感和腥臭味，沉重地考验着我的心理极限。

“找机会把船划到岸边，找出那两个人，才能破了蛊阵。”月饼往我嘴里塞了颗黄豆大小的东西。

一股极其苦涩的味道顺着食道传至胃部，片刻间，我全身燥热难耐，舌头苦得几乎麻木：“你给我吃了什么玩意儿？”

“解药，就一颗！鸦爪淬着蛊毒。”月饼眉宇间锁着从未有过的紧张，“记住，你要做的事情。”

“给了我，你怎么办？”

“别矫情，哪来那么多废话？”

那两个和我们完全相同的声音，再次从树林里飘荡而出：“姑苏城外寒山寺，夜半钟声到客船。”

我很想吼一句“你们是谁”，又觉得这种电视剧常用的情节太过愚蠢。当下该做的，正如月饼所说，是想办法把船划到岸边，直接来个“擒贼先擒王”。

“咚”，类似敲钟的响声震荡于夜空，打破了我们和鸦群之间相对的平静。

“呱！”体形最大的那只乌鸦凄厉地嚎叫，振翅高飞至鸦群顶端，盘旋数圈，疾冲而下。鸦群如同点燃的炸药，瞬间爆炸。

无数只尖锐的鸟嘴闪烁着阴冷的寒光，乌黑的翅膀像两片利刃，携着凌厉的风声扑了过来。

月饼挥手甩出几枚桃木钉，正中几只乌鸦的脖颈。它们顿时身首分离，落入水中，“滋滋”冒着白烟，瞬间化成白骨，沉入江底。两只乌鸦飞到我的头顶，探着爪子抓向我的肩膀。我侧身闪过，军刀横着挥出，正中乌鸦腹部。

“铛”的一声金属脆响，刀刃在鸦羽边缘划出一溜火花，震得我手臂酸麻，军刀差点脱手：“铁做的吗？”

“只有脖子是弱点。”月饼飞速甩着桃木钉，双手都快成了虚影，眼看腰上没几根了。

就这么一愣神工夫，一只乌鸦抓住我的肩膀，双爪死死抠进肉里，鸦嘴啄向我的太阳穴。我握着军刀向上猛刺，生生把鸦脖斩断，剩下半截鸦头卡在刀尖上，眼睛赤红如火，还兀自开合着嘴巴。

我咬着牙，抓住半截鸦身从肩膀扯下，生生撕掉一块皮肉，疼得满头大汗。

忽然，背部又一阵刺痛，我一股狠劲上来，仰身倒向船板，肩膀用力左右扭动。“扑哧”一声闷响，后背黏糊糊的像是糊了块泥巴。

没等我站起身，脚踝处又传来割裂般的疼痛。我匆忙瞥了一眼，竟然是月饼斩落的几个鸦头，鸟嘴咬着我了。

“这玩意儿是有智商，还是阴魂不散？”我哪还顾得上埋汰，扯掉乌鸦脑袋，扔进江里。

“快去划船！”月饼近乎嘶吼。

始终站在我前面的月饼，抵挡了大多数鸦群攻击。他腰间的桃木钉早已用尽，仅剩两根握在手中左突右刺。渐渐地，鸦群将月饼包裹起来，悍不畏死地拼命抓啄。一颗颗鸦头“砰砰”落地，零星血迹从鸦群中迸出。他的衣服裤子早已血迹斑斑，不知是他的血，还是乌鸦的血。

“还愣着干什么？”月饼又是一声怒吼，一只乌鸦咬住了他的小臂，鲜血迸射。月饼闷哼一声，撕扯乌鸦。动作稍稍迟缓，又有几只乌鸦，利爪刺进大腿，扯下大块皮肉，迅速飞起。

月饼身体晃了晃，支撑不住，被迫单膝跪地。更多乌鸦压在他坚实的后背上，血、肉、皮从鸦群中零乱飞起。

“操！”我狠狠骂了一句，从船尾挥刀冲向船头。在鸦群飞舞的缝隙中，月饼嘴角扬起一丝微笑：“做好你该做的事，别管我。如果只能活一个，那么就让我去死。”

我这才发现，月饼的脚下插着一枚竹筒，冉冉冒着跟鸦群藏身灰雾相似的烟气。

顷刻间，我明白为什么只有几只乌鸦攻击我，很快就对我视而不见了。月饼把自己当成饵，用蛊气吸引乌鸦，给我争取了时间。

即便把船划到岸边，我们的状态绝对没有和“那两个人”战斗的可能性。月饼之所以这么做，实际是把仅有的一线生机给了我。而且，把那颗唯一能解蛊毒的蛊药塞进我的嘴里。

“潜水，快跑！乌鸦不能入水！找到月野他们，查明真相，为我报仇。”这个骄傲的男人，号称“蛊族最强的男人”，终于支撑不住，慢慢闭上眼睛，扑倒在船板，任由乌鸦啄食。

他的手里紧握那根竹筒，依然散发着吸引乌鸦的灰烟。

“月无华！谁要你救了！”我发了疯般喊叫，挥刀乱舞。火花、鸦头、羽毛纷乱成一幕很模糊的映像。

因为泪水模糊了视线，唯独灰烟依然清晰！

我怔住了！那一瞬间，自从傍晚遇到孔亮直至现在，所有记忆形成一幅幅立体画面，潮水般涌入眼帘，又如蒙太奇般飞速掠过，最终定格在一样东西上！

我知道该怎么破除鸦群了！

十七

抱起收集好的干树枝，我三步两瘸地挪到树林空地，绕过微微隆起的土堆，垛在北边。

方才与鸦群恶战，消耗了大半体力，身上的几处伤口更是钻心疼痛。我擦擦额头的汗水，背靠树干坐下，摸出湿漉漉的烟盒，捏出一根还未完全湿透的烟，用Zippo火机烤干。

深吸口烟，潮湿发霉的古怪气味却让我分外平静。微微闭目，漆黑的视线中，那群恐怖的乌鸦残影肆无忌惮地撞击眼球。我吓得一哆嗦，大口喘气，凌乱的目光越过土堆，看着周围的地形。在青龙、白虎、朱雀、玄武的方位上，各堆着一尺三寸高的柴垛，而位于中间麒麟位的，正是那个土堆。

“月饼，这辈子，我最讨厌的人就是你。”我的嘴角泛起一丝苦笑，用嘶哑的嗓音自言自语，“你以为每次有危险，你挡在前面我就会感激你吗？老话说，生死有命，富贵在天。我的命由不得你做主，更由不得你不顾自己的命，让我内疚一辈子。”

紧闭双眼、脸色煞白的月饼被一层厚厚的泥土覆盖，身上被乌鸦抓挠撕咬的伤口触目惊心。树林掠过一丝清凉夜风，拂动着散乱潮湿的头发，在额前划出湿漉漉的水痕。直挺的鼻梁遮挡着月色，浅浅阴影映在瘦削脸庞上，像一块刚刚结痂的伤口。

江边只有簌簌作响的枝叶摩擦声，还有我的自言自语。

直到抽完最后一口烟，呛得咳出眼泪，我才撑着膝盖起身，从背包里拿出青、白、红、黑四色药瓶，按照四象的颜色对应，把药粉撒在柴垛上。

我点着火机，扑闪的火苗忽明忽暗，手掌的影子映在掩埋月饼的土堆上，分外巨大，像一只摄人心魄的怪手。我愣怔地盯着影子在土堆上跳跃忽闪，叹了口气，拧开二锅头瓶盖，对着柴垛洒了一圈，拿火机的手微微颤动，迟迟没有点燃木柴。

“虽然，我最讨厌的人是你。”我声音嘶哑，鼻子有些酸，“但是，你是我最好的朋友……”

“你一定要烘托生离死别的效果，给人造成月无华归西的假象吗？”沾满泥土的中指从土堆里竖起，月饼使劲抬起头，睁开眼睛，“你能不矫情吗？拍电视剧呢？多大点事儿，整得这么絮絮叨叨。疗个伤而已，至于吗？”

“这叫触景生情，由心而发。”我把四堆柴垛挨个点燃，微弱明亮的黄色火苗随着木柴“噼啵”乱响，蓬成四团炽热旺盛的红色火焰，“能好好说话不？现在是我给你治病，有你这样对待医生的病人吗？”

“我好端端的大活人，你触哪门子景？”黄豆大小的汗珠顺着月饼的额头滑到鬓角，耳朵烤得通红，“这招儿靠谱不？有意见当面提啊。别没被蛊毒弄死，却被自家兄弟活活烧死……”

“注意用词！火堆离你好几尺，充其量也就是烤死。”我往火堆里续了干柴，烈火登时蹿高，划破黑暗，映红了月饼，“然后抹油撒盐放孜然，来几瓶啤酒就是顿篝火烧烤。”

潮湿的泥土烤得泛黄发白，腾腾热气从土堆里冒出。月饼直挺挺躺在土里，咬牙瞪眼忍着高温，像只煮熟的大虾。

“我记得上次用这法子，还是咱们在庐山桃花源做‘叫花鸡’。”我观察着雾气里丝丝徐徐的黑气，这才彻底放下心来，“结果被那群山魈偷了。”

“再过会儿，我也成叫花鸡了。”月饼随着火势起伏，调整呼吸，被烤红的煞白皮肤渐渐有了红润血色，“你是怎么想到煮鱼的鼎有问题的？”

一个多小时前，我和月饼为完成孔亮托付的第三个任务，做了一道“清水煮鱼”。虽然知晓必然会有不可预测甚至危险的事情发生，却没想到引来岸边和我们声音完全相同的两个人召唤来的鸦群。

在月饼挡在我身前，与乌鸦群搏斗时，我注意到鸦群是受到某种控制才从林中飞出。而在此之前，树林里冒出的雾气是一团蛊雾；那两个人吟唱的《枫桥夜泊》，就像月饼平时使用蛊术时的蛊语，仿佛某种声控系统。

我对蛊术不甚了解，好歹也知道要想使人中蛊，首先要以“蛊引”施蛊。也就是说，我和月饼已经中了蛊引，才会引来鸦群的攻击。我以为是那道“清水煮鱼”产生的某种气味，直到月饼用竹筒释放蛊气，吸引鸦群，让我在刹那间有种奇怪的念头——前两件任务是想让我们放松警惕，第三件“清水煮鱼”的任务，才是置我们于死地的杀招。

如果蛊引是这道菜，鸦群的目标就不可能是我们，直接就冲着盛鱼的盘子招呼了。乌篷船里早就备好了仿青铜古鼎用来烧鱼，炼蛊需要蛊器，如果鼎就是蛊器，烧鱼的过程中，蛊气熏得我们一身味儿，就在不知不觉中中了蛊引。

生死攸关时刻，我来不及想太多，把古鼎扔进水里。果然，鸦群如同被强力磁铁吸引的铁砂，纷纷飞向古鼎落水的位置，顷刻间化成团团黑烟。

我失神地望着乌鸦群消失的水面，甚至无法聚焦。那一道道荡漾的波浪，相互碰撞，水纹激荡，如同全息的投影，越来越立体，幻化成各种稀奇古怪的玩意儿，跃然眼帘。

……

“烟。”月饼被烤得大汗淋漓，汗水里透着淡淡黑色，那是蛊毒随汗排出体外的特征，“看到那团蛊气，我也想到了。”

“只是你不敢确定，一旦判断错误，咱俩谁都活不了。”我点了根烟直愣愣插进月饼嘴里，退了两步，郑重地三鞠躬，“安息吧！月无华。”

月饼“吧嗒吧嗒”抽着烟，烟灰落在鼻尖：“等我破土而出，必让南少侠尝尝万蛊入心的滋味！”

“要不是我在古城图书馆多读了几本上古医书，想起黄帝与你祖宗蚩尤大战时琢磨出来的‘四象炙蛊’，”我拽出烟弹弹烟灰，又塞回月饼嘴里，“以后写的小说就没有月无华咯。”

“南瓜！”月饼忽然面色紧张，直勾勾地望着悬浮在黑幕的月亮，眼睛眯成缝，透出一丝不安。

我立刻弹身而起，紧握军刀，环顾四周。月饼疗伤前，我已经在周遭树林里布了几个机关。平常人走进来，只会原地绕圈，可这拦不住那两个声音与我们相同的人。

最让我担心的是，当我把昏迷的月饼拖上岸后，那两个人并没有出现。要置我们于死地，他们怎么会错过如此绝佳的机会？

只有两种可能：其一，他们不能让我们看到（这个想法很古怪，我都不知道怎么会有这种念头）；其二，如荒原饿狼捕猎，一击不中，会立刻隐藏踪迹，伺机而动。

月饼有着异于常人的敏锐感知……难道他此刻感受到了？他们来了？

我握着军刀的手微微发抖，观察周围，将每一处能利用的地势、树木位置、碎石杂草的走向，牢牢记住："月饼，是不是……"

"他们的智商、布局、蛊术，比咱们高出太多。就算正面交战，你和我都不是对手。偏偏花这么大心思用鸦群袭击。"月饼的面色越来越沉重，真难为那根抽了一半的烟还能好端端叼在嘴里，"这不是'雷声大，雨点小'吗？"

"他们不能露面。"我下意识脱口而出第一个念头，"或者说，害怕咱们看到他们。"

"十有八九已经走了。"月饼侧头吐出嘴里的烟头，"上岸这么久都没有动静，更不可能在我中的蛊毒快要褪干净时再出现。"

我琢磨着是这么个理儿，略略松口气："那你紧张什么？一惊一乍的好玩啊。"

"哦……"月饼眨眨眼睛，居然有些扭捏，憋了好一会儿才吭气儿，"我这一身伤口太深，会不会留疤？南少侠有没有愈合疤痕的秘方？还望不吝赐教。"

"啊？你就为这个？月……"我还没有说完，极远处忽然传来沉重缓慢的钟声。

"咚！咚！咚！"

半夜，哪来的钟声？哪座寺庙会在此时敲钟？

我的视线越过群山密林，眺望着寒山寺的方向。难道？

"南瓜，《枫桥夜泊》里的那句'夜半钟声到客船'，除了诗文释义，还有别的含义吗？"月饼微微闭目，深深吸了口气，从土堆里弹身而起。

泥土扬至半空，如暴雨般坠落。火光将月饼笔直的身躯映得赤红。迎着纷纷洒洒的落泥，他纵身越过火堆，稳稳地站在我面前，扬了扬眉毛，摸了摸鼻子："南神医，疗效不错，五星好评。"

第二章

夜半钟声

寒山住寒山，拾得自拾得。

凡愚岂见知，丰干却相识。

见时不可见，觅时何处觅。

借问有何缘，却道无为力。

——唐·拾得《诗·十五》

一

“拾得，你的名字真古怪。”寒山枕着臂弯，半靠老槐树，眯眼仰望透过茂盛枝叶的斑驳阳光，“谁家父母会给孩子起这种名字呢？若你真姓拾，断然不是汉姓，怕不是‘五胡乱华’的异族后裔？”

“你的姓氏很常见吗？天底下有几家姓‘寒’？”拾得爬到树上，踩着小臂粗细的树枝，探够枝杈间的鸟窝，“你又取笑我是个孤儿。”

话虽这么说，拾得倒是没有恼火神色，指尖堪堪碰到鸟窝：“鸟蛋，生火烤着吃，最香。”

“世间万物，皆有定数，你又何必杀无谓之生呢？过段时日，鸟儿孵出，林间啾啾，岂不美哉？”寒山揪了根青草叼在嘴里，吮着清嫩的草汁，“麻雀父母觅食归来，发现孩子没了，该是几多苦楚？”

无心之语，触到痛处，拾得略略恍神，脚底踩偏，随着“噼里啪啦”乱响，从树上摔了下来。好在他身手矫健，空中扭腰调整平衡，稳稳落地。

那几根树枝受力，上下弹动，鸟窝被弹起，从树上跌落，“吧嗒”一声正摔在俩人脚前。

“这就是你说的定数咯。”拾得双手一摊，无奈地撇撇嘴，“没落咱肚子里，反倒便宜了土地爷爷。”

寒山没有理睬拾得，皱眉盯着青草里零碎的鸟窝，草叶上沾着青黄色的蛋浆，沉重缓慢地沿着草梗淌动，直至渗进泥土。

“你该不是在作祭文吧？”拾得哈哈一乐，拍着寒山的肩膀，“这篇《亡鸟赋》暂且保管在你满腹经纶的腹中。青山湾近日封湖，咱们去捞几条大鱼。”

“你一天到晚怎么就惦记着吃？”寒山对着鸟蛋残骸双手合十，“我方才在想，万物出生，是否就是为了死去？那么，生命的意义是什么？岂不是没有意义？”

“所以那么多的僧道想要成佛成仙啊。”拾得挥挥手，似乎要隔断寒山略显恍惚的目光，“这么高深的问题，等咱们百年之后再探讨吧。你母亲风寒数日，野味最补……”

“你摸鸟蛋捞鱼，原来是为了家母？”寒山略略诧异，注视着自幼一起长大的好友，“我还以为……”

“不然呢？要不是二老舍口热饭，我六岁那年就冻死街头了。”拾得笑得很爽朗，洁白的牙齿闪烁着碎星阳光，“当年包我的襁褓上面歪歪扭扭用血水写着‘拾得’二字，说来好笑，这到底是我的名字呢，还是告知我‘拾而得之’的身世呢？”

“兄弟，寒山在此立誓，必为你寻得父母。”寒山抬起右手，放在胸口，神色肃穆地承诺。

“寻？呵呵……”拾得低着头有些黯然，用力踢了一脚草枝，“普通人家若是有我这个儿子，又怎会丢弃？邻里都说，我是没人要的野种。”

几株野草连带着草根上的湿泥，被踢得高高飞起，在空中划出一道曲里拐弯的弧线，终究没有摆脱亘古不变的宿命——落回泥土，直至枯萎腐烂，化成孕育生命的养分。鲜活的青草吸收后，茁壮成长，又在寒冬死去，“生于土，死于土”，周而复始地循环。

人是否也是如此？坟也罢，墓也好，不过一抔黄土。每一寸土地，千百年来掩埋了多少尸骨？渗进泥土，供万物生长，再被吃入腹中……

寒山使劲甩了甩头，心中很奇怪。为何最近总是会想这些关乎生命，玄之又玄的问题？

“你不用替我难过。”拾得哪晓得寒山那些古怪的念头，晃了晃伤痕累累的拳头，“被欺负、嘲笑、挖苦这么多年，早就习惯了。谁辱我，我就打谁，打到他跪地求饶为止。只有你和素衣把我当朋友。”

“素衣”两字方一出口，拾得凌厉的眼神添了三分温柔：“她真是个好女子。可惜，我配不上她。”

“大名鼎鼎的姑苏拾得，打抱不平，除暴安良，是多少女子芳心可可的情郎啊。”寒山叹了口气，抬起细瘦的臂膀，“我若有你这身力气，必仗剑走天涯，快意恩仇，名扬天下。”

“你还是安心读圣贤书，考取功名，做个好官，造福百姓吧。”拾得昂起头，迎着太阳张开双臂，结实的肌肉如同岩石雕刻般棱角分明，“到那时，我做你的护卫。谁欺负你，我就揍谁！”

“你俩又发梦呓了？”银铃般的笑声随着春风自花香漫天的清野悠然而至，“拾得，这次又要揍谁啊？寒山，你母亲的病况，可曾好些了？”

寒山微微一笑，背负双手，踱着步眺望原野：“素衣，有心了。家母偶感风寒，无甚大碍。”

“喂！寒山，我长得很丑吗？”素衣皱着鼻子，噘起樱桃般红艳的小嘴，“都不正眼相看？”

“哦，在下只是成人之美，在兄弟面前，岂敢唐突他的心上人呢？”寒山故意快走几步。果然，身后落下一根树枝，还有素衣含羞草似的娇嗔：“读书读得油嘴滑舌。再胡说，撕烂你的嘴。”

再看拾得，自素衣翩然而至后，他便似寺庙里的怒目金刚，赤红着脸一动不动，哪还有半分豪气？

偏偏素衣故意不睬拾得，只是笑眯眯地与寒山说话：“你饱读诗书，可知青山湾为何封湖？”

“自古封湖，无非三种原因。”寒山轻咳一声，瞥了眼喘着粗气，手足无措的拾得，心中暗笑，“鱼汛，妖孽，古墓。此时不是渔季，太平盛世何来妖物？想来是在湖中发现古墓了吧？”

“我看未必。”拾得有心在素衣面前表现，“寻常人水中闭气，也就半炷香的工夫。能把坟建在湖里，工匠们都是南海传说的鲛人吗？哈哈哈……”拾得自顾自干笑几声，见寒山和素衣却没有迎合，只好尴尬地红了脸、搓着手不知如何是好。

“你少插嘴！只会动拳头不会动脑子。”素衣啐了拾得一口，对寒山竖起大拇指，“四天前，王老汉在青山湾打鱼。撒网下去，收网十分沉重，本以为是打了一网好鱼，谁料却捞上来半截石碑，刻着稀奇古怪的花纹。湖中捞出异物本是常事，刘财主就是打鱼时兜了一盏赤金盘子才发的家。王老汉也没当回事，把石碑随手丢在船舱。”

“傍晚，书房李先生……寒山，就是小时候教你《三字经》那个，坐王老汉的船渡湖访友，见到石碑，大惊失色。原来……”讲到这里，素衣故意卖个关子，“你们猜？”

“我又不是神仙，哪能猜到。”拾得听得入迷，抓耳挠腮央求，“素衣，你快讲。”

寒山低头沉思片刻：“那些花纹是古时文字，若是没有猜错，或是春秋时期吴国的文字？嗯……这么说来，青山湾里，是阖闾的墓？”

拾得忍不住又笑了起来：“你读了几年书，也不能胡说。河驴？河里怎会有驴？又怎会为一只驴建墓？莫非是张果老骑的驴？”

“寒山，你早知此事？”素衣睁圆了双眼，跺着脚，有些恼火，“读书人就是心眼多，白费了半天口舌。”

“还真是给驴建了个墓啊！”拾得挠着后脑勺，死活想不通，人为什么要给驴挖个坟？

“我也是刚从你这里得知。”寒山遥指连绵起伏的远山，“春秋时，这片土地是吴越所在。阖闾派刺客专诸刺杀吴王僚，夺得吴国。及至其子（也有说是其孙）夫差在位期间，是吴国最强盛时期。夫差宠幸西施，疏于国务，被越王勾践大败。勾践复国后，失了卧薪尝胆的气魄，使得越国强盛也不过昙花一现。湖底建墓，必为君王之墓，以当时的国力判断，十有八九是阖闾之墓。王老汉不识几个字，他以为是花纹，刘先生却识得字大抵是春秋时的金文，也就是大篆。天下分东南西北中五位，为防盗墓贼偷盗，各个方位建墓也有所不同。东建于山，西藏于岭，北筑于丘，南隐于水。至于中，以寺、塔、窟居多。青山为两道山岭环拱，形似双龙合抱，湖泊如同龙爪握着的珍珠，日月皆从山岭相抵的山峰升落，是上好的‘双龙戏珠’格局……”

拾得、素衣听得面面相觑，半晌才回过神。素衣吐吐舌头：“寒山，这些都是书里学的？”

“乖乖！兄弟，你别考功名了。就你这本事，咱俩大江南北寻古墓去。”拾得重重拍着寒山肩膀，“你定墓，我挖坟，随便带出几样宝贝，那还不……那还不……”

拾得自幼寒苦，也就能想到宝贝值钱，却想不到这些钱能干吗，憋了半天，才嘟囔出一句“天天吃肉喝酒”。

“发死人财，必遭报应。”素衣看似不在意拾得，闻言却生气地背过身子，“前年，开当铺的李老板全身得了烂疮，活活疼死。官府收拾遗物时才发现，当铺的只是个幌子，后院仓库的暗房里藏着许多陪葬珠宝。街坊都说，李老板早年是盗墓贼，在地下挖了太多不干净的东西，阴气入体……”

“有了钱，我最想做的，是给你买盒‘福茂斋’的胭脂。”拾得哼哼唧唧的，就像蚊子在耳边绕圈。

“啊？”两抹绯红晕染了素衣两腮，她娇嗔着飞奔而去，留下一串银铃似的笑声，“不睬两个胡言乱语的痴子，我去青山湾看热闹。”

直至婀娜的背影消失于绿野，寒山才推了拾得一把：“还不赶紧跟过去，等什么呢？”

“我是孤儿，身无分文，大字也不识几个……和素衣在一起，她会被耻笑的。”

“你的英雄气概哪儿去了？这话可不像是从我兄弟口中说出。我可听说，刘财主给素衣家下了聘礼，要给他儿子提亲。你好自为之。”

“这事儿我知道。”拾得冷哼一声，抬起棱角分明的下巴，“刘易道明面上说自己是打鱼捞金盘子发的家，谁不知他就是个盗墓贼。他那个儿子遭了天谴，生下来就满脸麻子，手指、脚趾连着肉膜，也配向素衣提亲？真是‘癞蛤蟆想吃天鹅肉’。”

“我考虑的不是这个。”寒山叹了口气，遥望青山湾的方向，心中暗忖，此刻百姓们估计都在抽湖寻墓吧？若那个传言是真……

“刘家要敢造次，我必杀他全家。”拾得狠狠地啐了口吐沫，“素衣父亲把刘家骂出门，你还有什么顾虑？”

“刘家什么时候上门提亲的？”

“三日前。”

“王老汉是四日前捞上石碑的。”

“这还能有什么联系？”拾得瞪大了眼睛，使劲抓着脑袋。

“自从刘易道捞上金盘，青山湾暗藏帝王冢的消息就传遍江南。”寒山左手拇指搭着中指，默默算计片刻，“有一则传说：吴王阖闾死后，夫差为其建疑冢三处，最有名的当是虎丘剑池那座。阖闾生前爱剑，夫差将三千名剑为其陪葬于真墓。其中，有一柄剑，削金断玉，锋利无比。更神奇的是，此剑颇具神性，可映照世间妖物与凡人的前世今生，名曰‘辟邪’。这一千多年来，寻剑人不计其数。据说，诸多文人骚客看似游历江南，实则为寻辟邪，并将线索隐于诗歌词赋……”

“话不说明白能憋死人啊。”拾得怎么也想不通辟邪剑与刘家父子提亲之间有什么联系。

“也许是我想多了。”寒山整整衣衫，背负双手信步而行，“青山湾封湖，这可是少有的大事，凑个热闹去。”

俩人这么聊着天，又一路赏景嬉戏，接近傍晚才到青山湾，路上虽已想到些许情景，直至亲眼所见，方觉震撼更甚。

青山湾湖畔起码站着三五百人，人声嘈杂好似赶集，人手一柄火把。远远望去，倒像是一片火海，把青山湾映得赤红如血，就连夕阳烫红的湖面波光都黯然失色。

每一张被火把映红的脸都充斥着贪婪、热切、兴奋、期盼等诸多神色。个子高的聒噪着湖中场景；个子矮的踮脚探首干着急，只恨爹妈生时下短了材料；女人们叽叽喳喳，不顾男女之嫌挺胸扭腰往前挤；孩童们在大人腿间老鼠般窜来窜去、追逐打闹，多少为这片欲望充斥的场景添了几分童趣。

“还想捞几条鱼给你母亲炖汤喝。”拾得大感遗憾地撇撇嘴，“这么多人，别说是鱼，就算是虾米也剩不下了。”

“佛曰，世间皆苦。如此看来，不过是名利欲望。”寒山脸上浮现出这个年龄的少年不常见的悲悯，修长的双眼掠过一抹茫茫白光，“仅仅一个传言，就引来愚人无数。若真是金山银山，这些人只怕顿时就化成野兽，撕咬争斗，哪还有什么人性伦常？”

拾得领会不到寒山话中之意，站在人潮后面，四处寻找素衣。正在此时，湖边炸锅似的一声吼：“祭湖开墓！”

这四个字好似一块山崖坠落的巨石，砸入平静如镜的湖水，激起千万层白雪似的波涛，由前及后层层堆叠，直至席卷整片人潮。震得远山夜栖的鸟群都惊得扑棱飞起，乌压压遮盖住青灰色的天幕。

湖边响起绞木齿轮“吱吱嘎嘎”的咬合声。人潮向后退了三五丈，十二个青壮男子弓着身子，背负手腕粗的绳子，“嗨哟嗨哟”地喊着号子，将一座临时搭建的沉重的木制高台缓慢地拉起。

夕阳洒下最后一缕残光，终于坠入层峦叠嶂的远山，任由黑暗肆虐大地。火把爆裂的火光愈发明亮，刺得众人眼珠生疼。

在雷暴般的嘶吼声浪中，木台的根根木柱颤抖紧绷，“砰”的一声闷响，于众人眯眼端望里耸立起来。

这座木台足有三丈高、一丈宽，台中竖着一根木柱，垂吊着一片毛茸茸、白晃晃的东西。

“刘易道说得没错！果然是只狐妖！”

“你看，狐妖长了八条尾巴。知道不，长到九条，就成了狐仙，专门吸吮男子精血。”

“真没想到，那么漂亮的女子，居然是狐妖？”

“我早就看出她不是个好货！走路恨不得把屁股扭上天，那双媚眼见男人就抛。”

“老话说得没错，貌美多妖孽！听说让夫差亡了国的西施，也是狐媚子化作了人形。”

拾得、寒山二人听着众人议论纷纷，也不好多问，极目望向高台，双双倒吸一口凉气。

台上，左右各立着尺余粗的木柱，看纹理似乎是镇邪祛祟的桃木。桃木中间捆着一只足有两人高的硕大白毛狐狸，洁白似雪的皮毛凝固着乌黑色的血渍。潮湿的夜风猎猎作响，八条白色狐尾好似雪浪连绵起伏，两只狐爪被手指粗细的铁链紧紧勒住，殷红的鲜血“滴答滴答”落在木台上。

“各位乡亲父老，在下实乃猎妖师，遍寻江南，终于找到了这只孽畜。”刘易道站在木台左侧，手执铁钎放在炭火盆里炙烤，“坊间传言，刘家世代盗墓，纯属无稽之谈。可怜小儿不幸，母亲死于难产，老夫一时疏忽，导致尚在襁褓的孩儿中了这只孽畜的妖气，变成这般模样。今日，既为民除害，也还得刘家清白。”

话说到这儿，刘易道面色悲戚，硬挤出几滴眼泪。刘凤然站在木台下，抬着麻脸挥舞鸭掌似的手掌，神色颇有几分正气凛然：“阿爹莫难过！孩儿虽残疾，猎妖初衷从未改变。今日捕获孽畜，值了！”

“好！”

人们被父子俩大义凛然、忍辱负重的豪气感动，纷纷竖起大拇指喝彩。有那感情丰富的女子捏着袖角擦拭眼泪，只恨早生了几年，否则必嫁入刘家，以续猎妖师香火。当然，刘家偌大的家产，也是她们考虑的重要因素之一。

“真有狐妖？刘家……居然是猎妖师？”拾得心中疑惑，可是这么大一只八尾白毛狐狸绑在台上，又不由得不信。

“你可见到素衣？”寒山双眉紧锁，冷峻的面庞笼了一层凄冷月芒。

“这么多人到哪儿寻得？素衣见不得血，该是……”拾得话音未落，只见刘易道从炭火盆里抬起铁钎，将烧红的钎条狠狠攮进白狐毛茸茸的胸口。

虽然人声嘈杂，木台甚高，但众人似乎都听到了皮肉烤焦时的“滋啦”声。原本一动不动的白狐发出厉叫，奋力挣扎，捆绑前肢的铁链绷得“咯咯”作响，八条狐尾根根竖起，就连木台都随之震动，四根台柱“吱嘎”摇晃。刘易道将钎条丢进炭盆，从怀中取出一张画满红色符文的黄表纸，蘸着狐血贴在白狐额前，嘴里念念有词。

白光从白狐周身蓬起炸裂，顷刻消失无踪。那只白狐又是几声厉叫，只是叫声越来越微弱，终不可闻，止住了挣扎。

“到底是捉妖师，今儿算是开了眼界。”

“皮毛子剥了，说不定能抵方圆百十里的徭役赋税。”

“你懂个屁！但凡妖物，都结有内丹，那才是价值连城的稀罕物儿。”

围观百姓个个面色潮红，舔着嘴唇议论纷纷，被这残忍血腥的场景刺激得兴奋不已。

“拾得！”

“嗯？”

“不论发生什么事，不要有任何举动！”

“我虽然喜好打抱不平，可是总不能对一只狐妖起同情心吧？你想多了。你说，这狐妖幻化的是谁家女子？平时也没留意。”

“我……”寒山欲言又止，嘴角微微抽搐。

“四日前，王安捞上这方石碑……”刘易道把铁钎放回炭盆，瞥了眼奄奄一息的狐妖，把贴在双眉之间锁固精魄的黄表纸加了几道，“上刻碑文哪里是什么帝王冢，而是狐妖修炼藏身之处。诸位不知，但凡妖畜，初化成人形，必将来历去向刻于石碑，是为‘人间帖’，类似于生辰八字。李先生识得，暗暗通报。在下根据碑文内容，终于寻得狐妖藏身人家，假意提亲，辨出狐妖真身。”

“寒山，他说什么？”拾得努力理解着刘易道话中含义，忽然全身僵立，又剧烈颤抖，额头冒出成片黄豆大小的汗珠，“素衣！那只狐妖，是……是……是……”

“兄弟！拾得！你听我说！”寒山死命抱住拾得，“现在木台上的是狐妖，不是素衣！你若情急用事，便是与数百人为敌，便是挑战世俗观念！”

“素衣绝不是狐妖。”拾得眼角瞪裂，淌出两行血泪，“她……她怎么可能是……必是刘易道提亲不成，暗中做了手脚。我要救她。”

“没有人会相信咱们。”寒山被拾得拖倒在地，依然死死抱着拾得的双腿。好在众人都在目不转睛地望着刘易道以各种稀奇古怪的方式虐杀狐妖，根本没人注意人群后面的他们。

拾得血红双目映着两团挣扎的白色虚影：“没人相信，那就把他们通通杀死！死人，就无所谓信与不信！”

“我因聪慧引得书院学生猜忌，备受侮辱，与你诉说心中苦闷，世间有人谤我、欺我、辱我、笑我、轻我、贱我、恶我、骗我，如何处治乎？”寒山挣扎起身，扳着拾得的脖颈，强行把他的视线从木台上的妖狐身上移开，“还记得你是如何宽慰我的吗？你说，只要忍他、让他、由他、避他、耐他、敬他、不要理他，再待几年你且看他。况且，任何妖术，也不能把人变成这么大一只白狐……素衣，真的是……”

“住嘴！”拾得赤红双眼，沙哑着嗓子，拖着寒山，一步步奋力前行，“素衣是个好女子，她有父母。就算她是白狐，这十多年也没听说狐妖害人的传闻……”

话音未落，人群中的一对中年男女“扑通”跪地，号啕大哭：“小女身躯早已被此妖狐夺舍……可怜的孩儿啊！刘先生，为素衣报仇！”

正是前几日，正气凛然将提亲的刘财主痛骂出门，如今却将刘易道视为英雄的素衣父母。

拾得怔住了，嘴角哆嗦着，困惑地停住脚步：“他们……他们是……他们怎能……”

“拾得，人既恐惧异族，又想探究他们不死不灭的玄妙，但是从未有过怜悯。千百年来，此等传闻还少吗？纵然是父母又怎样？”寒山爬起身，强拽着拾得远离人群，“这么多人，凭你一己之力，又能做什么？”

“兄弟，那是……那是……素衣啊！不行，不行，不行……”拾得茫然呆立，眼角涌出一层水雾，遮住了眼睛，遮住了高台，遮住了天地。

视线终于模糊不清，唯有那只受尽凌虐奄奄一息的白狐，以及刘易道父子抽动嘴角的狞笑和百姓们眼神中的兴奋贪婪愈发清晰。

“寒山，我好恨！恨自己无能为力，恨众生愚昧无情！若恶以杀为手段，便以杀止杀！”

“杀人很容易，救人很难。兄弟，余生陪我，启迪民智，感化民心，方能让世间不受刘易道此等蛊惑，少些杀戮，多些良善。”

“你要做什么？”

“我要在那里建一座寺，铸一口钟。”寒山双目似黑夜里最亮的星辰，遥指东方连绵起伏的群山，“以佛法感召世人，以钟声警醒众生。”

“我们还要做一件事。”拾得深邃的瞳孔闪烁着木台上跳跃的火焰，“还素衣清白。”

两个少年转身离去，再无驻留，唯有热泪千行。

人也好，妖也罢，皆在心中！

二

寒山寺半夜敲钟的习俗源自唐朝，每日子时，寺内巨钟会敲响一百零八声。《鸿雪因缘图记》记载：钟声之数“取法念珠，意在收心入定。”“素闻撞钟之法，各有不同，河南云：前后三十六，中发三十六，共成一百八声息；京师云：紧十八，慢十八，六遍凑成一百八。”

据说，这既是为了歌颂一百零八神佛，又可消除世间一百零八种烦恼。还有种有趣的说法，中国古律“宫商角徵羽”的“徵”，律数为一百零八。

如今，寒山寺钟声已不再每夜都敲，而是在除夕十一点四十八分敲响，敲到一百零八声时，正好是零时零分。

我检查着背包里没有被水泡透的物件，简单讲了寒山寺“夜半钟声”的缘由。月饼虽说恢复了七七八八，但元气不是一时半会儿能调养过来的，精神多少有些不济，他就着行军壶里的水吃了几块压缩饼干，长舒一口气，扬扬眉毛：“会不会赶上佛祖诞辰、菩萨生日也会敲钟，就像朋友圈里常看到有些人转发的那种祭拜仪式？”

我微微一怔，拉上背包拉链，有句话到了嘴边，想想又咽回去。

“南少侠，怎么突然扭扭捏捏的？有什么话赶紧说。”月饼挺着笔直的脊背，似乎在向我证明他老人家好利索了。

“月公公，还记得咱们上大学的时候，门口那家拉面馆关门后，你对我说的话吗？”我踢踏着泥土，把土坑周围的残火熄灭。天干物燥，在树林子里引起火灾可不是闹着玩儿的。

“你怎么突然问这个？”月饼摸摸鼻子，细长的眼睛闪过一丝疑惑，“别以为我不知道。南少侠明着是好那口拉条子，其实是对老板的闺女暗生情愫。想想也是，那对双眼皮大眼睛，十足的异域风情。”

“说正事儿呢，怎么扯到这儿了？你才对人家心怀鬼胎！”我红着老脸挽回颜面，“再说明明是单眼皮，怎么就成双的了？”

月饼似笑非笑地瞄着我：“观察这么仔细，还说没有动心思？”

“月无华！你不消遣我会死啊？”我恨恨地背起背包，夺过水壶灌了几口水，擦擦嘴唇，指着自己的耳朵，“你这里出了问题！咱们落水上岸，这里是铁岭关，钟声是从山里响起，不是寒山寺的方向！你现在需要休息，而不是逞强探险！”

“我又不聋，当然能听出来。”月饼伸了个懒腰，慢悠悠顺着钟声的方向钻进林子，“你真以为我听岔了，以为钟声是从寒山寺响的？那两个人已经现身，没弄死咱们，又半夜敲钟，你觉得是为什么？”

“挑衅？故意引咱们过去？”我本以为月饼体内蛊毒没有除净，影响了五感六觉，这会儿才略略踏实，“或者是类似魅音摄魂之类的方术，迷惑咱们的心智？”

“也许是一种……”月饼折了根树枝，斜插在背包背带上，“我很小的时候，在蛊族部落曾经见过一次。”

“是什么？”我三步并两步追过去，正要追问，忽然听到连绵不断、音律相同的钟声里出现一声异响。

这响声很难形容，非要做个不恰当的比喻，类似尖锐的铁器划过玻璃，极为短促尖锐，刺得耳膜生疼，令人心浮气躁。

“六十四。”月饼顿住脚步，仰头望月，“月芒初现，世有异象。”

夜幕中那轮明月，笼了一圈白茫茫的华光，再细细看，轮廓边缘竟隐隐透着淡淡的血红色。触景生情，我不由想起很多年前，我和月饼初次探险，曾经在广西十万大山遇到一轮血月，经历了极度匪夷所思的诡异事件。我没来由地打了个哆嗦，只觉得一股奇怪的寒意从心脏升起，顺着血液蔓延全身，汗毛根根立起：“六十四是什么？”

“这是第六十四声钟响。”月饼抬起左手，大拇指搭在无名指的尾端，“我一直在计数。”

我没有言语，忽然想到一件事情——许多读者私信问我：“为什么我们每次都能化险为夷？这明明是主角光环加持。”

我从不做解释。

其实，哪里有什么主角光环？如果有谁能像月饼一样，在这种极端处境里依然能冷静观察分析极其细微的事情，还有什么不可能呢？

“这几年很流行的一件事。”月饼右手摸摸鼻子，左手依然计算着钟声，“有些人会在朋友圈，每天转发一颗佛珠的含义，连发一百零八天。第六十四颗，一个幻象掩盖另一个幻象，唯有回归本源才是终极解决之道。”

“幻象？解决？本源？终极？”我有种很模糊的想法，一时间没有形成具体的概念，似乎还缺少某个关键点将一切串联贯通，“你刚才说，在蛊族见过一次什么？”

“仪式，招魂。”月饼微微闭目，声音低哑冰冷，“南瓜，你想过没有，《枫桥夜泊》是……”

“并不是描述愁绪漂泊的羁旅诗，而是一首悼亡诗？或者是……或者是……”我一时间有些言语逻辑混乱。这几天，我始终从诗词文字意境角度分析《枫桥夜泊》里暗藏的《阴符经》线索，思维总是围绕于此兜圈子。当月饼说出“仪式，招魂”，我突然豁然开朗，想到了这首诗的另一层，或者是真正暗藏的含义。

我和月饼担任“异徒行者”追寻老子下半部《道德经》，曾在山西汾阳破解了杜牧《清明》一诗的隐藏线索，并由此知晓了我与酒娘（小九）几生几世的羁绊，影响至今。那首《清明》，不仅仅是字面所表达寄托清明哀苦之意，由此引申分析，《枫桥夜泊》会不会也是如此？

“月落乌啼霜满天，江枫渔火对愁眠。姑苏城外寒山寺，夜半钟声到客船。”我重复默念数遍，越来越觉得，张继写这首诗，分明是在悼念某个人，而且是个女人！

“月”明指“月亮”，在中国文学中常指代“女性”；“乌”字面为“乌鸦”，而古代称太阳为“金乌”；“落”是“陨落”，象征死亡；“啼”是“哭啼”，泛指悲伤。

那么，“月落乌啼”会不会是女子逝去、男子哀哭呢？当泪眼婆娑时，眼前白茫茫一片，岂不就是“霜满天”的景象？

“江枫”，江边枫树；“渔火”，渔船枯灯。深秋江边枫叶红似火，与江中渔船彼岸相望而不能相见。这是否是一种暗喻？

幽冥之域，忘川河畔，开满火红的彼岸花。相传此花只开于地府，是黄泉路上唯一的风景。花开一千年，花落一千年，花叶生生相错，世世永不相见。彼岸花开开彼岸，奈何桥前可奈何?

忘川河有一条摆渡船，亡去之人乘船前往地府，肩头的三盏灵火慢慢熄灭。再回首时，只能望见炫目火红的彼岸花幻化出生前最爱之人的音容笑貌。

于世间积德行善、专一情深之人，会在即将登上彼岸时听到佛钟佛号，或登西天极乐，或转生与心爱之人再续前世姻缘……

由此再进一步分析，“姑苏城外寒山寺，夜半钟声到客船”所描述的情景，分明是作者悼念亡人时寄托了“来世相恋，执手一生”的心境。

想通这一层，我的心情就像困在黑暗的房间摸索许久，终于摸到门把手，推门见到阳光般畅快：“月饼，那个仪式，在招谁的魂?”

“我不知道，”月饼含糊地斟酌着每个词，眼角微微跳动，一抹悲戚在眉宇间一闪而逝，“那时候……太小……”

我没有再多问。每个人都有不愿倾诉，永藏心底的秘密。太多的好奇和追问，无疑是一把戳心利刃。懂得收起利刃，才是真正的朋友。

“第七十二声，时间不多了。”月饼在腰间别了一排新的桃木钉，微微皱眉，“南瓜，我……”

“月公公，请把‘南瓜快跑’‘我自己去’这些话收回，”我把瑞士军刀绑在袖口，“你明知道这是不可能的，就别矫情说废话了。”

“我想说的是，”月饼往我嘴里塞了根烟，“啪嗒”点着，“这次我自己搞不定，需要你。”

“呃……”我被烟雾呛得嗓子辛辣，忍不住剧咳，“到底是什么事儿?居然有月无华都搞不定的事情?”

“但愿不是我想的那样。”月饼长叹了口气，摸摸鼻子，“呵呵……枫桥夜泊……枫桥夜泊……”

“月公公，咱能不卖关子吗？知己知彼，百战百胜。你啥也不说，我跟着你去送人头啊？”我就烦月饼时不时故弄玄虚，有啥事儿不能好好说明白？见天儿整这些五迷三道的，拍悬疑剧呢？

“噤声！”月饼摁着我的肩膀压低身子，目光扫向西北方向，“听到什么了？”

“咚。”钟声悠扬雄厚。

“簌。”夜风拂动树叶。

“吱。”虫豸窜动啾啾。

还有，若隐若现细若游丝的微声，像熟睡时蚊子在耳边萦绕：“南晓楼，回来吧，快回来吧。”

那一瞬间，我的思维完全停顿，眼前极快地闪回了许多明亮晃眼的画面，却什么也看不清楚，再恢复意识时，我才发现月饼不见了！

三

还没等我把“月饼”俩字喊出口，视线所及的事物逐渐扭曲，树干、石块、山间野径，甚至远山夜幕，像是被一只无形的大手撕扯捏揉，时而团成一坨，时而分崩离析。

诡异的视觉冲击让我头晕目眩，胸口闷得喘不过气。也许是错觉，甚至连脚下坚实的山路都有种忽上忽下、波涛起伏的感觉。我摇摇晃晃站不稳当，伸手想要扶住左侧野树保持平衡，却发现明明不到一米的距离，几次伸手都够不到。

我渗出一身冷汗，缩回手闭眼揉着迎香穴，残像在视线里极其迅速地消失不见，混成一团糨糊的脑袋略略清醒：

第一，所发生的一切完全超出了认知；

第二，玄术或机关不可能造出这么大的幻象；

第三，出现问题的是我；

第四，月饼消失前的状态和顾虑，暗示这次的对手是蛊族；

第五，我中了某种蛊术！

人是很奇怪的生物，身处某种特定危险环境，会莫名想到某些看似不相关的事情，其实是没有解决方法时潜意识的自救。此刻，我突然联想到很久以前发生的一件事。

上大学时，系里有个叫杨波的辅导员，高高瘦瘦，颇为帅气，平日很严肃，不苟言笑，实则暗地里哄骗了好几个女学生。

月饼平日和同学不怎么交流，我和几个篮球好友喝酒时听说了此事，回寝室和月饼聊了几句就睡了，第二天睡醒发现月饼不在。

我也没当回事儿，月饼要是能老老实实待在学校超过一周，那才是震惊全校暗恋他的女生的新闻。消失了半个多月，月饼再回来时蓬头垢面，裤腿鞋帮全是泥沙。他从背包里摸出个海腥味很浓、镂刻花纹里满是绿渍的陶器罐子："蜃，三十年以上，海边蹲了五天，月圆夜才捉到，炼成蜃蛊。"

"干吗的？"我早就见怪不怪，抽着烟读《少年维特之烦恼》。

"过几天你就知道了。"

三天后，爆出大新闻：住在教师宿舍的杨波，半夜赤身裸体冲到操场，手舞足蹈好像在推开某种东西，号叫着"别过来……别过来……"当夜就被送进精神病院。

我当然知道这是月饼的杰作，特地去图书馆借了几本书，详细研究了关于海市蜃楼的资料。

虽然脑子里回想了这些过往，但只不过是电光石火的瞬间。我心里有了底，蜷起右手中指，用指节重重敲击人中穴。牙齿酸痛，一阵清凉尖锐的感觉直抵额头。我睁开眼睛，目光所及，混沌扭曲的景象忽然静止，由模糊逐渐清晰，终于恢复正常。

月饼就站在我身边，微微皱眉环视四周："南瓜，你能瞬间判断出中蛊，并且记得咱俩闲聊时，我说的'蛊未完全入体，击打人中穴排蛊自救'……"

"等下，你知道我中了蛊，就这么没事人一样站着？万一我要麻爪了呢？月公公，你……"

还没等我发完牢骚，月饼双手摁住我的肩膀："你能过了这关，今晚至少添了几分胜算！这次的对手强大得超乎想象。我真没想到，当年蛊族的招魂仪式是为《阴符经》准备的。"

我的瞳孔里映着月饼从未有过的严肃，愣了片刻："你是说，十几年前，或许二十几年前，你小时候见过的招魂，是蛊族早就布下的暗棋？招了谁的魂？仪式过程是什么？"

"相信我，那个过程绝不是你能承受的，哪怕是由我告诉你。"月饼拇指搭在尾指的第一个骨节，"已经九十六声了，还有十二声，他就要来了。"

我竟然从月饼的嗓音里听出了一丝恐惧："他是谁？"

"蛊王！"月饼扬扬眉毛，目光没入铁岭关茂盛的密林，"蛊族四大长老耗尽蛊力，用了整整十个月、七百六十三种蛊术唤醒的万蛊之王。"

我已经没心思开"蛊族最强男人和万蛊之王孰强孰弱"的玩笑，问了个很正常的问题："他长什么样儿？"

看不见的敌人才是最可怕的。真如月饼所说，起码知道对方的大概相貌，多少能踏实些。

“我不知道。”月饼似乎有些疲惫，微微低头挥了挥手，“蛊族没有人见过他的模样。”

整个蛊族忙前忙后十个月，没人知道他长啥样儿？我很难理解月饼这有悖常识的回答。愣了几秒钟，我忽然意识到问题所在：“月公公，你是说……你是说……蛊王是……”

“是的。”月饼抬起头，眯着细长双眼，却掩饰不住双瞳闪烁的怒火，“众阳一阴，十月怀胎，数蛊入体，蛊王降临，蛊女化灰。”

这二十个字的信息量很大。我听月饼讲过，蛊族受天赋和身体承受能力限制，每个人最多只能掌握一两种蛊术。像月饼这样几乎贯通所有蛊术的人，不敢说“后无来者”，绝对是“前无古人”。

简单分析，蛊王是由蛊女培养的，为了孕育出超越人体限制的蛊王，或许有某种丧失了人伦道德的事情发生。这也难怪月饼会如此愤怒！

“蛊王诞生，由蛊族最可靠的蛊人带出大山。”月饼愤怒的目光愈发炽烈，嘴角扬起一丝微笑，“蛊人回山时已经被割掉了舌头，四大长老亲手处决。这些年，我一直在找他……泰国、日本、印度、韩国……异徒行者……直到现在。任何可能和他有关的蛛丝马迹，我都不会放过。抱歉，我陪你走遍亚洲，始终藏着这份私心。你奇特的身世，或许是找到他的关键线索。”

我静静地盯着这个骄傲的男人，丝毫没有“蒙在鼓里被利用”的失望。宿命很奇妙，就算不是因为蛊王，我和月饼彼此奇特的身世和命运，难道就不会相遇吗？难道就不会成为“面对危险时放心把后背交给对方”的兄弟吗？

"月公公，把你的'抱歉'收回去。打游戏时你卖了我多少回，我说啥了？能赢才是王道！"我握着拳头举过头顶挥舞，"我就不信那个什么万蛊之王长着三头六臂，钢筋铁骨。咱们这些年，什么稀奇古怪的玩意儿没见过？一个活人能有啥？等他现身，月公公，给小爷瞭阵，我亲自动手，让他了解了解五行八卦的最强奥义！"

慷慨激昂做了战前动员，我口干舌燥地摸出军用水壶，扬脖灌了一大口，擦擦嘴角："对了，月公公……你刚才说'今晚添了几分胜算'是多少？"

月饼竖起右手食指："一分。"

"一分胜算足够了！当年项羽背水一战，压根儿没希望，不也打赢了嘛！"我故作豪气地掷地有声，心里却嘀咕，"一分胜算，这不扯淡吗？"

"咚！"钟声忽然巨响一声，再无声息。

漫山遍野回荡着余音，仿佛千百口铜钟连绵不绝地撞击着，震得耳膜嗡嗡作响。

极其微弱的人声忽远忽近，时而尖锐，时而粗粝，像是一男一女同时说着同样的话语："舅舅，你终于来了。嘿嘿……奉劝你一句，回去吧。《阴符经》的秘密，不是你们所理解的那么简单。这可是最后的忠告哦。"

我压根儿没注意半男不女的蛊王说了什么，耳边不停地回荡着"舅舅"两字！

舅舅？

"生下蛊王的女人……是我的亲姐姐。"

"？"

四

我的身世，相识多年的朋友都有所了解，故此，我分不太清有些身份称呼代表的亲属关系，一时间拿不准这个“蛊王”是月饼的外甥还是侄子，张嘴憋了几秒钟也没喊出正确的称呼，耳膜依然被“舅舅”两字震得嗡嗡作响，甚至有些轻微眩晕。

视线里的月饼紧抿着嘴唇，脸色青白，细长的眼睛中掠过一丝毫不遮掩的哀伤。

“众阳一阴，十月怀胎，数蛊入体，蛊王降临，蛊女化灰。”这二十个字零散成无数个字在眼前飞来掠去，仿佛要拼凑出月饼从未提及的姐姐。忽然，所有的字顿住，合成一根细长尖锐的刺，直插我的心窝。冰凉却灼热的异样痛楚，如同从指缝溢出的流沙，缓慢却不会停止，顺着血管蔓延到身体每一处能够感知“痛苦”的神经末梢。

一瞬间，我忘记了即将出现的蛊王，忘记了诡谲莫测的危险，忘记了铁岭关树林里暗藏的杀机。思绪如暴雨洗掠的大海，翻腾汹涌，零碎的记忆像被海浪击碎的木船碎片，旋转漂浮，于雪白的泡沫中起伏……每一片残破碎片，都镌刻我对月饼的记忆。

我终于懂了！为什么月饼会在开怀大笑的时候，眉宇间依然有一抹凄凉；为什么他内心火热，却总是摆出一副拒人千里之外的冰冷面孔；为什么他从网上看到某条神秘事件的新闻后，会拎着背包失踪十天半个月；为什么他如此痛恨世间的恶，却从不屑盲目的善！

童年如同一块柔软而富有韧性的橡皮泥，精美或者丑陋的造型取决于捏造它的那双手。无心为之的失误或者漫不经心的力度，都会造成无法修复的错误，随着时间的侵蚀，在成年后结成一道道触目惊心的疤痕。

月饼心底裂着一条无法愈合的伤痕，正如深藏于太平洋底万米深的马里亚纳海沟，冰冷、黑暗……或许还有不为世人所知的怪物窥视遥不可及的海平面，积蓄能够破海而出的力量，等待将恐惧和死亡带给人类的那一天。

“南晓楼，他来了，他终于来了。”周遭的树木随着夜风沙沙作响，和月饼的声音形成极为怪异的同频共振，“我找了他十多年，没想到他一直在等着我。呵呵……”

这时候，任何语言都显得苍白无力。我没有言语，默默地站在月饼身侧。冷月挥洒着寒光，我们斜长的身影和密林边缘的阴影纠缠覆盖，逐渐融为同一片黑暗。

“舅舅，了不起啊！”半男半女的动静在林中回荡，根本辨识不出方向，“真没想到，你破了桃花源幻族、黄鹤楼魇族布下的局，找到《阴符经》的第三条线索。我真希望你分析不出《枫桥夜泊》的暗示，这样咱们舅侄就不用见面了。毕竟，真正的蛊族，只剩咱俩了。”

我心想，反派出场前非要说这么多话吗？这是哪儿惯的熊毛病？忽然又想到一件事，颇有豁然开朗感。我对着林中回了句：“咳咳，我说蛊王啊，舅舅对应的是外甥不是侄子。可怜孩子，看来是没念过几天书。快快现身，让你南舅舅瞅瞅，到底长啥样儿？”

“原来是外甥？”月饼压着只有我能听见的嗓音，“我也以为是侄子。”

“你们蛊族天天研究花鸟鱼虫，搞不明白中国传统文化不奇怪。”

我心里悬着的那块石头终于落下了。月饼能这么说话，显然已经把情绪调整到最佳状态，从充满仇恨的黑暗中走了出来。也就是说，他已经为“一分胜算”做好了“十分准备”。

估计蛊王让我这句话噎得够呛，隔了半根烟工夫才飘出一句：“南晓楼，出版了几本破书就真把自己当作家了？这时候还跟我卖弄……”

破书？这俩字戳痛了我，心头蹭蹭蹿火。我正要效仿“诸葛亮江东舌战群儒”，来几句漂亮的反击，张开嘴刚要说话，有只小咬之类的飞虫被我吸进嗓子眼。

我使劲吐着口水，反倒觉得虫子顺着唾液淌进喉咙，黏在舌根处，干呕又吐不出来，怪恶心的。

我小声嘀咕“人倒霉喝凉水都塞牙”，却发现了一件极度恐怖的事——我说的竟然是：“走！咱们进林子解决大外甥。”

我下意识摸着喉咙：“我刚才说了什么？”

“还等什么，赶紧动手！”我听到自己的声音说出的却是这句话。

那只小咬应该是某种蛊虫，控制着中蛊人的舌头或声带，讲出施蛊人想要说的话。如果月饼没有察觉，按照我所说的去做，那就等于中了蛊王早就布好的圈套。

我没敢再说话，急忙摆摆手，做出惊恐的表情，指指嗓子。然而，我从月饼的眼眸中看到自己极其自信的神态，顿时慌了神：“月饼，我中蛊了，别相信我的话。”

“月公公，怎么这么怂？连侄子和外甥都分不清的人，怕他个鸟。”

冷汗从后背冒出，顺着脊背滑至腰带位置，左右蔓延，像一条冰冷的铁丝，贴在腰部。我死死咬着嘴唇不发出声音，奇妙的凉意让情绪稍稍平复，脑中闪过这样一个念头：“这种蛊，在极短的时间内就可以影响声带、面部表情。蛊毒若遍布全身，或许会控制我的行动和思维。如果真是这样，根本不用蛊王动手。我要么会在月饼没有察觉的情况下偷袭他，要么月饼在我偷袭的时候反击……”

“你有点儿不对劲。”月饼摸摸鼻子，眯眼盯着我，“南少侠什么时候这么激进了？”

那一瞬间，我咬了咬牙，摸出瑞士军刀，捅向喉咙能感受到蛊虫的位置。趁着蛊毒还没有完全发作，我还能使用双手，把它挑出来！

然而，手腕、肘部、肩部响起热锅炒豆般“咯咯”声，我的胳膊竟然扭出怪异的角度，挥刀刺向近在咫尺的月饼！

“传蛊？”月饼讶异地扬扬眉毛，微微屈膝。刀刃擦着肩膀划过，布帛撕裂声中迸出一溜血珠。

我眼睁睁看着不受控制的胳膊突然停住，继而挥刀扫向月饼的脖子。

“砰！”月饼一记勾拳击中我的下巴，我不由自主后仰，缓慢倒退几步，“扑通”坐倒在地。

“不要动，不要说话！”月饼从腰间摸出桃木钉，右手捏着我的腮帮子，左手把桃木钉刺入口腔。我只觉得桃木钉在嗓子眼捅来捅去，口水顺着嘴角“哗哗”直淌，同时又觉得月饼的动作说不上来哪里不对劲。

也就折腾了几秒钟，我都快把肠子呕出来了。终于在泪眼朦胧中，看到桃木钉从嘴里抽出来。钉尖插着一只指甲盖大小、布满黄绿花纹的蜘蛛，鼓囊囊的肚子被戳破了，黏稠的黄色体液糊满桃木钉，还兀自颤动着毛茸茸的爪子。

本来像吐出口浓痰般畅快清凉的嗓子，顿时被胃里上涌的酸水充斥，我“哇”地张开嘴，吐了个淋漓尽致。

“狗娘养的，小爷一定弄死你！”我对着密林喊了一嗓子，擦着嘴角才想到蛊王的母亲是月饼的姐姐，骂得很不妥当。

“他的蛊术确实比我厉害。”月饼转着桃木钉观察那只死蜘蛛，“蛊虫拔掉了，蛊毒还在体内。最多一小时，就能遍布全身。”

我两眼一黑：啥？敢情这还有副作用？

“解药在西北方向，七七四十九米，你们看到就懂了。”蛊王的声音越来越远，渐渐被虫豸鸣叫声掩盖，只留下些许微弱回声，“如果找不到解药……舅舅，你就输了。”

五

“桃花源、黄鹤楼，咱们多少还有些主动权，”我盘着腿儿恨恨地晃着军用水壶灌水，“到了寒山寺，被你外甥安排得明明白白。好气！”

月饼从背包里翻出大大小小的瓶罐、竹筒，挑出一截两头烤焦、手指粗细的赤红色竹筒，拔开塞子，倒出两颗暗绿色黄豆形状的药丸：“赶紧吃了，别磨叽。”

“你不说原材料我不吃。”我心里那口气扭不过来，肺管子堵得难受，梗着脖子嚷嚷，“月公公，你们蛊族能有点正能量不？自打来了苏州，我成啥了？被下蛊、被解蛊……蛊族内斗的工具吗？是不是到了决战的时候，我站你俩中间，所有蛊术都往我身上招呼？我活着，你赢了；我死了，你输了？”

“爱吃不吃！天山雪莲、冬虫夏草、灵芝粉、黄精……降火清心，专治南少侠现在的暴躁火气。”月饼把药丸往我手里一塞，伸手比量着西北角密林，“为什么精确到四十九米？”

“这不是解药啊？”我就着水吞下药丸，如同盛夏满头大汗灌了瓶冰镇可乐般的惬意从丹田扩散，满肚子火气褪了不少，脑子也灵光些许，“你那宝贝外甥，暗示我已经死了。”

“嗯？”月饼扬扬眉毛，把瓶瓶罐罐装进背包。

“七七追荐始于北魏。《北史》记载，外戚胡国珍去世后，北魏孝明帝在七七日中为他设千僧斋，并度七人出家为僧……”

“说人话！”月饼皱着眉头，斜着瞥我一眼，“南少侠，当了几天大学讲师，好学生没培养多少，职业习惯倒是根深蒂固。能不能言简意赅？”

“细节决定成败！”我也懒得废话，抬起右手指着西北角（这时，我又泛起月饼用桃木钉从我的喉咙挑出蜘蛛时那种奇怪感觉），“头七知道不？亲人去世，第七天烧纸祭拜，要连续烧七次，一共七七四十九天。西白虎，北玄武，东阳西阴，南阳北阴。西北角，是双阴之地。解药放在那里，明摆着的事儿，咱们在一小时之内，走不完四十九米。”

“我在想一个问题。”月饼点着额头，眉梢微微跳动，疑惑地盯着乌鸦大战的江畔方向，“幻族在桃花源，魇族在黄鹤楼……”

“幻、魇、文、蛊四族，每族世代守护一处藏着《阴符经》线索的地点，”我拔了根青草塞嘴里嚼着，“寒山寺最先出现的是文族孔亮，蛊族跑到这儿，这不成了饯行吗？”

话音刚落，我的心脏狠狠跳动几下，吐出草汁瞪着月饼：“月公公，你的……你的意思是……”

“召唤乌鸦的，不是蛊王，而是两个人。”月饼双手合十抵在额前，闭着眼睛深吸口气，“他们……”

“月公公，别想这些有的没的……”月饼所顾虑的事情，我在给他疗伤时已经琢磨过了，点了根烟递过去，“从桃花源到寒山寺，最困惑我们的，不就是这件事吗？回到过去也好，黑化也罢，竹简那个秘密，四族各怀目的阻止咱们……”

“都是源于他们。”月饼接过烟深深吸了一口，吐了个烟圈。浑圆的烟圈浮在他的面前，颤巍巍的仿佛随时都会飘散断裂，却又始终保持着烟雾相连，随着察觉不到的空气流动，逐渐扭曲变形。

“所以，我们就像玩一场闯关游戏，碾压小boss[①]，击败大boss。”我曲指弹向烟圈，顿时断成一条扭曲的灰白色烟线，溢散消逝，无影无踪。

“南瓜，我想问一个问题。”月饼用脚尖捻出泥窝，把烟灰弹进去，“他们会是回到过去后黑化的咱们吗？如果真的是，咱们打败他们，会不会像四族传说的那样，出于某种原因，回到了过去？然后布置各种线索，让现在的咱们进行这场文字游戏？这不是一个死循环吗？”

“月公公，你的心里话是‘南瓜，如果回到过去，你会遇到小九，会爱上她，几生几世寻她，情愿为她堕入黑暗吗？’”我又拔起一根青草，缠绕在手指，淡绿的草汁浸染关节，留下一圈圈湿润冰凉的淡淡草汁，即便用力擦拭，也会残留很久。

就像我和小九于传说中几生几世的羁绊虐恋，总是若有若无地缠绕在心间。每每想起，便会微微勒紧，直至心脏淌出某种叫作“酸楚”的情愫。

“没有你那么文艺，倒也差不多这个意思。”月饼把烟头按进土坑

① 英文单词boss意为老板、上司、首脑等，在游戏中则代表巨大有力且难缠耐打的敌人。

捻灭，起身伸了个懒腰，“该面对的，总是要面对，是吧？”

“是的。”我撑着膝盖站起来，站在月饼身侧，“如果南晓楼真因为小九黑化了，月无华会不会不离不弃？”

“先找到解药，解了你的蛊毒再说吧。”月饼前行一步，转身，双手摁住我的肩膀，嘴角扬起一丝自信的微笑，“我一定会让你活着。”

“我从未想过自己会死。”我推开他的手，满脸嫌弃，“矫情啥呢？赶紧的吧！再耽搁会儿，一小时过去，小爷就要蛊发身亡了！”

“站我后面，千万小心！”月饼跨步走向西北角密林，“蛊族的事，蛊族解决。文族南少侠做好现场记录，千万别漏下咱家的光辉细节。”

“长得帅就一定是主角？”我紧赶了几步，哈哈笑着，“咱要整明白，我才是主角。”

来苏州的路上，我和月饼就桃花源和黄鹤楼的经历，以及竹简中的秘密讨论了很多次。虽说各有各的意见想法，但有一条基本能明确——隐藏于唐诗宋词的《阴符经》线索，应该分为四处，分别由幻、魇、文、蛊四族守护。

然而，文族孔亮和蛊族蛊王同时出现在寒山寺附近，召唤乌鸦袭击我们的是另外两个人。那么，《枫桥夜泊》是否就是《阴符经》的最终线索？

寒山寺，就是我们的最终一站，也是最终一战？所有的谜团，将在今夜解开？

我们已经走进密林，横七竖八的枝杈阻碍着前行的步伐，也遮蔽了漫天的星光。

阴云由视线所及的漆黑天际，如暴风推动的海浪，涌向整片天幕。在光明与黑暗角逐的边缘，阴云化成巨大的人脸形状，将群星大口吞噬，直至咽下那轮冰冷的月。

天地瞬息黑暗。

“有件事，我想告诉你。”月饼左手挥动捡来的树干，拨开枝杈叶藤。

我又一次泛起极其怪异的感觉……

“南瓜，你中蛊毒最少两三天了。”

“月饼，你是右撇子，怎么突然改用左手？”

我摸着中蛊的喉咙，月饼盯着卷起衣袖的右手。

“你是说？”

“你是说？”

月饼摸着喉咙，我盯着卷起衣袖的右手。

在我们彼此的视线里，有一条细长的红线，顺着血管向喉咙、脖颈、肩膀、大臂、小臂延伸，直至与手掌的生命线相连。

“咯咯……好寂寞呢，好想有人陪呢。”

“是的呢。千百年了，没有男人来过。”

像被浓墨浸泡过一样的密林，飘飘忽忽升起四团忽明忽暗的绿色荧光。沉闷潮湿的空气里，幽幽飘过成熟女人特有的体香，魅惑的娇笑声随着荧光忽左忽右：“两位公子，来找我们呀。”

两声吟唱从密林中飘然而至，时而清亮，时而沙哑；时而娇憨，时而性感；时而甜蜜，时而惆怅。就像孤坟前两只嬉戏于花丛的蝴蝶，双翅翩跹，飘忽翻飞，撩拨着初春盎然的爱意，花粉呢喃，像相思情断的《梁祝》；又像是西湖畔修行千年的青白双蛇，扭动着曼妙光润身躯，缠绵悱恻，为满湖春水荡起丝丝涟漪，水珠轻诉着爱恨别离的《白蛇》。

世间男子，都抵不住这妩媚中透着清纯、成熟里包裹着天真的歌声；世间男子，即便是盲人，也会被她们的歌声蛊惑，心神荡漾，无法自拔；世间男子，都会被她们的歌声吸引，迷失心智，心甘情愿地献出生命。

击败男人最致命的武器，永远不是锋利的刀剑，而是柔软、温柔、风情万种的美丽女人。

但我和月饼却听到了截然不同的声音，那是野史中让无数浪子书生丧命于深山密林、古刹老宅的“狐语”。

诘旦，有兰溪生携一仆来候试，寓于东厢，至夜暴亡。足心有小孔，如锥刺者，细细有血出。俱莫知故。经宿，仆一死，症亦如之。向晚，燕生归，宁质之，燕以为魅。宁素抗直，颇不在意。宵分，女子复至，谓宁曰：“妾阅人多矣，未有刚肠如君者。君诚圣贤，妾不敢欺。小倩，姓聂氏，十八夭殂，葬寺侧，辄被妖物威胁，历役贱务；觍颜向人，实非所乐。今寺中无可杀者，恐当以夜叉来。”[①]

六

耳畔“吱吱”的狐语萦绕，我眯眼巡视周遭。

黑蒙蒙的茂密树林里，看不出任何端倪，只能隐约看到过膝的野草“簌簌”起伏，似乎有什么动物在暗中窥探，步步逼近，只待我们稍有

① 引自蒲松龄的《聊斋志异·聂小倩》。

懈怠，便发出致命一击。

我和月饼什么怪事儿没见过？就算是几个由狐狸化成的美女从草里窜出来，估计月饼都会眼都不眨地甩出几枚桃木钉。至于我，最多就是狠狠瞄几眼，然后配合月饼，用瑞士军刀伺候。

可是不知为什么，我心头泛起许久没有出现的强烈紧张感。口干舌燥，像塞了满嘴面粉，只觉得胳膊上那条奇怪红线像是血管里塞了根烧红的铁丝，灼热刺痛。我使劲咽了口唾沫："这条线，是蛊术？"

"没见过，不确定。只能肯定那件事。"月饼抖腕把一根桃木钉甩出，飞入乱草，撞到一棵手腕粗细的矮木。树干微微弯曲一弹，桃木钉受弹力改变轨迹，钉尾碰到左侧三四米远的树干，震碎一块树皮，斜着插进我们方才休息的空地上。

我从没见过月饼这么冒失并且没有目的的举动，有些莫名地愣住，本想压低声音，想想敌暗我明，就故意提高声调，来个"敲山震狐"："不会真是狐妖吧？难不成前面四十九米是兰若寺？这么说起来，月公公，你是燕赤霞，我是宁采臣？"

"按照体重，南少侠怕是宁采臣Pro（加强）版吧？"月饼冲着扑腾作响的乱草丛扬扬眉毛，"姑娘们，快出来迎客。"

我虽然装作轻松，满脑子乱哄哄的却是"手臂红线""倩女幽魂""千年老妖"，正因自我暗示紧张着，让月饼一句话笑了场。我提了口气故作豪迈状："再不出来，我们可要动手了！"

"深夜孤山，公子寂寞，何须大动干戈，岂不煞了风景？"魅惑的女声从身后幽幽传来，"不如由我姊妹唱个小曲儿？美酒佳肴，也不枉此良辰美景。"

耳边冷不丁地传来女声，吓得我一哆嗦。她们什么时候站到我们背后了？我为什么没有察觉？

某种混杂着淡淡膻腥的异香悄无声息地袭来，我甚至能感觉到耳根有种轻微呼吸产生的酥痒感，顿时出了一身冷汗。正要屈膝弯肘向后撞击，一双温热柔软的手轻轻地搭在肩头："南公子，怎的如此粗鲁？吓着奴家了。"

我僵着身子，一时间不知该做什么，异常清晰地感受到一具充满弹性、凹凸有致的身体正紧贴着我的后背。

"公子，奴家早就来了呀。"

这句呢喃的耳语，竟然像炎炎夏日里一缕清凉的微风，沁浸通透，有种说不出的舒适；更像一团飘忽不定的火苗，燎燃隐藏在身体最深处那堆干燥的荒草。

我的额头涌出密密麻麻的汗珠，全身燥热，更觉干渴，喉咙像扎进好几根鱼刺般疼痛，下意识地使劲咽着唾沫。

倏地，那双手轻轻撩弄着我的耳朵，美妙的酥麻感让我全身软绵绵的，像靠进沙发般依偎在那具胴体的怀里。

那一刻，我如同酒喝到微醺时那样飘然，忘却了恐惧、焦虑、烦恼、忧伤。视线所及，一切事物逐渐虚幻迷离。我摇晃着身体，不由自主地微笑，荡漾的心海泛起一丝春意盎然的涟漪……

"古人说的'此生只愿长偎温柔乡'，不过如此吧？果然是世间极致，无可替代。"

"南少侠，色字头上一把刀啊！"

月饼的声音明明很近，却像从很远的地方传来，我懵懵懂懂听到他说："看看影子，就明白了。"

"影子有什么好看？两位公子何不转过身来，瞧瞧我们姊妹是否入得了法眼呢？"月饼身后的女子娇憨嬉笑，隐隐藏着一丝惶恐，"若小女子不才，未得公子青睐，扰公子良久，公子勿怪。"

我头昏脑涨的，哪有心思看影子？暗暗赞叹女孩子用词拙朴却情真意切，这是何等才气的妙人儿才能脱口而出？我不由反复细品，越品越觉得不对劲儿：咋这么熟悉呢？

琢磨了几秒钟，我心头那股无明业火熄了大半，灵台清凉许多，心想，这小娘们儿露馅了！哪有狐妖顺口就是网红歌词的？好歹也来曲《汉宫秋月》《梅花三弄》才符合千年修行的道行吧？

我暗自惭愧，差点儿被冒充狐妖的女人色诱了。还是月饼道心高筑，不为所动，实乃吾辈楷模。想到这一层，我踏实了许多，也清醒了，依着月饼的话，低头看向我们的影子。

此时，月亮终于摆脱乌云吞噬。凄冷的寒芒缓缓倾泻，拖动着斜斜长长的树影，在满是野草乱石的山地里扭曲变形。

那两个女子紧贴着我们，乍一看像是两个很胖的人并肩站立，只是影子的臀部位置有两条毛茸茸的尾巴忽左忽右地甩动。影子的头顶竖着三角形的巨大耳朵，随着夜风的吹拂微微颤抖。窄长尖锐的嘴巴突着长长的獠牙，紧挨着我们的脖子，随时都会咬下。

我浑身一激灵，打了个哆嗦，牙齿也跟着打战，想要挣脱，腿脚却完全不听使唤："你们……真是……"

"奴家是什么？公子回头便知。"搭在肩头柔软温暖的那双手，沿着锁骨抚摸到我的胸口。眼角余光里，两只毛茸茸的红色狐狸爪子正向我的咽喉移动，"公子，莫看影子了，看奴家呢。"

我心想，傻子才回头让你咬住喉咙！伸手摸向别在腰间的瑞士军刀，却发现手不能动了，就这么僵直地垂在身侧。我慌了神，抬脚想跑，明明意识传递到了，双腿却像不是自己的，压根儿不听使唤，直挺挺地戳着。

我被点穴了？或者，是那条贯穿胳膊的红线作怪？

"南晓楼，照做！转身，看眼睛！"我没有办法转头看向月饼，只能听到他的声音，"眼睛，记住，眼睛！"

眼睛？

我似乎模模糊糊想到什么，却在脑海里一闪而逝。我心里明白，肯定和月饼提示的"眼睛"有关，瞬间冒出许多疑惑：

为什么两只狐妖躲在身后，以这种方式让我们看她们，而不是直接出现在我们面前？

月饼为什么要强调眼睛？

狐性至魅至惑，我没有察觉被迷了心神。可是月饼始终清醒，他怎么会这么轻易被靠近？

我回头会看到什么？长着人脸的狐狸，还是长着狐狸脸的人？

那双狐狸爪子扳动我的脖颈，发出"咯咯"的声响。

"吧嗒！"整间屋子明亮了。

我的心，也通透了。

难怪月饼要我这么做，对，是眼睛！

七

三天前，午夜十一点十三分，杭州，胜利河美食城。

"老羊，你的书里经常写什么'子时阴气最重'，真的假的？有这说法？"方旭东眯着直勾勾的醉眼，嘴角沾着油渍肉渣，胖嘟嘟的圆脸让酒气熏得通红，"照你这么说，晚上谁还敢出门？都沾上不干净的东西了。”

“写得越玄乎越吸引人啊。”月饼就着油炸花生米灌了口啤酒，眼角余光不经意地扫过饭店的食客，“南瓜，写书嘛，尽整些五迷三道的吓唬人。”

“我吓唬谁了？哪五迷三道了？怎么就玄乎了？”我喝得七八分醉，抽着烟晕乎乎正舒服，听这话很是不爽，“月公公，读书少就别说话，露怯！天地分阴阳两气，交替循环。子时，正是阴气最盛，阳气最弱的时辰……”

我正准备好好给半文盲的月饼科普几段“八卦四象”“五行周易”，月饼显然没心思“听羊老师讲述中国传统文化”，干脆把我当空气。他托着腮帮子扭头瞅着站在收银台后面的女老板：“长得真好看。苏杭出美女，这句老话可比‘子时阴气最重’靠谱多了。”

能让月饼动凡心夸赞的女人，必然有几分姿色。刚进饭店我就注意到了，女老板虽说穿着普通——常见的运动鞋、直筒牛仔裤、胸前印着图案的纯棉T恤——架不住身材惹火，笑起来眼睛弯弯略显娇憨，尤其是瀑布般的长发随随便便扎个单束马尾，平添几分风情。

饭店食客较多，生意火爆，估计平时女老板没少发短视频，把自家店炒成“杭州街头美食最美女老板”网红店，以此招揽顾客。

这年头网络发达，信息传播快，就算是杀猪卖鱼，稍稍好看些，就能冠以“杀猪西施”“卖鱼贵妃”的称号。哪怕猪肉注水，鱼不新鲜，也能多挣些猎奇者的钱。更何况饭菜做得格外好吃的女老板呢？

我憋着一口闷气，心里多少有些不痛快，啤酒都喝得不清凉！虽说世风日下人心不古，老祖宗留下来的传统文化还不如女色有吸引力，这叫什么事儿！

“天地阴阳交替和人有什么关系？”方旭东也不知是为了化解我

的尴尬还是真感兴趣，给我满满倒杯啤酒，神色警惕地瞅瞅黑漆漆的屋外，压低声音，“半夜真会遇到……”

酒泡串成一条条晶亮笔直的珠线从杯底升起，汇成雪白的酒沫，压着黄灿灿的啤酒，密密麻麻地拥挤融合，从酒杯溢出，沿着杯壁缓缓滑落，流到桌面，摊成一圈深色的酒渍。我拿起筷子蘸了点儿菜汤，滴进酒杯压压酒气，忽然意识到方旭东话里有话：“老方，你最近是不是遇到了什么事儿了？”

“我心宽体胖，经济自由，能有啥事儿？”方旭东俯着身子，胸口快压到饭桌了，乍看就像盘子里摆着一颗圆滚滚的脑袋，“喏！女老板，看到没？漂亮不？”

“我又不瞎。”我摇晃着酒杯正准备一饮而尽，“嘿嘿”笑了几声，“你个死胖子绕半天圈子，在这儿等我呢？咋了？有想法？小爷给你做个‘月老红线’的姻缘局？不过啊，局做得再好，冲这生意、模样，你要没点能耐，也降不住这‘妖精’。”

“老羊，想啥呢？”方旭东嘴巴张得能塞进拳头，“这都哪儿跟哪儿啊？”

“唉！”月饼重重地拍着额头，一声长叹，“南晓楼啊南晓楼，这些年咱们经历的事儿，你是怎么全须全尾活下来的？”

“您看出来了？”方旭东胖成一条线的小眼睛里透着崇拜，“不愧是月老师，单单这份儿敏锐，常人就做不到。”

这俩人你一言我一语打着哑谜，偏偏我猜不透谜底。更郁闷的是，这不明摆着说我是个不敏锐的常人吗？难不成我孤陋寡闻跟不上网络热度？女老板是粉丝几百万非常有名的大网红？

我放下酒杯摸出手机，想拍张照片搜索一下，又有些不好意思，怕被人家当成色狼啥的。趁着她低头耷眼算着账单的工夫，我躲躲闪闪地偷瞄儿眼她的面相——额头饱满圆润，发际线与眉毛距离约有三指；双眉细长而眉中弯起；双眼形似丹凤，眼角微微上扬与眉梢遥遥相连；鼻梁中段稍有凸起，就像皮肤下面横着塞进一小块骨头……

这种龙准微凸的“龙含珠”面相虽说不常见，倒也不是什么稀罕事儿。当我看到她形状极好看的双唇，尤其是下唇正中肉嘟嘟的唇珠和下巴上那颗很明显的圆痣时，心里喝了一声彩：“天圆地连，丹凤卧巢，潜龙含珠。这张天然脸长出这么一副好面相！”

女人直觉天生敏锐，似乎察觉到我在看她，倏地抬眼望过来，冰冷的目光像两根破空甩出的银针。

我倒吸了一口凉气，两腮刺痛冰麻，牙根涌出酸水，半张着嘴和女老板对视，根本无法挪开目光。她的眼睛就像两团旋涡，瞳孔仿佛在逆时针旋转，散发着阴冷的寒气。那寒气仿佛顺着我的目光渗进血液，直抵心脏，瞬间浸透每一根血管。

我狠狠打个寒战，明白了月饼和方旭东打哑谜的谜底。

“这个饭店，去年差点儿黄了。”方旭东伸出食指蘸点儿啤酒，在桌上写下“李晏”两个字，“自从她发生了那件事……”

这是女老板的名字，很熟悉。

八

李晏不是杭州本地人，标准的普通话不带一丁点儿口音，听不出她是哪儿的。三年前，她在胜利河租了家店铺，老板跑堂厨子一肩挑，凭着炒菜做饭的好手艺，短短几个月就招揽了不少回头客。

一个人忙里忙外，上菜难免慢了些，架不住李晏长得俊俏，结账时又极为爽气，二三十的零头直接就免了。一来二去，这里竟成了胜利河有名的饭馆。

当然，“醉翁之意不在酒”，觊觎李晏美色的食客大有人在。

但是，李晏吃、住、睡都在店里，生活用品全部网购，食材都是商家送到店里的，她平日“大门不出，二门不迈”，又总是一副“即便满脸笑容也拒人千里”的气质，倒也无形中打消了诸多登徒子的邪念。

左邻右舍的好事儿大妈纷纷以媒婆为己任，给李晏介绍了乌泱泱一大堆对象。奈何男方家境再好、相貌再帅、存款再多，李晏也不为所动，只是埋头打理店铺。

正所谓“木秀于林，风必摧之”。时间久了，人们习以为常的同时，诸多恶毒谣言出现了：

“那个李晏，长得漂亮吧？呸！变性人！我同学的邻居的亲戚是她之前的同事。她是上海人，挺俊俏的小伙子，心理变态，给自己变了性。这不，拼命挣钱还贷呢。”

“我怎么听说她是‘同’呢？有个小相好刚上大学，她是挣钱养那个学生呢。现在的人啊，真会玩。”

“你们说得都不靠谱。我倒觉得吧，她就像前阵子被抓的‘杀人女魔’，怕不是犯了什么人命关天的大事儿……”

“你还别说，真不是没这个可能！要不怎么不出门，天天躲在店里。”

“这年头，世道乱了，什么人都有。你们隔三差五就去吃饭喝酒，当心哪天喝多了，她把你们剁了，做成人肉包子。”

“呸！乌鸦嘴说不出好话！你也没少去，要剁也是先剁你。”

三人成虎，关于李晏的种种无端猜测，经过掺杂着肉屑、菜渍、酒液的口水艺术加工后，仿佛都成了真的。谁愿当“不怕死的好色之徒”？一来二去，饭店的生意也就凉了，由最初的宾客如云直至门可罗雀。

最高兴的莫过于几家相邻饭店的老板。以前李晏的饭店高朋满座，日进斗金，自家店里寥寥两桌，生意冷清，他们早就恨得牙根儿痒，打了好多回匿名投诉电话，还找朋友点过李晏家的外卖，再洋洋洒洒写下几十字的配图差评。奈何上不了台面的阴招搞不垮人人称赞的口碑，嫉妒之余，他们也只能作罢，平日相见还要装出一副热心肠的模样：“晏子，你那儿忙不过来就跟哥（姐）说。咱这儿闲着也是闲着，可千万别客气啊。”

如今，虽说自家店的生意依旧不好，可是李晏家的饭店也要黄了，端的是无比痛快！他们各自拿出绝不能给顾客用的好肉好油，使出看家本事做了几道拿手菜，关门喝酒庆祝。

令众人不解的是，生意虽然不好了，李晏却像没事儿人似的，该怎么过就怎么过：每天早晨开门，打扫卫生，桌椅擦得锃亮，购买食材，半夜闭店，熄灯休息。

如此一来，那些幸灾乐祸的店铺老板又愤愤不已，比喝了假酒还难受。

“老羊，你觉得哪儿不对？”方旭东讲到这儿，故意卖了个关子，夹了粒花生米，丢嘴里有滋有味地嚼着。

我正听得入神，冷不丁没反应过来。此时几个食客摸着肚子，打着酒嗝去结账，挡住我看向李晏的视线。我忽然想到一件不合常理的蹊跷事，正要说出来，却让月饼拔了头筹。

“饭店没顾客，每天还要买那么多食材？”月饼和方旭东碰酒，

“难道不是给客人准备的？”

“月老师反应真快！我可是寻思好久才琢磨明白。”方旭东满脸“恨不得拜月饼为师”的崇拜，“月老师您委实聪明。”

千穿万穿，马屁不穿。方旭东几句话，月饼大为受用，看似云淡风轻，实则喜气洋洋：“哪里哪里，方兄抬爱了。若不是方兄讲述清晰，我也想不到这一层。”

“哈哈哈哈！知音难求，知音难求。”方旭东肉嘟嘟的双下巴都快笑掉了，脖子里的肉夹着一溜汗渍，“兴之所至，当浮一大白。”

得，这俩人互相捧臭脚还用上书面用语了，当自己是伯牙与子期奏“高山流水”呢！

我心想，小爷早想到了，只是喝多了，舌头不利索没赶上趟儿而已。郁闷之余，难免抬杠。我微微一笑，做“你们仅知皮毛”状：“祭祀都是用纸烛做成阳间玩意儿，随火焚烧成灰，取‘灰飞烟灭，阴存阳灭’之意。那些食材可都是阳货，哪能伺候那些东西？”

“老羊，你知道渡劫吗？”方旭东收起笑意，又低着身子把那颗大脑袋搁在一堆盘子上面，眼神里竟有一丝恐惧，“不是女孩每个月那几天，而是那种正儿八经的渡劫。”

“渡劫？”我的脑袋“嗡”了一声，头重脚轻有些眩晕，“你是说？那些食材……月公公，你是怎么想到的？”

“南少侠精通中国传统文化，第一反应自然是祭祀之类的事儿，”月饼扬扬眉毛，摸出一枚桃木钉摆在酒杯旁边，“蛊族是干吗的？可不是拿纸烛喂养蛇虫吧？老方，你继续……”

“这就是月老师传说中的桃木钉？”方旭东的脑回路实在跳跃，搁着正事不讲，倒是对桃木钉大感兴趣，想拿在手里把玩，又很不好意思地扭捏着。

“送你了。”月饼这人虽然性子冷淡，但是对认可的人异常热情爽快。

“真精致啊！这是百年雷击老桃木做的吧？我一定好好珍藏。”方旭东摩挲着桃木钉，曲指弹了弹钉尖，“这动静儿，真脆生！”

“老方，咱谈点儿正事行不？”我从背包里掏出瑞士军刀，“啪”地拍在桌上，“讲明白了，这把刀送……咳咳……借你玩一会儿。”。

邻桌几个刺龙画虎的小年轻正进行到酒后相互吹牛的环节，无非是“人在江湖，身不由己”“一个打十个”的恩怨情仇，情节大多雷同于香港黑帮片。被我拍桌子的声音扰了兴致，他们齐齐扭头看过来，正要趁着酒兴一显英雄豪杰本色，看到桌上明晃晃的军刀，都低头去喝酒了。

“你这网淘的军刀有啥稀罕的？”方旭东撇撇嘴满脸嫌弃，“聊到哪儿了？”

我一口老血差点没喷出来：“这是全球限量款，格斗专用！不稀罕？你稀罕得起？”

九

方旭东是江浙两地著名的金融讲师，闲暇之余，喜欢摆弄相机。没承想，他还颇有天赋，拍出来的照片在本地论坛很受好评，作品在国内几本摄影杂志上都发表过。

去年，他想拍几组杭州市井生活的系列照，烟火气十足的胜利河美食街自然成了取景地点。当李晏不经意出现在他的镜头里时，他顿时惊为天人，连续几天坐在饭店对面的茶铺抓拍。

方旭东讲到这里，我差点被啤酒呛着，咳嗽几声："老方，能把偷拍讲得这么清新脱俗，也就你了。"

"怎么是偷拍？自然拍摄才是摄影的最高境界，摆拍千篇一律的网红造型，太低端了。"

连着拍了七八天，方旭东发现个很蹊跷的事儿。他把照片拷贝进电脑浏览，起初只是挑选照片，渐渐注意到照片拍摄时间，越寻思越觉得不对劲：李晏的生活太有规律了——不应该说规律，而是精准。每天半夜一点熄灯，早晨七点开门，九点备菜，十一点起锅，下午三点熄火，下午五点起锅，晚上九点打扫门前卫生……

如果偶尔几天这样作息，倒也说得过去。可是连续那么多天，时间分秒不差，就不是巧合能解释的了。

关于李晏的谣言，方旭东也有所耳闻，没当回事儿。寡妇门前是非多，何况这么漂亮的单身女老板呢？然而，李晏精准的生活规律，让他意识到，这个女人似乎在隐藏什么或者做某件特别的事情。

"去年杭州大暴雨那晚，你看到，哦，拍到了什么？"

我突然问了一句，方旭东像见了鬼似的差点跳起来，瞪圆那双小胖眼："老羊，你怎么知道？"

我给他们讲述了以前在古城图书馆翻查资料时看到的一个故事。

开封有狂生，性倨傲，藐权贵，终日以酒为伴。每每大醉，狂言"汝等凡人，岂知天地玄妙"。众人皆笑。狂生不以为意，归草庐酣眠。每日子、辰、巳、申、酉、戌、亥七时，必起扫室备膳。众称狂生怪异，皆轻视。唯南山道观王真人尊之，常予银钱菜蔬。徒不解，真人叹曰：“假以时日，必有分晓。”忽一日，天地变色，暴雨大作，电光似蛇，正中狂生草庐。行人避雨，隐约可见银灰两影立于庐前，与狂生相揖作别，须臾不见。

雨停，狂生不知所终，一时传为奇谈。

三五余载，某富贾携数车财物，资南山道观。王真人笑拒：“得此奇遇，当普济世人，岂可在意一道一观？然汝际遇，违天地阴阳，即善亦恶，寿不足九载。”众人方悟富贾乃狂生也。

如此数载，又一日暴雨倾盆，狂生赤体狂奔，凄厉呼号，双目尽赤，爆裂而死，正应九载之数。

或曰：“狂生醉卧山间，遇双狐，有灼伤。狂生怜之，采药治其伤。忽一日，一狐口出人语：‘吾修炼三百余年，精元不固，遭天劫。须每日七时，以祭礼供奉。若能渡劫，必赠阴眼，可识钱财，得富贵。’”

狂生既死，王真人云游，终不归。观壁留诗：“世人皆道金银好，谁知性命方为妙。人妖共济违天理，九载定数太了了。”

“古城图书馆的藏书比网络靠谱。”方旭东听我讲完，咂巴着嘴，吸一口凉气，拿起手机翻了好一会儿，递给我和月饼。

那是一张拍摄于雨夜的照片。根据拍摄角度，方旭东应该躲在饭店对面的街拐角。饭店斜上方极远处，闪电蛛网般遍布阴暗沉重的黑云之中，将天空割裂成一块块不规则形状的碎块，就像一面被石子击中的厚玻璃。

其中一道闪电笔直地劈中饭店，使得黑暗中骤亮起一小块近乎灼白的区域。三条细长模糊的人影，呈“品”字形站在门口。月饼滑动屏幕放大照片，我仔细看着，心脏“怦怦”狠跳几下。

其中一个人影，看身形穿着，就是这家店的老板李晏。另外两个人影却显得异常古怪。

她们身形纤细，应该是两个女人，头部两侧分别探出一对尖尖的东西；臀部位置挂着一条毛茸茸的蓬松阴影，垂在半弯曲的双腿中间；她们的面部似乎有一截尖尖的凸起，正对着李晏……

我又观察了几个细节，只觉得心口发紧，全身冰冷，怔怔地盯着月饼："李晏养了两只狐狸精？狐狸精渡劫成功，赐了她一双阴眼？"

月饼像老僧入定，低眉垂眼不知道在想什么，没搭理我。

"我写的那篇《铸剑》，多少从这件事里得了些灵感。"方旭东摆弄着月饼送的桃木钉，"看你的朋友圈，知道你和月老师路过杭州，所以……"

我心想，果然天底下没有白吃的宴席，敢情老方藏着这么一层心思。难不成让我和月饼为民除害，收了李晏？这么漂亮的女人，又没做什么伤天害理的事儿，机缘巧合得了双阴眼，干干净净赚自家买卖钱，轮得着我们多此一举？这不是"咸吃萝卜淡操心"吗？何况，如果真像书里记载的，李晏最多还能活九年就透支完一生的气运……

"老方，你拍到照片，有没有受到影响？"月饼从背包里掏出一截竹筒，一只指甲盖大小的瓢虫钻出来，探着须子爬到方旭东左手无名指上。

"这就是月老师喂养的蛊虫？！"方旭东像是中了彩票般兴奋，也不问月饼要干什么，很信任地由着瓢虫刺破皮肉，"簌簌"地吸了两滴血，"要说受到的影响，就是又胖了三四斤。没啥睡不着觉、做噩梦、精神恍惚、听见有人喊名字的怪事儿。"

瓢虫吸饱鲜血，翅膀上的十五颗圆点由黑转红，几秒钟工夫又转成黑色，懒洋洋地爬回竹筒。

月饼的蛊术五花八门，很多手段我也云里雾里，寻思着估计是用蛊虫试试老方体内有没有不干净的东西。看瓢虫的状态应该没啥事儿，也就没再多问。

关于李晏和两只渡劫狐狸，我倒是有了些别的念头，只是老方在旁边，不方便多说。

“老方，我和南瓜有急事，一定要赶到苏州。”月饼把竹筒放回背包，起身和方旭东握握手，“等忙完了，一定回来请你喝大酒。”

方旭东一时没反应过来，愣了片刻：“你们这就要走了？这家店……”

“老方啊，多一事不如少一事。”我背起背包头也不回地往外走，“世间有很多事，遇上了，只是命里该有的一段经历，没必要过于纠结。”

“你们不会发现了什么，想把我打发走再折回来吧？”老方反应倒是挺快。

“当然不会。”月饼背着老方挥挥手，“我们从不欺骗朋友。”

“老方，回吧，不用送。我们还有点儿事情。”我也再没看方旭东，和月饼并肩走向街口，“哦，对了！下次你来这里吃饭，要是觉得不对劲，记着闭上右眼，左眼盯着她的右眼。”

“啊？南瓜，你再说清楚点儿！”

“一时半会讲不完，你记住就行了，回见。”

半小时后。

我和月饼坐在西湖边，默默地望着矗立在远山上的雷峰塔。阴晦的月光搅动着满湖的黑水，荡起一层层鱼鳞似的波纹。闪烁不定的星光还未串联璀璨，便被波纹吞噬，坠入无边黑暗的湖底。薄雾般的水汽在湖面冉冉升起，被无边无际的莲叶纠缠撕扯，凝成一颗颗晶莹剔透的露珠，颤巍巍的。

“还记得那件事吗？”月饼靠着湖边老树摊着双腿，“好几年就这么过去了。”

湖风悄然袭来，影影绰绰的视线里，雷峰塔在阴冷的夜风里，仿佛摇摇欲坠。我揉着眼睛打哈欠：“时间好像能改变很多东西。本来以为‘异徒行者’的任务就是终结，没想到只是开始。”

“渡劫……呵呵……你也想到了？”月饼深邃的双瞳映着漫夜繁星，“居然有这么多，这么快。”

一颗拖着闪亮尾巴的流星从夜空中划过，于漫漫银河转瞬即逝，结束了看似短暂，实则漫长的生命。

“月饼，我们看到的星星，其实是几万年、几十万年前的光。它们现在可能已经毁灭了。谁也逃不过时间的捕猎，干吗还要努力呢？”

“因为，即便毁灭了……”月饼摩挲着由长江底部巨型青铜盘取出的竹简，指尖逐个触碰那些字，就像触碰着恐怖的秘密，“只要过程精彩，就拥有足以铭记的璀璨。别忘了，宇宙中每一个黑洞，都曾经是燃烧几十亿年、像太阳那样的恒星。”

自从知道了那个秘密，我时常产生“算了，就这样吧”的绝望，却总是在情绪最低落的时候，因月饼看似随意的某句话，重新燃起希望。

月无华这个家伙，就像一颗太阳，虽然很遥远，却炽热、明亮、温暖……

“月公公，如果解决了这件事，退役后你想干什么？”我居然用了“退役”这个不太贴切的词儿。

“还没想好。南少侠呢？”

“我想去世界各地走走转转，体会不同的风土人情，万一遇到异国恋情，也算是为国争光了。”

“那……我就陪你一起环游世界。”

“哈哈！月公公，一定要阴魂不散吗？能不能让小爷放荡不羁爱自由？”

“南少侠要是被非洲食人部落酋长的闺女看上了，我每年八月十五一定带着月饼去看望你。”

“哈哈哈！月公公咋不说万圣节送我个南瓜灯呢？”

月饼拍掉裤腿上的泥土草屑，起身指着苏州方向：“走吧！该面对的，躲不掉。”

“咱这一身酒气咋开车？回房车睡踏实了消消酒气，赶着投胎也不差这一会儿。”

十

时间回到现在。

当月饼喊出“眼睛”这两个字时，始终潜藏在我心里却不愿承认的那件事，似乎得到了证实——破解《枫桥夜泊》隐藏秘密的因素，是否和方旭东有关？

他以我的名义写了《铸剑》，记录了一段人与狐妖的离奇传说；请我和月饼在胜利河美食街吃饭，告知李晏的阴眼和狐妖渡劫……

孔亮死后，我们几乎可以肯定，这一切是对我们非常熟悉的人暗中谋划的。我也曾想过是否和方旭东有关，但是很快就排除了这个怀疑。

这个矮矮胖胖的金融讲师怎么会是蛊王？照着月饼的身材相貌，

他的姐姐就算不是倾国倾城，那也应沉鱼落雁。要说方旭东是月饼的外甥，这差距也太大了吧？方旭东的爹，也就是月饼的姐夫得有多强大的基因，才能生出和月饼天差地别的孩子？虽然我很想知道月饼的姐夫是谁，但碍于月饼的情绪，我没敢多问。

为何是“眼睛”？

遇到恶犬、猛兽不要惊慌逃跑，反而应直视畜生的眼睛，不多时便会将其惊退。道理大家都懂，很多人还有过这种经历。

也就是一瞬间的念头，我来不及多想，舌尖抵住上颚，屏住呼吸，闭上右眼，目力集中在左眼，紧握军刀，转身过去！

一秒、两秒、三秒……

深夜山风吹拂得树叶沙沙作响，更映衬出深山的幽静。

我和月饼并肩而立，不可置信地呆立了好一会儿才互相对视。

“空的，幻觉？”我抬起右手，那条殷红的蛊线清晰可见，又下意识摸摸脖颈，仿佛还能感觉到狐狸呵出的湿热气息。可是视线所及，野草、乱石、老树，哪里有什么狐妖？

冷静如月饼也有些意外，他摸了摸鼻子，试探着挥挥手，似乎要把刚才无比真切现在却无影无踪的两只狐妖从虚空里拽出来。

此时此景虽然诡异，我的心思却不在这儿：“真是老方？”

“咱们和方旭东吃饭的时候，我放出一只蛊虫，还记得吗？”月饼冷着脸，冷着嗓子，冷着眼神。

“那只长得像瓢虫的蛊虫？老方没什么反应啊。”我话刚出口，打个激灵，敲了敲脑壳，意识到问题所在。

任何正常人，就算心理素质再好，看到这么一只稀奇古怪的虫子趴在手上吸血，最起码也要甩掉或拍死吧？而方旭东表现得太镇定了，镇定得根本不符合常人的逻辑。他这么做，要么是为了取得月饼信任而装作若无其事；要么就是深通蛊术，知道这只蛊虫不会对他带来影响。

“你当时就怀疑他了？”我虽然这么问，还是很难相信“方旭东就是月饼的蛊王外甥”。

“我哪有这么腹黑！他天天偷拍奇怪的女老板，怎么可能不被发现？当时只是放条蛊虫试试他有没有事儿……”月饼摸摸鼻子，伸手指了两个位置，“刚才抽的烟里加了蛊草，埋在土里隐藏蛊气。那枚桃木钉的落点，是蛊气冒出的位置。我送给他一枚桃木钉，在大概六十米范围内，桃木钉之间由蛊气相互感应，产生联系。你上大学遇到死了半年多的钓鱼老头，我忽然想起他姓‘方’。《铸剑》、李晏、渡劫、狐妖、你中蛊两三天，这么多巧合，我又不像你，想事儿一根筋，就用‘蛊钉定位’试了试。”

“好好说话怎么就扯到我了？”我眯着眼盯着月饼所指的位置，隐约看到那枚看似随手扔的桃木钉斜插在泥土里，冒出一丝若有若无的白色烟线，顺着野草丛的缝隙飘向西北角，丝毫不受山风影响。

那里大概就是方旭东的藏身之处。想到孔亮惨死、方旭东满脸肥肉的真诚笑脸，我心里说不出是什么滋味，故意提高了声音：“如果他就是蛊王，怎么可能不懂蛊族的门道，还把桃木钉随身揣着？”

“你知道的，我方向感不强，常常找不到路。”月饼扬扬眉毛，居然有些不好意思，“这招是避免迷路，自己研究出来做路标的……所以，蛊族，没人知道这个。”

我本来想和月饼一唱一和激出或许是“蛊王”的方旭东，月饼这么一说，我倒不知道该咋接话了。敢情这路痴属性还能有这种操作？！

“我从来没想隐瞒身份。只是你们太笨，才想到是我。”

这次，人声从西北方向传来，不再是忽男忽女的怪异嗓音，而是我很熟悉的，方旭东的声音。

真是他？

我张张嘴想说什么，却没有说出来。其实，我还是抱着一丝幻想——蛊王并不是方旭东。

这些年，我和月饼经历了太多的背叛，见到过太多的人性之暗。也正因如此，我们分外珍惜友情，相信朋友。月野、小慧儿、杰克、黑羽、陈木利、李奉先，是为数不多的朋友。也正因如此，在江城破解黄鹤楼谜团，即便是木利、奉先差点把我们害死，我们也依然选择相信，并且原谅。

“老方，你这么做，是为什么？”我问了一句三流网剧才会出现的烂台词。

“南晓楼，你觉得我会回答这个问题吗？呵呵……你们行走于光明，又怎么知道黑暗是什么样子？”

“你……”月饼微微低头，入神地注视着脚尖，欲言又止，“她是……”

“你的姐姐是我的母亲。”方旭东的声音很冷漠，“你是我的亲舅舅。”

月饼笔挺瘦削的身体像一棵被狠狠踹了一脚的枯树般颤动摇晃，那双细长的双眼瞬间蒙了一层红雾，紧紧抿起的嘴唇微微抽动。

我很想说些什么，却什么也说不出来。虽然不能感同身受，依然觉得心脏像是被一只无形的大手狠狠攥住，压抑得无法呼吸。相依为命的姐姐，被部族制成培养“蛊王”的“蛊器”，这种原始而又残忍的献祭仪式，摧毁的不仅仅是一条鲜活生命，而是月饼原本无忧无虑的快乐童年。

就在心脏最疼痛的那一瞬间，我终于懂了：月无华为什么永远对陌生人保持着近乎苛刻的警惕；为什么永远一副拒人千里之外的冰冷表情；为什么毫不在乎地用生命维护认定的朋友；为什么在我们喝酒聊天哈哈大笑时，会突然眼神游离地沉默……

幸福的童年能治愈一生，不幸的童年要用一生治愈。我暗自庆幸，曾经挣扎在泥潭里的月无华，并没有腐烂堕落成活在阴暗中的蛆虫，而是依然仰望星空，相信黑夜中微弱但是璀璨的光！

相对于从小养尊处优、锦衣玉食的所谓贵族……月无华才是真正的贵族！因为，他的灵魂是一道不屈服于黑暗的闪电，是一朵出淤泥而不染的莲花。

我又冒出个很可怕的念头：如果四族关于“我和月无华黑化”的传说是真的……我因为小九几生几世的孽债情缘，放弃信仰走进黑暗，那么月饼黑化的原因呢……

我是月饼走进黑暗的领路人！

我们探寻暗藏在唐诗宋词里关于《阴符经》的线索，开启这场“文字游戏”的离奇旅程，究竟是阻止黑化的发生还是促成它的形成？

一切线索迹象表明，我们很有可能在未来的某一天，真正破解穿越时间的秘密。那么，我们现在做的每件事，不正是为我们黑化道路铺上一块块前行的砖石吗？

许多人问我：“羊叔，圆脸、黄衫老人到底是谁？”

我从不回答，换个角度想：这两个活在传说中，与我们极其相似的神秘老者，是否就是黑化的我们？

也就是说，未来的“我们”支配着现在的“我们”经历的每一件事，从而确保形成未来的“我们”并且真实存在于这个世界。

这相当于一道数学题，答案就在等号后面，但是一步计算错误，得出的就不是正确答案。解题人还没开始计算时，答案已经在支配着解题人的思想和行动。因为，它要存在于并且只能是它存在于等号后面。

解题人的悲哀在于，绞尽脑汁层层计算，为得出正确答案欣喜若狂时，却没有意识到——并不是解题人创造了答案，而是被答案控制着无法摆脱。

由此延伸，每个人是否都是解题人？创造了自以为自己创造的人生。其实，终其一生，不过是人生这道数学题的运算公式？

我有些眩晕，不敢再想下去。

“老方，你是南晓楼的朋友，不是我的，你也不是我的亲人。”月饼深深吸了口气，缓慢地抬起头，垂在鼻尖上的长发斜斜遮挡双眼，嘴角微微上扬，泛起一丝微笑，“你是我这么多年的心魔。感谢你的出现，天亮时，你和我的心魔，都会消失。”

一片树叶，经不住夜风反复撩拨，终于挣脱柔韧的枝桠，悠悠飘落，坠入潮湿肮脏的烂泥。泥水浸染树叶的边缘，缓慢却不可阻挡地向叶子的脉络侵蚀，直至树叶完全腐蚀，化成烂泥的一部分。

然而，在煦暖的阳光里，它又会氧化、分解，化成植物所需的物质，被树根吸收，再次成为枝头的一粒嫩芽，舒展成翠绿的树叶。

“心魔？能在月无华心里有一席之地，不胜荣幸。呵呵……大话说多了，当心闪着舌头。你怎么可……”

“方旭东，你还没回答我的问题！”我挥起军刀，斩断一截树枝。似乎只有这种发泄的举动，才能略略平复收拢混乱的思绪。

“我的回答，早写在《铸剑》里了。你看不懂，怪我咯？”

《铸剑》？阿千、三郎、狐变、黄衫、圆脸老人……

难道这一切都和竹简上的恐怖记录有关？我的脑子里隐约冒出一条不清晰的曲线，贯穿起零零碎碎的意识片段，却总感觉少了最重要的一个环节。

树林中传出一声幽怨的女子叹息：“菩提本无树，明镜亦非台。本来无一物，何处惹尘埃。月无华，你的执念，又何必如此深重？他不过是蛊族为了应对《枫桥夜泊》秘密的可怜人，和你又有什么不同？”

还有一个人？是了！那个饭店的女老板，和因偷情而死之人同名同姓的李晏！

方旭东是蛊王，那她是谁？她这句话是什么意思？

“和他们说那么多干什么？为了这一天，我们等了这么多年。何必和死人废话。”虽然隔着树林看不到，但我都能想到方旭东那双小眼睛里面闪出的不屑。

“唉！”女子的长叹声渐渐远去，终成回荡在树林里的午夜呓语，“由着你吧。”

“南瓜，你应付左边，我对付右边。”月饼摸出几枚桃木钉，扣在手中，“小心点儿。”

左边？我微微愣住，没时间想太多，顺势向左看去。夜色太深，茂密的枝叶将月光铰得支离破碎。光影斑驳中，我看到一团毛茸茸的东西从杂草丛里慢慢探出……

很多年前，我曾在日本目睹由人变狐的过程，那场面至今仍是我挥之不去的梦魇。接下来的几分钟，我所见到的场景让我的汗毛根根竖立。

十一

握着军刀的右手指节“咯咯”作响，我绷紧了身体，使劲咽了几口唾沫，似乎只有这样才能缓解惊恐。

草丛里，影影绰绰地亮着两颗葡萄大小的红色圆点，忽开忽合，还时不时悬空留下几团残影。

我心里一凛：“反派现身前，没完没了地整这些花里胡哨的东西干啥？就不能痛痛快快来个正面对决吗？刚解决了乌鸦，又冒出这玩意儿。瞅这眼珠子，怕不是狐狸就是黄皮子？”

“哗啦啦”一阵响，乱草中探出一个长满红色绒毛、喷着团团白雾的尖鼻子，再露出足有排球大小的狐狸脑袋。

接下来，才是足以挑战视觉极限的恐怖景象。

那只狐狸抬起成人胳膊粗细的前足，从草丛里探出半个身子，赤红色狐毛如同波浪起伏，散发出一股略带腥膻的奇异香味。

我这才发现，狐狸体形异常巨大，如果双腿直立，和我差不多高，这得多少年才能长这么大？吉尼斯纪录也没这么大吧？

“吱吱”几声，狐狸张开嘴，上下两排黄褐色的兽牙黏着浑浊的涎液，血红的舌头布满细密的白色小肉球，像是舌头长满了脓包。夜色昏暗，我只能看个大概，却觉得那堆肉球既恶心又有些奇怪，仓促之下来不及多寻思，抽空瞥了一眼，月饼正对着的那堆草丛里，也爬出一只体形稍小的巨狐。

“动手？”

“舌头……好像在哪儿见过。再等等。”月饼也注意到狐狸的舌头了。

“吱吱”，站在我面前的狐狸抽着鼻子，喉咙里挤出的声音愈发凄厉，月饼应对的那只狐狸也发出同声调的嘶嚎。这种叫声完全不像是野兽面对猎物或者敌兽的恐吓声，倒像是……怎么说呢？像是野兽回窝发现伴侣不见了，窝边残留着些许血迹那样悲伤绝望的哀号。

在两只狐狸的嚎叫中，我和月饼夹在中间，似乎是阻碍它们团聚的恶人。

突然，两只狐狸同时噤声，毛茸茸的耳朵支棱着左右摇摆。隐隐约约，极远处传来女声，像在诵读佛经。

就在这时，我注意到月饼细长眼中闪过一丝讶异，循声盯着女声传来的方向，像被点中穴道，就这么僵住了！那两只巨狐也半立着顿住身形，若不是狐毛随风飘动，简直就像两个狐狸蜡像。

难道这是某种能控制心神和行动的咒语？为什么我没有感应？

“月……”我话还没说完，月饼却做了一个很奇怪的动作——面对着我抬起双手，食指插向耳朵。

饶是我和月饼多年出生入死的默契，一时间也没明白他要干什么。

“堵住……”月饼递过来两根桃木钉，“快！”

我呆呆地接过桃木钉，心想，眼观六路，耳听八方，耳朵堵住了，怎么听声辨位大战狐狸？虽这么想，但我多少明白这和李晏念经有关，再没多问就把桃木钉捅进耳朵。还别说，钉尖的粗细刚好能卡进耳洞却碰不到耳膜，塞得还挺严实，就是嗡嗡作响有些不舒服。

我冒出一个很不合时宜的念头：“月饼平时是用桃木钉掏耳朵的吧？”

十二

月饼见我塞好桃木钉，微微点头，朝着女声传来的方向，深吸了口气，嘬唇发出一连串古怪的声音。

从遇到孔亮直到这会儿，接连发生的事情实在太多，我的脑瓜子有点迟钝，正奇怪月饼的声音为什么和李晏的语调那么相似时，我突然意识到，明明堵住耳朵，怎么还能听到声音？

就在这时，一幕奇异的景象吸引了我的注意。

随着李晏更为怪异的声音传来，林间成片的野草像是被一股夜风吹拂过，“唰唰”作响，如波涛般此起彼伏，递次向我们涌动。草丛里窸窸窣窣作响，时不时掠过小兽、虫豸爬行扑腾的踪迹。

月饼微微眯起双眼，提高声调，念出连串的稀奇古怪的音节。

我模模糊糊地看到：他全身似乎聚着一团薄薄的滚圆雾气，“嗤”的一声，那团气体像是被针戳破的气球。以我们为圆心的周遭野草如同狂风掠过，迅疾地向四周蔓延，迎着前方的野草丛扑了过去。

两片野草如同海浪碰撞，相交的地方形成一道近乎笔直的分割线。草茎纠缠的嘈杂声、虫豸小兽逃窜的嘶叫声、月饼和李晏音节奇特的咒语声相互交融、排斥、碾压、挤榨……

我身处其中，如同游泳时被灌了满耳的水，头“嗡嗡”地响，随即头晕目眩，使出全身力气稳住双足，才不至于跌倒。

我使劲甩甩头，索性把桃木钉从双耳中拔出，才略微清醒。忽然，我想到一件事，连忙挥起军刀，站到月饼身侧，注视着一左一右的两只狐狸。

那两只狐狸依旧呆呆地半立身躯，狐毛似乎时而赤红，时而泛白，滚圆的狐眼也忽大忽小。我提防着狐狸袭击月饼，多少明白了七八分——当月饼的声调高过李晏，狐狸就会稍稍安静；反之，则异常暴躁。

也就是说，月饼和李晏像武侠小说里两个高手比拼内力，用声音展开一场肉眼看不见的无形对决。这场没有硝烟、血光的战斗凶险万分，因为他们俩吟诵的是蛊族秘传几千年的驱兽咒。

上古时代，黄帝与炎帝两个部落联手，与九黎之君蚩尤交战于涿鹿，史称涿鹿之战。在这场近乎神话传说的惨烈战役里，相传蚩尤率领兽身人语、铜头铁额的八十一兄弟，口念咒语，驱使猛兽大军，几乎击溃炎黄部落。在冀州之野的涿鹿展开的最终决战里，黄帝召唤有翼的应龙，水淹蚩尤军队。蚩尤请风伯、雨师相助，一时风雨大作，黄帝军队再次陷入困境。危急中，黄帝只得请下天女女魃阻止风雨，天气突然晴霁。黄帝趁势反攻，大败蚩尤部落，由此开启了中华五千年文明的序幕。

战败的蚩尤部落流散各地分散而居，渐渐形成了控虫兽、炼草木的神秘蛊族部落。几千年来，蚩尤部落的秘术失传七七八八，只有神秘的蛊术和炼蛊必需的驱兽咒得以流传。

月饼曾和我简单聊过，驱兽咒没那么玄乎，也就是施咒人运用精神力量发出某种能和动物昆虫形成共鸣的声音。

这种说法，我倒是很好理解。人类能听到的声音频率范围是20~20000赫兹，而许多生物都可以听到超出这个范围的声音。低于20赫兹的声音称为“次声波”，大象、鲸鱼等生物能听到；高于20000赫兹的声音称为“超声波”，蝙蝠、海豚等生物能听到。

世界上最孤独的鲸鱼爱丽丝，发出的声音频率远远高于正常鲸鱼的发声频率，以至于爱丽丝无法和其他鲸鱼交流。

驱兽咒大概是使出吃奶的劲儿模仿生物叫声，调整声带达到不同的振动频率，由此沟通、控制各种生物。

当下情形，是月饼察觉到李晏用驱兽咒控制狐狸，完成某种不可预测的事，立刻用驱兽咒阻止。我的听力还算不错，上大学考试给月饼传纸条，也能敏锐地听到监考老师悄然而至的脚步声。奈何没长一双狐狸耳朵，也就两人开始斗咒时略有不适，这会儿倒没什么不舒服。

我拎着军刀盘算，如果循着声找到李晏，一刀捅过去，啥事儿都解决了。但掂量掂量，方旭东好歹是“万蛊之王”，李晏这么明目张胆地催动狐狸，算准了我不是方旭东的对手。

“妈的，这个女人！伤害性不大，侮辱性极强！”我心里暗骂一句，挺胸昂头，貌似豪迈地给月饼掠阵。

这些年，无论多么凶险的处境、多么强大的敌人，月饼始终是胜利者，使我早就形成了“月饼不会失败”的潜意识，再看那音浪交互的边界线逐渐向李晏的方向倾斜。那两只狐狸虽然偶尔暴躁，却也越来越安静，我更加放心——月饼已经占据了上风。

心里松快许多，诸多谜团也大致有了答案，我虽然不至于悠闲地点根烟，倒也有心思听听驱兽咒。

月饼和李晏的声音时而高亢，时而低沉，时而急促，时而缓慢，节奏感极强。咒语中的每一个字，虽然是蛊族密语，我啥也听不懂，但是却能听出每个字都精准地卡着音符。也就是说，驱兽咒是以曲调的方式施展。

越听，我越觉得不对劲：“这调子咋这么熟悉呢？”

再细细一听，也不知是惊喜还是恍然大悟——这调子仿佛西南一带少数民族唱的山歌啊！

十三

记得在古城刚买房车那会儿，我在某音乐平台唱了首民谣红了几天，兴之所至，我一口气下载了上万首歌曲——什么歌不重要，关键是要与“闲得没事儿就听评书的月饼”拉开品味上的差距。

“我说南少侠啊，”月饼听到一首鬼哭狼嚎的网络口水歌，皱着眉头很无奈，“以您对歌曲的博爱，怕是开车绕中国一圈，也听不完吧？”

“你懂啥？这叫批判式欣赏。取其精华，弃其糟粕。”我也被那首歌整得烦躁不已，切换到下一首，正是电影《刘三姐》里唱的山歌，“你看，这就是艺术。没有低俗的对比，能听出山歌的高雅吗？你这五音不全的，听了也不懂。”

万万没想到的是，每天动嘴最多的时候是吃饭的月饼居然字正腔圆地跟着唱起来，专业程度堪比电影里的男主角。

我被打脸又很好奇，随口问了几句。结果，月饼摸摸鼻子，嘴角微微上扬，留下“懒得搭理你”的神秘微笑，戴上耳机闭目养神，继续听评书了。

为此，我还专门了解了广西山歌的由来：最早的文献记载，一是西汉刘向《说苑·善说》用汉字记音的《越人歌》，是春秋战国时期的；二是《周礼·春宫》所载的“四夷之乐”，由此追溯，周代甚至更早的时期，山歌就已经在广西流传。

难怪月饼的山歌唱得这么好，从小听到大，若还不会唱，岂不是瞎了“耳濡目染”这个成语？

此时，听到月饼和李晏斗歌，我才回过味儿——敢情这是月饼的家传手艺。莫非最早的山歌是蛊族的驱兽咒，口口相传演变成山歌？

想想中国几千年的历史，这种事倒也常见。李白《静夜思》的“床前明月光”里的“床”，并不是现代所说的“床”，而是“井台”“井上围栏”或“马扎”。要不然，按照字面意思理解，李白躺在床上，月亮照在床前，屋顶呢？墙壁呢？

想着山歌和蛊族的关联，我正恍神。李晏陡然提高嗓音，清亮高亢的驱兽咒如同徐徐拂过的夜风，撩拨着“沙沙”作响的树叶，恰似恋人的呢喃。露珠受不得树叶的移情别恋，化作晶莹泪滴颤巍巍地跌落，使得树林如同落了场别离的雨，雾气里藏着一丝淡淡的凄绝。

歌声越来越近，温柔地滑进耳朵，轻轻敲着耳膜。没来由的，我心生欢喜，紧绷的神经缓缓松弛。如同开门看到多年未见的老友，欣喜异常；又似酷暑的盛夏吃了块冰镇西瓜，五脏六腑都通透凉爽。再细细品咂歌声的奥妙，倒像久居俗世，烦躁不堪，偶至幽谷竹林，听着啾啾鸟鸣、潺潺溪声，心情也随之宁静。

就在我逐渐沉浸其中无法自拔之时，歌声中平添了几分说不清道不明的情愫，如同一根纤细的羽毛温柔地撩拨胸膛，酥麻里夹杂着些许火热，从丹田腾腾燃烧……热流顺着血液入脑，我感觉脑浆像一锅煮开的沸水，残存的意识如同锅底连串冒起的气泡，汇聚在翻滚的水面，化作一团团转瞬即逝的雾气。我的大脑一片空白，这片漆黑潮湿的森林在视线里渐渐模糊，扭曲成一汪碧绿的潭水。

在“哗啦啦”的水声里，湖心钻出一个白得耀目的女子，她仰起头，将垂在面前的乌黑长发甩到后背，水花灿烂，露出精致的面容。是小九？只在传说中和我虐恋，让我魂牵梦萦的小九？

“晓楼，来啊。”小九“咯咯”娇笑着，抬起玉藕般洁白的右手，食指向我勾了勾。

脑子仿佛“轰”的一下炸了，我最后一丝理智荡然无存。丢掉军刀，我面带微笑，向着虚幻的湖水、虚幻的小九，一步步走了过去。

突然，耳边如惊雷爆裂，好似暴雨突至，一股巨大的力量正中我的后背。我站立不稳，向前踉跄几步，双膝跪地。一根斜刺出的尖锐树枝刮破脸颊，疼痛像把锋利快刀，“唰”地削断了萦萦不绝的魅惑歌声。

我顿时灵台晴明，冒了一身冷汗，摸索着捡起军刀，心想，要不是月饼的驱兽咒压住李晏，小爷这几年身经百战攒下的脸面，可要折进去了。

虽说我整个人清醒了，可是夹在月饼、李晏两人的驱兽咒交界地带，两股无形的巨力挤榨着前胸后背。这种内脏都快被挤压成纸片的滋味，实在太难形容，我无比郁闷——本来是操控、阻止狐狸异变，我怎么就成了蛊族大乱斗的工具人？

就在这时，推动后背的力量瞬间消失，月饼高亢清亮的歌声也戛然而止。似乎有一道无形的气墙扑面而至，他身体立时失去平衡，仰面摔倒。

我奋力挣扎着想起身，却感觉一股沉重的气流死死压在胸口，根本无法动弹，甚至无法呼吸。鬼哭狼嚎般的呼啸掠过耳边，割裂空气的尖锐嘈杂声几乎把耳膜刺穿。

我听到了这辈子都不想再听到的一句话：“南瓜，快跑。我顶不住了。”

“月无华，咯咯……蛊族最强的男人。我还没告诉你我的目的，我要用你最自信的蛊术击败你。”李晏停止了歌声，在密林深处讥诮地笑着，“至于你，南晓楼，没有月无华，杀你比杀鸡还容易。”

天地寂静，孤月凄冷。

我们败了？！

十四

那是我绝不相信的一幕——月饼单膝跪地，原本笔直的脊背佝偻着，他的双手深深抠进泥土，支撑身体的双臂颤动不止，斜斜的长发遮挡着低垂的面孔，隐约可见几条血痕从他的鼻孔、眼角、耳朵里缓缓淌出。

“哇！”月饼剧咳一声，呕出口黑血，溅满白色的上衣，触目惊心。

“晓楼，咱们胳膊那条蛊线，我懂了，咳咳……不是毒蛊，”月饼咳出血沫，勉强抬头，嘴角扬起一丝微笑，“而是……而是迷乱心神的惑蛊。方旭东在胜利河美食街就做好了局。其实，我起初就有些奇怪，为什么到了杭州，他请我们吃重油重辣的川菜……”

“月公公，你先别说话！咱又不是演三流电视剧，不需要插入台词给观众解释疑团。”我根本没搭理不远处呆立的两只狐狸，从背包里翻出针包，取了三根银针，分别扎入他的人中穴和双手小指与无名指之间下方的少府穴，“张嘴，让我看看舌头。”

三根银针刺入，月饼疼得闷哼一声，略略恢复点儿精神。他从裤兜里掏出一截小拇指长短的竹筒，拔开塞子，扬脖喝下鼻涕状黏稠的液体，缓缓吐了一口气。也就几秒钟，他失血过多的苍白脸庞添了少许血色：“我要说的事很重要，你要记住每一个字。”

我搭着月饼的脉搏，再没插话，认真听着。

月饼瞥了一眼泥塑木雕般的两只狐狸："惑蛊就下在那顿饭里，还记得方旭东让咱们注意李晏的眼睛吗？就是那个时候，我都没注意。这种蛊会渐渐影响咱们的判断力、理智、心神，所以……咳咳……草率了……"

月饼讲得很费力，说几个字就要歇口气。还好他的心脉功能逐渐增强，我才稍稍踏实。虽说旁边就是两只狐狸，我没法催他直接说让我干吗，只得耐着性子听月饼的自我检讨。

"李晏是个用蛊天才，我很好奇她的隐藏身份。要不是你夹在两股驱兽咒中间，我怕伤了你没有用全力，她根本不可能是我的对手。"

我彻底无语了——月无华啊月无华，败了就败了，怎么还让我背锅呢？我夹中间感受很清晰好不好？您老人家吃奶的劲儿都使上了，还说留了一手？心里虽这么想，但我还是摆出一副"又拖你后腿了真对不住"的诚恳表情……

"惑蛊，是由独有的……"月饼发出三个音节极其古怪的词，该是蛊语中对惑蛊核心材料的称呼，"需要炼制……"

我的忍耐算是到头了，都什么时候了，还有心情讲蛊药配方？

"月饼，你想要说的是：受惑蛊影响，再加上方旭东那篇《铸剑》、饭馆里狐妖渡劫的传闻，来寒山寺之前，这条线就被埋下了，只是我们自己察觉不到。以至于破解《枫桥夜泊》的暗藏线索时，我们心神受扰，做不到专注，甚至产生猜忌、怀疑，冒出许多乱七八糟的杂念、情感，失去精准判断。后来和孔亮斗智，直到他死了，也没意识到这是引出乌鸦群的第二个局。

"刚才，我们稍微恢复些元气，就冒失地走进方旭东和李晏设置的第三个局。至于那些钟声、四十九步找到解药这些，都是让咱们入局的圈套。因为惑蛊，我们没有意识到这些。并且，方旭东是你的外甥，也让你失去了平时的冷静……

“你现在的小算盘——狐狸很快就会异变，到那时，以咱俩现在的状态，谁都逃不了。你故意讲惑蛊的材料以及中蛊的过程，再编几句瞎话，让我没有任何拒绝的理由，赶回杭州取解药……

“当然了，你会对我说，那俩人以为咱们必死无疑，又没有现身，肯定有更要紧的事情去办，应该是和《阴符经》有关。你虽然受了伤，喝下的蛊药能使身体快速痊愈，足够对付这两只狐狸。所以，你要咱俩分头行动，等我取了解药，第一时间赶回来，追上方旭东和李晏。对吗?

“其实，根本没什么解药，你还是那个德行，啥事儿都自己担着，不抢我风头你不得劲是不?我他妈的才是男一号！”

月饼眉毛也不扬，鼻子也不摸了，眨眨眼睛半张着嘴：“南少侠，什么时候智商这么在线了？”

我扶月饼靠着树，拎起军刀走向狐狸：“方旭东、李晏，包括你，都忽略了一点。我不懂蛊术，自然不是他们的对手。但是，这两只即将异化的狐狸，不是你们蛊族的手段。区区两只狐狸，别说异化，就是化成狐妖，我也能拿捏得死死的。你们都忘记了，小爷最擅长什么?格局堪舆、五行八卦、奇门遁甲，智商超群的头脑，处变不惊的心理素质，精湛高超的格斗技巧，利用环境地形迅速制订完美作战计划的经验……”

“南少侠，差不多行了。”月饼摊着双腿，眼里蕴着笑意，舒服地靠着树干，“就让咱家一睹南少侠降妖除魔的风采。”

我云淡风轻地点点头，吹了吹刀刃，劈空划了几刀，挺直脊背走向狐狸。刀锋裹着月色，在夜空里闪着炫目的光芒，将黑暗切割得支离破碎。那一刻，明知不可为而为之的信念，友情和勇气铸造的坚实背影，注定要成为一个传奇！

嗯，这是我的脑补。其实，当时的真实情形是我紧握军刀，屏着呼吸，猫着腰，挪着小碎步，满头冷汗，心跳得厉害，鬼鬼祟祟地走向狐狸，准备趁着它们还没异化，冲着胸口各攮一刀……

十五

虽然只有十几米的距离，我却像走了几小时，甚至能听到双腿膝关节因过度僵硬而发出的“咯咯”声。

狐狸依旧如同两尊覆盖着狐皮的泥塑，僵直地站立在杂草中，除了随风拂动的狐毛和月光下滴着涎水的獠牙，没有任何异常。

不知道为什么，我越接近它们，越觉得有股阴寒的气息由毛孔渗进皮肤，忍不住狠狠打了个寒战，下意识地停住脚步。

为什么它们始终一动不动？李晏和方旭东不是傻子，就这样离开了？狐狸异化的时间这么长，这个过程中完全没有威胁，我和月饼就算是爬，也能爬过去把它们收拾了。

我运足目力，盯着狐狸，愈发觉得这事儿太蹊跷。李晏和方旭东不惜暴露身份，用驱兽咒击败月饼，留下两只这么个玩意儿做我们的对手。何来的自信？怎么敢？

莫名的恐惧在心里滋生，肌肉不自觉地绷紧，汗毛更是根根竖起。这是多年积累的经验让我形成的危险即将来临时的直觉。我没有再前进一步，放弃了上去“攮一刀”的打算，后退了几步，站到相对空旷的林间空地。

事后想想，当时的情形凶险万分，如果没有退那几步，我就凉了。

冷汗浸透衣服，贴着身子很不舒服，鼻腔也有些堵塞，我抽抽鼻子，却闻到一股奇异的味道。

我举起军刀挡在胸前，目光迅速掠过狐狸，确定它们没有异动后，我左右观察着。突然想到月饼为什么没有动静，我赶紧转身看去。

月饼闭着双眼，侧头靠着树干，发出轻微的鼾声。月饼曾经说过，蛊族有种疗伤秘药，药劲儿很大，会让人很快进入一炷香的睡眠状态，再严重的精神损伤，睡醒后也能恢复七七八八。看来月饼刚才喝下的那管“鼻涕水”，就是这种猛药。

那股奇异的味道慢慢淡了，我松了口气，观察着周遭的树木、乱石，再抬头望着星空，参照着星宿的位置，默默计算是否能布个简单的阵法。只要找准位置，也就是几块石头、几根树枝的事，前后用不了一分钟。就算狐狸真的异变了，也只能困兽犹斗。如果“狐狸异变”只是幌子，那俩人还另有圈套，月饼疗伤不能自保，我准备充分一些，多少也是个防范。

我边看边计算，不知不觉前进了几步，那股异味儿又钻进鼻腔。比刚才要浓郁许多，我甚至闻出了曼陀罗花粉的味道。

我愣了几秒钟，顿时明白了是怎么回事！急忙后退，可是晚了！

我的手臂像是被一根绳子扯住手腕，笔直地伸向那两只狐狸。惑蛊在皮肤里形成的红色蛊线迅速褪去，食指指甲冒出丝丝缕缕红烟，分成两股，像毒蛇般钻入狐狸的鼻孔。

几乎就在同时，狐狸全身发出咯咯吱吱的脆响，猛地睁开血红的双眼，映着我的身影。

难怪李晏离去前，反复强调“狐狸异变”，暗示我要尽快消灭它们，以消除危险，其实是为了引我上当，让我主动接近狐狸。否则，我和月饼绝对会回到房车，调整身体状态，重新制订计划。

当我靠近狐狸后，我身上的惑蛊立刻成为催化狐狸的药引。方旭东和李晏太聪明了，他们在杭州那顿下蛊的晚饭，就把一切都计算好了！

直至真正交战，他们击败月饼却不露面，又算准了月饼重伤后会服药进入睡眠状态，故意留下“南晓楼无法单独解决狐狸”的疏忽，让我主动成为他们杀死我们的工具。

此刻，我才明白，方旭东写《铸剑》以及讲“狐妖渡劫”，不仅仅是做心理暗示的铺垫，而是明着告诉我们答案，再用答案解决我们。

方旭东和李晏，用我们最自信的蛊术和高智商轻而易举击溃了我们，彻彻底底嘲弄、粉碎了我们的自尊，让我们在屈辱和懊悔中，不甘心却无可奈何地接受失败。

这样的对手，太恐怖了！

但是，他们忽略了一件事，一件微不足道的事！

决定历史或人生走向的，往往不是什么惊天动地的大事，恰恰是那些偶然卡在时间或事件节点上的小事。

十六

我视力不太好，距离三米外的事物，只能看个大概轮廓。月饼常劝我配副眼镜，我振振有词：“咱这几年干的都是出生入死、刀口舔血的勾当。戴着眼镜，万一被什么玩意儿直捣面门，碎镜片扎进眼窝怎

么办？”，

说是这么说，谁跟自己过不去呢？我还是配了一副眼镜，只在写作、看电影、开车的时候才用。当然，若是大街上远远瞅见个漂亮姑娘，我也会不动声色地从背包里摸出眼镜。

月饼常常感慨：“南少侠，要是知道详细生辰八字，你真该给自己算一卦。凭着您这双只能当摆设的招子，上山入水、降妖除魔这么多年，还能活得全须全尾，绝对是生存界的bug（漏洞）。”

“海伦·凯勒没有视觉听觉，不也写出了《假如给我三天光明》吗？”我当时不以为然地点了根烟，“假设人体的五感凑起来是一百分，每种感觉平均分配二十分。如果某种感觉低于平均值，基于总量不变的原则，肯定会有其他感觉高于平均值。”

月饼自然不知道海伦·凯勒是美国现代著名女作家，两岁那年因为突发猩红热丧失视觉、听觉，但是对于“五感互补”这个说法倒没什么异议。他当时寻思了半晌，慢悠悠地冒出一句：“难怪南少侠的耳朵比蝙蝠还好使。”

是的，我的听力超乎寻常的敏锐，虽不至于像蝙蝠那般惊人，可也能听出交响乐团现场演奏时某个音符的失误。

方才月饼和李晏隔空斗歌，我受到驱兽咒的影响，心神恍惚几次，却牢牢记住了旋律，也粗略了解了其中的奥妙。

驱兽咒由“宫商角徵羽”五个基本音阶构成。五音的名称最早出自《周礼》，而计算出五音的“三分损益法”则最早见于春秋时期的《管子》。当然，这只是有明确记载的史料文字，早在春秋之前，五音便已存在于古远的华夏文明。

宫、商、角、徵、羽对应的现代音阶是1、2、3、5、6。实际上，五音还暗藏“木、火、土、金、水”的五行相生相克的原理，实际顺序是角、徵、宫、商、羽。

古代中医学认为五音、五脏暗合五行，相互调节影响，《黄帝内经》更是提出了“五音疗疾”的理论。

驱兽咒的秘密就在其中：

五音：角、徵、宫、商、羽；

五行：木、火、土、金、水；

五脏：肝、心、脾、肺、肾；

五窍：目、舌、口、鼻、耳。

两人斗歌的旋律虽然相似，我却从中听出了细微的差别。

李晏所唱的驱兽咒，重音为“徵”，以此形成“心火”，迷神惑智，再辅以迷乱心神的蛊药，使狐狸产生某种不可知的异变。心理学领域的催眠术，与之有相似之处。催眠师可以通过语言等方式，将被催眠者引导至潜意识开放的状态，即进入一种特殊的类似睡眠又非睡眠的意识恍惚心理状态。此时被催眠者的自主判断、自主意愿行动减弱或丧失，感觉、知觉发生歪曲或丧失，继而遵从催眠师的暗示或指示，并做出反应。

月饼压制狐狸异变的驱兽咒，重音是“羽”，以肾水克制心火，稳住狐狸异变的过程。

我现在要做的，就是在狐狸被蛊药催化完全异化前，以驱兽咒延缓——只要争取到月饼从睡眠中苏醒的时间就足够了！

此时，两只狐狸似乎忍受着巨大的痛苦，脖颈“咯咯”地响，与脊柱形成反方向的弓形，仿佛再稍稍弯曲，就会彻底绷断。极度的痛楚中，狐狸咧开嘴，对着漫天繁星哀嚎。

此情此景，倒有些像魔幻电影里“狼人在满月下变身”的场景。我心里“咯噔”一下，头皮有些发麻，早知道能遇到这种事儿，是不是该备些十字架、银器、大蒜之类的玩意儿？至于亚洲的异物能否和欧洲的同类在禁忌方面达成共识，那就不是我考虑的范围了。

我也来不及琢磨这会儿唱歌是否来得及，清清嗓子，梗着脖子唱起驱兽咒。没唱两句，嗓子眼就痒了，我又弯腰咳嗽几声——调儿起高了。

虽说形势诡异，守着两只不知道随时会变成啥玩意儿的狐狸，我还是暗暗叹气：这叫什么事儿？大半夜对着两只狐狸唱歌，这要是五音不全，命都搭进去了！

片刻恍惚，两只狐狸的凄厉嘶嚎突然变得微弱，就像被绳子紧紧勒住脖子，发出断断续续的“吱吱”声。原本挣扎扭曲的身躯和四肢也僵住不动了。

暴风雨来临之前，往往很宁静。此刻，或许就是狐狸异化的关键节点。

“难道延误了控制狐狸的最佳时间？”我懊悔不已，急忙后跃，握紧军刀挡在月饼身前。瞪着那两只狐狸，我没来由地打了个寒战，冒出个很古怪的念头：“狐狸异变，到底会变成什么？”

这个念头如同一颗深夜里迸闪于深秋草原的火星，迅速燃成一条枯草串联的火线，继而熊熊燃烧，向四面八方蔓延，照亮漆黑的夜空，也照亮了我整晚混沌不清的思路。

我开始思索方才的疑惑：我和月饼抵达杭州，直至苏州，几乎每件事都是方、李设布下的诱饵，我们一步步掉进早就设计好的陷阱。

反过来想，有哪个猎手会放着即将到手的猎物不管，反而交给两只猎犬？依着他们俩缜密、周详的计划，会做出“我身携惑蛊靠近狐狸，引起异化”这种凭概率出现的事情吗？

如果我是他们，为什么要这么做？

盯着僵直不动的狐狸，我冒了身冷汗，彻底放弃了用驱兽咒抑制它们的想法。退到昏迷调息的月饼身边，我靠着树干盘腿坐下，点了根烟。烟气灼热着本就干燥的口腔，却也让我紧绷的神经略略舒缓。

我吐了个浓浓的烟圈，在它冉冉升起时，曲指弹破。在渐渐稀薄飘散的烟雾中，等待即将发生的事情。

这是心理博弈！

方旭东和李晏赌的是，强烈的求生欲使我用驱兽咒抑制狐狸异变；我赌的是，他们算准了我必须做的事必然是他们希望我做的事！

所以，我决定什么也不做！

烟抽至一半，烟纸燃烧的“嘶嘶”声在荒寂的山林里分外清晰。月饼居然发出轻微的鼾声，长长的睫毛微微颤动，嘴角弯着一丝浅笑。

寒山寺外、铁岭关，月色凄冷，夜风习习，树涛簌簌，抽烟的我和熟睡的月饼，两只正在变异的狐狸——构成了如此违和却奇妙交融的画面。

正当我心思恍惚的时候，两股嗤嗤作响的灰色雾气分别从草丛中升起，卷着细碎的草屑、落叶盘旋围绕于颤动不止的树枝上，聚成两团拳头大小的气团，于林间忽闪跃动，化成两条道灰线钻进狐狸嘴里——准确地讲，是被狐狸吸进体内。我忽然想到玄幻作品里的妖类吸纳天地灵气，结炼内丹的路数。

我正疑惑着，狐狸庞大的躯体肉眼可见地膨胀起来，大片狐毛纷纷飘落，裸露的皮肤渗着血珠。

“砰，砰”两声巨响，狐狸凄厉嘶叫，像两个吹爆的气球，瞬间炸裂。强烈的气流冲击让我紧闭双眼，面部如同溅了大片滚热的油珠，刺痛黏腻。

我护在月饼身前，正要睁开眼睛，却被血腥恶臭的气味熏得差点晕倒。

林间仿佛刚刚停歇了一场雨，连草木、乱石都被染得暗红。零零碎碎的碎肉烂皮贴着沟壑斑驳的树干缓缓滑落……

原本狐狸僵立的位置，两团红雾缓慢地消散，显露出两个直径一米半左右的土坑。

看清了坑里的景象后，我心头一震，所谓“狐狸异变”，居然是……

“南瓜，真有你的……”月饼不知何时醒了，低沉的嗓音透着一丝悲伤，“在这个时候还能保持冷静，破解他们设计的局中局……”

月饼的声音很近，我听着却很遥远。因为有个更猛烈的声音不断在耳边回荡：“这到底是怎么回事？”

坑中的血浆里，浸泡着一对男女！

那两人大半个身体都泡在血水里，裸露的部分被湿漉漉的长发覆盖，根本分不清男女。但是，我下意识地做出了“一男一女”的判断。后续发生的事情证明，我的判断正确。

“方旭东和李晏，呵呵……根本不是想用狐狸杀死咱们。”月饼摸摸鼻子，眼神锐利如箭，凝视着他们离去的方向，“而是利用咱们杀死……”

“月饼，你有没有想到，”我直勾勾地盯着月饼，一字一顿地讲出毛骨悚然的推测，“或许，只有咱们，能杀死‘他们’？”

“是。”月饼扬扬眉毛，微微眯起细长的双眼，咳嗽了几声，“其实，早就该想到了。”

“你还没好利索，”我瞅着月饼没有血色的脸庞，“这次，我先。”

“我好得差不多了。”月饼摸出几枚桃木钉，又别回腰间，“咱俩有些太敏感。如果方旭东和李晏的目的是借咱们的手……"

"他俩对咱们并没有威胁。"多年出生入死的共同经历，使得我和月饼早就形成了某种默契，还没等他说完，我立刻反应过来，"是咱们，也只有咱们，能把'他们'……"

"难得南少侠智商在线一次。"月饼揶揄我的习惯已经到了随时随地的程度。

"你怎么还话里有话，夹枪带棒的？我什么时候智商不在……月饼，你是说？"我眨了眨眼睛，瞅瞅那两具浸泡在血水里的躯体，心里冒出一股寒意，"他们本来……是咱们……"

"竹简记载的内容，"月饼摸摸鼻子，扭头不再看那两具躯体，"正在慢慢变成现实。"

这句话如同一柄锋利的斧子，狠狠劈中我的头顶，深深嵌进裂开的颅骨，剧痛带来的眩晕使我呼吸急促。镌刻在竹简上面的那段恐怖文字，一个字一个字地出现在眼前。我的思维异常混乱，大口喘着气，一股无能为力的绝望，从心底滋生，逐渐蔓延全身。

"如果真是那样，我有个办法。"月饼扶住我的胳膊，使我摇摇晃晃的身体不至于摔倒，"可能是唯一的办法。"

我怔怔地瞪着月饼，从他决然的神眼中，读懂了"唯一的办法"是什么。我舔了舔干裂的嘴唇，像是舔一截粗糙的木头，使劲咽了口唾沫。

我没理由怀疑月饼可以毫无顾忌地用"唯一的办法"阻止那件事发生。我怀疑的是——我南晓楼，是否拥有这份勇气？

就在这时，土坑里传来了细微的声音。

一男一女的声音，他们在呼唤彼此的名字！

汹涌奔腾几千年的时间长河，若是能够倒流，回到最初的起点，是否还记得走在静谧的河边，裹着夕阳余晖比灿烂晚霞还要美丽的女子？她摇晃着足以让垂柳含羞的腰肢，费力地提着盛满河水的木桶，眉眼含笑地望着土窑里挥动铁锤、眉头紧锁的铸剑男子。

那段仅仅存在于荒诞文字里的狐狸传说，像一本读罢掩卷又重新翻开的老书，故事回到了最初的起点。

十七

“他们是那篇故事里的三郎和阿千？”

“他们活了几千年？”

“方旭东和李晏从哪儿找到他们的？”

“为什么会让他们在我们面前异化？”

“他们……”

“他们……”

那一瞬间，我没有恐惧，也没有慌乱，但太多的疑问让我的情绪有些失控。我双手抬起胡乱挥舞，似乎要在虚空中揪出一条线索。

月饼按着我的肩膀，扬扬眉毛：“南瓜，静观其变。”

那对男女像是即将干涸的泥潭里挣扎的鱼，在血泊里扭动身躯，泥水和着血水，四处乱溅。

“他们被禁锢太久，在适应身体。”月饼从背包里摸出一截竹筒，端放在手心里注视片刻，又塞了回去。

一时间我也不知该做什么，拼命回忆《铸剑》里的每一处细节。

就在这时，他们扭动的肢体明显协调许多，依旧呼唤着彼此的名字。双手从血泊里探出，手指深深抠进土坑边缘，奋力撑起身体，僵硬地站起。被鲜血浸透的长发覆盖了他们的面容和大半个身子，依然遮掩不住女子曼妙的胴体和男子精悍的身躯。

血珠顺着他们的身体缓缓下滑，“滴答滴答”地落进血泊，漾出一圈圈厚重的涟漪。

在触目惊心的红色中，男子左肋、女子右肋，各有一道半尺长、手指粗细的刀疤。他们的身体分别向疤痕的方向略微倾斜。

月饼转头盯着我，眼神里透出询问。虽然我不能完全确定，但是想到方旭东写的那篇《铸剑》，以及古城图书馆诸多古书的记载，我还是肯定地点点头。

“三郎，真的是你吗？”女子踏出血泊，虚弱的双腿还有些站立不稳，摇摇晃晃地走向男子，“你……你还好吗？你可知过去多少年了？”

我和月饼有些尴尬地别过头，目光避过她，望向男人。

然而，这一望，直接体会到“自取其辱”的真实含义。

月饼身材没得说，正儿八经的“穿衣显瘦，脱衣有肉”。我虽说属于易胖体质，好歹也是闲下来就泡健身房的人，肌肉轮廓多少也能划进“棱角分明”的范畴。

可是，眼前这位三郎，足足比我们高了半头，全身上下没有一丝赘肉，每块肌肉都像是技艺高超的石匠耗费毕生心血的杰作。

夜色已深，天色却晴朗。漫天繁星，银河璀璨，星光映得夜雾如纱，笼着皎洁明月娇羞的面庞。牛郎织女隔着星河遥遥相望，绽放着让群星暗淡的夺目光芒，无声倾诉着一年方能相逢一次的相思之苦。

三郎和阿千的语言属于春秋战国时期吴越地区的方言，极其晦涩难懂。月饼只能从他们的表情、嘴形简单搞明白几个字。我对中国古代语言虽然有些研究，但也只是皮毛，勉勉强强能听个一知半解。

十八

“阿千，是我！你在哪儿？”三郎听到阿千的呼唤，声若洪钟地应着，双手伸向前方摸索，跌跌撞撞走向阿千。

“吧嗒”，三郎的左小腿踢到一截横着刺出的枯木，顿时皮肉翻绽，血流如注。他似乎感觉不到疼痛，只是脖颈微微后仰，露出被长发遮盖的面容。

我心头剧颤，倒吸了一口冷气。就着月光，依稀能看出三郎鼻梁高挺、眉骨凸出，略显方形的宽大下巴将整个面部勾勒得轮廓分明，无形中透出坚毅、强悍的神态。唯独深陷的眼窝里双眼紧闭，眼皮被密密麻麻的细线上下缝合，就像趴着两条蜈蚣。

我略微一愣，似乎觉得这个场景很熟悉，仿佛在哪儿见过，猛然间又想不起来。

这副面相体态，会是《铸剑》里描绘的那个唯唯诺诺，背叛妻子阿千的人吗？

再看阿千，虽然沾满血水的头发依然像帘子似的挡着容貌，但依然能从头发的缝隙里模糊看到她的那双眼睛同样被缝死了。

那种似曾相识的感觉越来越强烈，让我心情有些烦躁，探询地看着月饼。

更让我想不到的一幕发生了。从来都把情感深藏于心，永远一副冷冰冰表情的月饼居然眼眶微红，微微抬头，两行泪水从眼角滑落。

“嘣”，一枚坚硬如铁的桃木钉被月饼掰断了，钉尖扎进掌心。月饼依然仰着头，慢慢摊开手掌，任由殷红的鲜血裹着断成两截的桃木钉掉落。

“三郎，三郎！”

“阿千，阿千！”

这对被禁锢了无穷岁月，在无边黑暗中踟蹰的恋人，终于再次相聚——他们呼唤着、摸索着、蹒跚着，缓慢而坚定地越来越近，越来越近……短短几米，他们像是走了几千年那样长久。

娇小的阿千柔柔弱弱地依偎在三郎宽广厚实的胸膛里，呢喃地呼唤着情郎的名字，眼睛却无法流出泪水。三郎紧紧抱着阿千，似乎要把她挤进身体，也许只有这样，才不会再次分开。

阿千微微仰头，长发垂散，容颜如同一道耀眼的光，照亮了整片黑压压的树林。她的嘴角依然扬起一丝浅笑，宛如玉石般晶莹剔透的手指轻柔地抚摸着三郎的脸庞：“你还是那般模样，只是我再也看不见了。”

呆立许久的我，看到阿千的模样，胸口像被猛捶一拳，忍不住惊呼一声——阿千和月饼的眉眼、脸型、神态，简直一模一样！

“谁？”三郎怒吼。

他们本就说的是几千年前的吴越古语，我能将就听懂几句已经可以了，但是要做到交流回复，那是万万不能。

“是你们？！”三郎侧身挡在阿千身前，侧耳辨识我们的位置，满面怒容。

他像一座崩塌的大山，遮天蔽日地压了下来；又像是一头狂奔不止的公牛，顶着犄角撞了过来。

这片林子本就茂密，躲闪很受限制。迅猛的烈风迎面刮过，割得脸皮生疼。我震惊于月饼和阿千相似的容貌，一时间竟愣在原地，眼睁睁地瞪着三郎。

月饼却高声喊出两个音节，十几米外的阿千听到月饼的声音，神色茫然地皱起双眉，忽然像是想起什么：“三郎，别！”

我的瞳孔里，是三郎猛然顿住的魁梧身躯；我的鼻腔里，是三郎浑身浴血的腥膻气味；我的耳朵里，是月饼喊的那两个字！

那是蛊族特有的蛊语，类似于“尼兹”的发音，它的含义是——

姐姐！

十九

我就像身处回音极佳的密室里，耳边不断回荡着月饼喊出的“姐姐”，层层叠叠挤压着耳膜，化成轰隆隆的巨响，震得头皮发麻，阵阵眩晕。我努力控制纷乱的思绪，但是根本做不到，满脑子只有一个疑问：“被禁锢的阿千，怎么会是月饼的姐姐？月饼的姐姐不是为培养蛊王而死了吗？为什么会以这种方式出现？”

我根本没有注意到，像座大山般站在面前的三郎，听到阿千的劝阻，仅仅停滞片刻，又迅猛地挥出粗壮的胳膊，坚硬的拳头狠狠地砸在我的胸口。

“咚！”

感觉很奇怪——我的身体就像导力装置，清晰地感受到一股巨大的力量，由胸口传进内脏，直至后背。随即，那股力量顺着脊柱传至双腿。膝盖像被抡了一棍子，腿筋“嘣嘣”脆响。

紧接着，这股力又从双腿震荡回腰腹。腰部像被绑了根绳子往后猛拽。我双脚不受控制地脱离地面，整个人像一张弓一样倒飞出去。胸口像是泼了一杯滚烫的水，针扎般疼痛。视线所及，所有的景象迅速向前蹿动，直到撞到坚硬的老树才停止。

两股力量在体内相抵震荡，挤压的五脏六腑仿佛都移了位置，灼热腥咸的热流从腹部涌起，从食道顶进喉咙。我再也忍受不住，张嘴喷出鲜血，身体软绵绵地顺着树干瘫落。

模糊的视线里，三郎嘶吼着挥拳冲向月饼。

月饼哀伤的目光始终注视着茫然的阿千，仿佛根本没有注意到三郎，他只是轻飘飘地抬起左手，握住砸向他胸口的硕大拳头。

三郎势若奔马的架势硬生生地顿住，臂膀的血管虬结凸起。又是一声雷霆般的暴喝，他再次挥拳击出。

月饼后跃几步，和三郎保持五六米的距离，抬起被桃木钉刺破的右手在额头画了个奇怪的符号。那如标枪般笔直的身体泛出肉眼可见的红光，长发无风自动。

沾着血污的上衣被迅速隆起的肌肉撑裂，发出“刺啦刺啦”的声响。

“介——”

“叠——”

“颂——”

“落——”

月饼一字一顿地喊出类似咒语的四个字，四条筷子粗细的红线从腰间浮现，像四根飞速生长的藤蔓盘旋缠绕，爬满整个背部，形成了一幅形状奇异的图案。那是很多年前，我曾在泰国见到过的凤凰文身！

“砰！”

月饼迎向三郎的拳头，如同两块生铁碰撞，几乎要迸出火星。

在我失去意识前，三郎庞大的身躯飞出，狠狠撞在一棵老树上。

“不管你是谁……这一拳，是替南瓜还你的。”

第三章

寒霜漫天

天发杀机，移星易宿；

地发杀机，龙蛇起陆；

人发杀机，天地反覆；

天人合发，万化定基。

——佚名《阴符经》

一

“滴答……滴答……”

倒悬于岩洞壁顶的钟乳石笋如同一排锋利的短矛。洞顶潮湿的水汽顺着石笋滑下，凝于尖锐的石尖，渐渐聚成葡萄大小的水珠，颤巍巍地落下，使得硕大的岩洞宛如下了一场凄寒的秋雨，凛冽透骨。

我冻得打了个寒战，奋力扔出照明棒。一尺多长的笔直光柱在空中螺旋着飞出，落在潮湿的石块上，激起一团白色水雾。照明棒泛着淡黄色的光芒，轻飘飘地弹了一下，再次消失在光线不及的黑暗里。

我瞅着方圆三十多米，被七八个照明棒照亮的岩洞空间，默算着距离和方向，目光停在正南的朱雀位。

那一处是一方两米宽长，近乎正方形的石台。虽然覆盖着厚厚的青苔，依然能看出大概——石台表面以及四边棱角有着人工雕磨的痕迹。

我举起强光手电，耀眼的光柱将石台周边照个通透，才发现石台立于一汪寒气森森的圆形水潭里。

“是那里吗？”月饼抬起左手摸摸鼻子，“这水潭和苔藓都是绿色的，不仔细看还真看不出来。”

“还不好说……”我的目光瞥过月饼空荡荡的右手袖管，鼻子微酸，“这是‘天圆地方，乾里藏坤’的墓葬格局。整个石洞大体是圆形的，东青龙位石壁凸出，西白虎位石壁凹进；南朱雀位岩石地面隆起，北玄武位塌陷。”

“说人话！”月饼单手拉开背包，摸出一把桃木钉，别在腰间，“少了右手，真是别扭。”

我没有接月饼的话茬，摆出一副“少个胳膊多大点儿事”的表情，因为月饼骄傲的自尊心绝对不会接受任何人的同情，包括我。

我扭过头不让月饼看到我的表情，用手电光线扫向岩洞地面。洞顶石笋滴落的水珠把坚硬的岩面磨出一窝窝拳头大小的石坑，汇聚其中的寒水沿着石坑边缘手指粗细的石沟流进圆形水潭里。

“你仔细看，东边突出的石壁形状正好能填进西边凹陷的石壁，南边和北边也差不多。而且，这不是人工凿出来的，是天然形成的石洞结构。四象互补，阴阳交汇；天水地土，百川成海……这是罕见的天然吉穴。”

“按照南少侠的说话习惯，”月饼别好桃木钉，背起背包，似笑非笑地瞅着我，“接下来怕是要说‘但是’了吧？”

我这“但是”都从嗓子眼滚到舌尖了，硬生生咽了回去：“虽然……这是吉穴不假，但是……啊，呸！”我实在忍不住，哈哈笑了起来，“月公公，你能让我把话痛快说完不？”

“请南少侠指点迷津。”月饼憋着笑，摸出两根烟，塞我一根。

“月公公你就剩一条膀子还这么利索？”我抽了口烟，指着那方石台，“凡事无绝对。格局再好的墓穴，随着山体偏移、树木枯衰、水流干涸，也能转成凶穴。许多凶穴，也可能阴差阳错成了吉穴。”

“你是说……”月饼扬扬眉毛，“这个墓穴，从吉穴变成了凶穴？”

“不！”我把烟灰弹进脚下石沟的水流里，盯着烟灰淌进水潭，“这是看着像吉穴，其实是凶穴的子母穴。”

二

电筒灯光在暗绿色的水流里照出拳头大小的光圈，反射出诡异的苍白色。烟灰随着光和波旋转，慢悠悠地飘进水潭，在距离潭中石台半尺左右的地方，化成一溜白线，瞬间被吸附过去，消失不见。

“天地孕生万物……”我把抽剩的半截烟头放在水面，观察着水流的方向和速度，“有生必有死，有阴必有阳，有宅必有墓。子母穴，是类似葫芦形状的连环穴，上凶下吉或上吉下凶都有可能，大多数是上吉下凶。说到葫芦，你知道古人为什么都用葫芦存酒、放药吗？喏……葫芦是两个圆坨……”

我双手比画着葫芦形状：“内含乾坤、阴阳，从道家理论上说……”

“南老师，咱能唠点儿正经嗑吗？”月饼叹了口气很无奈，“这都什么时候了，你还有心思讲这些？”

我正说得兴起，被生生打断，颇有些不舒服，但也知道月饼说得在理：“自从周朝起，探穴寻墓兴盛。历朝历代的堪舆大师最希望也最担心的，就是遇到子母穴。稍稍走眼，没看出隐藏在吉穴里的凶穴，那可不是名声扫地那么简单……”我随口举了几个历史上比较有名的故事，又瞅了一眼浮在水面的烟头。

月饼微微皱眉，明显有些不耐烦，我也就不掉书袋了，直奔正题。

照理说，堪舆大师对子母穴唯恐避之不及，却也有一个人琢磨出其中的门道。此人复姓司马，出自名门望族河内司马氏。

东汉末年，曹操为扩充军饷，暗中组织了两支盗墓的部队。晋人孙盛撰写的《魏氏春秋》曾收录陈琳的《为袁绍檄豫州文》：“又梁孝王，先帝母昆，坟陵尊显，桑梓松柏，犹宜肃恭。而操帅将吏士，亲临发掘，破棺裸尸，掠取金宝，至令圣朝流涕，士民伤怀。操又特置发丘中郎将、摸金校尉，所遇隳突，无骸不露。”

实际上，陈琳对于这两支部队只知其一，不知其二。

摸金校尉与发丘中郎将各有分工：摸金校尉以“挖、劫、掠、毁”为手段，既盗取金银财宝补充军饷，又能败了吉穴良墓的气运，一举两得；发丘中郎将以“寻、探、采、集”为目的，简单来说，就是为曹操寻找格局绝佳的墓穴。

那司马家的堪舆之人野心极大。史书记载，此人为不引起曹操的猜忌，以生病为借口，避世不出。有人猜测，这不过是他担任发丘中郎将，暗中为曹操寻墓的幌子。毕竟司马家和曹操的关系一向很好。

如此遍寻几年，终于让他找到一处似吉实凶的子母穴。

纵然曹操一世枭雄，工于心计，在这件事上和历代帝王没啥区别——既想自己死后过得好，又想让后人过得好。

为确保曹魏王朝千秋万代，曹操还特地写了一篇《终令》，陵址选“瘠薄之地”，葬后“不封不树”。其实是暗示盗墓贼，我这墓里啥也没有，就别惦记了。为了以防万一，他又布了七十二处疑冢混淆视听。

但曹操至死也没有想到，曹魏王朝仅仅存在了四十六年，便被司马氏夺权。

但被阴谋反噬的司马家也没好到哪儿去，以孱弱、荒诞、混乱著称的两晋王朝，在历史长河里翻滚了一百多年，又被刘裕的刘宋王朝取代。司马家的成员几乎被诛杀殆尽。

事实上，子母穴之所以如此，和三千多年前的那场商周大战，也就是封神之战有关。

三

“天地生阴阳，乾坤孕万物。天道地理，莫不如是。唯其一物，颠倒阴阳，混乱乾坤，为‘子母穴’。母穴镇气，子穴封妖！”

“南少侠，你的意思是，这底下……”月饼扬扬眉毛，抬手甩出一枚桃木钉，正中水潭中央的石台。

“叮！”仿佛金属触碰的清脆响声，倒是悦耳。桃木钉刺破一小块青苔，露出翠青色的石台本体。更奇的是，桃木钉仿佛被石台吸住，颤悠悠地黏了几秒钟，才落进水潭。

水潭并没有泛起水花，而是像一大锅黏糊的玉米粥，托着桃木钉。这根桃木钉像指南针里的指针，逆时针旋转三圈，钉尖对着石台急速颤动，发出“嗡嗡”的细密响声。

月饼使用的桃木钉一般取材于百年雷击桃树的木心，制作过程极其复杂，需要浸泡、淬火、施药、入蛊等十多道工序，历时七七四十九天才能制成。最麻烦的是，月饼为了彰显个性，在每根桃木钉的尾端还要刻上大篆的“月”字。

关键是，这字要我来刻。月饼给出的理由让我无法反驳——码字和刻字差不多，只有一字之差，你堂堂作家，还不是手到擒来？

为了泄愤，我刻得老眼昏花、手指酸痛之际，偷摸刻了几个“南”字。结果让月饼发现了，很不高兴，暗中给我下了魅蛊，以至于我见谁都觉得如花似玉。

我和月饼精心制造的桃木钉——坚如铁、快如刀；遇火不焚、遇水不沉，绝对是居家旅行的必备利器。

如今，这桃木钉打在石台上连点石屑都没磕掉，还浮在了水面嗡嗡作响，我心里顿时有了计较。

《山海经》曾记载：“昆仑之北有水，其力不能胜芥，故名弱水。”《海内十洲记·凤麟洲》中也有“凤麟洲在西海之中央，地方一千五百里。洲四面有弱水绕之，鸿毛不浮，不可越也”的描述。

至于弱水和子母双穴的关系，这就要提起传说中的封神之战了。

传说里，那场世间修道之人、野间修炼之物几乎全部出动的厮杀极为惨烈。大多修炼之物殒命，唯有十二个道行极深之物，只能销其形，不能毁其气。故此，姜姓玄士遍寻九州，以“星相为基，地脉为础”，探得十二处“子母穴”。以母穴山阳玄石凝千年弱水为印，将十二物封于“子穴”。

这方长满青苔的石台，就是“山阳玄石”。

传说子母穴封印妥当后，为防“十二物”因各种机缘际会重新成形，再返世间为祸，姜姓玄士将毕生所知传于后人。经过数千年的传承演变，逐渐形成复杂庞大、行迹隐秘、身份特殊的某种神秘行业。格局、堪舆、探穴、望气便是其中分支，取世间对其称呼的右边各一字，颠倒合并，统称为“明”。

为确保万无一失，姜姓玄士还编写“封神榜”，封了三百六十五位正神。又分八部，上四部“雷、火、瘟、斗”，下四部“群星列宿、三山五岳、布雨兴云、善恶财贫”。

封印十二物的具体位置，就藏于“三山五岳”之中，唯有分支为“明”的传人知晓。这才是“封神榜”的真正意义；这也是明支传人探山望气、寻穴定位的真正目的。

这位姜姓玄士确实是天纵奇才。“封神”之后，又以先天八卦推演，算出“十二物”可能聚气成形的年份。便把它们的形象设为延续数千年的某种传统称呼，以此暗喻传人。

唯独有两物，事关封神之战的终极秘密，便用“鸡”“犬”替代。“鸡犬不宁”“鸡犬升天”两个成语便与之关联。

古往今来，纵观某些玄士活跃、天下动荡的年代，往往会出现对应的神怪小说。而历代神怪小说里的成精化妖，大抵以这“十二物”为原型。

四

“就是说……”月饼耐着性子听我啰嗦了一大堆，扬了扬眉毛，

“南瓜，你能确定这个……这个啥穴来着，里面封印的是十二生肖的哪一种？怎么打开？”

我的目光扫过月饼右臂空荡荡的袖管，肩膀位置渗出的残血已经凝固成黑色，心中悲恸，深深吸了口气：“月公公，这次我来，你……”

“我的右胳膊掉了，和你没什么关系。”月饼右肩微耸，习惯性地想抬起右手摸鼻子，又尴尬地抬起左手，“斩龙石的机关，是我没留意……要不是南少侠精通医术，帮我封穴止血。这会儿估计……失血过多交待了。”

我没再多言语，两小时前那惊心动魄的一幕历历在目——我根据《山海经》里的某段典故文字，破译了甲骨文组成的九宫格密码，打开了这间庞大地下石室的大门，兴奋之余却没注意石门顶端缝隙里悄无声息落下一道闸门。

如果不是月饼反应快，把我撞进石室，我早就被劈成两半。而月饼的右臂却永远留在了石室外面。

“月饼，这事儿真不是你能安排的。”我虽然内疚，却没有故意说假话阻拦月饼，“必须是我来打开子母穴的封印。”

“哦？”月饼眯着眼，深深地盯着我，锐利的目光如刀，似乎穿透我的胸口，直插心底，“原因？”

“子母穴的开启方式很麻烦，光是外部开启就需要完成七道墨家机关术的程序，顺序、时间、力度稍有偏差，子穴就会被永久封闭，炸药都炸不开。而且，最后一道程序，”我双手举在面前摆成相机镜头的形状，丈量着山阳玄石的体积，“必须由启穴者用自身的异族之血注入山阳玄石，灌入子穴，唤醒封印的那个玩意儿，‘内外合力’才能打开。”

“之所以由我来开启，并没有瞧不起你的意思啊。”我从背包里摸出罗盘、指北针、量天尺、探龙索，寻思片刻，又点了盘香放在水潭边缘，观察着烟气飘散的方位，“你不懂墨家机关术……虽说咱俩体内都有上古遗留的异族之血，但是你们蛊族以血换血饲养各种蛊物，血液纯度早就乱七八糟，唤不醒那玩意儿，还白白浪费了最霸道的蛊血，压根儿没有性价比。”

我又摸出了几样东西，拿起盘香就着香头点了根烟，使劲吸了一口，回忆着墨家机关术的细节，忽然觉得不对劲：月饼已经好一会儿没有说话了！

我的脊背渗出一股寒意，汗毛根根奓起。我没有急着回头，而是绷紧身体保持警戒，注意力集中在耳朵，但我没有听到月饼的呼吸声。

身后响起窸窸窣窣的声音。我心里一冷：这脚步声，听着像双足前后踏地，实际却是四足交错行走，前后足同时落地的声响。

在我自言自语的时候，某种不可知的东西，没发出任何声音地袭击了月饼。而我，就是它的下一个目标！

照明棒全用光了，身后的空间异常黑暗。我贸然回头，视线由明转暗，会瞬间形成更黑暗的视觉效果，反倒更加不利。

最让我惊恐的是——月饼就算断了一只手，也绝不会被某种野兽或者什么奇怪的东西暗中袭击却悄无声息。

月饼现在怎样？刚才到底发生了什么？这黑暗阴森的上古石穴里到底藏着什么？

短短几秒钟，我却像经历了一个世纪那么漫长。

我正准备向身后发出声响的位置甩出军刀，借力向前跳进水潭附近那根照明棒的光圈里，一窥那玩意儿的形貌时……

“南瓜，照你这么说……我需要做的是等你打开石穴，一旦封印的那个东西出来，我保护你的安全。”月饼懒洋洋的声音在这一刻听着特别亲切。

我松了口气，不知不觉居然冒了一身冷汗，衣服黏在身上很不舒服：“月公公！吓死人不偿命啊！怎么就能突然没有动静了？你难道在练‘龟息大法’吗？”

我转身看向月饼，但我看到的景象让我不受控制地向后跌倒，双手撑地，双腿倒蹬着后退，直到手掌浸入寒气透骨的水潭。

照明棒在我周遭笼起一圈黄色的光圈，月饼在光圈之外的黑暗里喃喃细语：“南少侠，你怕什么？干吗后退？我又不会吃了你。你躲什么？”

我的眼眶几乎要瞪裂，张张嘴，却发不出任何声音，眼睁睁地瞪着“月饼”慢慢爬进光圈。淡黄色的光一层层地照亮了他的头、脖子、肩膀、身躯、双腿……

他身体裸露的地方覆盖着一层类似蛇鳞的皮癣。他一步一步向前爬，白色皮癣像头屑般往下掉，露出暗红色蛛网般的血管。

“南晓楼，你怎么了？我是月无华啊。”他的脖颈“咯咯”作响，吃力地抬起光秃秃的头，露出一张恐怖的脸。那张脸肿得像个脸盆，细细密密的鳞片缝隙淌着黏稠的液体，眼眶里没有眼皮，只有一双枣核大小漆黑的眼球。他原本笔挺的鼻梁陷进面骨，只有两个黑孔喷着淡淡的雾气。

“难道……”极度惊恐中，我摸了摸自己的脸，“竹简记载的那件事情提前了？我们开始异化了？”

寻找《阴符经》的这场文字游戏，根本不是解开“有限的生命存在无限的时间”里的永生之秘，而是自姜子牙以后，分支为“明”的传人精心设计的一场数千年的骗局？！

这处藏着山阳玄石、封印“十二物”的子母穴，其实是为了封印体内流着异族之血的我们？

我们这是自投罗网了？

五

我直挺挺地坐起来，不料脑袋撞到什么东西，嗡的一下，我顿时一阵眩晕，又重重倒下。这才察觉到后背的触感弹性十足，不再是潮湿坚硬的岩石。

“我在什么地方？”

捂着起包的额头，我睁开眼睛，却发现眼前白茫茫一片，什么也看不见，反倒是三郎与月饼重拳互搏、阿千与月饼极其相似的容貌、月饼异化成蛇人的情景在脑海里越来越清晰。

这些恐怖的景象如同高温里逐渐融化的黏稠油脂，缓慢滴淌，形成了几行歪歪扭扭的字：“身怀异血者，纵天赋异禀、非常人所能及，然不得善终，或暴毙，或妖变，或奇病，终无所治，为世人厌弃、惊怖。然其体内异血于丹田处所结血丸，称‘内丹’，或曰‘服之可天地同寿、白日飞升’，为世人窥觎。故，异血者……”残缺的文字，来自长江底巨型青铜盘里找到的竹简，这段我不愿面对的记忆一直深藏在我的意识中，再次被唤醒。

我甩了甩头，仿佛要把这段文字彻底甩出记忆，探手摸索着身边的事物——特有的熟悉感让我确定这是那辆陪伴我和月饼无数次旅程的房车。

此刻的我，正盖着羽绒被，躺在舒适的床上。我抬起双手，摸到缠绕在眼前的白布，解开后脑上的活扣，突如其来的光线刺得眼睛生疼，视物略有些模糊，缓了一会儿才恢复。

物品都摆放在熟悉的位置，月饼不知去哪了。想想昨晚惊心动魄的经历，如今却回到了最初的起点，颇有些“物是人非事事休”的感触。

窗外阳光明媚，停车区挤满了各种型号的车辆。游客们兴高采烈地端着手机自拍、修图、发动态，或举着手机架、脑门顶着摄像头做直播。商贩和游客砍着价，都试图在短短几分钟的时间内获得最多的利益。孩子们蹦蹦跳跳，对风景区的景色视而不见，只是央求着父母买零食小吃、廉价玩具。

寒山寺就在不远处庄严肃穆地俯视着熙熙攘攘的红尘。

人间众生，如此真实。千百年来，一直如此。

我的心里莫名浮起某种荒诞的奇妙感觉——昨晚发生的一切，难道是场酒醉后的长梦？可是身上还未完全愈合的伤痕，清晰地向我告知这一切不是梦！

我唯一能确定的是“月饼异变”是一场噩梦——一场受伤、精神虚弱状态下，被竹简记载内容所带来的心理暗示，让我形成了异常真实的梦境。

只不过，这个梦太真实了，真实得不像是梦，而像某种神秘的预示。想起月饼异变后的模样，我打了个寒战。

点了根烟，我默默盯着冉冉升起的烟雾变幻出各种形状。虽然没见到月饼，我倒不是很担心。我能回到房车，伤口又包扎妥当，说明月饼安全回来过。只是不知道他是如何击败三郎，和“姐姐”又产生了什么联系。

我仔细回忆，试图在某个不起眼的细节里找出新的线索，推导出方旭东、李晏、三郎、阿千和我们之间某种还未察觉的联系。

可是一切都太凌乱了，就像不小心摔碎了精美的瓷盘，我要重新拼装修补，越琢磨越觉得本来还挺清晰的思路被搅成一团糨糊，涨得脑壳疼。

我索性不想了，起身下床走向卫生间，准备洗把脸清醒清醒。一切问题等月饼回来不就知道了吗？

这么胡思乱想着，我推开卫生间的门。眼前白光一闪，我怪叫一声，跳了起来。脑袋再次撞到车顶，“咚”地摔倒在地，眼前顿时一黑。

“今儿这是怎么了，脑袋都快撞傻了。”昏迷前，我使劲睁开眼看了看，“这次是真死定了。”

六

车厢正中央的半圆式真皮沙发上，月饼、黑羽、小慧儿、杰克几人围坐半圈，对我视而不见，正悠闲地品着红酒。

“我说月无华啊，看不出你对红酒还‘破’有研究。”杰克晃悠着酒杯，浅浅的红色酒膜顺着杯沿缓缓滑落，“这瓶来自法国波尔多的红酒，起码窖藏了十年，口感醇厚，风味俱佳……”

“是‘颇有研究’吧？”小慧儿端起酒杯，“咕咚咕咚”喝了个底朝天，“酸不拉叽的，有啥好喝的？你这么一说，给我整不会了。”

“哦……出发来苏州之前，南少侠顺手在拼多多上买了几瓶红酒，摆酒柜里应景。”月饼扬扬眉毛，似笑非笑地瞄了我一眼，“六瓶一百二。”

杰克跷着二郎腿一阵咳嗽，酒液像喷泉一样从嘴里喷出，呛得他脸红脖子粗：“中国红酒酿造水平这么精湛了？”

黑羽把酒杯重重地拍在桌上，黑着脸一言不发从车上跳下，只听见锐利急促的破风声响起：“南晓楼，是男人就下来决斗吧！”

我蜷在小板凳上，被无视了半天，本来心情就不爽，被这么一激，登时热血涌头，从背包里摸出瑞士军刀，准备下车玩命：“黑羽涉！你别没事儿找不痛快！我不小心看到月野洗澡，关你什么事？月野都没说什么，你倒是急了。我跟你说，黑羽涉，今儿……小爷我不跟你白刀子进红刀子出，我这南姓不要了，跟你姓黑！”

“浑蛋！”车门闪过一道锐利的刀光，隐隐映出黑羽涉杀气腾腾的面庞，“南晓楼，做好受死的觉悟吧！”

“下来就下来！”我前进两步顿住脚，色厉内荏地横着军刀，等着看热闹不嫌事儿大的那三个人拉住我，“不对，凭什么你让我下去我就下去？有本事你上来！”

然而，所谓事与愿违，大抵如是。

“一百块，我赌黑羽三招之内斩南晓楼于刀下。”杰克从口袋里摸出手机，“建个群，红包转账。”

“二百块，两招。”小慧儿也来了兴致，晃着手机，系在手腕上的萨满手串叮当乱响，“杰克，愿赌服输，可不能赖账。”

“别闹了！都什么时候了，你们俩还有心思开玩笑……”

月饼这句话让我差点没掉下眼泪。

到底是出生入死的兄弟，关键时刻还是同胞靠谱。我这样想着，就听月饼从牙缝里迸出十个字，让我彻底绝望。

"一千，黑羽一刀解决南瓜。"

"两千块！我赌我自己赢！"我心一横，咬着牙冲下车，嘴里也没闲着，"古有关云长温酒斩华雄。小慧儿，倒杯红酒，小爷去去就来！"

月色中，我怒目瞪着黑羽，却见他冲我挤挤眼，对着不远处的一棵老树努了努嘴。

我立刻心领神会，看了一眼挤在车窗前看热闹的三个脑袋，义正词严："黑羽，今日一战，避无可避。我会用布条蒙住眼睛，只是不想见到自家兄弟的血淌在我的刀尖上。"

黑羽的表情很滑稽，一副想笑又硬憋着不笑的模样，嘴角都抽抽了："南晓楼，来吧！"

"你们俩有完没完？"

老树下，月野双手抱膝，慵懒地坐着，简简单单的牛仔裤、白衬衫将身材勾勒得毫无瑕疵，束起的高马尾随风轻拂，几缕发丝遮挡着吹弹可破的脸，眼里似乎藏着整个宇宙的璀璨星辰，语气中透着一丝歉意："晓楼，胸口还疼吗？方才，我没想到是你，下意识就……"

天还没黑那会儿，我昏头昏脑地去卫生间洗脸，结果撞见月野清衣正在洗澡。月野仓促之间，挥手就是一刀，要不是察觉到是我，及时收手，估计我这会儿就该躺在医院里缝针了。

昏迷前，我肝胆俱裂地寻思："她为什么洗澡的时候还带着武器？"

不过，黑羽和我演的这出苦肉计，倒是巧妙地化解了我和月野的尴尬。这家伙平时瞅着比钢筋还直，关键时刻情商还挺在线。

七

我仰起脖子，“咚咚咚”把一整瓶二十块钱的红酒喝了个底儿朝天，擦擦嘴角，大口喘着气，不可置信地盯着老老实实坐在沙发上的五个人：“你……你们……你们……我……”

玩手机的，瞅车顶的，绞手指的，看窗外的，闭着眼的——月饼、黑羽、杰克、小慧儿、月野五个人形态各异，就是没有人正眼看我。

我气得肺都要炸了，胸口被月野划破的伤口火烧火燎，“嘭”地咬开第二瓶的木塞，我又咕咚咚灌了大半瓶酒，才缓过神：“你们五个，大马金刀地坐沙发，居然让我蹲马扎子？起来！”

这五个人行动倒是统一，齐刷刷地站起来，绕到桌子对面。我对着沙发一屁股坐下，陷进半个身子：“月无华，我早就看出你不是什么好东西！自从我打开石门找到你，你就遮遮掩掩，鬼鬼祟祟，敢情……敢情……”

我气得说不下去，梗着脖子顺了顺气，挨个瞅着就像被老师罚站，低着头不敢言语的五个人：“柳泽慧……”

“到！”小慧儿响亮地回答，“南老师，我知道错了。”

“失望啊！失望啊！”我差点被小慧儿逗乐了，硬憋着笑，扼腕长叹，“你这么个天真可爱的小姑娘，怎么跟着这群大老爷们儿不学好？勿以恶小而为之，勿以善小而不为！就这么自甘堕落了？”

小慧儿眨着亮晶晶的眼睛，楚楚可怜地噘着嘴：“阿瓜，你就别气了。人家知道错了。”

我被小慧儿的娇憨卖萌激起一身鸡皮疙瘩，心口那股无名业火倒是消了大半：“嗯，便宜没好货。一百二六瓶的红酒是真难喝。”

“晓楼……”月饼扬扬眉毛，尴尬地搓搓手。

月饼不说话还好，一说话立马又把我的火气勾出来了：“月无华你闭嘴！咱们六个，就你不是个东西！”

“大家都是兄弟姐妹，要友爱团结，你们中国那句成语怎么说得来着？”杰克嬉皮笑脸地打着圆场，蓝眼眸精光四射，“哦……对了，‘本是同根生，相煎何太急’。我千思不得其解，这个‘煎’字，用在这里合适吗？”

“扑哧……”小慧儿忍不住笑出声，“杰克啊，你少说两句没人把你当哑巴。”

“南君！这件事，我的责任最大。”黑羽“唰”地拔出长刀，空中挽了个刀花，双手紧握刀柄，刀尖冲着腹部，“事已至此，唯有剖腹谢罪了！”

“黑羽，你当我和杰克一样没文化？切腹要用专门的短刀，演戏能专业点儿吗？”

黑羽双手持刀不知道该做什么，那张比牛皮还结实板正的老脸难得一红，倒是让我开了眼。

一时间，房车里气氛很沉默。

我知道，他们几个故意装傻充愣，无非是想逗我开心。有一说一，我这会儿也确实没那么生气了，可是心里就是堵得慌，怎么也不得劲儿！

那种感觉，就像你有几个形影不离、感情特别好的朋友，每天开开心心地聊天、玩闹、喝酒。突然有一天，你发现那几个朋友，瞒着你很久，做了一件和你有关的事情，而只有你被蒙在鼓里，并且还是一枚被朋友利用的棋子……你的心情会是怎样？

我突然有些意兴阑珊，觉得什么事都提不起兴致，拎着剩下的半瓶红酒，晃晃悠悠下了房车。

虽然酒的品质很差，可是心中苦闷的时候，也足以浇愁。就像在沙漠里迷路，渴到极致了，只要是水，管它是什么水，足以解渴就好。

月朗星稀，薄雾如纱，天地间笼罩着洁白的月光。游客们早已离去，空旷的景区也无法挽留白昼的繁华，只能任由清冷的深夜驻留。

我坐在老树下，有一口没一口地灌着酒，看着周遭的夜景，却又像什么也没看见。只有那座孤零零的寒山寺像是刺破星空的上古神剑，在视线里越来越清晰。

我默默地注视着寒山寺，想起昨晚死在船上的孔亮、遮天蔽日的鸦群、笑嘻嘻的方旭东、阴毒的李晏……直至记忆定格在由狐变人的三郎和阿千身上。

我突然有些自责——月饼他们直到现在才向我全盘托出这一年多真实发生的事情，换个角度思考，又何尝不是为了保护我？而我，只顾着自己被欺骗的事，却没有关心阿千真的是月饼的姐姐吗？三郎又去了哪里？我是否有些自私了，或者太矫情了？

“南君，对不起。”

我从脚步声中听出是月野走过来，低声应了句：“没什么。你们没做错什么。”

月野挨着我并肩坐在树下，柔软的肩膀透出的温柔如同一根细丝，顺着血液钻进我心里。

我不禁心神一荡，往旁边挪了挪，故意岔开话题：“月野，他们几个干吗呢？”

“哦，他们刚才出去买吃的了，这会儿正在喝酒聊天。”

我差点儿没喷出一口老血来：这群败类啊！

“南君，我……我……”月野绞着衣角，嗫嗫喏喏，“我……”

我侧头看着她，清秀艳丽的脸庞，红得像熟透的苹果。我心里大概明了：“月野，该说对不起的是我。刚才，我真不是故意的。我不知道你在……”

“阴阳师……”月野咬了咬嘴唇，似乎鼓足了勇气抬起头，星星般灿烂的双眸映着我不知道该往哪儿放的眼神。

“阴阳师被男人看到了身体，如果不能杀死那个男人，就只能嫁给他……”

脑子里如同炸雷般，我“啊”了一声，手忙脚乱爬起来，后退几步：“月、月、月、月……”

我结结巴巴“月”了十好几次，也没说出那个“野”来。

房车里，小慧儿和杰克正叫嚷着拼酒，黑羽和月饼这两个闷葫芦估计在你一杯我一杯地暗中较劲。而我和月野站在树下，正上演着无数狗血剧本里才会出现的桥段！

“南君，我已经做好准备了。”月野秀挺的鼻子映着月光，坚定地微微点头。

“月野，你别胡闹！”我手脚都不知道往哪里放，就差给她跪下了，“不是那么回事儿！哎呀，这算怎么回事？就算有这么回事儿，咱也不能……我……我没啥经验啊！”

“我也没经验。”月野笑得很羞涩，言语却很直接，“我们可以慢慢交流。如果你没准备好，我会等你，任何时间。”

“咚！”寒山寺的钟声，如洪水般沉重而缓慢地从寺里涌出，于午夜时分，静静地洗涤着尘世的喧嚣浮躁。

我直勾勾地盯着月野，愣住了。月野方才说的那句话里似乎有个词，让我想到了什么！

“南君？”月野的脸红到脖子根了。

“时间！”我高喊一声，双手在空中胡乱抓舞。从昨天及至昏迷前所经历的一切，蒙太奇般在眼前一一闪过，逐渐串成一条清晰的线索。

月野吓了一跳，我没有在意她的举动，撒腿跑向房车。

是的，时间！我边跑边回头望着寒山寺，越看越像一柄倒插入地的宝剑！

我终于知道了《枫桥夜泊》以及寒山寺真正隐藏的秘密！

八

我由《题都城南庄》的线索找到月饼，再由《望庐山瀑布》发现了传说中的“桃花源”，探知“幻、蛊、魇、文”四族的秘密，得知我和月饼因为自身性格的缺陷，在“有限的生命存在于无限的空间”中逐渐黑化后，我产生了极端强烈的自我怀疑，从而形成了某种偏离正确逻辑的观点。

直到两个多小时前，我从昏迷中醒来，月饼他们向我讲述了这一年多真正发生的事情，我才恍然大悟。

这也是我如此生气并且失落的原因。

我们在沙漠里找到暗藏《道德经》终极秘密的尼雅古城，黑羽、杰克、小慧儿、月野惨死，我和月饼终于见到了“那个人”，得知真相竟然是——我和月饼才是这一切的始作俑者！

月饼选择独自穿过那道门，修改了时间线，让月野、杰克、黑羽、小慧儿重新出现在这个世界上。

我在大学授课的一年多时间里，始终认为月饼独自存在于无限的时间里是正确的认知，却没有意识到——真的是月饼改变了时间线吗？如果是，那么，反过来推导：从古至今，诸多因素造成我和月饼，以及月野、黑羽、杰克、小慧儿的相识之旅根本不会存在。

也就是说，我根本不会认识他们，也不会存在对他们的记忆。

除非，是别人改变了时间线，形成了现在的时间线。

月饼穿过那道石门时，立刻想到了这个问题！随即，他意识到一件很可怕的事情：所有人都认定圆脸、黄衫老人就是我和月饼，但事实上另有其人！

那两个人是一切事情的始作俑者。我们只不过是他们为了掌握"有限生命存在于无限时间"的钥匙。

尼雅古城真正的时空之门藏在别的地方，而不是我们所看到的那扇门。

说来好笑，月饼之所以能够立刻领悟，只是因为他走进那扇门才发现，那不过是延伸到巨型头像外侧的普通石门。

接下来，月饼所目睹的一切，则是我们最希望看到的。尼雅古城外的蛊尸就那么凭空消失了；触发机关导致残破不全的古城复原了；黑羽、杰克、小慧儿、月野从地上爬起，茫然地张望着四周。

与此同时，月饼看到极远处出现了三个人影。在那一瞬间，他做了个只有他能做出的决定——把他的疑惑与判断告知月野四人，嘱托他们立刻回到现实生活，隐瞒这件事真正的过程，直到我清醒。

那三个人影，正是幻族的陶氏。月饼装作昏迷，被陶氏三人带至极其神秘的桃花峪古墓。但是，月饼通过蛊族特殊的联络方式，早就通知了月野他们。之所以这么做，是因为月饼发现，真正穿过“尼雅之门”的圆脸、黄衫老人，和我们必然有着某种说不清楚的联系。

否则，“那个人”又怎么会把他们认成我们？最起码，我、月饼与圆脸、黄衫的身材相貌极为相似。

他们究竟是谁？幻族陶氏真正的目的是什么？

月饼选择了以身犯险，任由幻族陶氏摆布，而毫不知情的我则成了摆在明处的目标。当然，月野他们一直在暗中保护我，时刻观察着幻族陶氏的一举一动。

月饼原话是“最高明的猎手，往往是以猎物的形式出现”。

而接下来，桃花源里舍命帮助我们的“那个人”，至死都认为我们就是圆脸、黄衫两个老人。别说他了，就连我都这么认为的。

于是，当我知晓这一切真相，我的郁闷失落可想而知。这五个人没去当演员，真是可惜了一身好演技！

寒山寺、《枫桥夜泊》的真正秘密，也是当我知道了真相后，潜意识里将各种线索串联，才参悟了其中奥妙触摸到的。

但是，做出最终推理之前，我要先知道，在我昏迷的时候，月饼和三郎、阿千到底发生了什么。

九

我夹着烟陷入了沉思，眉头长时间紧皱，以至于双眉之间的肌肉不受控制地微微跳动。月饼几人坐在我对面，默不作声地等着。如果此时有人闯进房车，说不定会以为我们正在举行某种神秘的仪式。

不知过了多久，桌上的烟灰缸里插满烟蒂，车里烟雾缭绕，白茫茫一片，快要“伸手不见五指”了。

小慧儿撇撇嘴，实在忍不住了，张嘴欲问，被月野轻轻推推胳膊，拦住了。

就连平时和我“谁也不服谁”的黑羽，估摸着我有了结论，挺直腰板，摆出很认真的聆听姿态。月饼、月野、杰克、小慧儿更不用说，态度极为板正，神色严肃。

我嗓子眼痒，轻咳了几声：“你们合伙瞒了我一年多，这事儿就算了。我这寻思了好一会儿，觉得……”

小慧儿最没耐心，抢着打断一句：“阿瓜，你咋这么磨叽？痛痛快快的，赶紧的！”

“我觉得吧……”我见气氛达到了预期效果，露出诸多名侦探电影里男主角惯用的笑容，“刚才，你们点了外卖，好吃好喝不告诉我，这事儿确实不太地道！”

“就这？”小慧儿半张着嘴没回过神儿，“阿瓜，我伺候着给你点了大半盒烟，泡了五六杯茶，你就琢磨出这个？！”

“我昏迷这么久，饿得难受，被最好的酒肉朋友们骗了一年多，连外卖都没吃一口，脑子能好使吗？”我梗着脖子怒怼柳泽慧，却含沙射影，“也就人家月野，知道下车和我唠唠嗑，安慰我……”

“找死！”

“哎呀！”

“玩真的？”

“好汉饶命！”

一时间，房车里宛如熊孩子闯进乐器铺子，手贱打翻了乐器架子，

“丁零咣啷”一片乱响。

我的鼻尖前是黑羽寒气逼人的武士刀尖，左耳夹着月饼随手甩出的桃木钉，右耳是小慧儿手腕上晃着的萨满手链，眼前则是杰克蓝得发白的大眼珠子。

看这架势，这四个人已经准备随时把我弄死了。

我双手举过头顶讨饶——

“黑羽，有话好好说，我这不是……”

“哎呀！咱们两个大老爷们儿，脸贴脸有碍观瞻。杰克，你可别真催眠我啊！”

“你别晃手链了，小慧儿！听着晕。”

“月饼，想扔桃木钉你就扔，可别放蛊虫。”

“救命！月野！你就这么看着不管吗？”

月野叹了口气，把散在脸庞的几缕乱发别在耳后：“你们别闹了。晓楼心情不好，毕竟是咱们瞒着他，有错在先。让他开玩笑出出气，也说得过去呢。”

我眼泪差点没掉出来，到底是马上要成两口子的人啊，处处护着我，得妻如此，夫复何求？要是她跟我珠联璧合，他们区区四个，何足惧哉？

月野几句话缓和了气氛。桃木钉、萨满手链、武士刀、杰克的大眼珠子各自归位。

我长呼了口气，心里刚刚松快些，月野抬在耳边的手伸进长发，慢悠悠抽出纸刀抵在我的喉咙处，莞尔一笑：“晓楼，别耽误时间了，好吗？大家都给足你面子了，再端着架子就是矫情了。把你想到的都说出来。”

小慧儿随即说了一句让我痛不欲生的话：“你们三个男人就是猪，

让月野用美人计，还说什么‘让月野抚慰阿瓜受伤的心，让他恢复理智，找出整件事的关键’。我就说嘛，阿瓜对月野根本没想法！”

“？”

“阴阳师被男人看了身体，杀不了就嫁给他”，这种童话里才有的桥段，果然都是骗人的！

七分尴尬、三分怒气、二分悲愤，合起来就是“十二分血性”，我眼一闭，头一抬：“亚洲人不骗亚洲人！你们五个还是人吗？打死我也不说！”

“南瓜，我知道这时候说这句话，挺不好意思的，不过……”杰克搓着手很礼貌地纠正，“我是加拿大人，不是亚洲人。措辞一定要严谨，你好歹是个过气作家。”

“要不是你们拖着我的后腿儿耽误了进度，我小说早写完了！能过气吗？”这是我内心深处如火山迸发的呐喊。

十

时间是什么？

对于这个问题，不同职业、不同认知的人，会有不同的回答。

牛顿的绝对时间论认为：时间是宇宙的基本结构，就是一个单向的维度。简单来说，大概就是“时间轴贯穿了世界，就是命运，构成了整个世界；时间塞满一切，整个世界都运行在一个时间框架里”。康德对于时间的理解就很文艺了：时间只是一种意识上的概念，是一种人为规定的有先后次序的规则。直到爱因斯坦提出“广义相对论”和“狭义相对论”后，科学界对时间才有了更准确的概念。

这种科学范畴的研讨，我压根儿整不明白，偶尔在深夜仰望星空，就会感慨时间的奇妙——夜空中最亮的那颗星，当我看到它的时候，可能已经熄灭了。但是，也仅限于如此矫情一番，再往深了想，就满脑子糨糊，头疼得要死。

对于普通人来说，时间的概念很简单：吃饭、睡觉、上班、下班、节假日、纪念日、过生日、中考、高考、逢年过节走亲戚，诸如此类。

那么，时间在大多数人的认知里，是否就是一种任务？在某个阶段做某件事、完成某项任务就是时间呢？

我们自从尼雅古城见到“那个人”至今，在这段经历里接触最多的概念就是“时间不多了”。那么，是不是可以理解成“任务不多了”？或者是“需要做的事不多了”？

整件事情的关键就在这里！

圆脸、黄衫两人是谁，姑且不想。他们确实通过我和月饼“异徒行者”的身份，打开了尼雅古城某处可以“有限的生命存在于无限的时间”那道门，在过去的时间里制造并安排了许多事件，影响到现在的我和月饼不得不去做的因果。

我们做的事，也就是他们让我们去完成的任务，是为了让他们在一年前进入那道门！

既然我们俩没回到过去，又哪来的这些事情呢？

答案有两个：其一，这些事是他们做的；其二，这些事并非真实存在，而是他们为了推动整件事，在和我们必然经历的某个节点，通过传说和记录来影响我们，让我们形成根深蒂固的认知。

那么，我们在长江底部的巨型青铜圆盘里发现的那枚竹简，记录的

“身怀异血者，纵天赋异禀……”这段文字，十有八九是他们故意留下的，以便加深我们的认知与恐惧，使我们竭力去寻找《阴符经》。

在这几年的诡异历程里，我们所接触的似乎是我们在历史中留下的痕迹，其实是他们做的。毕竟，他们掌握了这种能力，做“我们以为是我们做的”这种事太简单了。

一切都是假的！唯一真实的，是我们在按照他们的布置，一步步实现他们的目的！

把整件事当成棋盘，我和月饼、月野、黑羽、杰克、小慧儿是棋子，他们俩是下棋的人。

那么，这盘棋局，“将军”的时间点（即我们完成任务的节点）在哪儿？

并且，这里面还存在一个疑问——他们既然已经实现了目的，而我们寻找《阴符经》这件事，又为何会发生？

当我口沫横飞分析到这里时，口干舌燥，仰脖灌了一整瓶矿泉水。

“寻找《阴符经》，他们才会从这个时间段，回到尼雅那个时间段，掌握‘有限的生命存在于无限的时间’的能力？”月饼摸摸鼻子，顺手又递给我一瓶水。

“我不是很明白。”小慧儿这句话也代表了“装作认真听讲，却什么也听不懂”的黑羽、杰克此时的心情。

至于月野，永远是那副高冷端庄的神态，到底能理解多少，谁也看不出来。

“凡事都是相对而不是绝对的。所以牛顿的绝对时间论被爱因斯坦的相对论推翻。”月饼扬扬眉毛，伸了个懒腰，“过去的事情既然能影响现在的事情，那么未来的事情也可以影响过去的事情。南瓜，我这么说，差不多是这个意思吧。”

“月公公，你这脑子，上大学的时候怎么不用？”我兴奋得有些手舞足蹈，颇有“高山流水遇知音”的喜悦，“咱们既是棋子，也是棋手！”

“只要咱们在未来的某个时间段，阻止了他们，就……”月野咬咬嘴唇，双眸闪烁着依依不舍的情愫，“那咱们还会认识吗？还会有这几年彼此的记忆吗？”

“真实，是不可改变的！咱们彼此，是存在于真实世界的真实。”杰克跷着二郎腿，优雅地晃着二十块钱的红酒，“也正是因为咱们存在——失败的是他们！”

黑羽直着身子站了起来，迈着笔直的步子下了房车：“想不明白，脑子太乱，透透气。”

“小慧儿，你弄懂了吗？”月野碰了碰小慧儿的肩膀。

“不懂！”小慧儿绷着脸，咬牙切齿地右拳击左掌，“就是说，家人们，干就完了！弄死他们！”

“南瓜，还有一个问题。”月饼停顿片刻，在思考怎么表述。

“既然咱们知道，那么他们难道就不知道吗？何况整件事是他们策划的。”我拿了一个酒杯摆在桌上，指着几个酒瓶子，“这些酒瓶，不管摆在什么位置，都会把酒倒进杯子里。”

“哪怕是跑步，就算他们比咱们多跑了几圈，可是起点还是同样的？”月饼举一反三。

“未来的那个时间点，才是一切的起点？起点就是终点？”月野冰雪聪明。

“这酒真难喝。”杰克岔开话题。

“黑羽，我下车陪你透透气。”小慧儿还是不懂。

“老方啊老方……我们误会你了。谢谢你给我们的提示。”我哈哈一乐，心里彻底松快了，“家人们，这是咱们的终极一战了。”

“谁跟你‘家人们’？”月野不知道想到什么，俏脸微红，也下车透气去了，“满嘴胡言乱语。”

我注视着月野婀娜多姿的身姿，心里忽然涌起一股酸酸涩涩的滋味。微凉的夜风刹那间温柔了，也温暖了。

十一

房车里，他们四个各自找借口下了车，只留下我和月饼大眼瞪小眼地抽着烟。

“晓楼，你确定……”月饼眼圈微红，使劲捏着香烟的过滤嘴，“如果……”

我打量着坐在对面、微微佝偻着脊背、出生入死十多年的好友，一时不知该说什么好。镶嵌在车顶的星空LED灯散发着柔和的蓝光，笼罩着月饼棱角分明的脸庞，在鼻梁、颧骨、眉毛上落下几片阴影。

我忽然发现，这短短几天，月饼似乎老了。他细长的眼睛里，不再是炽热跳动的少年热情，漆黑的瞳孔里覆盖着一层浑浊模糊的薄膜，遮挡了曾经无所畏惧的光芒。几丝细发般的鱼尾纹，从外眼角延伸到眉梢，不经意地触碰了鬓角零星细碎的银白色头发。

我思忖着该如何解释他的疑问，却不敢直视他的目光，抬眼隔着车窗向外望去——

月野站在月光里安静地仰望着星空，微微翘起的嘴角勾勒出一丝干净的笑，被月色漂染成浅灰色的长发随风飘扬；黑羽的头顶冒出蒸笼般的白气，左手握着腰间的刀鞘，右手紧握刀柄，反复地练习拔刀收刀，银白色的刀光在漆黑的夜里时明时灭；小慧儿和杰克蹲在树下，捏着树枝嘻嘻哈哈扒拉着什么，估计遭殃的不是一窝蚂蚁，就是几只刚刚破土还没唱响盛夏的知了。

很温馨的画面，很温暖的夜晚。即便是偶尔路过的游人，也只会觉得这是一群热爱生命、乐观开朗的年轻人。可是，谁又知道，浮于表象的欢乐是否发自内心呢？

我摁灭香烟，双手插进头发，眼前浮现出从未真实见过却又无比真实的容貌——酒娘也好，小九也罢。

心脏微微一痛，那一刻，我突然真正理解了月无华。

每个人心中，都藏着一些只属于自己的伤痛，夜深人静时，醉酒哀思时，彻夜难眠时，听一首老歌时，甚至在纵情欢笑时，悄无声息地从心底破土而出，化成酸涩的泪水，从眼角流淌至嘴角，再咽回心底。周而复始，无休无止。

这个坐在我面前，清瘦而骄傲的男人，眼中那抹浓浓的悲伤，为谁？是亲如母亲的萍姐？青梅竹马的阿娜？桀骜热烈的阿凯？还是，生下蛊王的姐姐？

常人若拥有月无华的能力、相貌、天赋，在经历诸多足以摧毁心灵的打击后，还能像他这般依然尊重友情、相信善良、内心火热、勇于担当、眼中始终闪着在任何险境中都足以让朋友们信任的光芒吗？

我也突然了解了我自己，大学作为交换生到泰国仿佛还是昨天的事情，其实已经过了太久太久了。那时，智能手机还没有普及；结账还需要现金；男孩还在网吧通宵游戏；姑娘还没有滤镜……

在这段漫长的时间里，我几乎随时都身处别人看来简直就是“一本正经地胡说八道”的诡异旅程之中，在一次次生死考验中，寻求看似触手可及却遥不可及的所谓真相。在这段旅途中，每一段匪夷所思的经历，都像一颗颗或大或小的石头，落入水纹未平的湖水，激起团团浪花。

看似很美的瞬间，却是落石逐渐堆满心湖，积压聚集的过程。如果没有倾诉渠道，我心里那片湖水，迟早会变成乱石堆积的荒芜之地。

但是，在手机里都装着反诈骗软件的当下，谁有耐心听我胡扯，还深信不疑呢？

所以，我平复心灵的唯一方式，就是把这十几年的经历记录成文字。在别人问我“这是真的吗”的时候，淡淡一笑，选择沉默。他们随着故事的进展大呼过瘾的同时，有谁真正意识到——这几本几天就能读完的书，几乎就是我们的一生。

而这精彩又短暂的一生，不过是用了十几年的笔记本电脑里的一个个Word文档。

它时刻提醒着我一件悲哀的事情——

我们出走半生，归来已不是少年。

十二

“晓楼，你在想什么呢？”月饼的询问把我从短暂的恍惚中拽回。

我使劲挤出一丝笑容：“方旭东不是蛊王。虽然不知道他这么做的目的，但是他给咱们留下了足够多的线索。只不过……我猜测，他受制于李晏或那两个人，只能用这些方式暗中传递信息。”

月饼怔怔地瞪着烟灰缸里断断续续冒起的白烟，不置可否地“嗯”了一声。

我的分析如下：

在前往苏州的途中，我读了方旭东写的《铸剑》，为阿千和三郎的恋情而感动，也对世人面对超出认知事物时暴露的人性而无奈。

及至受他邀请，到杭州胜利河美食街吃肉喝酒，偶遇老板娘李晏，以及他向我们展示的那几张疑似狐妖渡劫的照片。我和月饼仿佛被某种奇怪的屏障蒙蔽了警觉，竟然没有意识到，这是方旭东无奈之下对我们的暗示。

以至于在铁岭关再遇方旭东和李晏，我们曾以为出现精神异常的原因，是被某种蛊术惑了心智。毕竟，孔亮之死以及随后的际遇，使我们先入为主地认为方旭东就是蛊王。

可是，当李晏和方旭东胜券在握时却匆匆离去，我和月饼与异化狐狸殊死一战后，却发现它们竟然化成《铸剑》那个短篇故事里的三郎和阿千。

尤其是阿千，竟然与月饼的姐姐长得一模一样。

试想，月饼的姐姐作为培养蛊王的蛊器，死了二十多年了，又怎么会以狐狸的形态再次现身呢?

只有两种可能：其一，使月饼受到“亲人重逢却化身狐狸”的影响，败于三郎；其二，方旭东迫于某种不可明说的形势，以这种方式暗示自己并非真正的蛊王。

在我陷入昏迷前，月饼催动全身蛊气，身体浮现凤凰图腾，与三郎对拳。

当蛊气注入三郎体内，这个壮硕的赤裸男子体内如爆豆般“砰砰”

作响，蛛网般的裂纹从手掌迅速蔓延全身，灰色的气体从皮肤皲裂的缝隙里溢出。

在月饼诧异的注视下，灰气几乎笼罩了逐渐干瘪的三郎。随着几声“嗤嗤”的空气流动声，灰气又重新注入三郎体内。本来已经扁得像张皮的三郎，再次膨胀成人形，继而如同吹胀的气球，鼓至极限，“嘭”地爆裂。

在纷纷扬扬散落的碎屑里，阿千也发生了同样的变化……

我和月饼在桃花源、黄鹤楼的遭遇，见识到幻术、魇术、墨家机关术的奇妙，很难判断三郎和阿千是被蛊气摧毁的真正狐狸，还是由这几种术制成的“傀儡偶”。

唯一能确定的，就是方旭东和李晏并非真正要取我们的性命。他们只是为了拖延时间，准确地说，只是为了某个关键节点而阻拦我和月饼。

我从昏迷中苏醒，始终想不通其中的玄机——方旭东这么做的目的何在？李晏在整件事里究竟扮演了什么角色？他们为什么会知道月饼姐姐（阿千）的相貌？三郎又是谁？

直到心情低落，和月野在车外闲聊时，我终于想通了出现在“文字游戏”之旅中的“有限的生命存在于无限的时间”以及“时间不多了”这两句话的真正含义，也突然意识到张继的《枫桥夜泊》暗中隐藏的惆怅情绪源自寻找《阴符经》而不可得的真正含义——明知道在寒山寺却怎么也找不到。

那么，真正隐藏《阴符经》线索的所在地并非寒山寺，而是另有地点。

在哪儿？

来苏州的路上，月饼开车时，我曾详细研究过关于寒山寺的诸多野史传说，在一本极其生僻的明代志怪小说里，读到过一段和寒山寺有关的寒山、拾得与狐狸素衣的故事，与方旭东所写的《铸剑》极其相似。

那时，我并没意识到方旭东与此事有关，心想：天下文章一大抄，看谁会抄不会抄。老方冒充我的名字写了《铸剑》，那从这则故事里摘了部分写作要素也说不准。

如今再看，其中大有深意——铸剑、三郎、阿千、狐狸、寒山、拾得、寒山寺、异血、异化，这些贯穿整件事始终的核心点，摘除与寒山寺有关的线索，结果一目了然——铸剑、三郎、阿千。

这才是姑苏城有关《阴符经》的真正线索！

在《铸剑》这部短篇小说里，三郎和阿千所处的时代是春秋时期，当时苏州地区属于吴国。而在吴国历代诸侯里，对剑的喜爱达到痴迷程度的，只有吴王阖闾一人。阖闾是谁？吴王夫差的爹。而夫差，我们都知道他沉迷于西施的美色，最终被越王勾践三千越甲吞灭。

由此延伸，我才明了，在这短短几天时间里，我忽略了许多暗示《阴符经》线索真正地点的隐藏细节。死士孔亮在渔船上向我和月饼出的题，其中不就有“钓鱼煮鱼”吗？

而这道题涉及的“专诸刺王僚”典故，是公子光指使专诸学习烹鱼手艺，将“鱼肠剑”藏于鱼腹，最终刺杀了吴王僚。公子光，正是阖闾。

那么，线索的所在地呼之欲出。

“虎丘，剑池？”月饼听我费劲巴拉讲了半天，眉毛一扬。

“我总算没有白说半天。”我大感欣慰，故意对着车外喊了一嗓子，“知道为什么是剑池吗？”

月野：“方旭东写的《铸剑》，不都说明白了吗？”

小慧儿：“三郎和阿千，名字合起来不就是‘三千’？”

杰克："阖闾死后，夫差以三千名剑为父陪葬，掘穴引水，以'剑池'护墓。"

"你们几个，什么时候对中国历史研究得这么透彻了？"我颇有些意外，拧开矿泉水盖子，狠狠灌了一口，"终于领悟到中华文明的博大精深了？"

"寻找《阴符经》的四族，尤其是文族，几千年来，为什么没有人参透其中的线索？"月饼摸摸鼻子，似乎想到某件事。

"虎丘斜塔，像不像插进地里的剑柄？一叶障目，不见泰山。任何人费那么大劲，从黄鹤楼得到寒山寺的线索，先入为主的想法使他们根本不会考虑到，真正的线索在剑池。咱们不也这样？这也是张继遍寻不得，写下《枫桥夜泊》时的心情吧？"我大抵明白月饼的心思，想了想该如何措辞，"或许有人想到了，却没有办法进去。清代蒲松龄写《聊斋志异》，书中描写最多的动物就是狐狸，是否在暗示寒山、拾得与寒山寺这段野史？否则一个写神神怪怪的人，怎么会冒出'有志者，事竟成，破釜沉舟，百二秦关终属楚；苦心人，天不负，卧薪尝胆，三千越甲可吞吴'的对联呢？其中的'三千''越''吴'不正是暗藏的线索吗？"

"我记得好像是……"黑羽终于结束了每天五百次的拔刀练习，"蒲松龄屡试不中，写了这副对联表明决心，只是后来心灰意冷，才写的《聊斋志异》吧？南晓楼，你的分析有些道理。不过蒲松龄这事儿，过于牵强了吧？"

我万万没想到黑羽居然对蒲松龄的生平这么了解："你这小日……小日子过得不错的日本人，不懂'历史只是你看到的历史，并非真正的历史'这句话吗？你怎么知道蒲松龄这副对联写成的具体时间？你们日本史书记载的战国时代，描述起来倒是波澜壮阔得很。说到底，不就是几个村落械斗？”

出乎意料的是，黑羽竟然没有恼羞成怒，而是若有所思地抚摸刀柄，很认真地向我鞠躬：“南君，你说得对，是我草率了。”

这个举动把我整不会了，差点冒出句“爱卿平身”。

月饼摸着鼻子憋着笑：“南少侠，我终于明白，你为什么能当作家了。这一本正经胡说八道的手段，一般人还真学不会。”

此时，东边极远处的地平线钻出一丝浅浅的白光，将漆黑的天幕镶了一条银色的底边，继而迸射出几道笔直的红光，刺落本就摇摇欲坠的群星。黑夜如同底部烧红的黑铁，碾压着漫天寒霜的大地。

我们并排站在车外，欣赏着每天都会出现的日出，沉醉于大自然的瑰丽中，一时间竟然忘记了此行的目的。

“该说不说，这个……”杰克难得字正腔圆说一次普通话，“按照韩国和尼雅的经验，咱们六个每次聚首，怕是又要到了大结局吧？是不是我们四个又该死了？你们俩的主角光环能不能弱化一次，也体验一把由死到生的经历？”

“这次，谁都不会死。”月饼遥指东北方向虎丘的位置，“我向你们保证。”

太阳终于摆脱地平线的束缚，肆无忌惮地挥洒着刺目的阳光。月野、杰克、黑羽、小慧儿迎着阳光，踏前一步，与月饼并肩而立。

我眯眼注视月饼标枪般笔直的背影，为他终于放下心魔而欣慰。受他们五人的情绪感染，我颇有些“不破楼兰终不还”的豪情。

突然，我的目光停留在月饼抬起的右手上，想起昏迷时那个诡异恐怖的梦，心头一紧：那个梦里，没有月野他们几人……

“这次，你们谁都不会死。”我摩挲着瑞士军刀锋利的刀刃，暗自地对自己说，“我，南晓楼，向你们保证！”

旭日东升，寒霜荡尽。

虎丘剑池，我们来了！

请看下集：《文字游戏·终卷二：缘起缘灭》